手机

〔美〕斯蒂芬·金 著　宋瑛堂 译

STEPHEN KING CELL

人民文学出版社

图书在版编目（CIP）数据

手机/（美）金著；宋瑛堂译.—北京：人民文学出版社，2015
（斯蒂芬·金作品系列）
ISBN 978-7-02-011173-2

Ⅰ.①手… Ⅱ.①金… ②宋… Ⅲ.①长篇小说-美国-现代 Ⅳ.①I712.45

中国版本图书馆 CIP 数据核字（2015）第 234129 号

著作权合同登记号　图字：01-2015-6415

出 品 人：黄育海
责任编辑：朱卫净　张玉贞
装帧设计：陈　晔

手机
[美]斯蒂芬·金　著
宋瑛堂　译
人民文学出版社
www.rw-cn.com
北京市朝内大街 166 号　邮编：100705
利丰雅高印刷（深圳）有限公司印刷　新华书店经销
字数 330 千字　开本 890×1240 毫米　1/32　印张 11.5
2016 年 1 月北京第 1 版　2016 年 1 月第 1 次印刷
ISBN 978-7-02-011173-2
定价：48.00 元

谨献给理查德·马西森与乔治·罗梅罗。

“本我”不愿延迟享受满足感，随时随地感受到欲求不满的张力。

—— 西格蒙德 · 弗罗伊德

人类的侵略心出自本能。人类尚未进化出任何抑制侵略性的机制，以确保物种的延续，因此皆信人类是极危险的动物。

—— 康拉德 · 劳伦兹[①]

现在听得见吗？

—— 美国行动通讯公司 Verizon 电视广告词

① 康拉德 · 劳伦兹（Konrad Lorenz，1903—1989），奥地利动物行为学家，1973 年由于对动物行为学研究方面开拓性的成就而获诺贝尔奖。

人类文明在进入第二次黑暗时期时哀鸿遍野，并不令人惊讶，但变化之迅速，就连最悲观的未来学家也无法预料，仿佛天下就等着这一刻发生剧变。在十月一日这天，上帝仍坐镇天堂，股市维持在一万零一百四十点上下，多数班机准时（从芝加哥起降的班机除外，但这一点在预料之中）。两个星期后，鸟类再度称霸天空，股市已成往事。到了万圣节，从纽约到莫斯科等各大城市皆成废墟，臭气熏天，过去的世界已成追忆。

目　录

1　脉冲事件

1

脉冲事件发生于十月一日美国东部标准时间下午三点零三分。所谓的“脉冲”当然是以讹传讹的名称，但事件爆发后短短十小时之内，有能力指出讹误的科学家大多已非死即疯。如何称呼这个事件已经不重要了，重要的是这个事件引发的效应。

当天午后三点，一名对历史没有太大影响的年轻男子走在波士顿的博伊尔斯顿街，几乎是蹦蹦跳跳地向东行，他的姓名是克莱顿·里德尔，小名“克莱”。搭配轻盈步伐的是他的表情，每个人都看得出他满心快慰。他的左手拎着画家用的作品夹，是可以折合成公文包提着走的那种款式。缠在他右手手指的是褐色塑料购物袋的提带，外面印有**小小珍宝精品店**的字样，好奇的人一眼就可以瞧见。

袋子在他手中前摇后晃，里面装的是一个圆形的小东西，你也许会猜成礼物。猜对了。你也许会进一步推测，这位年轻人购买了**小小珍宝**来纪念一些小小的胜利（或许那些胜利并不是真的那么小）。又猜对了。里面装的是相当贵重的琉璃镇纸，琉璃中心裹了一团灰茫茫的蒲公英籽絮。他投宿的地点是不甚气派的大西洋街旅馆。前去科普利广场大饭店赴约后，他在回旅馆途中买了这袋礼品。当时他一看镇纸的价格卷标注明九十美元，大惊失色，但更让他诧异的是，如今他居然买得起这样的厚礼。

向店员递信用卡时，他几乎用尽了所有的勇气。假如这个镇纸是买来自用，他会怀疑自己出不出得了手；想必会嘟囔着“我改变主意了”之类的话，然后仓皇逃出精品店，但这个礼物是送给莎伦的。莎伦喜欢这类玩意儿，而且对他仍心怀一份情。他前往波士顿之前，莎伦对他说："我会帮你加油的，宝贝。"尽管过去这一年两人吵得乌烟瘴气，但是她这番话仍然深深感动了他。现在，如果还有可能，他想反过来感动莎伦。镇纸很小（名副其实的"**小小珍宝**"），琉璃的中央是一团精美的灰霾，宛如一小团云雾，保证她看了会爱不释手。

2

冰激凌车发出清脆的叮当声，把克莱的注意力吸引了过去。冰激凌车停在四季大饭店（远比科普利广场大饭店豪华）对面，旁边就是波士顿公园。公园横跨了两三个街区，一侧紧临博伊尔斯顿街。冰激凌车的车身用七彩的颜色漆上了富豪雪糕的字样，下面是一对跳舞的甜筒。三名小学生围在车窗旁，把书包放在脚边，等着解馋。站在小学生背后的，是一位身穿垫肩裤装的女人，牵着一条贵宾狗，另外也有两名穿垮裤的少女，她们摘下 iPod 耳机，挂在颈边，以方便低声交谈，两人虽然聊得起劲，但并没有吃吃笑。

克莱站在这六人身后，原本随便站的几人排成了一小排队伍。他已经帮分居的妻子买了一份礼物，回家路上他也会去"卡漫万岁"漫画店买最新一期的《蜘蛛侠》送给儿子。他索性顺便犒赏自己一番。他急着想向莎伦报告好消息，可惜暂时无法联络到她，因为要到三点四十五分左右她才会回家。他心想，在联络上莎伦之前，不如先回旅馆消磨时间，在小客房里来回踱步，呆呆看着合起来的作品夹。不过在回旅馆前，富豪雪糕倒是个不错的休闲活动。

老板向窗口的三个小孩递出两支夹心冰激凌棒。请客的人想必是站在中间的学童，他点了特大号的香草巧克力漩涡冰激凌甜筒。克莱穿的是时髦的宽松牛仔裤，他从口袋里掏出几张被揉成一团的钞票，这时，牵着贵宾狗的女子伸手从斜肩袋里取出手机，掀开手机盖。对身穿女强人装的女士来说，手机与美国运通卡的重要性不相上下。背后是公园，里面传来狗吠声，有个人在呼喊，克莱觉得听起来不像是欢呼声，但是他回头一看，只看见几名散步的民众和一只衔着飞盘的狗（咦，按规定不是一定要拴狗绳吗？他心想），极目所及之处尽是艳阳下的绿意与诱人的树荫。这种地方最适合坐下来享受巧克力冰激凌甜筒，庆祝自己刚以天价卖出首部漫画以及续集。

克莱把头转回来时，穿灯笼裤的三个小孩已经走了，轮到了女强人。她点的是圣代。排在她后面的少女之一在腰际扣了一部薄荷绿的手机，女强人则把手机贴在耳边。每次看见类似的举动，克莱难免不禁心想：从前大家都认为这个动作粗鄙无礼，尽管交易的对象素昧平生也不应如此，可是现在，当着别人的面打手机已成了可以接受的日常举止。

莎伦说：*甜心，就把这动作画进《暗世游侠》吧*。在他的脑海中，莎伦每次出现通常都有话要说，而且非说不可。实际生活里的莎伦也是如此，有没有分居都一样，但是她不会在手机上啰嗦，因为克莱没有手机。

少女的手机响起了音乐，头几个音符一听便知是“起笑蛙”制作的曲子。约翰尼很喜欢这首歌，曲名好像是《抓狂叮叮》？克莱记不清了，也许是他刻意不去记的吧。少女扯下腰际的手机说：“是贝丝吗？”她接听后微笑起来，接着向身边的朋友说：“是贝丝。”朋友弯腰向前，与少女一起听电话。两名少女的发型超短，几乎一模一样，在午后的微风中同步飘扬。在克莱眼中，她们简直像周六晨间节目里的卡通人物，大概就像“通天小女警”吧。

几乎在同一秒，女强人问：“喂，麦蒂？”她的贵宾狗正坐着沉思，凝视博伊尔斯顿街上的车流。它被红色狗绳拴着，绳上缀满闪闪发光的亮片。马路对面是四季大饭店，身穿褐色制服的门房正在招手，可能想叫出租车。门房的制服似乎非褐即蓝。一辆水陆两栖的大鸭游览车驶过饭店门口，满载着观光客，加高的车身在陆地上显得突兀，司机对着扩音器向观光客吼出历史大事。两少女听着薄荷绿的手机，不知听见了什么，相视微笑起来，但是仍然没有咯咯傻笑。

“麦蒂？你听得见吗？你听得见……”

女强人举起握着狗绳的一只手，用手指堵住耳朵。她的指甲留得很长，克莱一看不禁蹙起眉，为她的耳鼓膜穷操心。他在脑海中勾勒出女强人—— 一手牵狗，短发俏丽……用一根指头塞住耳朵，鲜血从耳洞里涓流而下——的画面。同一格画面中，大鸭游览车正驶出画面，门房站着作为背景，更能为这幅情景增添逼真度。这样画一定显得栩栩如生，作画的人最清楚了。

“麦蒂，讯号越来越弱了！我只是想说，我刚去做头发，去那家新开的……我是说我的头发啦……我的……”

富豪冰激凌车里的男子弯腰递出圣代——白白的冰激凌堆积如高峰，巧克力与草莓汁顺坡而下。车主是胡茬男，面无表情，意思是这种情况他见多了。克莱自己也的确见多了，眼前就有两个。公园里有人在尖叫，克莱再次转头看，同时告诉自己，绝对是有人欢乐得大叫。时间是下午三点，阳光普照，而且地点是波士顿公园，八成是乐得欢呼，错不了吧？

女强人对麦蒂讲了一句含糊不清的话，然后用熟练的手势合上手机，放回皮包，站在原地不动，仿佛忘了自己在做什么，甚至忘了自己置身何地。

“总共四美元五十美分。”富豪雪糕男说，仍然耐着性子握着圣代等她接下。克莱脑中突然闪过一个念头：波士顿的物价贵得太离谱了，说不定女强人也有同感，至少这是克莱的臆测，因为她继续呆立了几秒，凝视着圣代杯、如山的冰激凌、滑落的甜汁，仿佛这辈子从未见过这种东西。

这时从公园里再度传来叫声，但发声的不是人类，而是介于惊呼与痛苦的长嚎。克莱转身一看，看见原本衔着飞盘散步的那条棕色大狗，也许是拉布拉多犬吧！他不太熟悉狗的品种，需要画狗时就从图画书里挑一个来揣摩。一个身穿西装的男人跪在大狗身边，用臂弯勒住狗脖子，好像正在……我该不会是眼花了吧，克莱心想……好像正在咬狗的耳朵。大狗又嚎叫了一声，拼命想逃，但却被西装男紧紧勒住。男子咬着狗耳朵不放，然后在克莱的注视中扯下了狗耳朵，痛得大狗发出近乎人类的惨叫，原本在附近池塘上悠游的几只水鸭被吓得飞起来，呱呱叫着。

克莱背后有人呐喊："拉斯特（rast）！"听起来像拉斯特。也有可能是老鼠（rat）或烤肉（roast），但根据事后的经验判断，比较可能是拉斯特。字典上根本查不到这单字，只是语音中带有侵犯意味，没有其他的意义。

克莱把头转回冰激凌车时，正好看见女强人倾身向前，把手伸进车窗，想揪住富豪雪糕男。他穿着有腰身的白色外套，正面有松松的衣褶。他被女强人一把揪起，然后陡然一惊向后一跳，挣脱了女强人的掌握，让女强人的高跟鞋瞬间自人行道腾空片刻。他听见布料拉扯与纽扣碰撞的声响，看见女强人的外套正面从窗口凸出的小角蹿上来，然后掉回去，圣代也已不见踪影。女强人的高跟鞋喀嚓落地时，克莱看见她的左腕与前臂多了一抹冰激凌和甜汁。她重心不稳，膝盖弯曲。她的模样原本像是拒人于千里之外，姿态充满教养，带着一副世故的容颜，克莱认为那是街上最常见的冷漠神态，可是一瞬间的功夫，那个表情立刻成了痉挛般的满脸横肉，眼睛挤成了小缝，上下排牙齿毕露，上唇整片向外翻，露出如绒毛般的粉红肉，宛如外阴部一般私密。她的贵宾狗拖着红狗绳冲上街，绳子末端是供主人握的绳圈。贵宾狗才过马路一半就被黑色大轿车撞到，前一刻还是蓬松的毛球，转眼变成模糊的血肉。

*可怜的小东西，大概连自己死了也不晓得，上了天堂还汪汪叫。*克莱心想。他自知已进入临床医学所谓的休克状态，但照样觉得心里惊骇无比。他站在原地，一手拎着作品夹，另一手提着褐色礼品袋，嘴巴微张。

不知从什么地方传来爆炸声，听起来大约是在博伊尔斯顿街与纽贝利街的交会处。

两位少女的肩膀挂着 iPod 耳机，发型一致，唯一不同的是，携带薄荷绿手机的少女头发是金色的，另一位则是褐色的。为便于区分，克莱把她们称为"超短金"与"超短褐"。超短金的手机掉到人行道上摔裂开，她也不管，只顾着向前搂住女强人的腰。克莱脑筋一时转不过来，凭直觉认为少女抱住女强人的用意是避免她再打雪糕男，或者阻止她冲上马路救爱犬，克莱甚至有点想为少女的机智鼓掌。超短褐则向后退开，不愿趟浑水，白皙的小手交扣在胸前，杏眼圆睁。

克莱放下两手中的物品，向前去帮超短金，此时他用眼角余光瞧见马路对面有辆车急转弯，冲上四季大饭店前的人行道，吓得门房拔腿就跑。饭店的前庭惊叫声四起。克莱还来不及帮超短金制止女强人，超短金动人的小脸蛋已经像蛇一样蹿向前去，露出无疑是强而有力的年轻牙齿，朝女强人的脖子咬下去，鲜血顿时喷射而出。超短金把脸凑过去，好像在用血水冲脸，甚至还张口喝下（克莱几乎敢确定这一点）。接着她前后摇着女强人，把女强人当成洋娃娃。女强人比她高，肯定也比少女重至少四十磅，但少女却能把女强人的头甩得前仰后合，甩得更多血飞溅而出，同时把沾满血的脸仰向晴朗的十月蓝天，发出近似胜利的嚎叫。

她疯了，克莱心想，彻头彻尾疯了。

超短褐呐喊着："*你是谁？发生了什么事？*"

超短金一听立刻转头。鲜血正从额头短如匕首的头发上滴下来，如白色灯泡般的眼球从沾血的眼眶里窥视。

超短褐看着克莱，眼睛睁得很大。"你是谁？"她再问一次……然后又问："我又是谁？"

超短金松开女强人，任她瘫倒在人行道上，被咬穿的颈动脉仍在喷血。超短金跳向超短褐。短短几分钟前，两人还嘻嘻哈哈地凑在一起听电话。

克莱来不及多作考虑。假如他多想半秒，超短褐的下场可能也像喉咙被咬断的女强人一样。他看也没看，就弯腰下去拎起右边的礼品袋，甩向超短金的后脑勺，此时她正伸手想抓住刚才的好友，在蓝天的衬托下，她的手就像两只爪子。如果他没打中……

他并没有失手，也没有打偏，袋中的琉璃镇纸正中超短金的后脑勺，敲出了闷闷的一声"叩"。超短金放下双手，其中一只手沾了血，另一只还很干净，然后整个人像一袋邮件似的倒在好友的脚边。

"干什么？"富豪雪糕男惊呼，嗓门尖得不得了，也许是受了惊吓后，嗓门突然变成了男高音。

“我不知道。”克莱说，他的心脏狂跳，“快来帮我，另外这个再流血下去必死无疑。”

从两人背后的纽贝利街头传来铿锵碰撞声，一听便知道发生了车祸，紧接而来的是阵阵惨叫，随后而至的是爆炸声，这一次更响亮，更具震撼力。在富豪冰激凌车的后面，另一辆汽车骤然转弯冲过了博伊尔斯顿街的三条车道，一头撞进四季的院子，先撞倒了两名行人，然后直扑向刚才那辆车的后面。前面那辆车的车头原本就撞在旋转门上，被后面这辆一推，车头被挤得更进去一些，旋转门也被撞歪了。克莱看不清有没有人被困在车子里，因为前面那辆车的散热器已毁损，正冒着滚滚蒸汽，但单从阴影传来的痛苦嘶吼便知状况不妙，非常不妙。

富豪雪糕男因为在里头看不见，所以这时探出窗口，直盯着克莱问：“那边出了什么状况？”

“我不知道。出了两起车祸。有人受伤。别管了，快来帮我，老兄。”他跪在鲜血流满地的女强人身边，超短金的薄荷绿手机残骸散了一地。女强人的抽搐力道越来越弱。

“纽贝利街那边正在冒烟。”富豪雪糕男观察后说。冰激凌车上相对安全，他躲着不肯出来。“那边发生了爆炸，好严重。可能是恐怖分子。”

此话一出口，克莱认定他正中要点。“来帮我。”

“我是谁？”超短褐忽然尖叫。

克莱已忘了她的存在，抬头一看才发现她正在用手掌根部猛拍额头，然后在原地急速转圈圈，几乎是把球鞋的脚尖做为圆心，令克莱回想起大学的文学课读到的一段诗：*在他周遭绕三圈*。作者是柯尔律治吧？超短褐先是站不稳，随后在人行道上开跑，一头撞向路灯柱，丝毫没有闪开的意思，连手也不举起来挡，整张脸就直接撞上了柱子，向后弹回，然后迈着蹒跚的脚步，再次撞向路灯柱。

*“停下来！”*克莱咆哮道，猛然站起来，开始向她奔去，不料却踩到女强人的血泊，滑了一下，差点跌倒。他站稳后再跑，却被超短金绊住，又差点跌倒。

超短褐转头看向他。她的鼻梁已被撞歪，鼻血流得下半脸都是，额头肿起了垂直的挫伤痕迹，犹如夏日的雷暴云顶越积越高，其中一只眼也被撞得歪斜。她张开嘴巴，露出想必花了大价钱矫正的皓齿，可惜那口皓齿现在已经被撞得稀巴烂。她张开嘴对他笑，那是一抹他永远忘不了的笑。

接着她边叫边在人行道上跑开。

克莱背后传来引擎发动的声响，扩音器也开始响起铃铛声组成的《芝麻街》主题曲。克莱转身，看见富豪冰激凌车匆促驶离路边，这时，马路对面的饭店顶楼有扇窗户爆裂，亮亮的玻璃碎片撒落一地，原来有人跳楼。一个人影俯冲而下，越过十月的天空，坠落在人行道上，整个人几乎全爆开来。楼前又是尖叫声四起，有的出于惊恐，有的是惨叫。

“别走！”克莱边喊边跟在富豪冰激凌车的旁边奔跑。“回来搭把手！我这里需要帮忙啊，狗娘养的！”

富豪雪糕男没有响应，可能是因为扩音器正在播放音乐所以没听见。雪糕车传来的歌词令克莱回想起约翰尼每天都会坐在小蓝椅上，捧着娃娃吸水杯，观赏《芝麻街》。当时的克莱没理由相信他与莎伦无法白头偕老。歌词大概是：天天好天气，乌云不靠近。

一个身穿西装的男人跑出公园，扯着嗓门咆哮着无意义的声音，西装后摆在身后飘动。那个男人嘴巴周围长满了狗毛似的山羊胡。他跑上博伊尔斯顿街，车子纷纷急转弯以免撞上他。他跑到对面，继续大吼大叫，举手对天挥舞，然后消失在四季大饭店楼前的幕布阴影下。克莱虽然看不见他的人影，却听见里面尖叫声再起，分析他想必一进门就又惹了麻烦。

克莱放弃追逐富豪冰激凌车，停下脚步，一脚站在人行道上，另一脚则踩在路边的水沟里，看着雪糕车继续播放着音乐，冲上博伊尔斯顿街的中央车道。克莱正想回头看看不省人事的少女以及濒死的女强人，没想到又来了一辆大鸭游览车。这辆游览车不像刚才那辆优哉游哉，而是全速呼啸而来，狂乱地左摇右晃，部分乘客被摇得在游览车上打滚，哀嚎着——恳求着——司机快停车。其他乘客则只是紧抓着游览车后半部的露天区金属栏杆，任凭造型丑陋的游览车开上博伊尔斯顿街，逆向行驶。

一名身穿运动衫的男子从背后抓住司机，司机用力向后耸肩想挣脱他，克莱听见游览车的简陋扩音系统又传来语意不明的呼喊声，这次不是“Rast！”而是喉音比较深重的“Gluh！”接着，大鸭游览车的司机看见富豪冰激凌车（克莱确定这一点），于是改变方向，朝雪糕车直冲而去。

“天啊，求求你，不要！”靠近前座的一个女人哭喊道，看着游览车逼近播放着音乐的雪糕车，而观光游览车比雪糕车大出约六倍。红袜队赢得世界大赛的那年，大鸭游览车也参加庆祝游行会，克莱清楚记得当时自己在电视转播中，看着游览车载着队员缓缓随着游行队伍前进，球员向欣喜若狂的民众挥手，天空则飘着冷冷的秋雨。

“天啊，拜托，不要！”女人再度尖叫，克莱身边则有一个男人轻声说道：“我的天啊！”

游览车从侧面撞上雪糕车，把雪糕车像儿童玩具一样撞翻。侧翻之后，雪糕车上的扩音器仍在继续播放着《芝麻街》主题曲，向后滑回波士顿公园，在路面上摩擦起阵阵火花，两名旁观的女士赶紧手牵手跑开，差点被倾倒的雪糕车波及。雪糕车蹦上人行道，腾空了一秒钟，然后撞上公园的锻铁围墙，停了下来。扩音器发出两声打嗝似的怪响，然后中止了音乐。

驾驶游览车的疯狂司机完全失去了掌控车子的能力，在博伊尔斯顿街掉头回来，吓得乘客抱着露天区的栏杆惊叫。游览车开上对面的人行道，距离雪糕车安息地约五十码，正面撞上挡土矮砖墙，而挡土墙的上方是一间高级家具店的展示窗，店名是“城市之光”。窗户被撞破时发出刺耳难听的巨响，游览车宽阔的车尾（漆着粉红色的“港区小姐”）升空了大约五英尺，冲力大得差点让游览车来个倒栽葱，幸好车子够重，总算稳了下来。游览车最后停在人行道上，车鼻戳进了家具店，里面的沙发与名贵的客厅椅散落一地，但在游览车停下之前，至少有十几名乘客被抛射向前，冲出游览车后失去踪影。

家具店里，防盗警报叮叮叮响起。

“我的天啊！”站在克莱右手手边的男子又说，嗓音温和。克莱转头看见一个矮小的男人，深色的头发稀疏，蓄了一道深色的小胡子，戴着金框眼镜。他问道："怎么会这样？"

克莱说："我也不知道。"交谈很困难，非常困难。他发现自己得非常努力才能把话挤出来。他想大概是惊吓过度吧。马路对面有些人从四季大饭店逃出，有些人则从撞进家具店的游览车上跳车逃生。克莱看见有个从游览车逃生的人跑上了人行道，却撞到从四季逃出来的民众。克莱忍不住怀疑自己是否被送进了精神病院而不自知，说不定这些乱象全是幻觉。也许自己被送去了缅因州奥古斯塔市的圆柏丘疗养院，药效过了却还没人来打针，所以满脑子臆想。"雪糕车上的那个人说，可能是恐怖分子。"

"我倒没看见有谁拿枪，"小胡子矮男人说，"也没看见谁把炸弹绑在背后。"

克莱也没看见，但他确实看见**小小珍宝**的礼品袋与作品夹在人行道上，也看见从女强人喉咙流出的血泛滥一地（他心想：天啊，流这么多血），眼看即将淹到作品夹。《暗世游侠》的成品几乎都在作品夹内。他满脑子只顾着救回画作，所以转向作品夹的地方快步走去，矮子也跟过去，这时又响起了类似防盗警报的声音，沙哑的喇叭声从饭店传来，与家具店的呜哇警报声会合，吓了矮子一跳。

"是饭店。"克莱说。

"我知道，只不过……噢，我的天！"他看见了女强人躺在血泊中，维持生命的基本元素流了满地，才过了多久？四分钟？还是只过了两分钟？

"她死了，"克莱告诉他，"我敢确定。至于那女孩……"他指向超短金，"被她害的。被她用牙齿咬死了。"

"别开玩笑。"

"是玩笑就好了。"

博伊尔斯顿街的某处又传来爆炸声，两人缩了一下。克莱嗅得到烟味。他拾起礼品袋与作品夹，以免被逐渐蔓延的血泊沾到。"是我的东西。"他一边说，一边疑惑自己何必解释。

穿着粗呢西装的矮个儿小胡子（克莱觉得他的仪容还算相当整

洁）直盯着瘫在地上的女人，一脸惊恐。这个女人只不过停下来买圣代，却先丢了一条狗之后又丢掉一条命。在他们背后，三个年轻人在人行道上狂奔而过，一边笑一边欢呼，其中两个人反戴着红袜队的小帽，另外一个人捧着纸箱，箱子上印着 Panasonic 的蓝字。捧着纸箱的年轻人右脚踩到了女强人的血，留下越来越淡的单脚球鞋印，与同伙人跑向公园东端与公园外的唐人街。

3

克莱单膝跪地，用没拿作品夹的手去帮超短金把脉。在看见捧箱狂奔的年轻人后，他更怕失去作品夹。他立刻摸出了缓慢却规律而坚强的脉搏，顿时大大松了一口气。无论她做错了什么事，她终究是个小孩，克莱可不希望刚才用送妻子的镇纸断送了一条小生命。

“当心啊，当心！”小胡子的语调几乎像在高歌。克莱来不及抬头看，幸好这一次连惊险都算不上，因为来车并没有朝他们直扑而来，而是驶出博伊尔斯顿街的路面，把公园的锻铁围墙撞得稀烂，然后一头栽进池塘，水淹到了挡泥板。

这辆车是最受产油国欢迎的休旅车，车门打开后，一个年轻男子跌出来，仰天嚷着毫无意义的话，然后跪进水塘里，用双手捧着水喝。克莱脑中突然闪过一个念头：几年来，无数只鸭子不知在水里悠然拉了多少次屎。年轻人努力站起来，涉水到另一边，随后遁入一丛树木中，继续边走边挥手，扯着嗓门念念有词。

“我们得找人来救这个女孩。”克莱对小胡子说，“她昏迷过去了，不过还死不了。”

“救什么救？我们得赶快离开这条街，不然迟早会被撞死。”小胡子话音刚落，一辆出租车就迎头撞上了加长礼车，地点就在游览车撞进家具店的附近。逆向行驶的是礼车，倒大霉的却是出租车。克莱仍单膝跪在人行道上，看见出租车的挡风玻璃被撞得粉碎，司机从车内飞出来，降落在马路上，举起血淋淋的手臂惨叫着。

小胡子说得没错。克莱在饱受惊吓之际，思考能力虽然受到限制，但还能勉强挤出些许理性，理解出最明智的做法就是赶快离开博伊尔斯顿街，寻求庇护。假使真的是恐怖分子造孽，这和他看过或读过的恐怖攻击行动也完全不同。他（或者该说是“大家”）该做的是躲起来，等到事情明朗化后再研究对策，最好是先找台电视来弄清楚状况。然而，街头乱成这样，他不想让失去意识的少女躺在户外。他的本性善良文明，实在不忍心放下她一走了之。

“你先走吧。”他告诉小胡子，语调极不情愿。他完全不认识小胡子，但至少小胡子没有胡言乱语，也没有高举双手乱挥，也没有露牙向克莱的喉咙咬下去。“你先找个地方躲进去，我会……”他不知如何说下去。

“你会怎么样？”小胡子问。接着又传来爆炸声，震得小胡子拱肩皱起眉。这一声好像从饭店正后方传来，黑烟也跟着升起，污染了蓝天，最后升至高空被风扯乱。

“我去报警，”克莱忽然心生一计，“她有手机。”他用拇指比向血泊中的女强人，“她本来还在接打手机……然后情况就变……”

他越讲越小声，脑海里回放的是情况剧变前的一幕。不知不觉间，他的视线从已死的女强人飘向昏迷的少女，再飘向少女薄荷绿手机的碎片。

两种频率迥异的警报声呜哇回荡着，克莱心想，其中一种出自警车，另一种则是消防车的警笛。他也心想，波士顿居民一定能分辨出哪一种来自警车，但他分不出来，因为他住在缅因州的肯特塘镇，此刻他最大的心愿就是置身家园。

情况剧变之前的几秒，女强人打手机向友人麦蒂报告她刚去做了头发，而超短金的朋友也正好来电，超短褐凑过去听。随后，这三个人全部精神失常。

该不会是……

在他与小胡子背后靠东的地方传来目前为止最大的爆炸，听起来像是吓人的霰弹枪声，克莱被震得跳起来站着，与穿粗呢西装的小胡子慌张地互看，然后望向唐人街与波士顿的北端区，虽然看不清发生爆炸的地点，却看到一团更大更黑的烟从地平线处的大楼升起。

这时，一辆波士顿市警局的无线电警车驶来，停靠在对面四季大饭店的门口，同时赶来的还有一辆云梯消防车。克莱瞄向门口时，正好看见又有人从顶楼一跃而下，随后屋顶另有两人也跟着跳。在克莱的眼中，屋顶那两人居然在坠楼时还在扭打。

“老天爷啊，别再跳了！”一名妇女尖叫到破嗓，“别再跳了，别再跳了，别再跳了！”

率先跳楼的人摔向警车尾部，落在后车厢上变成了一团血肉与毛发，撞碎了后车窗。随后跳楼的两人掉在云梯车上，身穿鲜黄色外套的消防队员纷纷逃避。

“别跳了！”妇女继续尖叫，“别跳了！别再跳了！拜托上帝，别再跳了！”

这时却有个女人从五楼或六楼跳下，像表演特技似的在空中疯狂翻滚，最后正中一位正抬头向上看的警员，拖着警察一起见了阎王。

从北方又传来轰隆巨响，仿佛是恶魔在地狱开猎枪，克莱再次望向小胡子，而小胡子也紧张地看着他。又有浓烟升起。尽管微风轻快，北边的蓝天却几乎被浓烟蒙蔽。

“恐怖分子又劫机了，”小胡子说，“龌龊的狗杂种又劫机了。”

仿佛为了呼应他这番说法，第三声巨响自市区东北隆隆传来。

“可……可是那是罗根机场啊！”克莱再次发觉言语困难，而思考则是难上加难。他这时脑中尽是一个不太得体的笑话：××恐怖分子决定轰掉机场逼美国就范，你听说了没？（××处请填入你最看不顺眼的族裔）。

“那又怎样？”小胡子口气很呛。

“为何不干脆轰掉六十层的约翰·汉考克大楼？为何不轰保德信大厦？”

小胡子的肩膀垮了下去。“我不知道，我只想赶快离开这条街。”

话才说完，又有六个年轻人以百米冲刺的速度冲过他们身边，仿佛在附和小胡子的说法。克莱注意到，波士顿的确是年轻人的大本营，大专院校林立。还好，三男三女的这六人并没有趁火打劫，而且绝对没有哈哈笑，只是一味奔跑，其中一个年轻男子掏出手机贴上耳朵。

克莱瞄向马路对面，看见又来了一辆警车，停靠在刚才那辆的后面。看情况，不需要借用女强人的手机了。也好，反正克莱已决定最好别打手机。他可以直接过马路，跟警察说……但他目前不太敢过博伊尔斯顿街。就算他平安过了马路，对面的死伤如此惨重，他怎能指望警察过来处理一位不省人事的女孩？在他的旁观下，消防队员开始爬回云梯车，看来准备转战他处，很可能是罗根机场，或者是……

“哇，我的天呀，小心这一个。”小胡子压低嗓门小声说。他往博伊尔斯顿街西边的闹区望去。刚才克莱从闹区过来时，人生最大的目标是用电话联络上莎伦，他甚至连台词都想好了：大好消息，亲爱的，不管婚姻关系如何发展，至少我们不愁没钱买鞋给儿子穿了。这草稿打得轻松逗趣，一如从前。

但眼前的景象毫无趣味可言。迎面而来的男人年约半百，穿着西装裤，上身是破烂的衬衫与领带。他没有跑步，而是以踩着扁平足似的大步前进。西装裤是灰色的，但衬衫与领带原有的颜色已经无从辨识，因为不仅破损严重，而且血迹斑斑。他的右手拿着看似屠刀的东西，刀锋长约五十厘米。克莱自认在回程途中见过这把刀。当时刀子放在橱窗里展示，店名是“灵魂厨房”。橱窗陈列着一排刀具，前面以一张雕刻的小卡片注明“瑞典进口钢刀！”，刀子在隐藏式的放射灯中反着光。然而，这把刀被解放后做了不少苦工，或者应该说是造了不少孽，如今沾了血，也不再锋利。

身穿褴褛衬衫的中年人啪啪踢着正步逼近，挥刀上下画出小弧形，动作一成不变，只有一次换了动作，挥刀砍向自己，在原本破烂的衬衫上又划出一道口子，鲜血汩汩流出，残缺不全的领带随风摇摆。步步接近后，他对着克莱与小胡子滔滔不绝，宛如偏远地区的传教士被圣灵附身，喃喃起乩，呼喊着：“噫啦布！哎啦！吧布啦哪兹！啊吧布啦为什么？啊不哪噜叩？喀咂啦！喀咂啦康！去！瞎去！”同时把刀晃回右臀处，再往后收，视觉特别灵敏的克莱立即看出他即将挥刀做出什么动作。这人在十月的午后疯癫踢着正步，漫无目的地不停举刀砍劈，对象正是小胡子。

“当心啊！”小胡子大叫，自己却没有留神，只是愣在原地。自从天下大乱以来，克莱只碰到了这么一个正常人。主动搭讪的人是小胡子，在这种情况下能主动搭讪，不具备一些勇气可不行，但现在小胡子却怔立在原地，在金框眼镜的放大下，眼珠变得比平常更大。中年狂汉挑他不挑克莱，难道是因为他个子小，比较好欺负？果真如此，也许乱童传教士并没有全疯。想到这里，原本害怕的克莱忽然满腔怒火。如果站在学校围墙外，看见有个恶霸准备欺负较弱小、较年幼的儿童，他也会升起同样的怒火。

“**当心啊！**”小胡子几乎是哭喊出来，面对迎面而来的煞星却只能杵在原地，即将丧生刀下，而这把刀出自灵魂厨房，**本店欢迎刷大来卡与 VISA 卡，出示提款卡即可付支票。**

克莱来不及思考，只是握着活页夹的两个把手，提起来，挥向直冲小胡子而来的刀子。“唰”的一声，刀锋划进了作品夹，刀尖在距离小胡子的腹部四英尺处停下来。小胡子终于回过神来，身体往公园的方向一缩，扯开嗓门大呼救命。

这位中年人大概在两年前放弃了养生之道，脸颊的赘肉下垂，脖粗肉厚。克莱一出手，他就陡然停口，不再滔滔演讲着无意义的话，而是满面虚无迷惘，还夹杂着类似错愕的神色。

克莱只觉得满腔怒火。中年人一刀刺下去，刺穿了他所有《暗世游侠》的画稿。对他而言，他的作品不只是素描或图解。刚才那“唰”的一声，无异于一刀戳进了他的心房。虽说这些作品他全有备份，包括那四张彩色的跨页图，但他照样一肚子火。中年狂汉的刀砍穿了魔法师“约翰”（当然是借用了儿子的名字“约翰尼”），也砍死了弗拉克斯巫师、弗兰克与他的保镖们、爱睡觉的吉恩、恶毒萨莉、莉莉·艾斯托勒、蓝女巫，当然也少不了暗世游侠本人雷·戴蒙，这些角色全惨死刀下。以上全是他幻想出来的角色，生活在想象力的洞穴里，个个摩拳擦掌，准备把克莱救出苦海。过去几年来，他时常开车在缅因州的乡下奔走，周旋于十几座小学教美术，往往一个月奔走好几千英里，几乎以车为家。

漫画人物安详地沉睡在作品夹中，在瑞士刀一刀刺穿时，他敢发誓他听见了他们的呻吟声。

他怒不可遏，再也不管对方手上有没有刀（至少暂时无所谓），只是用作品夹当挡箭牌，逼得中年狂汉向后直退。他看见刀锋砍出了一道宽宽的V形，越看越生气。

中年人狂啸着："不列！"努力想抽刀回去，刀子却卡得太紧，"不列其呀姆，嘟啦喀札啦，啊吧啦！"

"欠扁！"克莱大喊，然后一脚伸向倒退着走的狂汉后面。他事后才想到，人体在逼不得已时，往往能起而反抗。人体里藏了这个秘密，正如同人在冥冥之中知道如何跑步、如何跳过小溪、如何性交或在别无选择的时候一死了之。人体也能在压力极大时主导全局，把大脑逼向一边，做出必要的举动，而大脑只能在一旁吹口哨仰望天空直跺脚，或思索着刀子划过作品夹的声响，而这作品夹是妻子在他二十八岁生日那天送的礼物。

中年狂汉被克莱的脚绊倒，正合克莱之意，中年人向后倒在人行道上。克莱站在他身边喘着气，双手仍拿着作品夹，而作品夹已像作战时被砍弯的挡箭牌，屠刀的刀锋在一边，刀柄在另一边。

中年人想站起来，小胡子快步冲向前踹他的脖子，力道不小。小胡子哇哇哭着，泪水滚滚流下脸颊，连镜片也起了雾。中年人又后退到人行道，舌头吐出来，发出噎声，克莱倒觉得像他刚才起乱时的胡言乱语。

"他竟然想杀我们！"小胡子哭着说，"他竟然想杀我们！"

"对，对。"克莱说。他发现自己以前也常对约翰尼说"对，对"，口气完全相同。当年夫妻俩还叫儿子"约翰尼G"。儿子常从前院的步行道走来找他，不是摔伤了小腿就是手肘，哇哇哭着说："我流血了！"

人行道上的中年人流了不少血，撑着手肘又想站起来，这一次换克莱出脚，踹开了他的一只手肘，让他躺回路面，但这一踢也起不了决定性的作用，反而让血染得到处都是。克莱握住刀柄，摸到半凝固的血，觉得又湿又黏，不禁皱起了眉头。那种感觉就像煎完培根后出了油，等油脂冷却后再用手心抹过一样。他握紧刀柄向后拉，刀子却只动了一点点，不知是因为刀子不肯动，还是他的手太滑。他想象笔下的人物在阴暗的作品夹中喃喃咒骂，自己也发出痛苦的声音。他忍不住。他也忍不住心想，刀子抽出来之后，他又能怎么办？难道一刀戳死这疯子？他认为，如果一时逼不得已，他可能出得了手，但现在恐怕不行。

“怎么了？”小胡子哽咽着说。克莱尽管哀伤，却也忍不住被小胡子话中的关怀感动。“被他砍到了吗？你刚才挡住他几秒，我没看清楚。有没有被他砍到？你受伤了吗？”

“没有，”克莱说，“我还好——”

话还没说完，从北面又传来爆炸的巨响，几乎能肯定声音来自波士顿港另一边的罗根机场。两人耸起肩膀，皱起眉头。

狂汉趁这机会急忙爬起来，却挨了小胡子一记侧踢。虽然踢得笨拙，却正中狂汉的领带中间，踢得他又向后倒地。狂汉鬼叫着想抓住小胡子的脚，本来可以一把将小胡子拖过去，然后用力勒到他骨折，幸亏克莱及时拉住他的肩膀，把他从狂汉的手里抢了回来。

“他抢走了我的鞋子！”小胡子哀叫道。他们背后又有两辆车发生车祸，空气中又增添了惨叫声、警报声，其中有汽车警报、消防警报以及尽情呜哇响的防盗警报。远方还有警笛声。“那杂种竟敢抢我的鞋——”

突然来了一个警察。克莱猜是刚才随警车来的警察之一。他看着穿深蓝长裤的警察在喃喃自语的狂汉旁跪下一膝，心中油然对警察产生近似敬爱的感觉。警察居然肯抽空过来！居然注意到了！

“这人要小心对付，”小胡子紧张地说，“他有——”

“我知道他有什么毛病。”警察响应。克莱看见警察手握着佩枪。究竟警察是跪下后拔枪，还是走来时就将枪握在手里，克莱无从得知。克莱只忙着感恩，没空去注意。

警察看着狂汉，倾着上身靠过去，几乎像主动向狂汉献身。“嘿，老兄，还好吧？”他低声问，“我问你怎么了？”

狂汉扑向警察，两手掐住警察的脖子，警察也在同一时间举枪抵住狂汉的太阳穴，扣下扳机，大片血花从另一侧的灰发中喷出，他也应声倒回地面，还胡闹似的张开双臂，好像在说：妈，快看，我死翘翘了。

克莱看着小胡子，小胡子也望向他，两人接着一起望向警察。警察正把自动手枪收回枪套，从制服胸前口袋取出一只小皮盒。克莱看见警察的手在微微发抖，突然有点高兴。他原本对警察的敬爱已经转为惧怕，如果警察的手不抖，克莱会更加畏惧。刚才发生的事绝非偶发事件。近距离的枪声让克莱的听觉产生了效应，如同打通了耳朵里的经脉，现在他听得见其他枪声，一声声爆裂在越来越嘈杂的环境里清晰可闻。

警察从薄薄的小皮盒里取出一张卡片，然后把盒子收回口袋，克莱认为应该是名片。警察用左手食指与中指夹着名片，右手再次滑向佩枪的枪托。在他擦得雪亮的皮鞋旁，狂汉被射穿的头淌出一摊血，而在附近的人行道上另有一摊女强人流的血，那摊血已经开始凝结，颜色也逐渐暗沉。

“尊姓大名？”警察问克莱。

“克莱顿·瑞岱尔。”

“现任总统是谁？”

克莱照实回答。

“先生，今天是几月几日？”

“十月一日。你知道发生了什……”

警察改问小胡子：“尊姓大名？”

“汤姆·麦考特，家住莫尔登市塞勒姆街一百四十号。我……”

“上一届总统大选时，落选的人是谁？”

他照实回答。

“布拉德·皮特娶了谁？”

他举起双手。“我怎么知道？八成是电影明星吧。”

“好。”警察递给他夹在两指间的名片。“我是乌尔里克·阿什兰德警官。这是我的名片。两位将来可能要出庭作证刚才发生的事。刚才的情况是，你们需要帮助，我伸出援手，我受到攻击，我予以响应。”

“你本来就想枪毙他。”克莱说。

“对，先生，警方想尽快了结他们的痛苦，”阿什兰德警官说，“不过要是两位向法庭或调查委员会转述上面那句话，我会矢口否认。这种事非做不可。这种人一直在各地不断冒出来，有些只是自杀，但有更多人是攻击别人。”他迟疑了一下又说：“就警方掌握的消息，这种人要是不自杀，就会攻击别人。”话才说完，马路对面又传来枪响，停了几秒后再快速连“砰”三枪，声音来自四季大饭店的前庭阴影。饭店现在已成废墟，到处是碎玻璃、残缺的尸体、被撞毁的车辆、喷洒出来的人血。“根本就像电影《活死人之夜》。”阿什兰德警官开始往博伊尔斯顿街走回去，一手仍放在枪上，“只不过这些人还没死，除非警方帮忙。”

“里克！”马路对面有个警察急着喊。“里克！我们得去罗根了！所有小组都要去！赶快回来！”

阿什兰德警官过马路前左看右看，路上却没有车。博伊尔斯顿街除了空车之外，目前暂时没有其他车的踪迹，但附近仍不时传来爆炸声与汽车撞击声，硝烟味也越来越浓。警察开始过马路，走到一半又往回走，对他们说：“快去找个地方躲起来。这次算你们走运，下次就难说了。”

“阿什兰德警官，”克莱说，“警方不用手机吧？”

阿什兰德站在博伊尔斯顿街正中央看着他，克莱认为很不安全，因为他想到了横冲直撞的大鸭游览车。阿什兰德说：“不用，因为警车上备有无线电，另外还有这个。”他拍拍腰带上的无线电，挂在枪套的对面。打从识字以来，克莱就是漫画迷，这时他突然想起蝙蝠侠系的那条万能腰带。

“别打手机，”克莱说，“告诉其他人，千万别打手机。”

“为什么？”

“因为那些人刚才全打过手机。”他指向气绝的女强人与不省人事的少女，“一讲完话手机就开始发疯。我敢打赌，拿刀的那个人——”

“里克！”马路对面的警察又喊，“给我过来！”

“你们快去躲起来。”阿什兰德警官再次建议，然后小跑至四季大饭店那边。克莱但愿刚才能再提醒他们一次不能用手机，但总体来说，他很高兴那位警察能逃过一劫，只是照今天下午的情况来看，他不太相信全波士顿的人都能平安无事。

4

“你在干什么？”克莱问汤姆，“别碰他。他，呃，说不定有传染病。”

“我没有要碰他，”汤姆说，“只是想拿回鞋子穿上。”

狂汉的左手张开着，鞋子躺在手附近，但不在弹孔溅血的范围之内。汤姆在博伊尔斯顿街的路边坐下，就在富豪冰激凌车停靠的地方，克莱只觉得恍若隔世。汤姆穿回鞋子。“两条鞋带都断了，”他说，“可恶的神经病扯断了鞋带。”说着又开始大哭。

“尽量绑紧就是了。”克莱说。他想把屠刀拔出来。狂汉劈刀的劲道极大，刀卡得很深，克莱不得不上下扭动刀子，连续抽动几下，最后才慢慢抽出来，吱嘎声刺耳，使得他频频想皱眉。他一直在想，不知道哪个角色的伤势最重。真是太蠢了，满脑子被吓得一片空白后才会这样想，但他难以控制自己。“可以直接绑在最下面的两个洞吧？”

“我想可以……”

克莱的耳边萦绕着一种机械化的嗡嗡响，很像蚊子，现在声音越来越靠近，稳定而沉闷。汤姆也在路边坐直身体。克莱转身一看，发现波士顿市警的一小队警车原本正从四季大饭店的门口陆续离开，却又在家具店与失事的游览车前停下来，警灯仍亮着，车上的警察纷纷探出车窗，看着一架私人的中型飞机慢速飞过波士顿港与波士顿公园之间，迅速接近地面。这种飞机也许是塞斯纳，也许是所谓的双富矿（Twin Bonanza），克莱对机型的研究不够透彻。飞机像醉酒似的在公园上空倾斜，下面的机翼差点划到树梢，鲜艳的秋叶被扫得乱舞。飞机随后飞进查尔斯街的上空，仿佛飞行员决定把马路当跑道。接着，在距离路面不到二十英尺时，飞机向左倾斜，左翼撞上一栋灰色石造楼房的正面，也许是银行，就在查尔斯街与毕肯街口。原本看着飞机在天上飞，总觉得飞得很慢，几乎像在滑翔，但机翼一撞上楼房，错觉立即消散一空，因为机身开始以机翼为圆心，以惊人之势朝紧临银行的红砖建筑直扑而去，消失在耀眼的橙红色火舌里，震波传遍了整座公园，吓得群鸭乱飞。

克莱低头看见自己一只手里还握着屠刀。刚才与汤姆看着飞机坠毁时，屠刀已经从作品夹脱落。他开始用上衣的正面擦刀面，擦完一面再擦另一面，小心翼翼地以免割伤自己（现在换他的手开始发抖了）。擦完后，他万分谨慎地把刀插进腰带，一直插到只余刀柄，这时他早期创作的漫画浮现脑海……其实画得有点幼稚。

“海盗乔瑟尔在此悉听尊便，大美人。”他喃喃地说着。

“什么？”汤姆问。他这时站在克莱旁边，凝视着飞机在公园另一边引燃的熊熊大火，只有机尾露在火焰之外。克莱看得见机尾写着LN6409B，上方有个看似球队的标志。

接着连机尾也被火吞噬。

他感觉首波热浪开始轻轻袭上脸来。

“没事。”他对身穿粗呢西装的小胡子说，“别坏了咱俩的好事。”

“什么？”

“我们快走吧。”

“喔，好。”

克莱开始沿着公园南边走，继续朝他三点整时走的方向前进。虽然只过了十八分钟，但感觉却像过了一个世纪。汤姆快步跟上，他真的非常矮。他说：“喂，你常乱讲些没意义的话吗？”

“那当然，”克莱说，“问我太太就知道。”

5

“我们要去哪里？”汤姆问，“我本来要去搭乘地铁。”他指向大约一条街外的绿色车站书报摊，有一小群人在那里走动，“可是现在去搭乘地铁恐怕不太明智。”

“我也有同感。”克莱说，“我投宿在大西洋街旅馆，差不多过五条街就可以到。”

汤姆的表情顿时明朗起来。“我应该知道在哪里。其实是在鲁登街上，隔壁才是大西洋街。”

“对。先去我的房间看看电视新闻。而且我也想打电话给太太。”

“用客房的电话。”

“对，用客房的电话打。我连手机都没有。”

“我有手机，可是今天没带出来，因为我把手机放在梳妆台上，结果被我养的猫‘瑞福’摔坏了。我打算今天去买新的，不过……对了，瑞岱尔先生……”

“叫我克莱就行了。”

“好吧，克莱。你确定客房里的电话安全吗？”

克莱停下脚步。他根本没考虑过这个问题，但如果连传统电话也不安全，那到底还有什么电话可以打？他正要对汤姆这么说时，前方的地铁站忽然爆发肢体冲突，有人恐慌地呐喊，有人惊叫，也有那种口齿不清的乱语。他这时明白了，胡言乱语是这种精神病的特征。在碉堡状的灰岩地铁建筑与通往地下的楼梯附近，原本有一小群人走动，这时急忙四散躲避，有几人跑上街头，其中有两人互搂着腰，一边走，一边匆匆回头看。大部分的人都跑进公园，如鸟兽般四散，让克莱看了有些难过。不知为何，看见刚才互搂的两人，让他觉得好过了一些。

还有两男两女仍在地铁站里。克莱相信，一定是这四人出现在车站，才吓跑了其他民众。克莱与汤姆站在不远处旁观，这四人开始缠斗，倒在地上继续打得不可开交，有置人于死地的恶毒意味，一如克莱见识过的狰狞面孔，但他仍看不出这四人在打什么，因为他们并非三人欺负一人，也不是两人对两人，也绝对不是男生打女生，因为其中一个“女生”看起来已有六十五岁，身材粗壮，剪了一个凶巴巴的发型，让克莱联想起从前几位接近退休年龄的女老师。

这四人打架时拳脚一起上，也动用了指甲与牙齿，又闷哼又叫骂，围着六七个倒地的民众打。这些民众不是已经被他们打昏，就是已经被打死。两男之一被伸出来的腿绊倒，跌跪在地上，年纪较轻的女人扑在他身上，跪地的男人赶紧从楼梯顶端拾起某种东西——不出克莱所料，他一眼就看出那个东西是手机——对准女人脸颊砸下去，砸得手机碎裂，割伤了女人的脸，鲜血如山洪般灌注在轻便外套的肩膀上，但她的尖叫声并非出自痛苦，而是怒吼。她抓着跪地男人的两耳，像提水壶般揪住他，然后跪在他的大腿上，使劲一推，推得他向后跌进阴暗的地铁楼梯。两人扭打成一团，像发情的猫一样紧缠不放，然后消失在视线中。

"走吧。"汤姆喃喃地说，同时扯一扯克莱的上衣，动作异常轻柔。"走吧。去马路对面。走吧。"

克莱让汤姆带他到博伊尔斯顿街对面。两人安然抵达对面，他觉得要不是汤姆够小心，就是他自己运气好。来到号称"旧书之最，新书之最"的"拓殖书局"时，他们看见在地铁站之役中最不可能夺魁的老女人大步走进公园，朝飞机坠毁燃烧的方向走去，顶着一头古板严肃的花白头发，鲜血从发梢滴向衣领。最后打赢的人竟然是位像图书馆员或拉丁文老师的古板女人，而且还是个再过一两年就能领到金表退休的老太太！可是克莱一点也不惊讶。他的同事里面，有不少女老师的个性就是这么强悍。能奋斗到这种年纪的女老师，十之八九几近坚不可摧。

他觉得这个感想听起来一定很有趣，正想张口对汤姆讲，不料嘴巴一张开，只能发出咕噜咕噜的沙哑嗓音，眼前还泛起水光。显然身穿粗呢西装的矮个子汤姆并非唯一无法控制泪水的人。克莱用手臂擦擦眼睛，开口再试一次，还是只挤出咕噜咕噜的哽咽声。

"没关系，"汤姆说，"发泄出来比较好。"

书局的橱窗里有架古老的皇家牌打字机，曾在手机通讯问世前风光一时。围绕打字机的是旧书。就这样，克莱站在橱窗前哭了出来。他为女强人、超短金与超短褐而哭，也为自己而哭，因为波士顿不是他的家，而此刻，家乡竟是如此遥不可及。

6

通过波士顿公园后，博伊尔斯顿街越来越窄，最后被车辆塞得水泄不通。有些车发生车祸后抛锚在路上，有些则是因为车主自顾逃命而被抛弃。幸好路面拥塞，他们不必再担心碰上神风特攻队似的大礼车或乱闯一气的大鸭游览车。在他们四周，枪炮与撞击声此起彼伏，活像在地狱里庆祝除夕。附近也有许多噪音，多半是汽车警报器与防盗器发出的声响，但目前的路面则异常宁静。阿什兰德警官临走前说过："快去找个地方躲起来。这次算你们走运，下次就不一定了。"

他们经过书局，继续过了两条街，距离克莱还称不上低级的旅馆仍有一个街区时，他们又走运了。这时他们又碰上一个年约二十五岁的疯癫男子，全身是鹦鹉螺牌与赛百斯牌健身器材锻炼出来的肌肉，正从他们前面的巷口冲出来，跑向马路，跳过两辆车撞在一起的挡泥板，边跑边叽咕乱语，讲得口沫横飞，活像喷个不停的火山熔岩。他两手各拿一根汽车天线当短剑，不停朝天猛刺，见人就想砍。他全身只穿了一双看似全新的耐克球鞋，鞋子上有鲜红色的勾勾商标，其他地方一丝不挂，跑步时阴茎左右摇摆，宛如老爷钟的钟摆吃错了药。他奔上对面的人行道，然后转向西面往公园跑，臀部随着步伐一收一缩。

汤姆紧抓着克莱的手臂不放，直到这个疯子离去才慢慢松手。"假如被他看见了……"他说。

"可惜他没看见。"克莱说。他忽然莫名其妙地高兴起来。他知道这种感觉迟早会消失，但他仍想趁机享受一下。他觉得自己在牌桌上拿到了一手好牌，今晚的特等奖摆在眼前等着他去领。

"我同情被他看见的人。"汤姆说。

"看见他的人才值得同情吧。"克莱说，"走吧。"

7

大西洋街旅馆的门上锁了。

克莱惊讶到一时脑筋转不过弯来，只能呆立在门口，扭转着门把，门把却纹丝不动。他想不通的是，门居然被锁住了。他投宿的旅馆竟然锁门不让他进去。

汤姆来到他身边向内看，额头靠在门玻璃上以减轻反光。北边又传来一声轰隆巨响，地点无疑是罗根机场，但这一次克莱只被震得稍微抽动一下。他觉得汤姆根本没反应，因为汤姆太专心观看眼前的状况了。

“地板上死了一个人，”他最后高声说，“穿着制服，不过他年纪太大，不像服务生。”

“我又不想找人帮我提行李，”克莱说，“只想上楼回房间。”

汤姆发出怪异的闷哼声，克莱以为这矮子该不会又想哭了吧，但他随即发现汤姆其实是按捺着笑意。

旅馆的玻璃双扉门上，一扇印着大西洋街旅馆，另一扇印着无耻的谎言：**波士顿最高级的住址**。汤姆用掌心拍打左门的玻璃，打在波士顿最高级的住址与一列信用卡图案的中间。

此时克莱也开始往里头瞧。大厅不是很大，左边是柜台，右边有两部升降电梯，地板铺着火鸡红色的地毯，上面趴着穿制服的老人。这人面朝下，一脚搭在沙发上，屁股黏着一幅带框的帆船画，作品是科里尔与艾夫斯（Currier & Ives）的名画复制品。

克莱方才的好心情顿时烟消云散。汤姆开始用拳头猛敲玻璃门时，他拉住汤姆的拳头说：“别敲了。就算里面的人还活着而且没发疯，也不会让我们进去。”他思考一下又说，“尤其是他们还没发疯的话。”

汤姆不解地看着他说：“你不太清楚状况吧？”

“清楚什么状况？”

“情况已经变了，他们不能把我们锁在外面。”他推开克莱的手，不再用拳头敲击玻璃门，而是又将额头紧贴玻璃大喊。克莱心想，他个头这么小却中气十足。“喂！喂！有人在吗？”

他停顿一下，大厅里依旧毫无动静。老服务生的屁股仍黏着名画，没有生命迹象。

“喂，里面的人，赶快开门啊！我身边这位先生是贵旅馆的客人，我是他的朋友！再不快开门，我可要去捡颗路缘石来砸玻璃啰！听见了没有？”

“路缘石？”克莱说着哈哈笑，“你刚说路缘石？好有学问。”他笑得更用力了，忍也忍不住。随后，他的左边出现了动静，他转头一看，发现一名少女站在同一条街的不远处，正用疲惫沧桑的蓝眼珠看着他们，一副受害者的模样。她穿的是白洋装，正面流了一大摊血，鼻子下面、嘴唇与下巴上也有凝结的血迹。除了流鼻血之外，她看起来没有受伤，而且一点也没有发疯的迹象，只是饱受惊吓，被吓得半死。

“你还好吧？”克莱问。他向少女跨出一步，少女也向后退一步。在这种情况下，他不怪她。他站住，对她伸出一只手，像交通警察一样比出“停车”的手势。

汤姆看了一下，然后又开始捶门，打得玻璃门的旧木框跟着咔咔作响，他照在玻璃上的影像也随之振动。“给你们最后一个机会，再不开门，我们可要硬闯啰！”

克莱转身，正想劝他那种耍老大的伎俩今天行不通，柜台里却缓缓升起了一颗秃头，犹如潜望镜探出海面。脸还没出现，克莱就已经认出这个人是谁。克莱昨天登记住房时，帮他办手续的就是这个人。克莱把车停在一条街外的停车场后，帮他在停车券上盖优待章的也是这个人。今早他出门前，告诉他如何前往科普利广场旅馆的，还是这位柜台人员。

柜台人员站起来后，仍留恋着柜台不愿离开，克莱只好举起客房的钥匙，上面也串着旅馆的绿色塑料电子钥匙。接着他又举起作品夹，希望柜台人员能认出他来。

也许柜台人员确实认得他，更有可能的是，他认为别无选择，只好掀开柜台末端的板子出来，绕过尸体，快步走向门口，走得仓促，显然不太情愿。这举动大概是克莱此生初次见识到的动作。柜台人员来到门口时，先是看着克莱，然后看着汤姆，接着又看克莱。尽管他看了再看仍不太放心，却还是掏出口袋里的一串钥匙，迅速翻找到正确的一把插入锁孔。汤姆握住门把想开门时，柜台人员举起一只手，就像克莱举手制止背后的女孩一样。柜台人员又找出一把钥匙，插进另一个锁孔，最后才把门打开。

“进来吧，”他说，“快。”接着他看见了在不远处徘徊旁观的少女，“她不准进来。”

“她也可以进来。”克莱说，“快来吧，小甜心。”但她不肯进门。克莱走向她时，她转身就跑，裙子在她身后飞扬。

8

“放她在外面乱跑，她可能会没命的。”克莱说。

“不关我的事。”柜台人员说，“到底进不进来嘛，谜语（riddle，音近‘瑞岱尔’）先生？”

他说起话来带有波士顿口音。在克莱所住的缅因州，三个人中必有一人出身于马萨诸塞州，那些外州人讲的是蓝领阶级的马萨诸塞州乡音，克莱经常听见，但眼前这人讲话字正腔圆，操着“但愿我是英国人”的口音。

“敝人姓瑞岱尔，重音在第二个音节。”克莱确实想进门没错。既然门已经开了，这人再挡也没用，但克莱仍在人行道上逗留片刻，望向少女的背影。

“进来吧，”汤姆轻声说，“没办法了。”

汤姆说得没错，的确是没办法了。状况就是这么糟。克莱跟着汤姆进门，柜台人员再次锁上两道锁，仿佛可以把街头的乱象锁在外面一样。

9

“那位是富兰克林。”柜台人员带着两人绕过趴在地毯上的尸体。

汤姆刚才往门里瞧过后曾经说：“他年纪太大，不像服务生。”克莱认为他的确是年纪一大把。他身材矮小，白发浓密。克莱听说，人死后指甲与头发仍能继续生长一段时间，他那一头浓密的白发可能还在继续生长，可惜脖子以大角度弯曲，看起来好像是上吊而死。“他在本旅馆服务了三十五年。我相信他办住宿手续时跟每位房客讲过，跟多数房客还讲过两遍。”

克莱原本就心浮气躁，听了柜台人员这种尖锐的英国腔更加心烦。他心想，如果把这种嗓音比喻成放屁声，大概就像气喘儿拿玩具纸喇叭吹出的那种屁声吧！

他又掀开柜台的板门进去，显然柜台给了他一份归属感。头上的电灯打在他脸上，克莱看得出他的脸色非常苍白。他说：“有个男人下了电梯，是个疯子，富兰克林的运气不佳，碰巧站在电梯门口……”

“怎么不帮他拿走屁股上的那幅画？”克莱说完，弯腰拾起科里尔与艾夫斯的复制品，放在沙发上，同时把死者搭在沙发上的那条腿推下来，发出克莱很熟悉的声音。他在漫画里画过很多类似的声响，就像这样：砰！

“下电梯的人只打了他一拳，”柜台人员说，“可怜的富兰克林被打得撞到墙，大概就这样撞断了脖子。那么一撞，图画也跟着掉了下来。”

依照柜台人员的逻辑，这样解释似乎能原谅自己的一举一动。

“打他的人呢？”汤姆问，“发疯的那个男人呢？跑去哪里了？”

“出去了，”柜台人员说，“所以我才认为锁门是上策。当然，我是等他出门之后才上的锁。”他看着两人，神情恐惧，但又似乎心痒难耐，很想找人八卦一样，克莱对这种神态极其厌恶。

柜台人员问："外面的情况怎么样了？糟到什么地步了？"

"你应该掌握得很清楚吧，"克莱说，"不然怎么会锁门？"

"对，可是……"

"电视怎么报道？"汤姆问。

"什么也没有，有线电视信号中断了……"他看了一下手表，"将近半小时没节目了。"

"收音机呢？"

他故作姿态地瞪了汤姆一眼，那眼神好像在说：开啥玩笑？克莱开始认为这家伙可以出书，写一本《如何迅速顾人怨》。"在这里听收音机？在闹区的旅馆听收音机？你一定在开玩笑。"

外头传来高频率的惊恐哀号，穿了沾血白洋装的少女又来到门外，一面用手心拍打玻璃门，一面回头看。克莱快步走向她。

"不行，门被他锁上了，忘了吗？"汤姆对他大喊。

克莱没有忘记。他转向柜台。"去开锁。"

"不行。"柜台人员说。他在窄瘦的胸前紧紧交叉双臂抱紧，以强调坚拒开门的心意。门外的白衣少女又向后看，拍门拍得更加用力，沾血的脸孔因恐惧而紧绷。

克莱拔出腰带上的屠刀。他原本几乎忘了屠刀的存在，现在却说拔就拔，动作自然得令他诧异。"狗娘养的，去给我开门，"他告诉柜台，"否则给你的喉咙一刀。"

10

"没时间了！"汤姆高呼，抓起一张高背椅倒过来，对准玻璃门砸去。大厅的沙发两旁各有一张仿安妮女王时代风格的高背椅。

少女看见他过来，赶紧退缩，举起双手来保护脸，此时，她背后的男子追了过来，出现在门外。这个人身材魁梧，像个建筑工人，肥满的肚腩从黄T恤里凸出来，头发油腻灰白，扎了一条马尾，在背后跳上跳下。

高背椅的脚打在双扉门的玻璃上，左边两只脚撞碎了大西洋街旅馆，右边两只则撞碎了**波士顿最高级的住址**，然后打中建筑工粗肥的左肩，而建筑工正攫住少女的脖子。高背椅的底座卡在两道门中间的门框里，反作用力使得汤姆向后跌去。

建筑工像乩童似地胡言乱语，鲜血开始从长满雀斑的左双头肌流出，少女趁机挣脱却被自己的脚绊住，跌跪在地上，一只脚在人行道上，一只脚在水沟里，又惊又痛，忍不住大哭起来。

克莱站在碎玻璃门的门框前。自己是怎么走过大厅的，他并没有印象，隐约只记得把椅子扯开来。“嘿，臭瘪三！”他对着建筑工大骂。疯言疯语的建筑工静止片刻，停止动作，克莱看了微微受到鼓舞。“对，就是你！”克莱大喊，“我在跟你讲话！”接着他只想得出：“我上过你妈，她的床上功夫好烂！”

身穿黄T恤的大块头建筑工呼喊了一个字，听起来怪怪的，近似女强人临死前喊的话，就像“Rast！”建筑工转向门口，把旅馆当成忽然长了牙齿还会讲话的怪物，向克莱扑过去。无论建筑工看见的是什么，绝对不是汗流满面、一脸阴森的持刀男子，绝对不是站在长方形破玻璃门里的克莱，因为克莱根本不需要主动出击，建筑工已自动跳进门来，被突出的刀锋刺中。这把瑞典钢刀平顺地戳进他下巴下方被晒红的垂肉里，戳出了红色瀑布，洒在克莱的手上，热得克莱咋舌，几乎和刚泡好的咖啡一样烫。他很想抽刀后退，却不得不按捺住撤退的冲动，反而是勇往直前，最后觉得刀锋遇到了阻力，停滞了片刻，然后继续向前冲，刺穿了软骨，最后从颈背钻出来。建筑工向前倒下，克莱单手无法支撑他，用尽吃奶的力气也没办法，因为他少说得有两百六十磅，甚至重达两百九十磅。建筑工靠在门框上，姿势像醉汉一样倚靠着路灯，棕色的眼球暴凸，被尼古丁染黄的舌头吊在嘴角外，脖子血流如注，然后膝盖不支，整个人瘫了下去。克莱握着刀柄，讶异把刀抽出来时居然如此轻松，比刚才从强化碎木板制成的作品夹抽刀时容易得多。

建筑工倒下后，他又能看见少女。她一只膝盖跪在人行道上，另一只膝盖跪在水沟里，头发盖住脸，不停尖叫。

“小甜心，”他说，“小甜心，别再叫了。”但她照叫不误。

11

她的姓名是艾丽斯·马克斯韦尔。她最初只能说这么多。接着她说她和母亲搭电车从博克斯福德镇来波士顿逛街。她们母女俩经常在礼拜三南下波士顿，因为这天是所谓的“提早下课日”，就读高中的她能提早放学。母女在南站下电车，招了出租车。她说司机包着蓝色头巾。她还说蓝色头巾是她能记住的最后一个东西，之后只记得秃头柜台人员终于开了锁，打开破玻璃门让她进来。

克莱认为她记得的不只这些，因为汤姆问她和母亲有没有带手机时，她立刻开始发抖，推说不记得，但克莱确信母女俩至少有一部移动电话。最近似乎人人有手机，而克莱算是稀有动物。至于汤姆能有幸捡回一条命，或许应该感谢爱猫把他的手机踢下了梳妆台。

他们继续与艾丽斯在大厅对话，多半是由克莱发问，少女默默坐着，低头看着擦伤的膝盖，偶尔摇摇头。克莱与汤姆已经把富兰克林的尸体搬到柜台里面，不顾秃头柜台人员高声抗议。他的理由很怪：“搬进来的话，我站哪里？”柜台人员只肯说他姓里卡迪，抗议无效后就退回后面的办公室。克莱跟着他过去，想确定里卡迪先生没有说谎，电视确实中断了讯号。等他确定后里卡迪没说谎，他决定不再打扰他，留他一个人在办公室里。克莱的太太莎伦见了一定会说，里卡迪先生“躲起来生闷气去了”。

然而，在克莱离开之前，里卡迪不甘心地补了一句：“这么一来，我们等于对外不设防了。”他还不满地说：“我希望你自认成就了什么大事。”

“里卡迪先生，”克莱尽可能耐着性子说，“不到一小时之前，我在波士顿公园另一边看见飞机坠毁，照情况听来，有更多飞机，而且是大飞机，也在罗根机场出事了，说不定正对准航空站做自杀攻击。市中心到处都有爆炸声，我敢说今天下午全波士顿都不设防。”

说完，头上传来极为沉重的撞击声，仿佛印证了克莱的说法。里卡迪先生头也不抬，只是朝克莱的方向比划出“退下”的手势。没电视可看，他只能坐在办公椅上，严肃地盯着墙壁。

12

克莱与汤姆把两张仿安妮女王时代的椅子推向门，用高高的椅背来代替被打碎的玻璃门倒也合适。既然玻璃都碎了，锁门也无济于事，但是克莱认为挡住街头的眼线是明智之举，而汤姆也表示赞同。摆好高背椅后，他们就放下大厅主窗的百叶窗，大厅立刻暗了不少，在火鸡红的地毯上隐约留下近似牢笼的条纹。

办完了上述的事，听完了艾丽斯极度简化的说词，克莱终于可以进柜台打电话了。他看了一下手表，下午四点二十二分，不迟也不早，只不过平常的时间感似乎不复存在，公园里人咬狗耳的事件仿佛已过了几个小时，却像近在眼前。然而，时间确实存在，而远在肯特塘镇，莎伦必然已经回到他仍然认为是家的地方。他非联络上她不可，以确定她没事，同时向她报告自己也没事，但这并不是最重要的。确定约翰尼一切平安很重要，但另外还有一件更加重要的事。事实上，这件事可以说是攸关生死。

他没有手机，莎伦也没有，这一点他几乎百分之百确定。两人从四月分居至今，她可能已经申请换了门牌号，但两人仍然住在同一个镇上，每天几乎都见得到面，如果她买了手机，他没有不知道的道理。别的不说，她至少会给他号码吧？没错，但是……

但是约翰尼有手机。小约翰尼G现在已经不小了，十二岁已经不算小婴儿了。上次过生日时，他要的礼物就是红色手机，铃声是他最爱的电视节目主题曲。上学时，学校当然禁止他开机，连拿出书包都不准，但现在已经放学了。此外，克莱与莎伦其实鼓励他随身带着手机，原因之一是夫妻俩处于分居状态，儿子可能会碰上紧急状况或者遇到没赶上校车之类的小问题，带着手机比较方便联络。可是克莱仍然抱着一丝希望。莎伦说过，她最近进约翰尼的房间时，常常看见手机被遗忘在书桌上，或被约翰尼放在床边的窗台上，而不是在充电器上，电力全无。

尽管如此，儿子的红色手机仍在他脑海里滴滴答答响，犹如定时炸弹。

克莱把一只手放在旅馆柜台上的传统座机电话上，然后又缩回来。门外又有东西在爆炸，但这次听起来很遥远，好像是在大后方听见巨炮轰炸前线的感觉。

别自以为是了，他心想，说不定没有什么大后方，我们根本就是身处战场。

他望向大厅，看见艾丽斯坐在沙发上，汤姆蹲在她身边，对她喃喃说话，碰碰她的懒人鞋，同时抬头注视她的脸。很好。汤姆很有一套。克莱越来越庆幸碰到汤姆……或者该庆幸汤姆碰到他。

传统电话也许没问题，问题是“也许”的胜算有几成。对妻子而言，他或许应尽几分丈夫的责任；但对儿子而言，他却是百分之百责无旁贷。就连只是想到约翰尼都让他觉得危险，因为只要脑海一产生儿子的念头，克莱就感觉大脑中多了一只慌张的老鼠，作势想突破不太牢靠的笼子，准备以锐利的小牙齿随口乱咬。如果他能确定约翰尼与莎伦平安无事，便能把这只老鼠好好关在笼子里，让他能全心策划下一步。但是，如果走错一步，他谁也救不了，反而会害旅馆里的人遭殃。他稍加考虑之后呼唤里卡迪先生，办公室却没有人应声，所以他又喊了一次，仍然没有回音，他只好说：“里卡迪先生，我知道你在里面，再不出来，我可要进去找你了，到时别怪我发脾气。我一生气，可能会考虑把你赶出门。”

“你没有权利赶人。”里卡迪先生用教训人的口吻忿忿地说，“你只是本旅馆的房客。”

刚才被锁在门外时，汤姆说过情况已经变了，克莱想借用这句话来回敬里卡迪，思绪却被楼上的声音打断，因此迟迟没有吭声。

“怎么了？”里卡迪先生最后说，语气比刚才更冲几倍。楼上传来更响的撞击声，好像有人摔了沉重的家具，也许是橱柜。这一次连少女也抬起头来望。克莱以为听见了闷闷的吼声，也许是有人喊痛，接着却无声无息。二楼有什么设施？不是餐厅。他记得登记住宿时，里卡迪先生说本旅馆没有附设餐厅，想用餐可到隔壁的大都会餐饮店。他这时心想：*是会议室。我很确定是以印第安族名命名的会议室。*

“到底怎么了？”里卡迪先生又问。他的火气大到了极点。

“开始乱起来之后，你有没有打过电话？”

“那还用说吗？”里卡迪先生说。他来到办公室与柜台后方之间的门。柜台后方有信件架、监视器画面、一排计算机。他在门口看着克莱，满面愤慨。“消防警报器被触动了，我去解除警报，多丽丝说是三楼的垃圾桶起了火，所以我想打电话请消防队别来了，结果线路却在占线中！‘占线中’！偏偏挑这个时候！”

“你当时一定很生气。”汤姆说。

里卡迪先生首度面露缓和的神态。“情况开始，呃……走下坡路的时候，我打电话报警了。”

克莱认为用“*走下坡路*”来形容倒也贴切。“好。结果有没有接通？”

“有个男人叫我挂掉别占线，然后挂掉了我的电话。”里卡迪先生说着，愤慨的意味逐渐爬回嗓音中。“我后来又报警，因为有个疯子下了电梯后打死了富兰克林，这次接听电话的是个女人。她说……”里卡迪的嗓音开始颤抖，克莱看见他开始掉泪，泪水顺着鼻子两边滑落。“……说……”

“说什么？”汤姆以他平常的语调问，问得轻柔又带同情。“她到底说什么，里卡迪先生？”

“她说，如果富兰克林死了，打死他的疯子也跑掉了，我就没有报警的必要。她还劝我把门锁起来，待在里面。她也叫我把旅馆的电梯降到一楼然后上锁。我照她的意思去做。”

克莱与汤姆交换了下眼色，意思是说：设想周到。克莱的脑海骤然浮现出栩栩如生的景象——昆虫受困于玻璃与纱窗之间，气得嗡嗡响却逃不出去。而这幅景象与楼上传来的撞击声有关。他纳闷了一下，想着在楼上撞击的人再过多久能找到楼梯。

“然后那个女人就挂掉了我的电话。之后我又打电话给我太太，我们住在密尔敦。”

“跟她通话了吗？”克莱想确定这一点。

“她被吓坏了，叫我赶快回家。我跟她说，警方建议我锁上门后待在里面。我也叫她照着做，先去锁门，尽量别出去。她求我回家。她说，门前的马路上传来了几阵枪声，隔条街也传来一声爆炸。她说她看见一个男人赤裸全身跑过本泽克家的院子。本泽克夫妇就住在我家隔壁。”

“好。”他轻声说，语气甚至带有舒缓人心的作用。克莱一语不发。刚才对里卡迪先生发那么大的脾气，他现在反而觉得有点愧疚，但汤姆也对他发过脾气。

“她说她相信那个裸男可能——可能，她只是说可能——抱着一个……嗯……裸体的小孩。不过也有可能是个洋娃娃。她再次求我离开旅馆回家。”

克莱获得了他想要的信息。传统座机电话果然安全。里卡迪先生虽然饱受惊吓，但精神状态仍然正常。克莱把一只手放在电话上。在他拿起话筒前，里卡迪先生制止了他。里卡迪先生的手指修长、苍白而冰冷。里卡迪先生还没讲完。里卡迪先生讲得正起劲。

“她骂我王八蛋，然后挂掉电话。我知道她在生我的气，我当然也了解她生气的原因，不过警察叫我锁上门别出去。警察叫我别上街。是警察耶！他们可是官方单位啊！”

克莱点头说：“官方单位，对。”

“你们不是搭乘地铁过来的吗？”里卡迪先生问，“我一向都搭乘地铁，过两条马路就有车站，便利得很。”

“今天下午可不便利，”汤姆说，“我们看多了怪人，跟我打赌我也不肯下去搭乘。”

里卡迪先生用忧伤但却充满期待的神态看着克莱说："我就说嘛。"

克莱再次点头，说："你最好待在这里。"可是他明知自己只想回家照顾儿子，当然也照顾莎伦，但最主要的是照顾儿子。他明知除非万不得已，自己一定要回去看儿子。这种感觉就像心上多了一个秤砣，阴影遮蔽了视觉。他又说："最好不过了。"然后捞起话筒，按九接外线。他不确定能否接通，但话筒果然出现拨号音。他按一之后再按全缅因州的区域码二〇七，接着再按代表肯特塘与附近小镇的头三位号码六九二。最后的四位号码，他只按了三个，眼看就要接通他仍视为家的地方，这时冒出了三个明显的叮声，随之而来的是预先录好的女声："很抱歉，所有的线路正占线中，请稍后再拨。"

话一讲完，拨号音再起，因为自动线路切断了他刚拨往缅因州的号码……预录的女声应该就是从缅因州发出来的。克莱拿着话筒，让话筒掉到与肩同高的地方，仿佛话筒突然变得沉重无比。然后他把话筒放回原位。

13

汤姆骂他说神经病才想离开这里。

汤姆说，第一个原因是旅馆里相对安全，尤其是电梯已经锁住了，而且楼梯间通往大厅的门也被行李箱室的行李与箱子堵住。楼梯门位于电梯另一边的短廊尽头。即使有人力气超大，有办法把楼梯间门外的箱子推开，也只能推开大约六英寸宽的缝隙，人无法通过。

另一个原因是，市区里的乱象似乎有增无减，交错的警报声、叫骂、尖叫与车辆疾驶声不绝于耳，有时候也能嗅到令人恐慌的烟雾味。这一天微风徐徐，虽能吹走大部分的气息，但大家仍然嗅得到。克莱心想，只能说暂时还算安全，但他并没有说出口，至少还没有。那女孩已经被吓坏了，他不想再用言语刺激她。爆炸声似乎再也不是单发事件，而是连续发作。其中一次相当靠近旅馆，吓得大家认定前面的窗户会被震破，因此赶紧低头躲避。幸好窗户完好如初，但大家依然躲进里卡迪先生的内部办公室以保平安。

汤姆反对克莱离开旅馆的第三个理由是现在已经五点十五分了，天色马上就要暗下来，摸黑离开波士顿等于是发疯。

“你自己看看外面。”他指向里卡迪先生的小窗户，外面就是艾赛克斯街，弃置的车辆挤满了路面，至少可以看见一具尸体，是个年轻女子，穿着牛仔裤与红袜队的运动衫，上面印有棒球红星瓦力泰克（Varitek）的名字。女子俯卧在人行道上，双臂张开，仿佛死前想游泳。“你是想开车走吗？劝你三思。”

“他说得对。”里卡迪先生说。他坐在办公室后面，双臂再次交叉在窄胸前沉思着。“你的车子停在塔姆沃思街的停车场。能不能把车钥匙插进去都成问题。”

克莱早已对那辆车死心，正想张口说他不打算开车（至少出发时开不得），这时楼上又传来撞击声，这一次重得动摇了天花板，伴随而来的是玻璃破碎的声音，微弱却清晰可闻。艾丽斯·马克斯韦尔原本坐在办公桌对面的椅子上，这时抬头紧张地看着，然后整个人缩得更小。

“楼上是什么？”汤姆问。

“正上方是易洛魁[①]室，”里卡迪先生说，“本旅馆有三间会议室，就属这间最大，所有的器材全摆在这间里，如桌椅和视听设备等等。”他停顿一下后继续说：“此外，虽然本旅馆没有附设餐厅，但应客户要求，我们会安排自助餐或鸡尾酒会。刚才那一声……”

他没有讲完。他不需讲完，克莱就知道了。刚才那一声是自助餐的推车被推倒，上面堆得高高的杯碟碗盘也摔得粉碎，另外的推车与餐桌也已经被某个狂人推倒，而狂人被困在二楼，来回咆哮，就像被夹在窗户与纱窗之间的昆虫一样，缺乏寻觅出路的头脑，只能乱跑乱

---

① 易洛魁，美国殖民史中六个印第安人部落的联盟，十七和十八世纪在法国和英国争夺北美的战争中起过重要作用。

摔东西。

艾丽斯沉默了近半小时后终于开口讲话，这是相遇之后她首次不问自答。“你刚才不是说有人叫做多丽丝。”

“全名是多丽丝·古提雷斯。”里卡迪先生点头说，“她是客房部的主管。优秀员工。可能是最优秀的一位。我最后一次跟她联络时，她人在三楼。”

“她有没有……”艾丽斯不肯说出来，只是竖起食指贴在嘴唇上表示“嘘”，而克莱对这手势也很熟悉了。接着，艾丽斯把右手举到脸的一边，拇指靠近耳朵，小指凑向嘴巴前面。

“没有，”里卡迪先生说得近乎拘谨，“员工上班期间必须把手机放进置物柜。初犯者记申诫一次，再犯者情节严重时会被开除。员工开始上班时，我就会宣布这项规定。”他耸耸一边瘦削的肩膀，然后说：“是公司的政策，又不是我订的。”

“她听见声音，会不会下到二楼察看？”艾丽斯问。

“可能会，”里卡迪先生说，“我无从得知，只记得她跟我报告垃圾桶起火之后就没再联络，我打她的呼叫器她也不回电。我呼叫了两次。”

克莱心想：*看吧，待在这里也不安全。*但是他不愿意说出口，所以他望向艾丽斯后面的汤姆，想用眼神传达这个基本概念。

汤姆说：“你估计楼上还有多少人？”

“我怎么知道？”

“猜猜看。”

“不多。就客房部人员而言，可能只有多丽丝一个人，因为白天班在三点下班，晚班的人六点才进来。”里卡迪先生紧闭双唇，“这是公司的节流之举，不过根本没什么用。至于客人嘛……”

他考虑着。

“对我们来说，下午这段时间很闲，闲得很，因为昨晚的客人全退房了，本旅馆的退房时间是正午。而就平日的下午而言，过夜的客人要到四点左右才开始进来，但今天并不是平日。多住几晚的客人通常是来这里出差。我猜想你也是，谜语先生。”

克莱点点头，懒得再纠正发音。

“下午三四点，来波士顿出差的人通常会去市区办事，所以整个旅馆几乎只剩工作人员。”

接着，仿佛楼上有意跟他作对，又传来一阵撞击声，接着是玻璃破裂的声响，同时也有微弱的野兽低吼，大伙儿全抬头看。

“克莱，听我说，”汤姆说，“如果楼上那个人找到楼梯……我不清楚这种人有没有思考能力，不过……”

“从我们在街上看到的举止，”克莱说，“把他们称为人类都嫌牵强。我觉得楼上那个人就像昆虫被困在窗户的纱窗里，如果找得到洞的话，还是逃得出来。如果楼上那个人真能找到出路，也只能在无意间找到。”

“如果他找到楼梯，下楼后发现通往大厅的门被挡住了，他会改走消防门到后面的巷子去。”里卡迪先生以对他而言算是积极的语调说：“如果有人推消防门杆，一定会触动警报，我们就知道他跑掉了，少了一个疯子要担心。”

旅馆南边某处发生了大爆炸，大家缩紧脖子。克莱自认总算能体会二十世纪八〇年代贝鲁特居民的感受了。

“我是想讲讲道理给各位听。”克莱耐心说。

“才不是，”汤姆说，“反正你说什么都想走，因为你担心太太和儿子。你想劝我们一起走是希望有人好作伴。”

克莱气馁地呼了一口气。“我当然希望有人作伴，不过我劝你们走的原因并不是这个。原因是，烟味越来越浓了，你们最后一次听见警笛声是多久以前的事？”

没有人答得出来。

“我也答不出来，”克莱说，“我觉得波士顿的状况暂时不会好转，只会变得更糟。如果真的是手机……”

“她是想留言给我爸。”艾丽斯讲得很快，仿佛想趁记忆消散前一口气讲完，“她只想叫我爸去干洗店拿衣服，因为她的委员会要开会，她要穿那件黄色的羊毛装，我礼拜六要去外地比赛，不多带一套制服不行。事情发生在出租车上。然后我们出车祸了！她勒住了司机，还一直咬司机，扯掉了他的头巾，他的脸有一边全是血，然后我们就撞车了！”

艾丽斯环视三张直盯她的脸，然后用双手捂住脸，开始啜泣。汤姆走过去想安抚她，但令克莱惊讶的是，里卡迪先生竟然走出办公桌，赶在汤姆之前伸出竹竿似的手臂搂搂她，说：“没事，没事。我相信纯粹是误会一场，年轻的小姐。”

她抬头看着里卡迪先生，眼睛瞪得老大，满脸激动。“误会？”她指着上衣正面干掉的大片血迹。“这看起来像误会吗？我还动用了初中自卫课学到的空手道。我用空手道对付自己的母亲啊！好像劈断了她的鼻梁……我敢确定……”艾丽斯猛摇头，头发跟着散开，“而且，要是我来不及打开背后的车门……”

“她一定会要你的命。”克莱淡淡地说。

“她一定会要我的命。”艾丽斯低声附和，“她不知道我是谁，她可是我的母亲啊！”她看看克莱，然后看看汤姆，“都是手机惹的祸，”她用同样的语气低声说，“肯定是手机没错。”

14

“波士顿总共有多少手机？”克莱问，“市场渗透率多高？”

“大学生那么多，我想手机的数量一定也很可观。”里卡迪先生回答。他又坐回办公桌，如今显得比较活泼了，可能因为刚才安慰了艾丽斯，也可能是有人请教了他商业方面的问题。“不过，手机可不只是有钱年轻人的专利。一两个月前，我在《企业》杂志上读过一篇文章，才发现中国大陆的手机总数已经等于美国人口数了，你能想象吗？”

柯里根本不想去想。

“我懂了，”汤姆不情愿地点头，“我知道你想讲什么。有个恐怖分子设法在手机讯号里动了手脚，如果你打电话或接到电话，就会得到某种……怎么说呢……某种潜意识的讯息吧，我想……而这种讯息能让人精神失常。听起来虽然像科幻小说，不过在十五、二十年前，手机对多数人来讲，不也像科幻小说？”

“我认为差不多是这么一回事，”克莱说，“甚至只是旁听到手机的说话内容，头脑照样会被搞得乱七八糟。”他想到的是超短褐：“不过真正阴险的是，大家一看到世界大乱……”

“第一个冲动就是打手机，问问看到底发生了什么事。”汤姆说。

“对，”克莱说，“我就看见有人这样做。”

汤姆落寞地看着他。“我也看见了。”

“扯太远了吧，这跟摸黑离开旅馆去外面冒险有啥关系？”里卡迪先生说。

外头又传来爆炸声，算是解答了里卡迪的疑问。随后又来了连续六七声巨响，往东南方而去，宛如巨人逐渐远离的脚步。楼上又是一阵撞击声，伴随着微弱的怒吼。

“楼上那家伙找不到楼梯，我想外面的神经病也一定没大脑，不会考虑离开市区。”克莱说。

他顿时看见汤姆一脸震惊，旋即了解那种表情并非震惊，也许是惊奇吧，其中也带有逐渐明朗化的希望。“天啊，”汤姆边说边打了自己一耳光，“他们不会离开波士顿，我怎么没想到。”

“可能另外还有一个重点。”艾丽斯说。她一面咬嘴唇，一面低头看着不断交缠的双手。她强迫自己抬头看着克莱说：“天黑之后再出门，反而可能比较安全。”

“为什么那么说，艾丽斯？”

“如果他们看不见你，如果你能跑到别的东西后面，或是躲起来，他们几乎会马上忘记你的存在。”

“何以见得？”汤姆问。

“因为我就躲过刚才在追我的人，”她用低沉的口气说，“就是穿黄 T 恤的那个人。事情发生在我碰到你们两人之前。我躲在巷子里，躲在大垃圾箱后面吓得浑身发抖，因为我担心他一追进巷子，我可能会无路可逃，越想越着急。结果我看见他站在巷子口，四下看了又看，一直绕圆圈走个不停，我外公会说他是在走‘担心圆’。起初我以为他是在耍我，因为他一定看见我跑进巷子了，我刚才只跑在他前面几英尺……短短几英尺而已……他几乎一伸手就能够到我……”艾丽斯开始颤抖，“可是我一进巷子，就好像……他怎么讲……”

“就好像把你忘得一干二净了，”汤姆说，“可是，假如他只差几步就追到你，你怎么不继续逃命？”

“因为我跑不动了嘛，”艾丽斯说，“真的跑不动了，两腿变成了像橡皮做的东西，感觉很像灵魂快要被甩出来了。幸好我躲进了巷子，不必再跑了。他又绕了几圈，嘟囔着神经病的话，然后走掉了，我简直不敢相信。我还以为他是想骗我出去……可是我同时又认为，他坏掉成那样，头脑没那么好。”她瞥了克莱一眼，然后继续低头看着手，“问题是，我后来又被他发现了。我一开始就应该跟你们一起进旅馆。我有时候真的是超迟钝。”

“你只是被吓……”克莱才说了一半，从东边某地就传来了至今最大的巨响，轰隆一声，震耳欲聋，所有人弯腰低头捂耳，听见了大厅窗户的粉碎声。

“我的……天啊！”里卡迪先生说。秃头的他睁大眼睛，克莱认为他很像《孤女安妮》（*Little Orphan Annie*）的精神导师沃巴克斯老爹。“可能是尼兰德街上的壳牌超级加油站。那座加油站刚建成不久，所有的出租车和大鸭游览车都去那边加油，因为它盖对了位置。”

克莱不知道里卡迪的说法是否正确。他没嗅到汽油燃烧的气味（至少还没有），但视觉训练有素的他可在脑海里想见三角形的街区陷入火海，在向晚的时刻形同丙烷喷火枪。

“现代的城市可能整个烧起来吗？”他问汤姆，“毕竟，现在的建材几乎全是钢筋水泥和玻璃。当年芝加哥的欧里瑞夫人养的牛踢倒了油灯，引发大火，蔓延烧了整个芝加哥，这种事现在可能发生吗？”

“踢倒油灯的说法是无稽之谈！”艾丽斯说。她揉着后脑，好像头疼得受不了。“教美国史的迈尔斯老师说的。”

“当然有可能发生，”汤姆说，“看看飞机撞上世贸大楼之后的情况就知道。”

“满载汽油的飞机。”里卡迪先生加重语气说。

汽油燃烧的气味开始弥漫，仿佛被里卡迪先生施法术召来，飘进了破掉的大厅窗门，如幽魂似的从办公室门下钻了进来。

“壳牌加油站的事被你的鼻子猜中了。”汤姆说。

里卡迪先生走向办公室与大厅之间的门，用钥匙开锁，然后打开门。克莱所见的大厅已显得荒凉暗淡，也已经不再重要。里卡迪先生用旁人听得见的音量嗅了一嗅，然后关上门再锁上。“味道变淡了。”他说。

“你想得美，”克莱说，“不然就是嗅觉疲乏了。”

“他说的可能对，”汤姆说，“现在吹的西风不算太弱，风吹向海边，而里卡迪先生说新的加油站盖在尼兰德街和华盛顿街的路口，旁边是新英格兰医学中心……”

“就是那边没错。”里卡迪先生说，他的脸色阴沉，但却带着几分满足，“唉，再怎么抗议也没用！撒一撒钱就能解决了，相不相信……”

汤姆插嘴说：“……这样看来，火现在已经烧到医院了……里面的人当然也一起被火葬……”

“不要。”艾丽斯赶紧遮住嘴巴。

“不要也不行了。王嘉廉医疗中心是下一个。等天色完全暗下来，风势可能会减弱。如果没减弱，在晚上十点以前，九十号州际公路以东的所有东西都有可能变成烤起司。”

“我们这里是在州际公路以西。”里卡迪先生指出。

“这样就安全了。”克莱说，“至少不会被那场火烧到。”他走向办公室的小窗户，踮脚尖向外看艾赛克斯街的情况。

“看到什么东西没？”艾丽斯问，“有没有看见人？”

“没有……有了，一个男人，在马路对面。”

“是不是疯子？”她问。

“看不出来。”但克莱认为他是疯子，根据的是那个人跑步的姿势，以及他不断猛回头看背后的动作。那个人在转弯跑上林肯街之前，差点撞上了杂货店门前摆的水果摊。此外，虽然克莱听不见他在讲什么，却能看见他的嘴巴一直动。“他已经跑掉了。”

“没有别人了吗？”汤姆问。

“目前没有，烟倒是有。”克莱停顿一下后说，“也有白灰和黑炭渣，我看不出有多严重，因为风把灰烬吹得乱飞。”

“好，我想通了，”汤姆说，“我的学习速度一向很慢，但不至于什么都学不会。看样子，波士顿会被烧光，除了疯子之外不会有人乖乖留下来。”

“没错。”克莱说。他并不认为这个道理只适用于波士顿，但目前他狠不下心把其他城镇考虑进去。等他确定约翰尼平安之后，或许才有可能把眼光放宽。也许他永远无法看清大局，毕竟他混饭吃的技巧就是在小格子里画画。尽管如此，他心中挥之不去的自私鬼仍然传递了一个清晰的念头：*为什么偏偏挑今天？为什么发生在我终于挥出强劲的一记全垒打之后？*

“我可以跟你走吗？”艾丽斯问。

“当然，”克莱说完望向柜台人员，“你也可以，里卡迪先生。”

“我想镇守岗位。”里卡迪先生说。他这话的语气崇高，说完他把视线从克莱脸上移开。但在视线离开前，他脸上出现了忧伤的神态。

“天下大乱了，你就算锁上旅馆离开，老板应该也不会跟你过意不去吧？”汤姆说。他的语气轻柔，克莱越听越喜欢。

“我将镇守岗位，”他又说，“白天值班的经理唐纳利先生下午去银行存款，留我看守。如果他回来了，也许我可以……”

“拜托嘛，里卡迪先生，”艾丽斯说，“待在这里没有好处。”

但里卡迪先生又把双臂交叉在胸前，摇头不语。

15

他们搬开一张高背椅后，里卡迪先生打开了正门的锁。克莱向外观察，左右都看不见移动的人影，但由于空气弥漫着阴暗的细灰烬，他很难看得仔细。灰烬在风中像黑雪般飘舞。

“走吧。”他说。三人只是想先去隔壁的大都会餐饮店而已。

“我会再把门锁起来，然后放回椅子，”里卡迪先生说，“不过我会注意听声音。如果你们碰上了麻烦，比如说又碰见那些……那些‘人’躲在大都会里，非撤退不可，记得要喊：‘里卡迪先生，里卡迪先生，我们需要你！’这样我就知道去开门救人，听懂了吗？”

“懂了。”克莱说完捏捏里卡迪先生细瘦的肩膀，里卡迪先生缩了一下，然后又站稳了脚步。虽然克莱对他表达敬意，但是他脸上却没有丝毫宽慰之色。“你很正常。我本来以为你也疯了，是我刚才看走了眼。”

“我只是希望尽一己所能，”他僵着声音说，“一定要记得……”

“我们会记得的，”汤姆说，“我们只去隔壁顶多十分钟，如果这里出了事，你一定要喊救命。”

“好。”里卡迪先生说。但克莱认为他不会求救。克莱不知为何有这种直觉，毕竟人遇到麻烦一定会大喊救命，但克莱确实有这种直觉。

艾丽斯说：“请你务必改变心意，里卡迪先生。你应该早就知道波士顿很不安全了吧！”

可是里卡迪先生只是把视线移开。这时克莱心中不无讶异，想着：*有些人宁可冒生命危险也不肯冒险改变，他就是这种人。*

“走吧，”克莱说，“趁现在还有电，我们赶快去做几个三明治。”

“顺便多拿几瓶矿泉水。”汤姆说。

16

大都会餐饮店的小厨房铺着白瓷砖，环境整洁，停电时，他们三人正在包最后几个三明治。在停电之前，克莱已经又试打了三通电话到缅因州，一通是打到老家，一通打到莎伦任教的肯特塘小学，另一通打去约翰尼就读的张伯伦中学，可惜只拨到缅因州的州码二〇七就听见了占线讯号。

餐饮店的电灯突然熄灭，餐厅里顿时一片漆黑，吓得艾丽斯惊声尖叫。幸好紧急备用灯随即自动亮起，但是艾丽斯仍然心有余悸，一只手紧搂着汤姆，另一只手挥舞着用来切三明治的面包刀。她两只眼睛睁得大大的，却茫然无神。

“艾丽斯，把刀放下，”克莱这话说得稍微严厉了点，有违他的本意，“以免伤到人。”

“或伤到你自己。”汤姆又用轻柔舒缓的语调说，紧急备用灯照得他的眼镜反起光。

她放下面包刀，又立即拿起来。“我要这把刀，”她说，“我想带在身上。克莱，你自己身上就带了一把，我也要。”

“好，”克莱说，“不过你没有腰带。我找桌布来帮你做一条。在找到桌布之前，你千万要小心。”

一半的三明治是烤牛肉加起司，另一半是火腿加起司。艾丽斯拿保鲜膜裹住。克莱在收款机下面找到一叠袋子，袋上印着“打包袋”。他和汤姆把三明治放进两个袋子里，然后再用一只袋子装了三瓶矿泉水。

餐桌上已经为晚餐摆好了餐具，但已经是徒劳无功了。有两三张桌子已经翻覆，但大部分都完好无恙，墙上无情的紧急备用灯把玻璃杯与刀叉照得闪闪发光。这里的气氛平静，而且井然有序，但克莱却感到莫名的心痛。折好的餐巾洗得干干净净，每桌各有一盏小台灯，里面的灯泡已经熄灭。克莱心想，离灯泡再亮之日可能遥遥无期。

他看见艾丽斯与汤姆四下张望着，与他一样一脸不开心，所以想提振一下士气。这种冲动简直接近疯狂，充斥了整个脑袋。他记得以前常变一种把戏给儿子看，这时不禁又想起约翰尼的手机，再次被心里那只恐慌鼠咬了一口。克莱全心盼望那只该死的手机掉在约翰尼的床下，被遗忘在一团团的灰尘之间，电力一点也不剩。

“仔细看哟，”他一边说，一边把三明治的袋子放到一旁，“请注意看，我的手一刻也没有脱离手腕。”他握住桌布下垂的部分。

“挑这时候表演魔术，别闹了。”汤姆说。

“我想看。”艾丽斯说，在他们相遇之后，第一次露出微笑。虽然笑得含蓄，但毋庸置疑，那的确是一抹微笑。

“我们需要这条桌布，”克莱说，“只要几秒钟就好，而且这位小姐想看。”他转向艾丽斯，“不过你得说魔咒。就讲沙赞姆好了。”

“沙赞姆！”她一说完，克莱就用利落的双手拉走桌布。

他已经有两三年没玩过这个把戏了，差点失手，因为他拉扯桌布时稍微迟疑了一下，但失误却让这个把戏增添了一种窝心的感觉。桌布被抽走后，餐具应该会留在原地，没想到克莱失手，所有的餐具都向右移动了大约四英寸，而且最靠近克莱的酒杯移到了桌缘，圆形的底座半露在桌面外。

艾丽斯鼓掌哈哈大笑，克莱伸出双手鞠躬。

“可以走了吧，大魔术师？”汤姆虽然问得不耐烦，但脸上却带着笑。借着紧急备用灯光，克莱看见他的小牙齿。

“先等我缠上这个，”克莱说，“一边可以插刀，另一边可以绑上三明治的袋子。矿泉水就由你来提。”他把桌布折成三角巾，然后快速卷成腰带，穿进一袋三明治的提把，然后把桌布缠在少女的细腰上，还不得不多缠半圈，在后面打个结以免松脱。他最后把有锯齿的面包刀插进右边。

“哇，你真有两把刷子。”汤姆说。

“多谢夸奖。”克莱说完，外面又发生爆炸，距离近到连餐饮店也跟着震动，原本被扯到桌边的酒杯因此失去重心，掉到地上摔碎了。三人看着破酒杯，克莱原想说他不相信预兆，但是说出来只会让大家心情更糟，何况他这个人确实有点迷信。

17

在动身之前，克莱想先回旅馆一趟，理由有三。第一，他想取回忘在大厅里的作品夹。第二，他想回去帮艾丽斯找找看有没有可以充当刀鞘的东西，例如：够长的盥洗包。第三，他想再给里卡迪先生一个机会，带他一起走。他惊讶地发现，第三个理由甚至强过作品夹。虽然他不愿承认，但是他的确莫名其妙地欣赏起里卡迪来了。

他向汤姆承认最后这个原因时，汤姆竟然点头说："就跟我对鳀鱼披萨的感觉一样。起司加西红柿酱，再加上死鱼，怎么看都觉得恶心……不过有时候就是非吃不可。"

黑色的灰烬与残渣如暴风雪般自街上袭来，也从大楼之间窜出，汽车警报器呜呜直叫，防盗警报器哇哇直响，消防警报声呜哇大作。虽然感受不到热度，但克莱能听见东边与南边有烈火燃烧的劈啪声，而且烧焦味也越来越浓。他们听见有人叫喊，但声音来自波士顿公园，从博伊尔斯顿街较宽的那端传来。

他们回到隔壁的旅馆，汤姆帮克莱把一张高背椅从碎裂的玻璃门前搬开，里面的大厅如今只见一团漆黑，柜台与沙发成了一团团阴影，如果克莱从没进过大厅，一定不知道那些阴影是什么东西。电梯上面有一盏紧急照明灯，忽明忽暗，底下的电池组像马蝇一样嗡嗡响着。

"里卡迪先生？"汤姆呼唤。"里卡迪先生，我们回来问你想不想改变心意。"

没有回应。过了几秒，艾丽斯开始小心翼翼地敲掉门框上像牙齿一样的碎玻璃。

"里卡迪先生！"汤姆再次呼喊，但还是没有回音，他只好转向克莱，"你不是要进去吗？"

"对，去拿回作品夹，里面装了我的画。"

"没留副本吗？"

"那些是正本。"克莱说，仿佛这话能解释一切。何况里面还有里卡迪先生。他说过：*我会注意听声音*。

"要是他被楼上的疯子逮到了呢？"汤姆问。

"那样的话，我们应该早就听到他在这里到处乱撞了，"克莱说，"而且如果他真的疯了，那么他听到我们的声音时，一定会跑过来，满嘴胡言乱语，就像公园里那个想砍死我们的家伙一样。”

“那可不一定，”艾丽斯说。她咬着下唇，“你只看过几个，现在就以偏概全，未免太早了吧。”

她说得当然对，但他们总不能站在这里一直讨论下去。

“我会小心的。”他说着把一脚伸进破门里。门框虽窄，却够他钻过去。“我只是去他的办公室探头看。如果他不在，我不会像恐怖片里的小女生一样到处去找他，只是去拿作品夹，然后我们就一起走。”

“你要一直大声讲话，”艾丽斯说，“就说‘没事，我没事’之类的话，不准停下来。”

“好，不过，如果我停止喊叫，你们就自己先走，别进来找我。”

“别担心，”她的脸上没有微笑，“恐怖片我看多了。我们家也有Cinemax 电影频道。”

18

“我没事。”克莱高喊着，拿起作品夹，然后放回柜台。他心想：*可以走人了，可是还不是时候。*

他绕过柜台时回头看，看见那扇没有拉下百叶窗的窗户射出微光，似乎在渐暗的天色中飘动着，在最后的天光中映出两具人影。“我没事，仍然没事，现在只是想进他办公室看看，还是没事，还是没……”

“克莱？”汤姆警觉起来，但克莱一时无法响应。办公室高高的天花板中间有个灯，里卡迪先生就吊在那儿，他用来上吊的东西似乎是条窗帘绳，他的头上还顶着白色的袋子，克莱认为是旅馆给房客送洗衣物用的塑料袋。“克莱，你还好吧？”

“克莱？”艾丽斯的嗓音刺耳，歇斯底里一触即发。

“没事。”克莱听见自己说。他的嘴巴似乎脱离了大脑的控制。“我还在这里。”他回想起里卡迪先生说我将镇守岗位时的神态。当时他的语气崇高，眼神却难掩惧怕与自卑，就像小浣熊被大恶犬逼到了车库的角落。“我现在就出去。”

他倒退着走出办公室，仿佛担心里卡迪先生会从自制的绞刑绳圈上滑下来，等克莱一转身就立刻追过来。他除了担心莎伦和约翰尼的安危之外，内心深处忽然又多了一份想家的心酸，令他回想起小学开学第一天，母亲送他到学校，把他留在游戏场的入口处转身就走，而其他家长都陪着子女走进教室。他母亲说：“克莱，你自己走进去就是了，就在第一间，不会有事的，男生都自己进教室。”他看着母亲走上雪松街，看着她的蓝色外套，然后才乖乖听话走开。此刻他终于了解“思乡病”这个词的由来，原来想家真的会教人难过得像生病一样。

汤姆与艾丽斯是好人，但他想跟他心爱的人在一起。

他绕过柜台，走过大厅，来到长方形的破门前，看见新交的两位朋友满面惊恐，才想起又忘了拿该死的作品夹，不回头拿不行。正当他伸手去拿时，他认定里卡迪先生会从越来越暗的柜台偷钻出来，抓住他的手。幸好没有，但楼上又传来撞击声。那东西还在楼上，还在黑暗中横冲直撞，而在今天下午三点之前，那东西还是人类。

这次他往门口的方向走到一半，大厅的紧急备用灯闪了闪，因为电池耗尽而熄灭。克莱心想：*违反消防规定，我应该去检举。*

他递出作品夹，汤姆接下。

“他去哪里了？”艾丽斯问，“不在办公室吗？”

“死了。”克莱说。他考虑过要撒谎，却自认没这份能耐，因为刚才那一幕让他大受打击。好端端的一个人怎么会上吊？他觉得这根本是不可能的事。“是自杀。”

艾丽斯哭了起来，这时克莱想起，当初要不是里卡迪先生开门，现在她大概已经没命了。事实上，他自己也有点想哭，因为里卡迪先生竟肯过来开门。也许多数人在这种情况下都肯吧！

在西边越来越暗的街上，从公园的方向传来一声尖叫，分贝大到不可能出自人类的咽喉。克莱觉得那个声音很像大象的扬鼻长啸声，其中不带痛苦，也不带欢乐，只有疯狂。艾丽斯缩着脖子靠过去，他一手搂住她。她身体的触感如同通了高压电的电线。

“想离开这里的话就趁现在，”汤姆说，“如果没遇上太多麻烦，应该能往北走到莫尔登市，去我家过夜。”

“太棒了。”克莱说。

汤姆谨慎地微笑说：“你真的这样认为？”

“真的，谁知道呢？说不定阿什兰德警官已经到了。”

“谁是阿什兰德警官？”艾丽斯问。

“我们在公园旁边遇见的一个警察，”汤姆说，“他……嗯……帮了我们一个忙。”此时，三人往东走向大西洋街，穿越飘落的灰烬与四起的警报声，“不会看见他的，克莱只是开开玩笑而已。”

“喔，”她说，“真高兴有人还有心情开玩笑。”人行道上的垃圾桶边有个蓝色手机，外壳摔裂了，艾丽斯一脚把手机踢进水沟。

“踢得好。”克莱说。

艾丽斯耸耸肩说：“我踢足球踢了五年。”就在此时，街灯亮了起来，仿佛在对他们承诺，一切还有挽救的机会。

2 莫尔登

1

密斯提克河大桥上聚集了几千人，旁观着商业大道与波士顿港之间的万物起火燃烧。即使太阳下山了，西风依旧强劲温暖，火焰如熔炉般呼呼窜动，星星为之失色。满月逐渐升起，狰狞到了极点，有时被烟遮住，但最常见的画面是月亮成了喷火龙的凸眼，拨云向下猛瞪，投射出模糊的橙光。克莱认为那很像恐怖漫画里的月亮，但是他没有说出来。

大家都无话可说。桥上的民众呆望着刚离开的市区，坐视火焰吞噬豪华的港景自用公寓大楼。对岸是交织起伏的警报声，多数是消防车与汽车，呜哇呜哇的警车声也穿插其中，一会儿以扩音器呼吁市民**没事别上街**，一会儿又有别的警车劝民众**走西向与北向的要道徒步离开市区**，二者相互矛盾、相持不下几分钟后，**然后没事别上街**，终于停了下来。又过了五分钟后，**走西向与北向的要道徒步离开市区**，这种呼声也停了。如今仅剩风势助长的熊熊火焰声、警报声以及持续传出的低频率碎裂声，克莱认定是窗户难敌烈焰而崩裂的声音。

他心里盘算着受困市区的民众、被困在水火之间的人不知有多少。

“不是想知道现代城市会不会发生大火吗？”汤姆说。在火光的照映下，他那张聪明的小脸显露出疲态与病态，一边的脸颊有灰烬划出的痕迹。“记得吗？”

“闭嘴，赶快走。”艾丽斯说。她显然心烦意乱，但是声音和汤姆的一样轻。克莱心想：*就像在图书馆里*。接着他又想到：*不对，比较像在殡仪馆里*。“可以走了吧？我实在看不下去了。”

“好，”克莱说，“我们走。汤姆，你家离这里多远？”

“离这里不到两英里，”他说，“不过，遗憾的是，我们还没脱离险境。”他们已经转向北走，所以他指向右前方。右前方有个东西在发亮，就像一盏橘色的街灯在乌云密布的夜晚高照路面，只不过今晚夜空无云，路灯也没亮，而且路灯也不会冒出一道道黑烟。

艾丽斯嘟囔一声，然后赶快捂住嘴巴，仿佛默默观看波士顿陷入火窟的民众会骂她乱出怪声音。

“别担心，”汤姆的语气带有异样的平静，“我们要去的是莫尔登，那边看起来是里维尔。照风向来判断，莫尔登应该没事。”

别再讲下去，克莱在心中叫他住嘴，但汤姆还是补上一句：“暂时没事。”

2

大桥分为上下两层，下层有数十辆车被弃置桥面，一辆鳄梨绿色的消防车，车身漆了**东波士顿**的字样，被水泥搅拌车从侧面撞上之后，两车的人都已弃车，但是这一层多半已被行人占据。只不过现在大概该改称呼他们为难民，克莱心想，但继而一想，说“他们”也不对，应该是称呼“我们”为难民。

大家仍然很少交谈，大部分的人只是沉默地站着看火烧市区。在走动的人也走得很慢，经常回头观望。他们三人接近大桥的尽头时（克莱看见俗称老铁壳的战舰就停泊在波士顿港中，还没有受到火舌侵扰。应该是老铁壳没错吧？），克莱注意到一个怪现象：有很多人盯着艾丽斯瞧。起先他心生猜疑，总觉得民众一定误认他伙同汤姆绑架了少女，正想把她架去做见不得人的事。接着他提醒自己，大桥上的人已经被吓得失魂落魄，不可能有工夫想这么多。与卡特里娜飓风的灾民比较起来，波士顿的灾民更惨，因为至少飓风的灾民事先听过或多或少的预警，而这里的人大多忙着避难，根本没时间管闲事。接着，月亮升得更高了一些，亮度也稍微增强，他的疑惑才豁然开朗：一眼看去，她是唯一的青少年。与多数难民比较起来，就连克莱也显得年轻得多。驻足观火或缓步走向莫尔登或丹弗斯的这些灾民，绝大多数都年过四十，其中许多人要是去丹尼连锁餐厅，甚至还能享受银发族的优惠特价。他看见有几个人带了幼童，也看到两辆婴儿车，但除此之外没有其他的年轻人。

再往前走几步，他又注意到另一个现象。路边散落着手机，每隔几步路就看见一个，而且没有一个是完整的，不是被辗过，就是被踩碎，只剩线路与塑料碎片，像是一条条被打死的毒蛇，以免再有人被咬。

3

“你叫什么名字，亲爱的?”一名福态的女人从公路的斜对面走过来。这时三人已经下了大桥，走了大约五分钟。汤姆说，再走十五分钟就能到塞勒姆街的交流道，接着再过四条街就能到他家。他说他的猫见到他会乐得半死，这话逗得艾丽斯脸上泛起软弱无力的微笑。克莱心想：软弱无力总比没有好。

一见福态的女人脱队靠过来，艾丽斯便露出反射性的狐疑表情。走在同一条路上的人，（这些人犹如鬼魅，有些人提着行李箱，有些人拎着购物袋，有些人则背着背包）有的聚集成群，有的排成一列，渡过了密斯提克河，往北走在一号公路上，远离南方的大火，也很明了东北边的里维尔即将沦陷。

福态女人回头看着她，露出温柔关爱的眼神。她的头发灰白，去美容院烫成了小而整齐的卷发。她戴的眼镜是猫眼镜框，身上的外套是克莱母亲口中的“短大衣”，长及大腿一半。她一只手提着购物袋，另一只拿着一本书，看似温和无害，绝对不是手机疯子。自从三人从旅馆提着几袋三明治离开后，再也没见到手机疯子，但是克莱仍然觉得自己像狗竖直了耳朵警觉起来。大家忙着逃命，路上却冒出一个把这里当成迎新茶会的女人，当然令人觉得不太正常，但是天下乱成了这样，有什么状况是百分之百正常的？克莱大概快受不了了，汤姆也一样，他也观察着这位有慈母风范的胖女人，用眼神叫她滚蛋。

“我叫艾丽斯……”艾丽斯愣了半天后才说。克莱原本以为她不打算搭腔。她回答得迟疑，像学生上了一堂太难的课，被老师抽问到了简单的问题，却又担心问题是否有诈。“我的姓名是艾丽斯·马克斯韦尔……”

“艾丽斯。”福态的女人说着，露出慈母般的微笑，与她充满兴趣的表情同样温柔。克莱原本就已经够心浮气躁的了，见到她的微笑后，心中更多了一股无名火。“好可爱的名字，‘艾丽斯’的意思是‘受上帝恩宠’。”

“其实啊，女士，‘艾丽斯’的意思是‘与皇室有关’或‘皇室出身’的意思，”汤姆说，“好了，能麻烦你离开吗？这女孩的母亲今天刚去世，而且……”

“我们大家今天都有亲人去世，对不对，艾丽斯？”福态女人说，没有正眼看汤姆。她继续走在艾丽斯身边，在美容院烫的发卷随着步伐跳跃。艾丽斯斜眼看着她，表情混合了不安与恍惚。四人身边的民众有时慢走，有时加快脚步，但头基本压得低低的，在这种不习惯的黑暗中简直无异于幽魂。除了艾丽斯之外，克莱仍然没看见年轻人，只见到少数几个婴儿与小孩。没有青少年，因为手机是青少年的重要配备，如同在富豪冰激凌车前排队的超短金。他自己的儿子也有一部红色的 Nextel 手机，铃声出自电影《怪物俱乐部》①，而他担任教职的妈咪可能跟他在一起，也可能在不知名的地方……

别再想了。千万别让恐慌鼠跑出来，恐慌鼠只会乱跑乱咬，只会穷追自己的尾巴。

福态的女人边走边点头，卷发也跟着蹦跳。“对，我们全都丧失了至亲，因为大苦难今天降临人间，这里面写得清清楚楚，就在《启

① 原名为 *The Monster Club*，1980 年在英国上映的恐怖电影。

示录》里面。”她举起手上的那本书。当然是《圣经》了。这时克莱认为他总算能看清这女人，认出了她的眼珠隔着猫眼镜框发出异样的光芒。那不是关怀，而是精神异常。

“哎，好了，大家别玩了。”汤姆说。克莱听出他这话混合了愤慨与失望。很有可能的是，汤姆气自己让胖婆渗透进来。

福态女人当然置之不理，只顾着盯着艾丽斯，谁也无法拉开她。报警吗？就算还有警察，他们也正忙得不可开交。这里只有惊魂未定的难民拖着脚步行走，警察才懒得理一个手拿《圣经》、头发烫得美美的疯婆子。

“癫狂的汁液已经倒入恶人的脑袋里，罪恶之城被耶和华的火把燃烧净化！”福态女人大喊。她涂着红色唇膏，牙齿过于整齐，想必是佩戴了老式的假牙。“你看见不肯忏悔的罪人逃窜，是啊，假不了，而蛆虫正从爆开的肚皮逃走……”

艾丽斯捂住双耳，高声喊道：“叫她别再讲了！”鬼魅似的市民仍然不为所动，鱼贯地从他们身边走过去，只有少数几个人用沉闷的眼光看了一眼，丝毫不感兴趣，然后再把视线转回陷入漆黑的前方，新罕布什尔州就在前面的某处。

福态女人激动得开始流汗，一手举着《圣经》，两眼发火，美容院烫的卷发上下蹦跳，左右摇摆。“放下你的手，女孩，且听上帝之音，勿让这两个男人带你走。他们想带你到地狱敞开的大门前和你交媾！‘因为我看见天空亮着一颗名叫苦艾的星星，跟随苦艾星的人必定跟随撒旦，而跟随撒旦者必定向下走进熔炉——’”

克莱打了她。他在最后关头收手，但拳头仍然扎实地落在她的下巴上，他顿时觉得冲击力一路传回自己的肩膀。福态女的眼镜飞离朝天鼻，旋即又掉回原位，眼珠失去原有的激动，向上翻白。她腿一软，往下坐下去，握起拳头，《圣经》也因此从手里掉出来。艾丽斯整个人仍然觉得惊恐麻木，但双手却能及时放开耳朵去接《圣经》，而汤姆也及时搀着女人的双臂。克莱挥出这一记拳，另外两人适时出手接住她，动作配合得如同事先套过招。

这个事件比乱象爆发至今的任何现象都更让克莱难过，他忽然觉得自己濒临崩溃边缘。他看过咬人喉咙的少女、持刀挥舞的生意人，也发现了里卡迪先生蒙头悬梁自缢，为何这疯婆子反而让他更难受，他也说不出原因。他踹了挥刀的生意人，汤姆也踹过，挥刀的生意人虽然是疯子，却与这疯婆子不同。顶着美容院卷发的这疯婆子只是一个……

“天啊，”他说，“她只不过是个疯子，而我却打昏了她。”他开始发抖。

“她吓到了一个今天痛失母亲的少女。”汤姆说。克莱听出汤姆的语调没有心平气和的成分，反而多了异常的冷淡。“打她是完全正确的。何况，这老太婆的骨子硬得很，一下子就会醒过来。看，她已经快醒了，帮我把她抬到马路边去。”

4

一号公路的绰号有两个，好听一点的是“奇迹之英里”，难听一点的是“藏污巷”。这里的高速公路交流道两旁挤满酒品集市、减价服饰店、过季体育用品行，也有“大食客”之类的小餐馆。公路的这一段有六个车道，挤满了车辆，虽不至于塞得全满，却随处可见追撞成堆的烂车以及车主惊慌弃置的车辆。想必是车主一见状况不对，马上试试手机，然后就发疯了。难民在车辆间静静蜿蜒前进，各走各的，让克莱联想到蚂蚁丘被无心的人类大脚踏坏后，蚁群集体迁徙的景象。

一栋低矮的粉红色建筑旁竖了一个绿色反光标志，上面写着：离莫尔登市塞勒姆街交流道四分之一英里。这栋房子已被人入侵过，门口散布着凌乱的碎玻璃，用电池供电的防盗警报器已经喊累了，即将断气。屋顶有个断了电的招牌，克莱只看一眼便知道为何这里成了攻击目标：大人物超大折扣酒品店。

他扶着福态女人的一只手，汤姆扶着另一只，艾丽斯撑着她的头，而她自己则在喃喃自语。他们轻轻让她靠着交流道标志的支架坐下。才一放下，她就睁开眼皮，茫然地看着他们三人。

汤姆在她眼前快速弹指两次，她眨眨眼，然后把视线转向克莱。“你……打我。”她说着，伸出手指摸摸下巴迅速肿起的部分。

“对，我很抱……”克莱话还没说完就被汤姆打断。汤姆说：“他也许想道歉，我可一点也不难过。”他的语调仍旧冰冷唐突：“你吓坏了我们照顾的人。”

福态女人轻声笑了笑，泪水却涌上眼眶。“你们照顾的人！我听过很多种说法，但还没听过这么有学问的说法。像你们这种男人跟稚嫩的少女在一起，想搞什么勾当，有谁不知道？特别是在这么乱的时候。‘罪人不因交媾而忏悔，不因鸡奸而忏悔，也不因……’”

“住嘴！”汤姆说，“否则别怪我揍你。我这位朋友小时候应该比我幸运，身边没有一堆自认是先知之母的人，所以现在没能认出你的真面目。我跟他不一样，下手的时候一定不会留情。再啰嗦一个字，别怪我没警告过你。”他在她眼前举起拳头。虽然克莱已经认定汤姆是受过教育的文明人，不会随便出拳，但看见他紧握拳头的模样，也不禁十分失望，认为这可能是个不祥的预兆。

福态女人看着他的拳头说不出话来，一颗豆大的泪珠流下涂了胭脂的脸颊。

“够了，汤姆，我没事。”艾丽斯说。

汤姆把疯婆子装着家当的购物袋放在她的大腿上。真没想到汤姆还特地帮她提了过来。接着，汤姆把艾丽斯手上的《圣经》拿过来，然后托起疯婆子带着戒指的手，把《圣经》的书脊重重摔进她的手心。他准备走开，却又马上回头。

“汤姆，够了，我们走吧。”克莱说。

汤姆不理他，只是弯腰靠向坐在路标支架旁的圣经女，两手撑在膝盖上。戴着眼镜的福态女人抬起头看，戴着眼镜的瘦小男人弯下腰看，克莱认为这个情景很像狄更斯早期用来讽喻精神病患的小说插画。

“修女，劝你听好，”汤姆说，“时代不一样了，警察已经保护不了你和你们那堆自以为是、神圣得不得了的朋友。你们只会去家庭计划中心或沃尔瑟姆市的埃米莉·卡思卡特诊所抗议——”

“那间是堕胎工厂啊！”她气得口沫横飞，然后举起《圣经》以免再次挨打。

汤姆并没有打她，只是阴阴地微笑着说：“癫狂的汁液是什么，我不清楚，不过今晚疯疯癫癫的人确实是满街跑。我把话讲明了，狮子已经从笼子跑出来了，它们最想吃的就是爱耍嘴皮子的基督徒。今天下午三点左右，你们的言论自由已经被注销了，劝你明理一点。”他看看艾丽斯，然后看着克莱，克莱看见小胡子的上唇微微颤抖着。“可以走了吗？”

“可以。”克莱说。

等到三人动身，离开大人物酒品店，继续走向塞勒姆街交流道时，艾丽斯才说：“哇，你小时候的家人像她那样啊？”

“我母亲和两个姨妈都是，”汤姆说，“‘第一新英格兰救赎基督教会’。她们把耶稣当成私人救星，教会反过来把她们当成私人鸽子来养。”

“令堂现在住哪里？”克莱问。

汤姆稍微瞄了他一眼，说：“天堂，除非她又被骗了。我敢打赌教会那些混蛋一定骗了她。”

5

交流道尽头有个“停车再开”的标志，附近有两个男人正为了争一桶啤酒而大打出手。硬要克莱猜的话，他会猜那桶啤酒是他们从大人物酒品店解放出来的。现在啤酒桶倒在护栏边，被撞出了凹痕，还流着啤酒泡沫。这两人都长得虎背熊腰，而且都在流血，正以拳头互扁对方。艾丽斯吓得缩在克莱身边，克莱一手搂着她，但是看见两人打架，他反而觉得心安。他们在生气，气得怒发冲冠，可是并没有发疯，不像市区的那些疯子。

其中一个人秃头，穿着 NBA 塞尔提克队的夹克，用上勾拳打烂了对手的嘴唇，将对手打倒在地。穿 NBA 夹克的男子走向前，被打倒的男人急忙闪开，然后站起来倒退着走，吐了一口血水说：“爱喝就送你，欠操！”他用浓浓的波士顿口音大骂，还带着哭音，“最好呛死你！”

身穿波士顿塞尔提克队夹克的秃头作势要冲过去打人，吓得对方奔上一号公路的交流道。秃头弯腰正想带走战利品，却看见了克莱、艾丽斯与汤姆，于是又直起了腰杆。现在他是一对三，而且还被打黑了一边眼睛，耳垂也受了严重撕裂伤，鲜血从脸的一侧涓流而下，但是克莱看不出他脸上有一丝畏惧。话说回来，四周唯一的光源只有远在里维尔的大火，光线微弱。他心想，假如祖父在，一定会说这男人的爱尔兰牛脾气高涨，而这种说法正好符合他夹克后面又大又绿的队徽，上面有象征爱尔兰的三叶草图案。

“看什么看？”他问。

“没事，只是路过。没妨碍到你吧？”汤姆柔声说，“我住塞勒姆街。”

“你想去塞勒姆街或下地狱都随便你，”穿球队夹克的秃头说，“美国还是个自由的国家，对吧？”

“今晚吗？”克莱说，“太自由了。”

秃头思考了一下后哈哈笑了两声，笑得毫无感情。“发生了什么鸟事？你们知道吗？”

艾丽斯说：“都是手机惹的祸，手机把他们搞疯了。”

秃头抬起啤酒桶，动作轻松，让酒桶倾斜，止住了漏洞。“操他妈的手机，”他说，“我从来也不想要。‘通话累积时间’，到底是什么鬼东西啊！”

克莱也不知道。汤姆或许知道，因为他办过手机，但是汤姆不吭声，也许是不想跟秃头长聊下去。和他聊天恐怕不是件好事。克莱认为秃头具有未爆手榴弹的多种特征。

“市区闹大火灾了？”秃头问，“是不是？”

“对，”克莱说，“看样子，塞尔提克队今年没办法在旗舰中心打球了。”

“反正是烂队一支，”秃头说，“总教练多克·里弗斯连小区少年球队都教不好。”他扛着啤酒桶看着三人，脸的一侧仍流着血，但他现在看起来不太想惹事，几乎算是心平气和。“你们走吧，”他说，“这里太靠近市区，我可不想待太久，情况还会再恶化下去，至少一定还会再闹几场火灾。那么多人急着往北逃命，你认为他们记得先关掉家里的瓦斯炉吗？骗谁啊！”

三人开始前进后，艾丽斯站住了。她指着啤酒桶，问道：“是你的吗？”

秃头用理性的态度看着她。“乱成了这样，我什么也不剩了，甜心，一毛钱也没了，只剩今天，明天大概还有得混。这桶啤酒现在归我管了，如果还有明天，喝剩了照样归我。滚吧，还不快滚！”

“再见。”克莱说着举起一只手挥了挥。

“我可不想跟你们走。”秃头说，没有笑容，却举起一只手来回应。

三人走过了**停车再开**的标志，正要过马路到克莱认为是塞勒姆街的地方，这时秃头从背后高呼：“喂，帅哥！”

克莱与汤姆同时回头望，然后互看一眼，感到好奇。扛啤酒桶的秃头如今在上坡的交流道上变成了黑影，看似手持棍棒的原始人。

“那些神经病到哪里去了？”秃头问，“该不会全死掉了吧？我才不信。”

“问得好。”克莱说。

“他妈的这的确是个好问题。好好照顾小甜心啊。”他不等三人回应，便径自扛着战利品转身走上高速公路，汇入人流。

6

不到十分钟，汤姆说：“到了。”被乌云遮蔽约一小时的月亮总算露脸，天空只剩破云残烟，仿佛戴眼镜的小胡子刚指示“天体灯光师”开灯。月光已摆脱病恹恹的橙色，现在的银光照亮了眼前一栋民房，房子的颜色不是深蓝就是绿色，甚至可能是灰色。由于街灯不亮，房子的颜色无法确定，但克莱却能看出房子整洁而美观，只不过规模也许比第一眼的印象来得小。月光也助长了这种错觉，但错觉主要来自草坪上的台阶。汤姆家的草坪长得整齐，整条街只有他家的门廊立了门柱，左边有粗石搭建的烟囱，门廊上方有一面俯视街头的屋顶窗。

“喔，汤姆，好美哟！”艾丽斯这话说得太欣喜了，听在克莱耳朵里反而觉得她已经累到濒临歇斯底里的程度。克莱并不觉得这栋房子哪里漂亮，但他觉得这栋房子的屋主的确像是拥有手机的人，想必二十一世纪必备的大小玩意样样不缺。同一条街上这一带的房子也让他产生这种感觉。克莱心想，运气和汤姆一样美妙的邻居大概不多吧。他紧张地四下张望。由于停了电，附近的房子没有一间亮着灯，也极有可能空无一人，只不过克莱觉得有双眼睛正在监视他们。

是疯子的眼睛吗？有手机疯子埋伏在附近吗？他回想起超短金与女强人，也想到身穿灰色西装裤、领带破碎的疯子，想到咬掉狗耳朵的西装男子。他回想起手拿汽车天线边跑边乱戳的裸男。不对，手机疯子没有监视的能耐，只会朝别人直扑而来。然而，如果这些民宅里躲着正常人，那么手机疯子到底全跑哪里去了？

克莱不知道答案。

“大概称不上美吧，”汤姆说，“不过至少还在，我已经够欣慰了。我本来算准一回来会看见房子被烧成了一个黑洞。”他伸手从口袋里掏出一小串钥匙。“客套一点的说法是，欢迎光临寒舍。”

他们踏上走道，走上五六步后，艾丽斯惊叫：“等一等！”

克莱转过身，虽然感到疲惫，却又不能不警惕，只觉得可以开始体会战斗疲劳症的滋味。就连肾上腺素也累了。但是他回头一看，并没有看见任何人，没有手机疯子，没有耳垂被扯破流血的秃头，甚至也不见大唱末世蓝调的圣经婆，只看见艾丽斯在汤姆家的步行道与人行道交会之处单膝跪在地上。

“怎么了，小甜心?”汤姆问。

她站起来，克莱看见她手里多了一只非常小的球鞋。“是贝比耐克鞋，”她说，“你家有——”

汤姆摇摇头。“我自己一个人住，除非也把瑞福算进去。他自认是王，不过区区一只小猫咪而已。”

“不然，鞋子是谁留下来的?”她把视线从汤姆转向克莱，眼神疲倦又好奇。

克莱摇摇头。“不知道，艾丽斯，丢掉算了。”

但克莱知道她不肯丢；这种感觉似曾相识却又令人迷惑到极点。她把小球鞋搂在腰间，走到站在台阶上的汤姆身边。汤姆慢慢在昏暗的天色中找钥匙。

听见猫在叫了，克莱心想。瑞福。

果然，汤姆的救命恩猫从里面“喵呜”叫着欢迎主人。

7

汤姆弯下腰去，瑞福跳进他的怀里，得意地发出呼噜呼噜声，拉长脖子嗅嗅汤姆精心修剪过的小胡子。瑞福，又名瑞福儿，都是拉斐尔的简称。

“对呀，我也想念你，”汤姆说，“我不再计较了，相信我。”他抱着瑞福儿一边走过封闭式的门廊，一边抚摸着它的头。艾丽斯跟过去，克莱殿后，关上门廊的门并锁紧，然后跟上去。

进到房子里面后，汤姆说：“跟我往厨房走。”室内有一股宜人的清香，是家具亮光油的香味吧，克莱心想。他联想到的是，家里弥漫这种香味的男人都过着平静的生活，不一定有女人陪伴。“在右边的第二道门，跟紧一点。这走廊很宽，地板上没有东西，不过走廊两边摆了几张小桌，黑得像墨水一样，相信你们一定看得见。”

“看见了。”克莱说。

“这笑话真冷。”

“你家有手电筒吗？”克莱问。

“有，还有一盏柯曼露营提灯，应该更好用。不过我们先进厨房再说。”

他们跟着汤姆在走廊前进，艾丽斯夹在中间，克莱听见她呼吸急促，想必她正在努力克服对陌生环境的恐惧，但她当然办不到。拜托，连他自己都觉得毛骨悚然，顿失方向感。假如有个小小的灯光该多好，只可惜……

他的膝盖撞到了汤姆说的小桌之一，某种易碎的东西摇了起来，发出像牙齿碰撞的声音，克莱做好了东西被摔碎的心理准备，也等着听艾丽斯尖叫。艾丽斯尖叫差不多是无可避免的事实。但是小桌上的东西（不是花瓶就是小纪念品）决定多活几天，最后摇回了原位。随后，感觉像走了好远，汤姆才又说：“就这里，好，直角向右转。”

厨房几乎与走廊同样暗，克莱稍微想了一下这里缺少了什么东西，而汤姆必定觉得缺少了更多东西：附在微波炉上的数字钟、电冰箱的运转声、邻居投射过来的灯光。平常的话，邻居的光线或许能从厨房洗手台上方的窗户照进来，在水龙头上照出点点光芒。

“餐桌在这里，”汤姆说，“艾丽斯，我要去牵你的手了，椅子在这里，摸到了没有？这样感觉很像在玩蒙眼捉鬼的游戏，对不起。”

“没关……”她话还没讲完就小声惊叫了一下，吓了克莱一跳，不知不觉一只手赶紧移向刀柄。他已经把腰间的这把刀视为己有。

“怎么了？”汤姆口气尖锐，“怎么了？”

“没事啦，”她说，“只是……没事。是猫。它的尾巴……碰到我的腿。”

“喔，对不起。”

“没关系。是我太笨。”她的自责使克莱在黑暗中皱起眉。

“别这样，”克莱说，“艾丽斯，别怪罪自己。今天大家的确忙坏了。”

“忙坏了！”艾丽斯说着大笑起来，但是克莱并不欣赏这种笑法，因为他联想到艾丽斯大声称赞汤姆家的口气。他心想，再憋下去也不是办法，她的情绪总有爆发的一刻。爆发时，我该怎么办？在电影里，歇斯底里的女孩会被赏个大耳光，然后情绪一定会平稳下来，但是在电影里，你总看得见她身在何方啊！

现在他还没有必要打她耳光、摇她或是抱住她，不过等到她情绪爆发时，他也许会先试试这些方法。艾丽斯也许听出自己笑得不太自然，控制住之后硬是吞下去，先是出现哽咽的喉音，然后倒抽一口气，归于平静。

“坐下，”汤姆说，“你一定很累吧。你也一样，克莱。我去找灯。”

克莱摸到一张椅子，在几乎看不见的桌子前坐下。他的眼睛这时应该已完全适应黑暗，但眼睛再尖也看不清周遭的事物。裤脚处有东西发出低声，然后消失。是轻轻的猫叫声，是瑞福。

汤姆的脚步逐渐离去后，他对着艾丽斯的暗影说：“嘿，没关系。瑞福儿刚才也吓了我一跳。”只不过他并没有被猫吓到。

“我们只能原谅它啰，”她说，“要不是它，汤姆现在一定会跟那些人一样疯疯癫癫，那可就太可惜了。”

“也对。”

“我好害怕。”她说，“明天太阳出来以后，你觉得情况会变好吗？我是说，我会比较不害怕吗？”

“不知道。”

“你一定在担心妻子和小孩，担心得半死吧？”

克莱耸耸肩，揉揉脸。“最难接受的是无力感。因为，呃，我们分居了，而且……”他停下来摇摇头。若非艾丽斯伸出手来握住他，他一定讲不下去。艾丽斯冷冷的手指坚定有力。“我们今年春天分居了，还住在同一个小镇上，我母亲说这桩婚事是‘草根婚姻’。我太太在小学教书。”

他上身靠向前去，希望在黑暗中看清她的表情。

“最难接受的是什么，你知道吗？如果这种事发生在一年前，约翰尼会待在她的身边。不过今年九月他开始念初中，学校离家将近五英里。我一直想猜天下大乱前他是不是回到了家？他和同学都搭乘校车。我认为他已经回家了。我猜事发之后他一定直接回家找妈妈。”

或直接拿背包里的手机打给她！恐慌鼠幸灾乐祸地暗示……然后一口咬了下去。克莱觉得自己的手指不禁紧握住艾丽斯的手，他赶紧命令自己住手，但却无法止住脸上与手臂上猛冒出来的汗水。

“可是你没办法确定，对吧？”她说。

“对。”

“我爸在牛顿市开了一间卖画框兼印刷的店，”她说，“我确定他没事，因为他这人很能自给自足，不过他一定会为我操心，担心我和我的……呃，我的那个人。”

克莱知道是哪个人。

“我一直在想，他会煮什么晚餐？”她说，“这样想未免太笨了，因为他连荷包蛋都不会煎。”

克莱想问她父亲有没有手机，但却觉得不妥，所以改问：“你现在还好吧？”

“还好。”她说完耸耸肩。“反正他如果出事了，我也没办法让时光倒流。”

他心想：*小孩子乱讲话*。

“我儿子有手机，我跟你讲过了吗？”这话听在他自己的耳朵里无异于乌鸦叫，声声刺耳。

“是的，讲过了。在我们过桥之前。”

“喔，那就好。”他不自觉地咬着下唇，赶紧逼自己别再咬了。“可是他常忘记充电。这一点，我大概也讲过了吧？”

“对。”

“我真的无从得知。”恐慌鼠已经逃出笼子了，正在乱跑乱咬。

现在，她把两只手盖在克莱的手上。他不想接受她的安慰，因为他很难放松下来，全心接受她的安慰，但他最后还是顺其自然，心想她需要付出的，可能多于他需要接受的安慰。两人的手就这样交叠着，坐在汤姆的厨房小桌前，旁边是装胡椒与盐巴的罐子，这时汤姆从地下室回来，拿了四支手电筒与一盏仍放在纸箱里的露营提灯。

8

露营灯发出的白光很强，因此手电筒派不上用场。虽然光线十分刺眼，但是克莱仍然喜欢强光驱散阴影，只留下人与猫的身影。三人一猫的影子映在墙上，蹦跳出奇幻的气氛，就像用黑色绉纹纸裁出的万圣节装饰品。

“窗帘最好拉上。”艾丽斯说。

汤姆正在打开装三明治的塑料袋。这几个袋子是从大都会餐饮店带来的，上头印着“打包袋”。他听见艾丽斯的话后停止动作，好奇地看着她问：“为什么？”

她耸肩微笑。克莱认为这抹笑容是他在少女脸上见过最怪的微笑。她已擦掉了鼻子和下巴上的血迹，但是黑眼圈仍在，而露营灯把整张脸的其他部位漂白成尸体般的惨白，微笑时牙齿在颤抖的嘴唇间露出极微弱的光辉，唇膏已经褪尽，假大人的化妆把笑容衬托得诡谲。他觉得艾丽斯像二十世纪四〇年代末的电影女星，饰演的是濒临精神崩溃的社交名媛。她在面前的桌上摆着小球鞋，用一只手指兜得球鞋转圆圈，每转一下，鞋带就跟着跳动并且敲出声响。克莱开始希望她能赶快崩溃，因为她憋得越久，最后爆发时情况就会更加难以收拾。她已经释放过一些情绪了，但是还不太够。到目前为止，释放情绪较多的人反而是克莱。

“拉上窗帘的话，外面的人就没办法看到里面。”她说着又转动球鞋，她所谓的贝比耐克鞋。球鞋转呀转，鞋带在汤姆擦得光亮无比的桌面敲出响声。“被看见的话就……糟了。”

汤姆望向克莱。

“也对，”克莱说，“整个街区只有我们亮着灯，对我们不太好，就算是在房子后半部亮灯也一样。”

汤姆一语不发，起身拉上洗手台上方的窗帘。他也拉上了厨房另外两扇窗的窗帘。他正要走回桌子，却改变方向去关厨房与走廊之间的门。艾丽斯继续转动桌上的贝比耐克鞋。在无情的露营灯光下，克莱看得出鞋子是粉红色与紫色相间的颜色，只有小孩会喜欢。鞋子转了又转，鞋带飞起来又敲出声音，汤姆坐下后，皱着眉看着这一幕。克莱心想：*叫她从桌上拿开，跟她说，那东西不知道踩过什么东西，放在桌上不卫生。被这样一骂，她应该会忍不住大哭，这样以后就不必担心她情绪失控了。快骂她呀。我认为她也希望你骂她，所以她才一直转着球鞋。*

但汤姆只是从塑料袋里取出三明治，一种是烤牛肉加起司，另一种是火腿加起司，发给两人。他从冰箱里拿出一壶冰红茶（一边说：“还算够冰。”），然后取出一包用剩的生汉堡肉给猫吃。

“算是奖赏它，”他好像在为自己辩护一样，“何况停电了，继续放冰箱里迟早会馊掉。”

墙上挂了一部电话，克莱明知打不通还是照例试试看，这一次连拨号音都没听到。电话断了线，变得无声无息，就像……波士顿公园边的女强人一样。他坐回原位，开始吃三明治。虽然很饿，他却没什么食欲。

艾丽斯只吃了三口就放了下来。“我吃不下了，”她说，“以后再说吧，我大概是太累了，想睡觉。我想脱掉这身衣服。大概洗也洗不干净了吧，我很想干脆把这件讨厌的衣服丢掉，上面有血又有汗，臭死了。”她又转动小球鞋，旁边是只咬了几口的三明治，下面垫着皱皱的包装纸。“而且也闻得到我妈妈的味道。她的香水。”

大家一时想不出如何搭腔。克莱的脑子一片空白。他的脑海产生了一闪即逝的影像：艾丽斯脱掉衣服后，只剩白色胸罩与内裤，无神的双眼直瞪着，让她看起来更像纸娃娃。他具备画家灵活而且有求必应的想象力，为这幅影像的肩膀与小腿添加了小小的亮片装饰。克莱被这幅画吓呆了，并非因为想象得太性感，而是毫无性感可言。远方传来极其微弱的爆炸声：噗砰！

汤姆打破沉默，克莱在心中感谢他。

“我可以借牛仔裤给你穿，只要卷起裤脚，保证很适合你。”他站起来。“你穿上说不定很可爱，像女校表演《大河》[①]时里面的哈克。跟我上楼，我可以帮你找些早上穿的衣服，今晚你就睡客房里。我的睡衣好多，多到穿不完。你要不要露营灯？”

“只要手电筒大概就够了。你确定吗？”

“确定。”他说完，拿起一支手电筒，再递给她另一支。他正要对小球鞋发表意见时，艾丽斯拿起球鞋，考虑过后却又放下。他转而开口说：“你也可以盥洗一下，水可能不多，不过停电时，水龙头大概多少能流出一些自来水，流满一脸盆应该没问题吧。”他望向她背后的克莱，“我一向都在地下室准备一箱矿泉水，所以不愁没水喝。”

克莱点头。“艾丽斯，好好睡一觉吧。”

“你也一样。”她呆滞地说，接着她以更加茫然的口气说，“很高兴认识你。”

汤姆为她开门，两人的手电筒光线跳着离开后，门又关上。克莱听见他们的脚步声从楼梯传来，然后从楼上传来。他听见哗哗的流水声。无水可流时，水管会咕噜作响，他等着听这种停水的声音，但在咕噜声出现前，水龙头已经关上。汤姆刚才说一脸盆，她果然只用这么多水。克莱的身上也有血迹与泥巴，很想洗掉，而他认为汤姆也一样，但是他猜这一楼一定也有浴室。汤姆注重外表，如果他的生活习惯与外表一样干净，马桶里的水一定脏不到哪里去，而且马桶的水箱里当然也有水。

瑞福儿跳上汤姆的椅子，开始在露营灯的白光里舔爪子。露营灯会发出稳定的嘶嘶细响，但克莱仍能听见瑞福儿在打呼噜。就瑞福而言，生活一切如常。

他想到艾丽斯在桌上转着小球鞋，不知不觉纳闷起来，想知道十五岁的少女有没有可能精神崩溃。

---

① 《大河》(*Big River*)，2005 年在日本上映的一部公路电影，拍摄于美国西部地带。

“别傻了，”他对猫说，“当然有可能，每天都发生，而且能拍成电影，每个礼拜在电视上播个没完。”

瑞福儿以睿智的绿眼看着他，继续舔脚。继续说下去呀，那对绿眼似乎在说，你小时候是不是被虐待过？你对你妈妈有没有性幻想？

闻得到我妈的味道。她的香水。

把艾丽斯当成纸娃娃，在肩膀与双腿画上小亮片。

别傻了，瑞福儿的绿眼珠似乎在说，小亮片只能钉在衣服上，不能用在纸娃娃身上。你算哪门子画家？

“失业的那一种，”他说，“给我闭嘴行不行？”他闭上眼睛，情况却更糟，因为瑞福儿的绿眼脱离了猫身，在黑暗中浮沉，就像《爱丽斯梦游仙境》里柴郡猫的眼睛：亲爱的爱丽斯，这里的人全都疯了。在露营灯沉稳的嘶嘶声中，他仍然能听见猫咪在呼噜作响。

9

汤姆离开了十五分钟。回来时，他把瑞福从椅子上赶走，然后一口咬下三明治。“她睡着了，”他说，“我在走廊等她穿上我的睡衣裤，然后一起把换下来的脏衣服丢进垃圾桶。她一碰到枕头，四十秒后就昏睡过去了。我相信丢掉了衣服之后，她也卸下了心头的重担。”汤姆迟疑一下，“那身衣服的确很难闻。”

“你离开厨房的时候，”克莱说，“我提名瑞福竞选美国总统，大家以鼓掌欢呼的方式通过了表决。”

“很好，”汤姆说，“选民睿智。投票的人有谁？”

“好几百万人，头脑还清醒，用念力来投票。”克莱把眼睛睁得很大，同时用手指点一点太阳穴。“我有读心术。”

汤姆停止咀嚼的动作，然后又开始嚼三明治……但却嚼得很慢。他说：“呃，在这种情况下，讲这个不太好笑吧？”

克莱叹了一口气，喝了一点冰红茶，逼自己再吃一些三明治。他告诉自己，如果吃不下，就把食物当成身体的汽油，不吃不行。“对，大概不太好笑，对不起。”

汤姆在喝冰红茶之前举杯敬他。“没关系，你的努力我心领了。咦，你的作品夹呢？”

“放在门廊上了。刚才进门时太暗，我想空出双手，以免被汤姆的‘死亡走廊’撞到。”

“好好笑。对了，克莱，你家人的事，我为你感到难过。”

“还不是难过的时候，”克莱说得稍嫌严厉。“该难过的事还没发生。”

“……不过我真的很高兴遇见你。我只想这样讲。”

“我也一样，”克莱说，“谢谢你提供安静的地方让我过夜，我相信艾丽斯也一样感激你。”

“只要莫尔登别天下大乱、别发生大火就好。”

克莱点头，勉强微笑。“但愿如此。她手上那只怪里怪气的小鞋子，你拿走了吗？”

“没有。她拿到床上一起睡了，当作是……我也不晓得，当成玩具熊吧。假如她能好好睡一晚，明天的状况应该会好转。”

“你认为她能好好睡吗？”

“不能，”汤姆说，“不过，如果她做噩梦醒来，我会过去陪她。如果她还是不敢睡，我可以上床跟她睡。她跟我睡在一起很安全，你该知道吧？”

“知道。”克莱自知非陪她睡不可的话，他自己也不会乱来，但他听出了汤姆的弦外之音。“明早天一亮，我马上往北走。或许你和艾丽斯该跟我一起走。”

汤姆考虑半秒后问：“她父亲怎么办？”

“套句她的说法，她说爸爸‘非常自给自足’。她最担心爸爸没办法自己煮晚餐填肚子。我认为她想说的是，她还不准备知道父亲的下场。当然，到时候看她感觉怎样再说吧！最好是把她带在我们身边。另外，我绝对不想往西进入那些工业城镇。”

“西边根本不能去。”

“对。”克莱承认。

他本以为汤姆会跟他辩论西行的可能性。“今晚呢？我们应不应该轮流站岗？”

克莱直到现在才考虑到这点。他说：“站岗有没有用还是个问题。如果一群疯子拿着枪和火把从塞勒姆街走过来，我们又能怎么办？”

“躲进地下室？”

克莱考虑着。躲进地下室属于碉堡防卫战术，似乎是走投无路时的对策，但躲进地下室的话，疯狂的暴徒或许会认为屋里没人，让他们逃过一劫。他心想，总比在厨房任人宰割好多了吧！说不定死前还被迫看着艾丽斯被轮奸。

不会沦落到那种地步的，他忐忑不安地想，被假想状况搞糊涂了吧，摸黑吓自己。不会沦落到那种地步。

但是不争的事实却是波士顿已经烧成废墟，酒品商店也遭到洗劫，两个男人为了一桶啤酒打得头破血流。情况确实恶化到了这种地步。

在此同时，汤姆静静看着他，等他考虑清楚……这表示也许汤姆已经想通了。瑞福跳上他的大腿。汤姆放下三明治，摸摸猫背。

“不如这样吧，”克莱说，“你去拿两条大棉被给我，我就在你家的门廊上过夜。你家的门廊是封闭式的，而且比马路暗，如果有人来了，他们来不及看见我，就会先让我看见了，尤其对方如果是手机疯子，我应该更能早一步瞧见。我认为他们不像是懂得偷偷摸摸的人。”

“对，不是从背后吓人的那一种。可是如果他们从后院攻进来呢？后院隔条巷子就是林恩街。”

克莱耸耸肩，意思是：*防不胜防，只能尽力而为。*但是他没有说出来。

“好吧，”汤姆再咬几口三明治后说。他把一小块火腿喂给瑞福吃。“不过三点一到，你要过来叫我换班。如果艾丽斯到三点还没醒，也许能睡个整晚。”

“看情况再说吧。”克莱说，“对了，有个问题我不问也知道答案。

你家应该没枪吧？”

“没有，”汤姆说，“连一罐防身用的催泪瓦斯都没有。”他看着三明治然后放下。他提高视线望向克莱时，眼神忧郁了许多。他压低声音像在讨论秘密似地说：“记得那警察枪毙疯子前讲的话吗？”

克莱点头。嘿，老兄，还好吧？我问你怎么了？ 警察的这句话，他想忘也忘不掉。

“我早就知道和电影不太一样，”汤姆说，“但是从没想过震撼力那么强，而且来得又这么突然……而且……那东西，那东西从脑袋爆出来的声音……”

他忽然上身前倾，举起一只小手放在嘴前，把瑞福儿吓得急忙跳下去。汤姆低声干呕了三次，克莱几乎认定他会吐出来，已经做好了心理准备。他只希望自己不会跟着呕吐，但是他认为可能免不了。他知道再多一点点刺激，自己也会跟着作呕，因为他了解汤姆想讲什么。他说的是那阵枪响，以及随后一堆湿黏物体哗啦吐在水泥地的声音。

汤姆克制下来，没有呕吐。他抬头时眼眶泛着泪光。“对不起，”他说，“不该提那件事。”

“没必要道歉。”

“我认为，如果想渡过眼前的难关，我们最好想办法让神经迟钝一点。我认为办不到的人……”他停下后继续说，“我认为办不到的人……”他又停下来，讲到第三次总算能讲完整句：“办不到的人可能会死。”

两人在露营灯的白光中凝视对方。

10

“一离开波士顿，我就没看见有人拿枪。”克莱说，“一开始我没仔细观察，后来注意看才发现没人带枪。”

“你应该知道原因吧？大概除了加州之外，马萨诸塞州是全美管制枪支最严格的地方。”

克莱记得几年前在州界看过类似的告示板，后来告示板改成倡导酒驾的法令：酒后或嗑药后开车，如经查获，必须在拘留所过夜才可交保。

汤姆说：“如果警察查到车上藏了手枪，比如说藏在前座置物箱里，就算跟登记证和保险卡放在一起，警察照样能把你关上七年。假如你开的是小卡车，车上摆了一把子弹上膛的步枪，即使在狩猎季，也可能被罚一万美元外加两年的社区服务。”他拿起吃剩的三明治，仔细看了一阵后又放下，“如果你没犯过重罪，法律允许你买手枪摆在家里。要是你想申请执照带着走，大概得找男童慈善会的欧马利神父当担保人才行。说不定还申请不到咧。”

“离开波士顿时没看见枪，也许少牺牲掉几条人命。”

“我完全赞同你的看法，”汤姆说，“不是有两个人为了一桶啤酒打架吗？谢天谢地，他们都没有点三八手枪。”

克莱点头。

汤姆向后靠坐，手臂交叉在窄窄的胸前，然后看看四周。他的眼镜反光。露营灯照出的光圈亮归亮，但范围却不大。“话说回来，虽然当场见识过了手枪的威力，但是我倒宁愿现在有把手枪。我还自认是爱好和平的人咧。”

“汤姆，你在这里住多久了？”

“将近十二年，看着莫尔登慢慢向下沉沦，快成大烂村了。还不至于，不过是迟早的事。”

“别管了，你想一下，邻居有谁可能家里有枪？”

汤姆立刻回答，“阿尼·尼克森，对面向右数第三间。他的凯美瑞挡泥板贴了全国步枪协会的贴纸，也贴了两个黄丝带的标志，另外也有支持布什和切尼竞选的旧贴纸……”

“大右派，那还用说……”

“另外，他的小卡车也贴了两张步枪协会的贴纸。他的小卡车还加装了露营架，十一月的时候可以北上贵州打猎。”

“外州人来打猎要付钱买许可证，敝州欢迎之至。”克莱说，“明天我们去他家闯空门偷枪。”

汤姆看着他，当他是疯子。“虽然他不至于像犹他州民兵型的人那样疑神疑鬼……他倒是把马萨诸塞州当成拥枪自重的得克萨斯州……而且他还在草坪上插了本户安装某某防盗系统的标语，等于是警告别人：**臭小子，别自以为命大**。你应该常听到步枪协会的政策吧？他们常说，一枪在手，除非在什么情况下才肯放手？”

“好像是除非到死才肯放手……”

“答对了。”

克莱倾身向前道出他认为的事实——三人一下一号公路的交流道，他就立刻明了了这个事实：莫尔登只不过是亚美利坚手机合众国里的一个烂城，目前全国死机，没有讯号，很抱歉，请挂掉后重拨。塞勒姆街一片荒凉。昨天过来的时候，这里就有空无一人的感觉，不是吗？

胡说。你觉得被人暗中监视。

真的吗？就算他当时有被监视的感觉，历经了天翻地覆的一日之后，能单凭这种直觉来采取行动吗？太扯了。

“汤姆，你听好，明天等到天全亮以后，我们可以派一个人去尼克森这人的家……”

“是尼克森才对。你的点子恐怕不太明智。我在家练瑜伽的时候，常从窗户看见他跪在自家客厅里，玩着全自动的步枪，只等着世界末日那天用，看来终于被他等到了。”

“你不去我去，”克莱说，“但要是今天晚上或是明天早上听见尼克森家传出枪声，我就不去。要是看见有人死在他家草坪上，不管尸体有没有枪伤，我也绝对不去。回放的《阴阳魔界》影集我也全看过了，演的全是人类文明到头来不过是薄薄一层黑黑黏黏的东西而已。”

“如果你真的这么坚持，”汤姆郁闷地说，“我也没什么好说的了。”

“我会举起双手，然后按下门铃。如果有人应门，我会说我只想讨论一件事。情况最坏又能坏到哪里去？他顶多叫我滚蛋。”

“不对，最坏的情况是，他在门口擦脚垫上一枪送你上天堂，留下我一人照顾这个没娘的少女，”汤姆气愤地说，“‘阴阳魔界’的笑话你尽管讲，不过可别忘了今天在波士顿地铁站外打架的那些人。”

“那些……我也不太清楚，不过那些人在医学上被归类为精神异常。汤姆，这一点毋庸置疑吧。”

“不然，三句不离《圣经》的大妈呢？为了啤酒大打出手的那两人呢？他们算精神异常吗？”

不算，当然不算，但如果对面那户有枪，他非弄到手不可。如果能弄到不只一支，他也想各拿一支给汤姆与艾丽斯。

“我想往北走一百英里以上，”克莱说，“也许可以偷辆车来开一段路，也有可能必须徒步走回家。难道你要我只带刀自保？我认真问你，你认真给我回答，因为我们一定会碰到带枪的人。你不应该装糊涂。”

“对。”汤姆说。他把两手插进修剪整齐的头发，搞笑似地搓弄一阵，“我知道阿尼和他老婆贝丝大概不在家。他们爱枪，也爱电子玩意儿。每次他开那辆宝贝得不得了的底特律道奇公羊卡车经过我家，我都看见他拿手机讲个不停。”

“看吧？我就说嘛。”

汤姆叹气说：“好吧。明天早上再看情况吧。”

“就这么说定了。”克莱又拿起三明治，现在他稍微有点胃口了。

“他们全跑去哪里了？”汤姆问，“你说的那些手机疯子。他们去哪里了？”

“不知道。”

“我把想法讲来给你听听，”汤姆说，“我认为他们日落时爬进大楼和民房之后死掉了。”

克莱看着他，满脸疑问。

“用理性来想一下，你就能了解道理何在。”汤姆说，“几乎能肯定的是，这是某种恐怖攻击行动，你同意吗？”

“这是最有可能的解释，只是我实在搞不懂，不管手机讯号的破坏力有多强，也不太可能被人设计来做这种事。”

“你是科学家吗？”

“你知道我不是。我是画漫画的。”

“政府宣布说，他们可以从两千多英里的航空母舰发射导弹，精准到可以用计算机改变方向来炸穿地下碉堡的门，你也只能看着照片，相信这种科技确实存在。”

“汤姆·克兰西难道会骗我？”克莱面无笑容。

“如果那种科技存在，为何不能接受以手机讯号做武器的科技，至少假设一下嘛。”

“好吧，我洗耳恭听。请别用太多术语。”

“今天下午三点左右，某个恐怖分子组织，甚至是某个不知名的小政权，发出了某种讯号或脉冲。目前我们只能假设这种讯号能被全球的手机接收传送。但愿不是这样，但目前我们只能做最坏的假设。”

“攻击结束了吗？”

“不知道，”汤姆说，“不如你去找部手机来试试？”

“一针见血，”克莱说，“我儿子每次讲这句话都会漏风。”拜托上帝，希望他还能讲话。

“好，如果这组织能发出讯号，让听见的人全发疯，”汤姆说，“难道不可能在讯号里加入一个指令，让收到讯号的人过五小时之后自杀？或者命令他们去睡觉、停止呼吸？”

“我认为不可能。”

“有个疯子从四季大饭店拿刀过街想砍我，我以前也认为不可能，”汤姆说，“也不认为波士顿有可能烧成平地，没有手机而幸存的市民被逼得走密斯提克大桥和扎基姆大桥逃命。”

他靠向前去，凝神看着克莱。汤姆想相信这个假设，克莱心想，别浪费太多唇舌跟他争辩，因为他真的、真的想相信。

“从某种角度来看，这跟九一一事件后政府担心的生化恐怖攻击没有两样，”他说，“只不过用的是手机，因为手机已经成为日常生活最重要的通讯工具，一瞬间能把全国人口收编为自己的军队，而这支军队可说是什么都不怕，因为他们全发疯了。这样就能摧毁基础建设。今天晚上，国民兵哪里去了？”

“伊拉克？”克莱不假思索地说，“路易斯安纳州？”

克莱并不是在说笑，而汤姆也没有笑容。“哪里也找不到。整个国民兵的通讯基础几乎全建设在移动电话网络上，怎么去动员？至于飞机，我看见的最后一架是坠毁在查尔斯和毕肯街的小飞机。”他停顿一下继续说，直盯着餐桌对面克莱的眼睛，“不知道是谁搞得这样天下大乱。他们有他们自己崇拜的神。从他们住的地方看我们的时候，他们看见什么？”

克莱摇摇头。汤姆的眼珠在眼镜后面闪闪发亮，盯得他有些恍惚。汤姆的神态几乎像先知。

“他们看见我们又盖了一座巴别塔……只不过建筑在电子蜘蛛网上。他们只花了几秒，两三下就把蜘蛛网拨开，我们盖的高塔也跟着倒下。事情发生时，我们就像三只小虫子，傻人有傻福，才没被巨人踩死。他们有办法搞成这样，你却认为他们没办法用讯号命令疯子五小时后自动睡觉、停止呼吸？和用手机讯号攻击相比，这根本是雕虫小技嘛！”

克莱说：“我觉得上床睡觉的时间到了。”

汤姆一时之间没有反应，只是仍然稍微倾身向前，看着克莱，仿佛无法了解这句话。接着他笑着说：“也对，有道理。我越讲越激动。对不起。”

“没关系，”克莱说，“我倒认为疯子自动死掉的事被你讲对了。”他停了一下又说：“我是说……除非我儿子……我儿子约翰尼G……”他讲不下去了，因为假如今天下午约翰尼想用手机，拿起来一听却接到超短金与女强人接到的讯息，克莱倒认为儿子生不如死。

汤姆伸手到餐桌对面，克莱用双手接住他的手。他的手指纤长细致。克莱看着这幕三手交握的画面，好像灵魂出窍了一样，开口讲话时也不觉得自己在讲话，只是感觉嘴巴在动，泪水开始从眼眶落下。

“我好担心他，”他的嘴巴在说，“我担心他们母子两人，不过最担心的还是我儿子。”

“不会有事的。”汤姆说。克莱知道他本意善良，但这句话却引发他心中的恐惧，因为这句话只用在大事不妙的时候，意义相当于过一段时间你一定能释怀，或是他去了更好的地方。

11

艾丽斯的惊叫声打断了克莱的梦。他的梦境混乱，却不见得不甜美。他梦见自己变回到六岁甚至更小的时候，但绝对不超过六岁。他来到阿克伦市的俄亥俄州园游会，置身宾果帐篷里，躲在母亲坐的长桌下面，看着如林的女腿，嗅着香香的木屑味，主持人用念经的语调喊着：“B—12，各位，B—12！正好是阳光维他命！”

听见少女惊叫时，他本想在潜意识中硬把叫声融入梦境，当成星期六正午的哨声，但却只能假装一小段时间。克莱裹着大棉被，躺在门廊的沙发上，原本想守夜，看守了一小时之后自认外头不会出状况，至少今晚不可能，因此放心睡着了。但是他一定也相信艾丽斯不可能一觉睡到天亮，因为他的大脑一认出艾丽斯在尖叫，意识便顿时明朗，不至于一时搞不清楚睡在哪里或发生了什么事。原本他是躲在宾果桌下的小男童，转眼间就成了大人，舒舒服服地睡在汤姆门廊里的长沙发上。他赶紧翻身站起来，小腿仍然裹着棉被。在屋内，艾丽斯·马克斯韦尔尖叫出足以震碎水晶的音响，喊尽了昨日的惊恐，以一声接一声的尖叫来强调昨天的事绝对不可能发生，因此非得否认不可。

克莱想解开缠住小腿的棉被，但一时解不开来，只好跳向内门，一面恐慌地把门拉开，一面回头望向塞勒姆街，心想家家户户一定会开灯，只不过他知道现在停电。他心想一定有邻居会走上自家草坪，也许是对面拥枪自重又爱电子小玩意的尼克森先生吧。他会破口大骂，叫人赶快叫那小孩闭嘴。阿尼·尼克森会说：*别逼我过去哟！别逼我过去毙了她！*

也许她的尖叫声会像灭蚊灯一样把手机疯子吸引过来。随便汤姆怎么幻想，要克莱想象他们全死了，不如要他相信圣诞老公公在北极开了一间工作室。

塞勒姆街的这一带，东边紧临莫尔登市中心，上坡是汤姆说的格拉纳达高地。现在，此地依然又黑又静，毫无任何人移动的迹象，即使是里维尔市的火光也已经暗了下来。

克莱终于扯开脚上的棉被，走进门去，站在楼梯脚，向上只见漆黑一片。这时他听得见汤姆的讲话声，但却听不见他在讲什么，只觉得他的语音沉缓，具有安抚人心的作用。艾丽斯令人心寒的尖叫开始间断，穿插着喘气声，接着变成啜泣声与含糊的哭喊，逐渐形成文字。克莱听出其中一个词：噩梦。汤姆的讲话声持续不断，用单调而令人宽心的口吻撒着谎：一切平安，明天一早醒来，就会发现情况好转了。克莱想象他们并肩坐在客房的床铺上，各穿了一套汤姆的睡衣裤，胸前口袋还绣了汤姆的姓名缩写 TM。要他画的话，他就会这样画。想着想着，他不禁微笑了起来。

等到他认定艾丽斯不会再尖叫，他才走回门廊。外面虽然有点凉，但紧紧裹上棉被之后却不至于冷得不舒服。他的左边，也就是汤姆家以东的地方是商业区，他觉得自己可以看到广场入口处的红绿灯。另一边是他们今天走来的地方，只有一栋栋民房。所有的人仍然躲在夜色筑成的深壕里。

“你们去哪里了？”他喃喃说，“有些人头脑还清醒，不是往北就是往西走。其他人呢？哪里去了？”

街头没有人回答他。唉，说不定真的被汤姆说中了，手机对大家下令三点发疯，八点去死。听起来太棒了，反而不像真的，但他记得空白 CD 上市时他也有相同的感受。

前面的马路只有一片宁静，后面的房子也一样静。过了一会儿，克莱向后靠着沙发，让眼皮合上。他认为自己可能会打盹儿，却不认为自己睡得着，但是他终究还是睡着了，这一次没有做梦。天刚亮时，有条野狗走上前院的步行道，探头看着他躺着打鼾，睡在裹成茧的被窝中。狗看了一眼后走开，不疾不徐，因为今天早上莫尔登可吃的东西到处都是，未来几天也一样。

12

“克莱。醒醒啊。”

有只手摇着他。克莱睁开眼睛看见汤姆。他穿着蓝色牛仔裤，上身是灰色工作服，正弯腰看着克莱。前门廊尽是强烈的白光。克莱起身下沙发时看了一下手表，发现已经六点二十了。

“你非过来看看不可。”汤姆说。他的脸色苍白，透着焦虑，小胡子两端灰白凌乱，上衣的下摆一角露出来，后脑的头发仍然扎成马尾状。

克莱望向塞勒姆街，看见有条狗衔着东西在小跑，经过了半个街区外的两辆废弃车，除此之外看不见任何动静。他闻得到微弱的烧焦味，心想不是波士顿就是里维尔。也许两者都有，但至少风已经停歇。他把视线转向汤姆。

“这里看不到。”汤姆说。然后他压低声音再说，“在后院。我本来去厨房想泡咖啡，却想到咖啡暂时泡不成了。也许是我多心了，不过……唉，我看了心情很差。”

“艾丽斯还在睡吗？”克莱在棉被底下摸索袜子。

“对，还好。别管鞋袜了，这里又不是五星级大饭店。来吧。”

他跟着汤姆进门。汤姆穿着看起来很舒适的拖鞋。两人通过走廊来到厨房，灶台上摆了一杯喝到一半的冰红茶。

汤姆说：“我这人啊，早上一定要吸收一点咖啡因，不然没办法运作，所以我倒了一点来喝……你请便，还冰得很……喝到一半，把洗手台上的窗帘推开，向外看一看花园。没有特别的原因，只想看看外面的状况。结果我看见了……你自己看吧。”

克莱望向洗手台上面的窗户外面。屋子后面有个小巧的砖造露天用餐区，配备了一台瓦斯烧烤机。用餐区之外是汤姆家的后院，一半是草地，另一半是花园。最外围是高高的木板围墙，墙上有一道门。门开着，门栓一定是被人硬抽出来了，因为现在斜挂在门上，克莱觉得看起来像手腕骨折的模样。他突然想到，汤姆原本可以出去用瓦斯烧烤机来煮咖啡，可是却发现花园里坐了一个男人。他坐在一个想必是装饰用的独轮手推车旁边，正吃着一块南瓜里的软肉，边吃边吐南瓜籽。他身穿修车工的连身服，头戴沾了油污的小帽，上面的B字已经褪色。衣服左胸用草书印了一个红字乔治，颜色也已经淡去。每次他整张脸伸进南瓜去咬肉，克莱都听得见他吃得津津有味的声音。

"可恶，"克莱压低声音说，"又是疯子。"

"对。既然来了一个，外面一定还有更多。"

"门栓是他打坏的吗？"

"当然是他，"汤姆说，"我没看见，不过我昨天出门时锁着，我敢保证，因为我跟住同一街区另一边的邻居斯科托尼处不来。他不止一次当着我的面说，懒得跟'我这种人'打交道。"他停顿一下，接着以更低的声音继续说，他原本就讲得很小声，这下子克莱非得弯腰向前才听得清楚。"最夸张的是什么，你知道吗？我认识坐在那边吃南瓜的人。他在索尼的德士古加油站上班，就在市中心。全市只剩那间加油站附设修车部，不对，应该说是'曾经'附设修车部。他帮我换过散热器的管子。他还说，他去年跟弟弟去洋基体育场，看见红袜当家投手柯特·希林痛宰洋基的'大个儿'兰迪·约翰森。乔治原本待人还算和气，结果看看他现在！坐在我花园里生吃南瓜！"

"你们在讲什么啊？"艾丽斯从背后问。

汤姆转身，神色惶恐。"你最好别看。"他说。

"这样讲，她非看不可了。"克莱说。

他对艾丽斯微笑，笑起来并不太困难。汤姆借给她的睡衣口袋并没有绣姓名缩写，但睡衣却是蓝色，和他想象的一样。而她穿这身睡衣的模样可爱得不得了，裤脚卷到小腿后露出了脚丫子，头发也睡得乱七八糟。虽然昨晚做了噩梦，但看样子她睡得比汤姆更好。克莱敢打赌，她一定也比自己睡得好。

"又不是车祸，"他说，"只是有人在汤姆的后院吃南瓜。"

她站在两人中间，双手撑在洗手台的边缘，踮起脚尖来向外望，手臂擦过克莱，让克莱感受到她肌肤仍散发出被窝的暖意。她向外望了很久，然后转向汤姆。

“你说他们全自杀了。”她这话让克莱不知道她是在指责或假装骂人。大概连她自己都不晓得吧，他心想。

“我昨晚又不确定。”汤姆回应得蹩脚。

“我倒觉得你昨晚的口气很确定。”她再次向外望。克莱心想，至少她没有被吓坏，神态反而出奇地镇定，只不过她穿的睡衣稍微大了一号，使她有点像卓别林。

她说：“呃……你们来看看。”

“看什么？”两人一同说。

“看他旁边的小独轮车。看看轮子。”

克莱已看见了她指出的现象：散落的南瓜壳、南瓜肉和南瓜籽。

“他把南瓜砸在轮子上，好打开南瓜，吃里面的东西。”艾丽斯说，“我猜他是那群疯子之一……”

“没错，他的确是那群疯子之一。”克莱说。修车工乔治坐在花园里，双腿打开，让克莱看见他自昨天下午起忘了妈妈教过他大便前要先脱裤子。

“……可是，他还懂得把轮子当作工具。我不觉得疯子有这种头脑。”

“昨天不是有一个拿刀想砍人的人吗？”汤姆说，“另外也有一个拿着两根汽车天线乱戳。”

“对，可是……总觉得这不太一样。”

“比较和平，是不是？”汤姆又向擅闯花园的人瞄一眼，“我可不想出去问个清楚。”

“不是的。我指的不是比较和平。我也不知道怎么解释。”

克莱知道她想形容的概念。昨天见到的侵略行为全属盲目乱冲的动作，是随手拿到东西就开战的举止。没错，当时有生意人拿刀乱剁，也有猛男举着汽车天线跑，但是公园不也有一个人用牙齿咬下狗耳朵？超短金也用牙齿咬人。乔治的举动跟他们似乎有很大的差别，而且原因不只是他正在吃东西而非行凶。可是，克莱与艾丽斯一样无法确切指出相异点。

“天啊，又来了两个。”艾丽斯说。

一男一女从没关的围墙门走进来。女人年约四十，穿的是肮脏的灰色裤装。男人年纪一大把，穿着慢跑短裤，T恤的正面印有“银发族站起来”的字样。裤装女的上衣是绿色的，如今变成了破布条挂在身上，露出浅绿色的罩杯。老人的脚跛得严重，每走一步都必须向外伸展手肘以保持平衡，动作酷似单人踢踏舞。他干瘦的左腿沾了血后凝结成块，而且左脚的鞋子已经不见，运动袜也磨得破烂，满是泥巴与血，挂在左脚踝拍来拍去。老人的白发有点长，披散在无神的脸上犹如连衣帽。裤装女一边发出重复的声响，听起来像：“咕姆！咕姆！”一边扫瞄着后院与花园。她看着乔治吃南瓜，仿佛乔治一点价值也没有，接着她大步走过乔治身边，走向仅存的小黄瓜，然后跪下去摘，然后嚼了起来。老人迈开大步走向花园边缘，后来却只呆呆地在花园里站了一阵子，好像终于没了电的机器人。他戴着金框小眼镜……克莱认为是老花眼镜……那副眼镜在晨曦中闪耀。在克莱看来，好像他曾经满身智慧，如今却成了智商穷光蛋。

三人挤在厨房向外凝视，几乎忘了呼吸。

老人把视线转向乔治。乔治扔开了一片南瓜壳，仔细看着其他几片，然后选中其中一片，继续把脸探进去吃早餐。新来了两个人，他不但没有撵人的意思，而且似乎根本没注意到。

老人跛着脚步前进，弯下腰开始摘一个足球大小的南瓜，距离乔治不到三英尺。克莱回想起在地铁站看见的那场激战，屏息以待。

他感觉艾丽斯抓紧了他的手臂，被窝的暖意已经从她的手臂散尽。“他想做什么？”她压低嗓门问。

克莱摇头不语。

老人想咬南瓜，却撞了一鼻子，若在其他场合，这个动作一定很滑稽。他的眼镜被撞歪了，他用手扶正。这动作很正常，害克莱差点以为老人并不属于发疯族。

“咕姆！”穿着褴褛上衣的女人大喊道，丢开了吃了一半的小黄瓜。她相中了几颗晚熟的西红柿，爬过去摘，头发盖住了整张脸，长裤的臀部沾满了许多秽物。

老人瞧见了装饰用的独轮车，带着南瓜过去，这时似乎看见了坐在一旁的乔治。他偏头看着乔治。乔治用染成橙色的一只手指向独轮车，这个动作克莱再熟悉不过了。

“他的意思是‘请用’，”汤姆喃喃地说，“不可思议。”

老人在花园里跪下，这动作显然给他带来相当大的痛楚，痛得他龇牙咧嘴，向渐亮的天空抬起满是皱纹的脸，发出高兴的呼噜声。然后他对准轮子举起南瓜，研究着下降的路线数着时间，年迈的肱二头肌在颤抖，最后把南瓜砸下去，南瓜裂成了果肉丰富的两半。接下来的事情发生得非常迅速。乔治把快吃完的南瓜放在大腿上，摇向前去，伸出染成橙色的大手一把揪住老人的头，然后扭向一边。即使隔着窗玻璃，厨房里的三人仍能听见老人颈骨被扭断的声响。老人长长的白发飘起来，小眼镜掉进了甜菜丛里。老人的身体抽搐了一次，然后瘫软下去。乔治放开他。艾丽斯开始惊叫，汤姆连忙遮住她嘴巴。她的眼睛因为受惊而睁得老大，从汤姆的手上方继续看。乔治又在花园里挑了一块南瓜，开始若无其事地吃了起来。

穿破衣服的女人四下看了片刻，态度从容，随手又摘下一颗西红柿咬下，红色的汁液顺着下巴流过沾满体垢的脖子。她与乔治坐在汤姆的后花园里吃蔬果。不知何故，克莱想起了一幅他最爱的名画：《和平王国》。

画名溜出他的嘴巴，他浑然不知，直到汤姆用阴郁的眼神看着他说：“‘和平王国’已不复存在了。”

13

五分钟后，三人仍站在厨房窗口，这时远方响起一阵警报，听起来既疲惫又沙哑，仿佛不久即将出故障。

“是什么警报声？”克莱问。花园里的乔治丢下南瓜，挖出一大颗马铃薯。这动作让他更接近了身旁的女人，但是他对女人不感兴趣。至少还没有。

“我猜，最有可能是莫尔登市中心的西夫韦超市发电机坏掉了。”汤姆说，“因为超市有很多必须冷藏的东西，万一停电，装了电池的警报器会发出警告，不过我只是猜想而已。就我所知，莫尔登第一银行和……”

“快看！”艾丽斯说。

女人停止摘西红柿的动作，站起来走向汤姆家的东侧，经过乔治时，乔治也起立，克莱确定乔治会以对付老人的手法来杀她，因此整个人瑟缩起来，汤姆也伸手把艾丽斯转过去，但是乔治只是跟着女人走，绕过屋角后不见了人影。

艾丽斯转身赶紧走向厨房门。

“别被他们看见！”汤姆紧张地低声呼唤，追着她过去。

“别担心。”她说。

克莱也跟过去，为三人的安危担心。

他们来到餐厅门口时，正好看见这一对男女经过餐厅窗户，女的裤装污秽，男的连身工作服更脏。由于汤姆事先放下了百叶窗却没有闭紧，所以他们经过时三人看得见一节节的身影。这一对并没有往屋里瞧，乔治紧跟着女人走，距离近到张口就能咬到女人的颈背。艾丽斯进入走廊，往汤姆的小办公室前进，汤姆与克莱也跟过去。小办公室的百叶窗紧闭，但是克莱仍能看见外面两人快速通过时投射的影子。艾丽斯继续沿着走廊往门口走去。屋内与封闭式门廊之间的门开着。克莱起床时踢掉的棉被半露在长沙发之外，耀眼的曙光泛滥在门廊上，仿佛要引燃地上的木板。

“艾丽斯，小心一点！”克莱说：“不要……”

她在门口站住了，只是向外看，随后汤姆跟到她身边，两人的身高几乎不相上下，并肩站时很容易被误认为兄妹。两人完全没有采取防止外人看见的措施。

“我的上帝啊！”汤姆说得像被人打到无法呼吸，身边的艾丽斯哭了起来，哭得上气不接下气，像个哭累的小孩，也像个习惯被打的小孩。

克莱也跟过去。裤装女正横越汤姆家的草坪，乔治仍跟在后面，她迈出一步，乔治也跟着迈一步，几乎是齐步走。来到路边时，两人的步伐稍微改变，因为乔治绕到了她的左边，从跟屁虫变成了左护法。

塞勒姆街满是疯子。

克莱初步估计少说也有一千人，但是观察力敏锐的他随即修正，凭着不带感情的画家之眼重新评估，认为最初的数字过于夸大。高估的原因是，他原以为街上空无一人，却突然人潮汹涌，让他大吃一惊，而且居然全是那种人。错不了。他们的脸孔茫然，眼神似乎对任何事情都视而不见，服装脏乱又带着血迹，有些人则是全身光溜溜的，偶尔有人呱呱大叫或做出不自然的手势。有个男人下身只穿了白色紧身内裤，上身是马球衫，一直重复敬礼的动作。有个体型偏壮的女人下唇被割成了两块肉，下排牙齿全露在外面。有个穿蓝色牛仔短裤的高大少男走在塞勒姆街中间，一手拿着看似撬胎棒的东西，上面有血块。有个印度或巴基斯坦的绅士经过汤姆家门前时，下颌不停左右移动，牙齿也同步咯咯作响。有个男孩——天啊！和约翰尼的年龄差不多—— 一条手臂从肩膀脱臼了，走起路来摆来摆去却没有一丝痛苦的表情。有个貌美的妙龄女子穿着短裙与胸前开V字形的上衣，好像正在吃乌鸦血红的肚子。有些人呻吟着，有些人发出喉音可能想说话，但全体一致向东前进。克莱不知他们是受到警报声的吸引，还是嗅到了血腥，但他们全往莫尔登市中心的方向走去。

“天啊！他们要去僵尸天堂。”汤姆说。

克莱懒得回应。这些人不全是僵尸，但汤姆的形容还是相当贴切的。克莱心想：*如果他们之中有人望向这边，看见了我们，决定过来扫荡，那我们就死定了，连逃命的机会都没有，就算躲进地下室抵死对抗也一样。至于去对面拿枪？想都别想。*

克莱一想到妻儿可能即将面对这些生物，而且极有可能正在与他们周旋，恐惧不禁涨满了胸口。可惜这不是漫画书，而他也不是漫画中的大英雄，他只是觉得茫然无助。三人躲在屋内或许暂时平安，但是就他所能预见的未来，三人休想走出家门一步。

14

“他们就和鸟类没两样嘛！”艾丽斯说，她用手掌跟部擦去脸颊上的泪水，“就像一大群鸟。”

克莱立即领会了她的意思，冲动之下抱了抱她。刚才他看见乔治紧跟女人过去，但却没有扭断她脖子，就产生了类似艾丽斯的感想。乔治与女人显然脑袋空空，但是又形成了某种默契，一同走出前院。

“哪里像鸟类？”汤姆说。

“你一定没看过纪录片《企鹅宝贝》。”艾丽斯说。

“企鹅有啥看头？”汤姆说，“想看穿燕尾服、走起路来摇摇摆摆的东西，我去法国餐厅就能看得到。”

“可是，你难道从没注意过鸟类的习性？”克莱问，“你一定看过。一到春天或秋天，鸟类全飞到同一棵树上，不然就停在同一根电线上……”

“有时候多到坠得电线向下弯，”艾丽斯说，“然后想飞的时候一起飞走。我爸说，鸟群里一定有人带头，不过初中教地球科学的苏利文老师说，鸟类一起飞是因为具有群体意志，就像蚂蚁全从一个蚂蚁洞爬出来，也像蜜蜂集体飞出蜂窝一样。”

“向左飞或向右飞时，整群鸟动作一致，而且从不相撞，”克莱说，“有时候飞得天空黑压压的，吵得人要抓狂。”他迟疑一下，“至少我住的乡下如此。”他又停顿一下，“汤姆，你……呃……认不认得这些人？”

“认得几个。那一个是波托瓦密先生，他开面包店。”他指向下巴动个不停、咯咯咬牙的印度人，“那一个年轻的美女……我相信她在银行上班。记得我提过斯科托尼吧？他住在我这个街区另一边。”

克莱点点头。

汤姆如今脸色惨白，指着一个明显怀孕的妇女。孕妇只穿了件长及大腿上半的罩衫，上面沾了食物，金发垂在长了青春痘的脸颊边，鼻子穿了一根鼻钉，反射着日光。“她是斯科托尼的儿媳妇茱蒂。她不顾公公的偏见，对我特别亲切。”他接着改以不带情绪的语调说，“看了好心痛。”

莫尔登中心的方向传来一记响亮的枪声，吓得艾丽斯大叫一声，但这一次汤姆没必要遮她的嘴，因为她自己就伸手遮住了。遮不遮也无妨，反正街上的人没有循声望过来。刚才的枪声——克莱认为是猎枪——似乎也没有惊动他们。他们只是照常向前走，速度没有加快也没有放慢。克莱本以为会听见另一记枪声，却只听到尖叫声，非常短促，仿佛被人打断了。

三人继续站在门口，躲在门廊的阴影里观望，没有交谈。马路上所有人都往东走，虽然不见得是列队前进，但却乱中有序。克莱虽然看见个别的手机疯子念念有词，有的跛着脚，有时候蹒跚而行，不时比画出奇怪的手势，却也从他们悄悄前进的动作看出某种秩序。他们令他联想到第二次世界大战期间的新闻短片，联想到一波接一波的轰炸机掠过天空。他想数数看总共多少人，数到两百五十后便作罢。有男有女，有青少年，也有不少与约翰尼年纪相仿的孩童。儿童的数目远高于老人的，但他也看见少数几个十岁以下的幼童。脉冲事件发生后，一定留下了不少年幼的孤儿、孤女，克莱不敢想象他们的遭遇。

他更不敢想象当时照顾他们的人正好带着手机。

克莱看见这些目光空洞的儿童，心想其中不知有多少人去年吵着要父母买手机，而且还要求手机得附上特别一点的铃声，就像约翰尼一样。

“他们的意志相同，”汤姆这时说，“你们相信吗？”

“我有点相信，”艾丽斯说，“因为……不然……他们还有自己的意志吗？”

“她说得有道理。”克莱说。

一旦把他们视为禽鸟，就很难不把这种举动视为群体迁徙的行为，路上群体逐渐稀疏，尽管过了半小时仍然持续不断。有三个男人并肩走过，其中一个穿保龄球衫，一个穿破烂的西装，另一个脸的下半部被打烂了，只见干血糊住的大洞。随后来了两男一女，三人排成一列，看起来活像在跳非洲舞。随后有个露出一只乳房的中年妇女，如果衣装端正的话，她应该像个图书馆员。在她身边齐步走的是个刚开始发育的内向少女，可能是图书馆的助理。人流有时会中断一下，随后又来了十几人，几乎排列成空心的方阵，就像拿破仑战争时代的部队。克莱开始听见远方传来打仗似的声响，有零星的步枪或手枪声。有一次从较近的地方传来大口径的自动武器声，哒哒声拉得很长，也许就在邻近的梅德福，或者就近在莫尔登市。此外也少不了惊叫声。多数声音听来遥远，但是克莱很确定他没有听错。

克莱推测，这一带肯定仍有正常人，人数众多，有些已经设法取得枪械弹药，极有可能开始对手机疯子扫射。太阳出来时疯子也跟着出动，运气不好的正常人就会碰上疯子。他想到修车工乔治对老人伸出橙色的双手，揪住老人的头一把扭断脖子，小小的老花眼镜飞进了甜菜丛中，留在那里，一直、一直留在那里。

“我想去客厅坐下，”艾丽斯说，“不想再看下去了。也不想再听。看了好想吐。”

“好。”克莱说，“汤姆，你不如也一起去……”

“不用了，”汤姆说，“你去吧。我想继续再观察一下。我认为至少要留一个人看守，你觉得呢？”

克莱点头赞同。

“好吧，大约一个钟头后，你过来找我换班，然后我们轮流看守。”

“就这么说定了。”

两人开始转身走向走廊，克莱一手搂住艾丽斯的肩膀。汤姆在他们身后说：“还有一件事。”

他们回头看汤姆。

“我认为，假如明天想照计划北上，我们三人今天应该尽可能多休息。”

克莱细看着汤姆，想确定他的精神状态是否正常。看样子没疯，但是……

“你没看见外面的状况吗？”克莱问，“有没有听见枪声？还有……”艾丽斯在场，他不愿提“尖叫”两字，只是现在她的神经已迟钝许多，不太有必要为了保护她而讲究措辞，“……呐喊的声音？”

“我当然听见了。”汤姆说，“不过昨晚那堆疯子确实是躲起来了，不是吗？”

一时之间，克莱与艾丽斯都没有动作，然后艾丽斯开始轻轻鼓掌，几乎无声，克莱也开始微笑，笑得很僵，脸皮对笑容十分生疏，随微笑而兴起的希望几乎令他感到痛苦。

“汤姆，你是个大天才，昨天可能被你猜中了。”克莱说。

汤姆并没有以微笑回应。“别夸奖得太早，”他说，“SAT 学术能力评估测验我考过几次，从没超过一千分。”

15

艾丽斯显然心情好了许多，上楼去汤姆的衣橱找用来白天穿的服装。克莱心想，艾丽斯心情好转总是好现象。他坐在沙发上想着莎伦与约翰尼，尽量推想出母子如何应变、去过了什么地方。在他的假设中，母子俩一定运气够好，事发后团圆在一起。想着想着，他开始打起瞌睡，清楚梦见母子在莎伦任教的肯特塘小学。他们跟二三十个人在体育馆里避难，用自助餐厅的三明治果腹，饮用小盒装的鲜奶。他们……

艾丽斯从楼上唤醒了他。他看看手表，发现自己在沙发上睡了将近二十分钟，睡得口水流到了下巴上。

“艾丽斯？”他走到楼梯脚，“没事吧？”他看见汤姆也望过来。

“没事。你可不可以上来一下？”

“可以。”他看着汤姆，耸耸肩，然后走上楼。

艾丽斯人在客房里。这间客房看来没招待过太多客人。从床上的两个枕头来判断，昨晚汤姆几乎陪了她整晚，而从皱褶严重的床单看来，他极可能没睡好。她找到了几乎合身的卡其长裤，也穿上一件正面印有云霄飞车轮廓的运动衫，下面是卡努比湖乐园的字样。客房的地板有台大型手提音响，克莱与朋友小时候对这种东西喜欢得要命，就像约翰尼也吵着要那部红色的手机。那时候，克莱与朋友把这种音响称为“贫民窟炸弹”或是“重低音轰天雷”。

“我在衣柜里找到的，电池电力好像还够满，”她说，“我考虑打开听听广播，可是又觉得很害怕。”

克莱看着摆在高级硬木地板上的手提音响，也跟着害怕了起来，就好比看见上膛的手枪一样。但是他内心兴起了一股冲动，想把指着CD的功能指针扭到FM的位置。他想象艾丽斯也有相同的冲动，所以才唤他上楼。有时候明知手枪上膛，但还是忍不住手痒想碰一碰，现在这种感觉大概就和那种手痒的感觉差不多吧！

“两年前我过生日时姐姐送的，”汤姆从门口说，吓得两人跳了一下，“今年七月我才装了电池，带去海边听。小时候我们喜欢去海边听收音机，只是从没带过那么大的音响去。”

“我也是，”克莱说，“不过我以前倒是很想要。”

“我提着去新罕布什尔州的汉普顿海滩，带了一堆范海伦乐团和麦当娜的CD，感觉却不一样，和以前差得太远了。所以后来就收起来不用。我猜电台一定全停播了，对吧？”

“我敢打赌有些电台还在播。”艾丽斯说。她咬着下唇。克莱心想，她再不赶快放开嘴唇，迟早会咬出血来。“我朋友说是二十世纪八〇年代音乐的机器电台，那些电台都取了亲切的名字，像是鲍伯或是法兰克，不过全是从科罗拉多州同一部特大号的广播计算机传出来，然后透过卫星转播的。至少我朋友都是这样说的，而且……”

她舔舔刚咬过的地方，嘴唇被咬得光滑，表皮以下已见血丝，“而且，手机讯号不就是靠卫星转播的吗？”

“我不清楚，”汤姆说，“长途电话大概是吧……打到大西洋对岸的电话一定是的……我猜只要找对了天才，一定有办法把错误的卫星讯号渗透到处见得到的微波电塔去……靠微波电塔来传递讯号……”

克莱知道他指的是钢骨结构的物体，上面附有类似灰色吸盘的碟形天线。过去十年间，这些东西如雨后春笋般冒了出来。

汤姆说：“如果能收到地方电台的讯号，说不定能听到新闻参考参考，再决定下一步怎么走……”

“好，假如那东西夹杂在电台呢？”艾丽斯说，“我担心的就是这个。假如转到了一个电台，听见了我……”她再次舔舔嘴唇，然后继续咬着，“……听见了我妈听见的讯息，那怎么办？说不定我爸也听见了。喔，对了，他也新买了一部手机，功能好多好炫，可以看影片，可以自动拨号，还能上网。他爱死它了！”她笑了一声，掺杂了歇斯底里与懊悔，令人听了头晕，“假如转到的电台正在播他们听见的声音呢？我爸妈和外面那些人都听到了。你们愿意冒这个险吗？”

汤姆一时说不出话来，后来开口时，却讲得谨慎，仿佛是想抛砖引玉：“我们可以派一个人去冒险，另外两个可以先离开，等到……”

“不行。”克莱说。

“拜托，不要！”艾丽斯说，她又快要哭了，“你们两个缺一不可，我需要你们两人。”

三人围着手提音响观看着。克莱不知不觉联想到中学时代读过的科幻小说，有时是在海边阅读，手提音响播放的是涅槃乐团而非范海伦乐团的音乐。其中几本科幻小说描述世界末日之后，主角重建家园的故事。他们难免碰到挫折与难关，却仍运用工具与科技重建世界。小说里可没写到主角围在卧房里看着收音机发呆。他想着：迟早有人会拿起工具或打开收音机，因为不这么做不行。

对，但今天早上不行。

他感觉自己像叛徒，但背叛的对象却超乎他的理解。他弯腰提起汤姆的音响放回衣柜，关上衣柜的门。

16

大约一个小时后，井然有序的东向人流开始出现乱象。这时看守的人轮到克莱了。艾丽斯在厨房吃他们从波士顿带来的三明治，她说三明治吃完后才准碰罐头食品。汤姆家的食品储藏间大如衣橱，里面有不少罐头，但是他们不知道要再过多久才能吃到新鲜的肉类。汤姆正在客厅的沙发上睡觉，克莱听见他满足的打呼声。

多数人往东走，克莱注意到偏偏有几人逆向前进。随后克莱察觉塞勒姆街的秩序稍有松动，这个变化非常细微，所以他的大脑认定他的观察只是一种直觉而已。一开始，他认为只是因为有几个人逆向前进才会造成这种错觉，而这几人比其他人更疯癫。随后他向下看到影子。原本人影排列出整齐的鱼骨形，如今开始扭曲，转眼间就变得毫无规律可言。

越来越多的人开始往西走，有些人啃着杂货店洗劫来的食品，也许来自汤姆刚提到的西夫韦超市。斯科托尼先生的儿媳妇茱蒂捧着一大桶半融的巧克力冰激凌，滴得罩衫正面全湿，鼻尖以下与膝盖以上全是冰激凌。巧克力沾得满脸都是，让她看起来像在表演黑人滑稽秀。波托瓦密先生虽然以前只吃素，现在却双手捧着生汉堡肉边走边咬。有个身穿脏西装的胖子正吃着看似部分解冻的羊腿，这时茱蒂·斯科托尼想抢来吃，却被胖子朝她额头正中央狠狠敲了一下，她静静倒下去，就像被战斧砍死的小公牛。她倒下时大肚子向下，压在几乎被踩烂的布雷耶巧克力冰激凌桶上。

现在有很多人四处走动，也引发了不少暴力冲突，凶残的程度却远不及昨天下午。至少从门口看不见杀戮激战。在莫尔登市中心，一开始就响得有气无力的警报声，老早已经停息。远处持续传来零星枪响，但自从市中心传来一声猎枪声之后，就再没听见近距离的枪声了。克莱观察是否有疯子想闯进民宅，但除了偶尔有人踏上草坪外，全然没有升级到闯空门的迹象。他们多半在闲逛，偶尔想抢别人的食物，有时候会互打互咬。有三四个人躺在街头，不是断了气就是失去知觉，包括茱蒂在内。克莱臆测，先前经过汤姆家门前的多数人还在莫尔登市中心的广场，不是大跳街舞，就是举办第一届莫尔登生肉祭。果真如此，谢天谢地。但原本大家目标一致，好像鸟类群体行动，现在秩序却松动崩溃，让他越想越奇怪。

正午过后，他开始觉得睡意沉沉，进厨房时看见艾丽斯趴在餐桌上小睡，把她称为贝比耐克的小球鞋松松地握在一只手里。克莱叫醒她时，她睡眼惺忪地看着克莱，把小球鞋紧紧抱在运动衫前，好像担心被抢走。

他问艾丽斯能不能从走廊尽头看守一下子，不要睡着也不要被看见。她说她可以。克莱相信她，帮她搬来一张椅子。她在通往客厅的门口站住了一会儿。“过来看。”她说。

克莱从她背后看见瑞福睡在汤姆的肚皮上，克莱哼了一声表示好笑。

她在克莱放下椅子的地方坐下，距离门口够远，有人望进来的话看不见她。她向外看了一眼后说：“已经不是集体行动了。发生了什么事？”

“不知道。”

“现在几点？”

他看了看手表。“十二点二十分。”

“我们注意到他们成群结队时是几点的事？”

“我不知道啦，艾丽斯。”他尽量耐着性子，眼睛却几乎睁不开。“六点半吧？七点？不知道啦。重要吗？”

“如果能记录下来，可能很重要吧，你认为呢？”

他说他先睡一下子，等头脑清醒后再思考。“让我睡两个钟头，然后叫汤姆或我起床。”他说，“如果出了差错就提早叫。”

“再乱也不会乱到哪里去，”她轻声说，“上楼去睡吧，你看起来真的累坏了。”

他上楼进入客房，脱掉鞋子躺下。他思考艾丽斯所说的：如果能记录下来。可能她想到了什么吧。几率太低了，不过也许……

这房间很舒服，非常舒服，采光良好，一躺进来，很容易忘记衣橱里有一台没人敢打开的收音机，但是却不容易忘记分居却仍然深爱的妻子如今可能身故，更不容易忘记他不仅深爱而且疼得不得了的儿子如今可能变成了疯子。尽管妻儿的念头挥之不去，身体毕竟还是非休息不可，而这间房最适合午睡了。关在他内心的恐慌鼠抽动了一下，幸好没有乱咬，克莱几乎是一闭上眼皮就沉沉入睡。

17

这一次换艾丽斯摇他起床。她把紫色的小球鞋绑在左手腕上，当成有点古怪的护身符，摇着克莱时，球鞋也跟着晃来晃去。客房里的日光起了变化，影子转向另一边，而且暗淡了不少。他转身过来感觉尿急，由此可见睡了不算短的时间。他赶紧坐起来，看表后发现竟然已经五点四十五分，不由得大惊失色。他睡了超过五小时。睡不好当然不只是昨晚的事。前天晚上他也辗转难眠，因为隔天要去向黑马漫画社的人推销作品。

“还好吧？”他抓住艾丽斯的手腕问，“怎么让我睡了这么久？”

“因为你需要多睡一点，”她说，“汤姆睡到两点，然后我睡到四点，之后我们两人就一起看守。下楼来看吧，很精彩的。”

“他们又集体行动了吗？”

她点头。“不过这次的方向相反，而且不只这个。下楼看就知道。”

他解决内急后匆匆下楼。汤姆与艾丽斯站在通往门廊的门口，互相搂着腰。现在他们不必担心被看见了，因为天空有云，而且汤姆的门廊已经蒙上黑影。反正塞勒姆街上只剩少数几个人，全往西走，虽然称不上跑步，但也是以稳定的速度快步前进。有四个人成群走过街头，跨过几具横陈的尸体，也跨过散落一地的食品，其中包括被啃成枯骨的羊腿，还有许多撕开的玻璃纸袋与纸箱，也有不少被弃置的蔬果。他们后面跟了一群人，共有六个，殿后的几个走人行道。他们并没有看着对方，但仍然能凑在一起走，通过汤姆家前方时简直像一个单独的个体，克莱也发现他们连摆手的姿势都整齐划一。他们通过后，来了一个年约十四岁的少男，跛着脚，哞哞发出含糊的牛叫声，拼命想跟上前面的队伍。

“死掉的人和完全没有意识的人，都被他们丢下来不管。”汤姆说，“不过他们倒是搀扶带走了两三个还在抖动的人。”

克莱寻找孕妇茱蒂却没有看见。“茱蒂呢？”

“有人扶走了。”汤姆说。

“所以说，他们又跟人类一样了。”

“别想得太美。”艾丽斯说，“他们原本想扶一个走不动的人，结果这男人跌倒两次之后，帮忙搀扶的人不想再发挥童子军精神，只好……”

“杀了他，”汤姆说，“不是用双手，不像乔治在花园里的做法，而是用牙齿咬断喉咙。”

“我一看状况不对，赶紧转移视线，”艾丽斯说，“可惜还是听见了。他……惨叫了一声。”

“放轻松，”克莱轻轻捏了捏她的手臂，“放轻松。”

现在路上几乎没人。两个落后的人走过来，虽然两人多少肩并肩走着，但脚却跛得很严重，毫无齐步走的姿态可言。

“他们想去哪里？”克莱问。

“艾丽斯认为他们也许想进屋子，”汤姆的语气兴奋，“也许想在天黑之前躲起来。她说得可能有道理。”

“去哪里？他们想躲进哪里？看见他们走进这条街上的任何一栋民房吗？”

“没有。”两人同声回答。

“他们并没有全部回来，”艾丽斯说，“今天早上走塞勒姆街过去的人，绝对有很多还留在莫尔登市中心或更远的地方。他们可能往公共建筑集合，例如学校的体育馆……”

学校的体育馆。克莱不喜欢听到这个例如。

“你们看过电影《活死人黎明》[①]吗？”她问。

“看过，”克莱说，“电影院放你进去看限制级电影，不会吧？”

她看着他，把他当成疯子，或者觉得他是老古板。“我有个朋

---

① 《活死人黎明》(*Dawn of the Dead*)，2004年在美国上映的丧尸片。

友买了 DVD，很久以前，我念初二的时候，有天晚上在她家过夜看的。”她的语气好像在说很久远的往事：那年“小马快递”还没倒闭，平原上的野牛多得黑压压成片。“在电影里，所有的死人，呃，不是所有，只是很多死人活过来以后，全回到购物中心去了。”

汤姆瞪大眼睛看了她一秒，然后爆笑起来，不是小笑一声，而是连续捧腹大笑，笑得非靠墙站才不至于跌倒。克莱比较聪明，连忙关上屋内通往门廊的门。他不清楚街上落后的疯子是否听得见，但是他却不自觉地回想起爱伦坡的短篇小说《泄密之心》里有个精神异常的叙事者，听力灵敏到了极点。

“我是说真的啊！”艾丽斯说着双手扠腰，小球鞋跟着摆动，“他们真的直接去购物中心了！”汤姆笑得更厉害了，笑到膝盖发软，整个人慢慢瘫向地板，哇哈哈狂笑着，两手还不停拍着上衣。

“他们死了……”他喘着气说，“……然后活过来……直接去购物中心。我的天啊！那个大牧师杰瑞·福尔韦尔……”他又笑得前仰后合，泪水直直从脸颊落下。等到他总算稍微控制住自己，他说：“那个大牧师知道天堂就在新堡购物中心吗？”

克莱开始大笑。艾丽斯也跟着笑起来，只不过克莱认为她有点生气，因为她本来想演绎出一套理论，结果两人非但没兴趣听，甚至连轻笑几声的反应也没有，只是尽情纵声狂笑。气归气，旁人一开始笑哈哈，你不跟着笑也难，转眼就忘掉了自己有点生气这件事。

快停下来的时候，克莱突然说：“假如天堂不像南方，我可不想去。”

三人又开始大笑。艾丽斯边笑边说：“如果他们集体行动，晚上回体育馆、教堂和购物中心睡觉，别人拿机关枪一扫射，他们一死就是几百人。”

先停止笑的人是克莱，随后汤姆也笑不出来了。他一边看着艾丽斯，一边擦拭齐整的小胡子上的泪水。

艾丽斯点点头。刚才这么一笑，她脸上多了一抹红晕，现在还面带笑容。至少现在她已经从小美人暂时出落成真正的美女。“如果他们全躲在同一个地方，也许一死就是几千人。”

“天啊！”汤姆说着摘下眼镜，开始擦拭镜片，“你认真起来了。”

“求生本能嘛。”艾丽斯说得理所当然。她低头看着缠在手腕上的小球鞋，然后抬头看着两人。她又点了一下头，说：“我们应该开始记录他们的行为，他们一集体行动，我们就马上记录下来；他们开始回巢休息，我们也记录下来，因为如果我们能归纳出他们的行动……”

18

带他们离开波士顿的是克莱，但是二十四小时后，带大家离开汤姆家的却是十五岁的艾丽斯。发号施令的人无疑是她。这一点克莱想得越久，就越不觉得惊讶。

汤姆不是个贪生怕死的人，但是他并没有领导的天赋。克莱具有一些领袖特质，但是这天晚上大家出发时，原本智慧与求生欲望兼具的艾丽斯更具一分优势，因为她已经接受了父母双亡的事实，重新站了起来。离开汤姆家时，汤姆与克莱都各有新的苦水要吞。克莱开始陷入忧郁，情绪低落得吓人，他原本以为是因为他决定不带走作品夹。其实留下作品夹本来就是无可避免的抉择。但是过了几小时之后，他才发现忧郁的主要原因是他打从心底恐惧抵达肯特塘镇后可能面对的现实。

对汤姆而言，他的苦处就简单多了。他说什么也不想留下爱猫。

“把门撑开，让它可以自由进出，不就得了？”艾丽斯说。心肠变硬的艾丽斯越来越果决。“汤姆，它八成不会出事啦，粮食随便翻就找得到，猫暂时不愁饿肚子。要再过很久，手机疯子吃光了所有东西，才会开始动猫肉的歪脑筋。”

“它会变成野猫。”汤姆说。他这时坐在客厅沙发上，戴了毛毡帽，穿着有腰带的雨衣，外型虽酷，内心却悲哀。瑞福儿趴在他大腿上打着呼噜，一脸无辜。

“是啊，猫咪可以在野外求生，”克莱说，“狗就不一样了，看看那些小狗和大型狗，主人不在家，它们只能等死。”

“瑞福已经跟了我好久，从它还是小猫咪时就进我家了。”他抬头起来，克莱看见他的泪水即将决堤。“而且，我把它当作幸福符。我的护身符。别忘了，它救过我一命。”

“现在，你的护身符是我和艾丽斯。”克莱说。他不愿说出他曾经差点救了汤姆一命，但那的确是个事实。“对不对，艾丽斯？”

“对呀。”她说。汤姆帮她找来一件南美斗篷，她背了一个背包，但是目前里面只有手电筒用的电池，克莱认为也少不了那只令人毛骨悚然的小球鞋。幸亏至少她没有把小球鞋继续绑在手腕上。克莱的背包里装了露营提灯，也多带了几节电池。在艾丽斯的建议下，他们不多带别的东西，因为她说反正有需要时可以边走边找，没必要背一大堆东西。“汤姆，我们是三剑客，我为人人，人人为我。现在，我们去对面的尼克比家，看能不能找几把古董滑膛枪。”

“是尼克森才对。”他仍然摸着爱猫。

她的头脑够精明，或许也有足够的同情心，所以不会随便拿！这类青少年用口头禅来顶嘴，但是克莱看得出她已经快要失去耐心了。他说：“汤姆，该上路了。”

“好吧。”他正要把猫推走，却又抱起来对着耳朵中间猛亲一下，瑞福只稍微眯眯眼皮。汤姆把猫放在沙发上站起来。“帮你准备了双份的食物，就放在厨房的电炉旁边，小子。”他说，“另外帮你倒了一大碗牛奶，怕你不够喝，还把剩下的奶精也倒进去了。后门开着。尽量记得家在哪里，也许……嘿，也许以后还见得到面。”

瑞福跳下沙发，走出客厅，翘起尾巴往厨房走去，头也不回，因为猫性本如此。

克莱的作品夹歪七扭八，前后各有一条水平的刀痕，就放在客厅墙角。克莱经过作品夹时瞥了一眼，努力克制住伸手去碰的冲动。他想着里面陪他生活已久的人物，这些人不但生存在他的画室里，也在他更加宽广（他喜欢以这点来自夸）的想象空间里活蹦乱跳。里面有弗拉克斯巫师、蹦跳仙杰克、爱睡觉的吉恩、恶毒萨莉，当然也少不了暗世游侠本人。两天前，他以为大家即将一炮而红，现在却被砍出了一个洞，只有汤姆的猫咪跟他们作伴。

他想到爱睡觉的吉恩离开卡尤塞族机器人罗比时，结结巴巴地留下了一句话：后……后会……有……有期了，各……各位先生！有……有朝一日，说不定我会再……再回来！

“后会有期了，各位。”他说出声音来，有点担心被听见却又不是特别担心。再怎么说，世界末日都到了。以告别语来说，这样讲未免太草率，但也应该够了。爱睡觉的吉恩可能还会说：总……总比什么都没说来……来得好多了！

克莱跟着艾丽斯与汤姆走到门廊，踏进柔柔的秋雨声中。

19

汤姆戴着毛毡帽，艾丽斯的南美斗篷附有兜帽，汤姆也帮克莱找到一顶红袜队的棒球帽，至少能暂保头发干爽，前提是毛毛雨不能变大。假如下起大雨……哎，艾丽斯都说了，粮食应该不成问题，那么应付恶劣天候的器材应该也不成问题才是。由于门廊的位置稍高，他们大约能瞭望塞勒姆街以外的两个街区。碍于天色暗淡，他们无法看得仔细，但是路上确实只剩几具尸体与疯子吃剩的残渣。

三人各佩了一把刀，刀鞘由克莱制作。如果尼克森家里果真有枪，他们很快就能升级装备。克莱只能希望真是如此。他也许能再使出先前用过的屠刀，但是他无法确定自己能否狠下心来乱砍。

艾丽斯左手拿着手电筒，向汤姆望了一眼，确定他也带了一支，然后点头。她说：“好了，带我们去尼克森家吧。”

“好。”汤姆说。

“如果看见有人走过来，我们就马上站住，用手电筒对准他们。”

她看着汤姆，然后转向克莱，态度有点焦躁。这事大家已经讨论过了。克莱猜她在大考前也同样神经兮兮的……而这件事确实是一大考验。

“好，”汤姆说，“我们会说：‘我们叫汤姆、克莱和艾丽斯。我们是正常人。怎么称呼你们？’”

克莱说：“如果他们也有手电筒，我们几乎可以猜测……”

“不要猜测，千万不能自以为是。”她的语气中透着心浮气躁，牢骚味浓重，“我爸说，自以为是的人往往最后什么都不是，知道吗？”

“知道了。”克莱说。

艾丽斯擦擦眼睛，究竟擦的是雨还是泪，克莱无从得知。他脑中有个一闪即逝的疑问：约翰尼是否正在某地哭着找爸爸？他想得心痛。克莱希望儿子正在哭。他希望儿子仍有流泪的能力，仍有记忆。

“如果他们能回答得出来，能报出自己的名字，那就不会有问题，大概也不会有危险，”艾丽斯说，“对吗？”

“对。”克莱说。

“对。”汤姆附和得有点心不在焉。他望着马路上，远近都看不到人影，也没有晃来晃去的手电筒光束。

远方传来几声枪响，听起来像烟火。空气中弥漫着烧焦味，终日没有散去。克莱认为是因为下雨了，所以气味才变得更浓。他心想，不知还要多久，腐尸味才会把飘浮大波士顿区上空的气闷化为恶臭。大概得看未来几天的气温多高吧！

“如果碰到正常人，他们问我们在做什么或想去哪里，记得别讲错了。”她说。

“就说我们在找幸存者。”汤姆说。

“对。因为我们想救朋友和邻居，反正我们遇见的人也只想继续往前走。我们以后或许会想跟其他正常人聚在一起，因为人多比较安全，不过现在……”

“现在我们只想多拿几把枪，”克莱说，“如果有枪可拿的话。走吧，艾丽斯，该行动了。”

她担心地看着克莱说：“出了什么错？我少带了什么东西？快跟我讲，我知道我只是个小孩子。”

半只剩血迹与软骨，右眼珠转进了眼眶的上缘，仿佛她死前拼命想看自己的头里有什么东西。她后脑的头发还有一大坨的脑浆凝结在樱桃木的碗柜上，而她就是靠坐在这里咽下最后一口气。几只苍蝇嗡嗡绕着她转。

克莱开始干呕。他转头捂住嘴，强制自己要把持住。在客厅里，艾丽斯已经吐完了，克莱听得见她与汤姆正一面交谈，一面深入其他地方，他不想再激起艾丽斯的吐意。

把她们当成假人吧，当成电影里的道具。虽然他如此告诉自己，但是他知道这是办不到的事情。

他把头转回来，这次注视的是地板上其他的东西，有助于稳定心情。他已经看见一把枪。厨房很宽敞，枪远在另一边，躺在冰箱与橱柜之间，只见枪管。当初一看见两具女尸时，他的条件反射动作是转移视线，因此能瞧见枪管纯属运气。

可是，也许我早知道这里肯定有枪吧！

他甚至看出枪原本摆在哪里：在嵌入式电视与工业用的大开罐器间，墙上挂了一付枪套。汤姆说过，他们拥枪自重又爱电子小玩意。把手枪固定在厨房墙上，想用的时候随手拿得到……真是两全其美。

“克莱？”艾丽斯自远处问。

“什么事？”

随后是快步上楼的脚步声，艾丽斯从客厅呼喊：“你刚才跟汤姆说，挖到宝藏时通知你一声，我们刚才挖到了。楼下的书房至少藏了十几把，有步枪也有手枪，全摆在一个玻璃柜里面，上面贴了保全公司的标记，看样子我们可能会被逮捕……开玩笑的！要不要下来看？”

“待会儿再去，小甜心。你别过来这里。”

“别担心。你可别继续待在那边吐得唏里哗啦。”

他已经不想吐了，完全不想。厨房地板上另有其他物体，其一是擀面棍，合情合理。中央料理台上有馅饼盘、大搅拌碗，也有一个色泽鲜艳的黄罐子，上面标明面粉。地板上的另一个物体躺在距离女儿不远处，是青少年才会喜欢的蓝色手机，布满了橙色的大雏菊图样。

克莱尽管不愿多想，却能想见事发的经过。母亲正在制作馅饼。她知道大波士顿区开始爆发了可怕的事，美国各地也有，甚至全世界都有。这样的话，电视并没有传送疯狂讯息给她，这一点克莱敢保证。

但是她的女儿却收到了，毋庸置疑，而且是女儿主动攻击母亲。贝丝在动手之前，是否先跟女儿理论一番，然后才用擀面棍逼她坐下去，或者直接痛打女儿？心痛、恐惧之余她才出手，而非出自恨意？无论是哪一种情况，都不足以解释这一切。还有就是，母亲没穿长裤，只穿了套头毛衣，光着两腿。

克莱帮贝丝拉下裙子，轻轻地，盖住临终前弄脏的居家素色内裤。

女儿海蒂一定不超过十四岁，也许年仅十二岁，当时听见手机传来“发疯吧”之类的讯息，一定立刻叽呱咆哮着野蛮而无意义的话，例如：拉斯特或是噫啦、喀咂啦康！擀面棍的第一击敲得她站不起来，但是并没有击昏她，她反而开始咬母亲的腿，不是小口小口咬，而是大口大口咬，不咬穿誓不罢休，有些伤口甚至深可见骨。克莱不仅看见齿痕，还看到了皮肤出现鬼魂似的刺青，应该是小海蒂牙齿矫正器到此一游的纪念。母亲因此再补上一棒，这一次出手比刚才重很多，也许她被咬得惨叫，毫无疑问的是她痛得受不了，几乎是在无意识间棒打女儿。克莱几乎听得见女儿颈骨折断时冒出闷闷的“咔嚓”声。亲爱的女儿就这样丧生于品位一流的厨房，戴着矫正器一命呜呼，走在科技尖端的手机掉在松开的一手旁。

厨房里干净而且光线充足，当初把手枪摆在这里是担心遇到强盗或是强奸犯，谁知摆了这么久却用来对付自家人。母亲在伸手拿枪前有没有停下来思考片刻？克莱不这么认为。克莱认为，母亲一定根本想都没有想，只想赶上女儿即将飘走的幽魂，只想赶紧对女儿解释自己为什么这么做。

克莱走过去拾起手枪。阿尼·尼克森嗜枪成瘾，克莱推测他买的八成是自动手枪，甚至配备了雷射光瞄准器，但是这一把只是阳春型的柯特点四五左轮。他想了一下，这倒也合理，因为买枪时他考虑到这种枪可能比较适合妻子使用。遇到突发事件时，她不必装子弹，不必因为忙着从炒菜铲或佐料中间挖出弹匣而浪费时间。即使装上了弹匣，她还得猛拉滑座以确定弹膛里有子弹，所以他才买了阳春型的手枪，只要向前亮出枪管就行了。克莱这时轻松举起枪。他为《暗世游侠》画过同一款手枪，从不同角度画了不下一千次。正如他所料，六颗子弹只缺一颗。他摇出剩下的一颗子弹，不用看就知道是什么型号的。贝丝手枪里装的是俗称“警察杀手”的子弹，属于严格禁止的弹药，也称为“开花弹”。这种子弹的威力强大，她的头壳被轰掉了一半并不奇怪，令人称奇的是居然只轰掉了一半。他低头看着靠在一角的女尸，忍不住哭了起来。

“克莱？”这次是汤姆在喊，他正从地下室上来，“哇，阿尼这里真是应有尽有啊！他还有把机关枪，被查到了保证送他进沃波尔州立监狱吃牢饭。我敢打赌……克莱？你没事吧？”

“我来了。”克莱边说边擦眼泪。他倒出左轮剩下的子弹，把枪插进腰带，然后拔刀放在贝丝的梳妆台上，刀锋仍在自制的刀鞘里。看来他换到了更高级的武器。“再给我两分钟。”

“哟！”

克莱听见汤姆叩叩走下楼梯回地下室。他虽然仍在流着泪，但听见汤姆“哟”的一声，还是不禁会心一笑。他非记下这一幕不可：就算是家住郊区、心地善良的矮冬瓜同性恋，只要给他一整间枪械让他随便玩，他马上就会模仿起史泰龙，把“哟”字挂在嘴边。

克莱开始搜抽屉。打开第三个抽屉时，他发现一个沉甸甸的红盒子，上面印着粗黑的美国捍卫者牌点四五子弹五十组，用擦盘子的毛巾盖着。他把子弹盒放进口袋，然后去地下室与汤姆、艾丽斯会合。此地不宜久留，他希望越早走越好。问题是，他得想办法劝他们别妄想带走阿尼收藏的所有枪械。

他提着露营灯，来到厨房与客厅间的拱门，走到一半就停下来向后看一眼，看着地上的两具女尸。他刚才帮贝丝拉下裙子其实无济于事，尸体就是尸体，伤口暴露无遗，就像《圣经·创世记》里诺亚喝醉剥光衣服被儿子撞见一样一丝不挂。他大可去找个东西盖住尸体，但是现在还只是盖住这两具，以后要盖到什么时候才能停手？一直到盖上了莎伦和儿子的尸体吗？

“愿上帝垂怜。”他低声说，但是他怀疑上帝会不会只因为他的要求，就特赦莎伦母子俩。他放下露营灯，看见地下室晃动的手电筒灯光，循着光线下楼去找汤姆与艾丽斯。

21

汤姆与艾丽斯都系上了腰带兼枪套，两人各插了一把大口径的手枪，而且是自动手枪。汤姆更在一边的肩上挂上子弹带。克莱看了不知该哭还是该笑，甚至还有点想又哭又笑，但是这样一来，他们一定会以为他开始歇斯底里了。当然，他的确是开始歇斯底里了。

地下室的墙上有一部超薄等离子电视，比厨房那部大了许多。另一部电视稍微小一点，可以连接各种品牌的电玩游戏机。假如时光倒流，克莱倒很愿意玩玩看，甚至越看越觉得垂涎三尺。屋主仿佛是想用怀旧风格缓和一下高科技的味道，在乒乓球桌旁的角落摆了一架西贝尔格牌点唱机，鲜艳的色彩如今暗沉无生气。当然，这里也有枪柜，总共有两个枪柜，锁没有打开，但是正面的玻璃已经敲碎。

“虽然被长条形的柜锁锁住，不过艾丽斯去车库找到工具箱，”汤姆说，“用扳手敲破玻璃。”

“轻轻松松。”艾丽斯谦虚地说，“我在车库的工具箱后面找到这个，原本包在毛毯里面。该不会是……？”她从乒乓球桌上拿起她讲的东西，小心握着折叠式的枪托，拿给克莱看。

“我的老天爷，”他说，“这东西是……”他眯眼仔细看扳机护圈上方的压印字样，“我认为是俄制的枪。”

“一定错不了。”汤姆说，“你认为是不是卡拉什尼科夫轻机枪？”

“不晓得。找到了适用的子弹吗？找找看有没有符合枪上字样的盒子。”

“找到了半打。每个盒子都好重。这是机关枪，对吧？”

“大概是的。”克莱扳动一条杆，“一个功能一定是单发，另一个功能是连续发射。”

“一分钟能射几发？”艾丽斯问。

“不知道，”克莱说，“不过应该是以秒计算吧！”

“哗！”她的眼睛瞪大了，“你知道怎么用吗？”

“艾丽斯，农场的男孩十六岁就要学开枪，我想我应该也摸索得出来该怎么用吧！大概要先缴一盒子弹当学费，不过想上手不是难事。”他心想：*上帝保佑，别让枪在我手里打响。*

“这种东西在马萨诸塞州合法吗？”她问。

“现在合法了，艾丽斯。”汤姆面无笑容地说，“该上路了吗？”

“对。”她说完后望向克莱，也许仍不太习惯发号施令。

“对。”他说，“往北前进。”

“我赞成。”艾丽斯说。

“好，”汤姆说，“往北前进。出发吧！”

/

3　盖顿学院

1

第二天早晨，阳光穿透雨雾时，克莱、艾丽斯与汤姆来到北瑞丁，在废弃的马场旁找到一间谷仓暂住。他们从谷仓门观察到第一群疯子开始出现，集体往威尔明顿的方向走上六十二号公路，向西南前进。他们的衣服全都湿透了，而且破烂不堪，有些人甚至没有鞋子可穿。正午之前，所有的疯子已经走完了。到了下午四点，太阳从云层中露出脸，辐射出长长的光柱，疯子开始集体往今早来的方向回去。许多人边走边吃东西。有些人搀扶走不动的人。就算今天出过人命，克莱、汤姆与艾丽斯也没有看见。

六七个疯子各扛着一种大东西，克莱觉得眼熟，因为艾丽斯曾在汤姆的客房衣柜里找出这种东西。当时三人围着这个东西站着，不敢打开来听。

"克莱?"艾丽斯问，"为什么有些人扛着手提音响?"

"我不知道。"他说。

"不妙。"汤姆说，"他们集结的行为不妙，他们互相扶持的行为也不妙，最最不妙的是看见他们扛着大型手提音响。"

"只有几个带了……"克莱讲到一半。

"看那个女人，在那边。"汤姆打断克莱的话，指向六十二号公路上的中年妇女。她的步履蹒跚，捧了一个收音机兼CD音响，大小如客厅里用的厚座垫。她把音响紧紧抱在胸前，像是抱着睡婴，电线从后面的收线孔里掉出来，拖在路面上。汤姆接着说："看了这么多手提音响，却没看见有人带了台灯或烤面包机。说不定这些人被设定成专找用电池的收音机，然后打开电源开关，开始广播那种声音、脉冲、潜意识讯息之类的鬼东西。说不定他们想对付第一波攻击中的漏网之鱼。两位觉得呢？”

他们。大家最爱用的代名词，充满疑神疑鬼的念头。艾丽斯已从不知哪里掏出小球鞋，单手紧捏着，但是她开口时，语气已经够平静了。“我认为不是这样。”她说。

“不然怎么样？”汤姆问。

她摇摇头。“我也说不出来，感觉一定不是这样。”

“女人的第六感？”他面带微笑却没有冷笑。

“也许吧，”她说，“不过我认为有件事很明显。”

“什么事，艾丽斯？”克莱问。他隐约知道她想说什么，而他没猜错。

“他们越变越聪明了，不是自己的头脑变聪明，而是靠着集体思考。这样讲也许太夸张了，不过总比汤姆的假设来得更有可能。他们不太可能想收集一大堆电池的 FM 大炮收音机，一起打开来，把我们一炮轰到神经国去。”

“心电感应、集体思考。”汤姆说完沉思起来。艾丽斯看着他。克莱已经认定她的推理正确，这时望向谷仓门外，看着今天回巢的最后几个疯子，心里想着，今晚一定得去找一本公路的地图集。

汤姆点头说：“这样说应该没错。也许集体行动的动物都会心电感应、集体思考。”

“你是真的认同，还是只想让我觉得……”

“我是真的认同你的看法。”他说。他伸手去碰艾丽斯握着小球鞋的那只手。艾丽斯现在捏球鞋的动作变快了。“真的认同。别再捏球鞋了，好吗？”

她对他露出心不在焉的微笑，一闪即逝。克莱看见后再次觉得她好美，真的好美，而且随时可能崩溃。“那堆干草看起来好软，我好累，我想睡个长长的午觉。”

“去睡个够吧。”克莱说。

2

克莱梦见一家三口团聚在肯特塘，正在自家后面的空地野餐。莎伦带来了纳瓦霍印第安毛毯，铺在草地上，也准备了三明治与冰红茶。天色忽然暗下来，莎伦指向克莱的背后说："快看！心电感应生物！"他转头却只看见一群乌鸦，其中一只大到遮住了太阳。接着，他开始听见叮当音乐声，听起来像富豪冰激凌车播放的《芝麻街》主题曲，但是他知道曲子来自手机铃声。他在梦境中吓出了一身冷汗。他回头一看，发现约翰尼已经不见了。他问儿子跑哪里去时，心里恐慌不已，已经知道答案了。莎伦说，约翰尼钻进毛毯去接听手机了。毛毯隆起了一团。克莱钻进去，一阵强烈的干草香味扑鼻，他大声阻止约翰尼接电话，千万别接听。他伸手想抓约翰尼，却只抓到一颗冰冷的琉璃球，是他在**小小珍宝**精品店买的镇纸，深处包裹着蒲公英的籽絮，恰似一小团云雾。

这时汤姆摇醒他，告诉他手表的时间已过九点，月亮已经高挂，今晚如果想赶路，就应该趁现在出发。克莱从来没有这么高兴起床过。整体而言，他比较喜欢做宾果帐篷的梦。

艾丽斯用怪异的神情看着他。

"怎么了？"克莱边说边确定打开自动武器的保险。这个动作已是习惯成自然。

"你刚才在讲梦话，一直讲'别接，别接'。"

"大家都不应该接，"克莱说，"不接的话，现在就不会这么凄惨。"

"啊，可惜有谁抗拒得了叮铃叮铃响的电话呢？"汤姆问，"电话一响，你的球赛看不成了。"

"波斯先知查拉图斯特拉如是说。"克莱说。艾丽斯笑到哭出来。

3

月亮在云朵间窜进窜出，克莱心想，就像小男生海盗寻宝历险记的插图。这时三人离开马场，继续往东前进。这一晚，他们开始遇见了同类。

克莱换手拿自动步枪，因为装满了子弹，感觉重得不得了。他心里想着：因为现在是我们的时间。白天是电话疯子的天下，星星出来时，就归我们称霸。我们就像吸血鬼，被放逐到黑夜。靠近时，我们认得出同类，因为我们仍能交谈；距离稍远，我们一见背包即可辨识同类，而且越来越多的同类也开始带枪；但距离遥远时，唯一能确定同类的手法只有摇摇手电筒光束。三天前，我们不只统治全地球，同样也对绝迹的生物心存愧疚，因为人类为了享受全天候的有线新闻网与微波炉爆米花而破坏环境。现在呢？我们成了手电筒族。

他望向汤姆。“他们去哪里了？”他问，“太阳下山后，那些疯子跑去哪里了？”

汤姆对他板着脸说：“北极。因为小矮人被传染到狂驯鹿病，全病死了，这些人去北极代班，等新的一批小矮人前来报到。”

“天啊！”克莱说，“昨晚是不是有人睡错干草堆、吃错了药？”

但是汤姆仍然不愿微笑。“我好想我的猫。”他说，“不知道它平不平安。你一定认为我好痴呆。”

“才不。”克莱虽这么说，心里却有点赞同，因为他担心的对象是妻子与儿子。

4

他们来到小镇巴拉德谷，全镇只有两组红绿灯。他们在一家兼卖卡片的书局找到公路地图集，现在开始继续向北前进。州际公路九十三号与九十五号形成了V字形，环境不无乡村情趣，他们很庆幸这天决定在这里扎营。三人遇见的同类多半往西走，因为听说州际公路九十五号发生了惨重的车祸，路面堵得无法通行。往东走的人只有少数几个，其中一人说，州际公路九十三号的韦克菲尔德交流道附近有油罐车引发大火，导致北上车辆延烧了将近一英里。这人说："臭到像地狱的炸鱼条。"

踽踽前行至安杜佛近郊时，他们又遇到手电筒族，也听见了一个谣传。这个说法口耳相传不绝，后来转述的人个个当成是事实，说得斩钉截铁：新罕布什尔州与马萨诸塞州的边境被封锁了。新罕布什尔州的州警和警长特派警察接获了格杀勿论的指示，不管来人是不是疯子，一概先枪毙了再说。

三人陪着一位老人走了一段路。老人臭着脸说："警察老早就把格杀勿论当座右铭，只差没刻在警车的车牌上招摇，现在不过是执行新版本的命令而已。"他穿着名贵的轻大衣，背了一个小背包，拿着加长型的手电筒，大衣口袋露出手枪的枪托。"如果你人在新罕布什尔州，你可以自由生活，但是如果你想进来新罕布什尔州，他妈的，等于是去送死。"

"这……未免太难以置信了吧。"艾丽斯说。

"信不信由你啦，小甜心。"老人说，"我遇见几个人跟你们一样想往北过州界，却被吓得赶紧往南逃回来，因为他们在邓斯特布尔北边看见有人想进新罕布什尔州，立即被一枪打死了。"

"什么时候？"克莱问。

"昨天晚上。"

克莱另外想到几个问题，但却噤声不问。大家一同走在塞满空车却仍可供行人通行的公路，走到了安杜佛时，臭脸老人与多数人转向一三三号公路，往西方的洛沃尔，只剩克莱、汤姆与艾丽斯站在安杜佛的大马路上，除了几个拿着手电筒觅食的人外，这里几乎是空城。他们必须做出决定。

"你相信吗？"克莱问艾丽斯。

"不相信。"她说完望向汤姆。

汤姆摇摇头。“我也不信。我认为那老人的说法可疑，有点城市传奇的味道。”

艾丽斯边听边点头。“现在的新闻已经传不快了，因为没电话可用了。”

“对，”汤姆说，“他那种说法绝对是新一代的城市传奇。不过话说回来，新罕布什尔州有点乡下，我朋友喜欢把那边叫做‘新仓鼠州’。所以我才认为应该找偏僻一点的地方过州界。”

“就这样办吧。”艾丽斯说。一行人再次动身，在市区有人行道可走时尽量走人行道。

5

走出安杜佛的外围前，他们见到一个男人把两支手电筒串起来戴在头上，两边的太阳穴各亮一支。这个人从 IGA 超市的破橱窗走出来，友善地挥挥手，然后朝三人走来，一边绕过凌乱的购物推车，一边把罐头放进像送报员用的布袋里。他走到一辆翻倒的小卡车旁，自我介绍是梅休因市的罗斯科·汉德，然后问他们想往哪里去，克莱回答缅因州后，汉德摇摇头。

“新罕布什尔州的边界被封锁了。不到半小时之前，我才碰到两个掉头回来的人，说警察是想辨识正常人和疯子，可惜警察没有尽全力。”

“那两个人有没有亲眼看到？”汤姆问。

汉德看着汤姆，说不定认为汤姆也疯了。汉德说：“不相信别人的话也不行了，老弟。现在总不能打电话求证吧？”他停顿后接着说：“他们在塞勒姆和纳舒厄一带烧尸体。那两人说的，还说味道像烤猪。我要带五个人往西走，想在日出之前多赶一些路。向西走的话通行无阻。”

“是你听说的吗？”克莱问。

汉德面带轻微的轻蔑看着他。“是这样讲的，没错。我老妈以前常说，聪明人一点就通。如果你们真想北上，一定要趁半夜过边界，因为疯子晚上不出来。”

“我们知道。”汤姆说。

头插了两支手电筒的汉德不理汤姆，继续与克莱对话，想必是把克莱当成了三人的领袖。“疯子也不拿手电筒。拿手电筒的时候记得前后摇。要讲话，而且要大声讲。疯子也不会讲话。我怀疑边界的警察会不会放你们过关，不过如果走运的话，警察也许不会对你们开枪。”

“他们越来越聪明了。”艾丽斯说，“汉德先生，你应该知道吧？”

汉德哼了一声。“他们现在成群走，也不会互相残杀了。这样算不算变聪明，我就不清楚了。不过他们见了我们照杀不误，这点我敢确定。”

汉德一定看出了克莱脸上的疑虑，因为他露出微笑，但却被手电筒照成了难看的表情。

“今天早上，我看见他们逮到了一个走出去的女人，”他说，“我亲眼看见的。”

克莱点头说：“好。”

“我大概知道她出去做什么。这事发生在托普斯菲尔德，离这里以东差不多五英里吧。我和我那一群人住在汽车旅馆。她正朝旅馆走过来。不是用走的，她走得匆忙，几乎是用冲的，边跑还边向后看。我看见她是因为我睡不着。”他摇摇头，“很不习惯白天睡觉。”

克莱想说迟早会习惯，但是他并没有说出来，只看见艾丽斯又握着小球鞋求心安。他不想让艾丽斯听下去，但是也知道无法阻止她，原因之一是这段话属于求生信息，原因之二是反正目前充斥的就是这类消息。这份消息与新罕布什尔州边界的传闻不同，他几乎能笃定确有其事。这类消息听多了，也许能开始归纳出一些脉络与因果。

“她也许是想找个比较舒服的地方睡觉吧！就这么简单。她看见我这间汽车旅馆心想：‘有床铺的房间，就在 Exxon 加油站旁边，过一条街就到了。’结果只走到一半，一群疯子就从转角出现，朝她走过去……你知道他们现在怎么走吗？”

汉德模仿玩具兵的走法，僵直着身体朝他们走来，送报员的布袋跟着摇来晃去，与手机疯子的姿态不尽相同，但三人能体会他想传达的意思，所以点了点头。

“结果她……”他向后靠在翻倒的小卡车边，用双手挠挠脸，“我讲这话的用意是希望你们了解，不能随便出去，免得被抓到，别以为他们越来越正常就被骗出去，别只因为他们当中一两个偶尔运气好，按对了手提音响上的按钮，开始播起了 CD……”

“你也看见了？”汤姆问，“听见了音响？”

“对，两次。第二次我看见一个男人捧着音响摇来摇去，晃得 CD 跳音跳得好严重，不过 CD 还是照放不误。所以说，他们喜欢听歌，不过，就算他们的脑筋恢复了一点点正常，我们也不能因此就放松戒心，你说是吧？”

“那女人后来怎样了？”艾丽斯问，“跑出去被抓到的那个。”

“她想冒充成疯子，”汉德说，“我站在房间的窗口边看边想：‘哇，这女生真厉害，加油加油，继续再装一下，说不定有机会能突破重围，跑进什么地方躲起来。’因为疯子不爱进室内。你们注意到了没有？”

克莱、汤姆与艾丽斯摇头。

汉德点头继续说：“他们还是肯进室内，因为我亲眼看过，只是不喜欢进去就是了。”

“他们怎么看穿她的？”艾丽斯又问。

“我不太清楚。大概是闻到味道了吧。”

“也可能是摸清了她的思想。”汤姆说。

“也可能是摸不清她的思想。”艾丽斯说。

“这我没概念，”汉德说，“只知道他们当街把她撕开，我的意思是说把她扯成碎片。”

“这事发生在几点？”克莱问。他看出艾丽斯出现体力不支的现象，伸出一只手搂住她。

“今天早上九点。在托普斯菲尔德。所以说，如果你们在黄砖道上看见一群疯子捧着手提音响，播放着《为何不能交朋友》……”他用戴在头上的两支手电筒照着三人的脸，阴森森地看着，“千万别冲出去喊齐莫沙比（Kemo Sabe）打招呼。”他停顿一下，继续说：“换作是我，我也不想往北走。即使警察不会在边界对你们开枪，也是白走那一趟。”

但是之后，三人在超市的停车场稍稍请教他人后，仍然决定北上。

6

三人在北安杜佛稍作停留，站在横渡四九五号公路的人行天桥上。云层又开始密布，但是月亮露脸的时间够长，让他们看清无声的公路共有六条车道。他们来到天桥与南下车道交接的附近，看见有辆十六轮大卡车像断了气的大象倒在路面上，有心人在周围摆出了橘红色的警示锥，更远处有两辆弃置的警察巡逻车，其中一辆侧翻。大卡车的后半部被烧得焦黑。在乍现的月光下，他们看不见尸体。有几个人在路肩吃力地往西走，但即使是路肩也是寸步难行。

“这下子我们可认清事实了吧？”汤姆说。

“不同意。”艾丽斯说。她的语气漠不关心，“对我来说，这比较像暑假大片里的特效，观众买一桶爆米花和可乐，欣赏世界末日……怎么说？计算机动画？CGI？在蓝色布幕前比画？诸如此类的事。”她抓住小球鞋的鞋带举起来，“我只需要这东西来面对现实。小到能握在手里的东西。好了，我们走吧。”

7

二十八号公路上有许多空车，但这条路比四九五号公路宽敞，到了凌晨四点，他们已经接近“两支手电筒先生”汉德的家乡梅休因。他们听信了汉德的故事，赶紧在天亮前找地方躲起来。他们看上了二十八号公路与一一〇号公路交叉口的汽车旅馆。这里有十几辆车停在各个房间前，但是克莱认为这幅景象有荒废之感。怎么能不荒废？这两条公路虽然可以通行，但得徒步才能过来。克莱与汤姆站在停车场边缘，把手电筒举到头上乱照。

“我们没问题！”汤姆呼喊，“我们是正常人！正要进去！”

他们等了一会儿，里面无人响应。招牌上写着：“甜蜜谷旅馆，温水游泳池，HBO，团体另有优惠。”

“进去吧，”艾丽斯说，“我的脚好痛，而且不久就要天亮了，对不对？”

“看看这个。”克莱说着从旅馆的住宿登记处拾起一片CD，用手电筒照亮，是迈克尔·波顿的《醉情歌》专辑。

“你还说他们越变越聪明。”汤姆说。

“别太早下定论。”克莱说着，三人继续往房间走去，“CD的原主不管是谁，不是已经扔掉了CD吗？”

“比较像不小心掉了。”汤姆说。

艾丽斯把自己的手电筒照在CD上。“这歌星是谁呀？”

“乖美眉，”汤姆说，“不知道比较好。”他把CD拿过来向后抛掉。

他们推一推紧临的三道房门，动作尽量放轻，不想破坏门锁，希望进了门之后还能锁紧。有床好睡，他们睡掉了几乎整个白天，没有受到干扰，但当晚艾丽斯说她好像听见远方传来音乐。不过她也承认，也许是梦境的一部分。

8

甜蜜谷旅馆的大厅兼卖地图，内容应比他们手上的公路地图集来得详尽。地图陈列在被打碎的玻璃柜里，克莱伸手取出马萨诸塞州与新罕布什尔州各一张，动作小心，以免手被玻璃割伤，这时看见有个年轻人躺在柜台另一边。年轻人用了无生气的眼珠怒视着。克莱的脑筋一时转不过来，以为有人在尸体的嘴巴放了朵颜色奇怪的胸花，仔细一看才发现有淡绿色的尖端从尸体的脸颊穿出，这才联想到陈列柜的碎玻璃也是淡绿色。尸身穿的衣服有个名牌，上面写着：**我叫汉克，请向我询问包周特价**。克莱看着汉克时，不禁短暂回想起里卡迪先生。

汤姆与艾丽斯在大厅门边等他。现在是晚上八点四十五分，天色已经全黑。“收获如何？”艾丽斯问。

“这两份应该够用。”他说着递给艾丽斯地图，然后举起露营灯，方便她与汤姆比对公路地图集，同时规划今晚的路线。对于约翰尼与莎伦，他尽量培养出宿命感，拼命告诉自己：发生在肯特塘的事情已经发生了。儿子与妻子不是没事就是出事了，他不是找得到他们就是找不到。这种宿命观时来时去。

情绪开始失控时，他告诉自己，能活下来已经算命大了，这一点百分之百正确。但不幸的是，脉冲事件爆发时他人在波士顿，以最快捷的路线北上肯特塘也要走一百英里，而他们现在的路线曲折蜿蜒。不过他正好碰上好人，这一点不容忘记。他把这两位当成好朋友。此外，他也见到了不少运气欠佳的人：争啤酒桶的男人、举《圣经》说教的胖婆、梅休因的汉德先生等等。

莎伦，如果约翰尼跟你会合了，你最好用心照顾他，否则我找你算账。

但是，假如约翰尼那天把手机带在身上呢？假如他把那只红色手机带去学校，那怎么办？他最近不是比较常带在身上吗？因为好多同学都带手机？

上帝啊。

“克莱？你没事吧？”汤姆问。

“很好。怎么了？”

“不知道。你刚看起来有点……阴郁。”

“柜台里面死了一个人，死状很惨。”

“看这边。”艾丽斯说。她在地图上指出一条线，弯弯曲曲横越州界线，到了佩勒姆的东边，好像接上新罕布什尔州三十八号公路。“这一条好像不错，”她说，“如果去那边的公路往西走个八九英里……”她指向一一〇号公路，“……应该就可以到。你们觉得呢？”一一〇号公路上的汽车与柏油在毛毛雨中闪现微光。

“应该可以吧。”汤姆说。

她把视线从汤姆转向克莱。她已经把小球鞋收起来（大概收进背包里去了），但克莱看得出她想拿出来捏一捏。他心想，幸亏她不抽烟，否则一天少说消耗四包。“如果警方在边界设下了……”她说到一半就停了下来。

“到时候再担心吧。”克莱说，但是他并不烦恼。无论边界有没有警察，他都要去缅因州。纵使他必须像每年十月越过加拿大边境去摘苹果打工的非法劳工一样，爬过荆棘丛，他也照爬不误。如果汤姆与艾丽斯决定不跟他闯关，那就太可惜了，因为他很不愿意离开他俩……但是他非闯不可，因为他一定要知道母子二人是生是死。

艾丽斯在地图找到的蜿蜒红线名叫多斯蒂溪路。走上这条路后，一路上几乎无车无人，徒步四英里即可到达州界线，他们只看到不过五六辆空车与一辆被撞坏的车。他们也通过两栋民房，看见里面有灯光，也听见发电机呼呼运转中，考虑着要不要进去，但却立刻作罢。

“屋主说不定想保卫家园，搞不好跟我们打起枪战。”克莱说，“一定要假设里面有人。发电机也许设定在停电时自行发动，一直运转到燃料用完为止。”

“肯让我们进去的举动本来就不正常了，就算里面住的是正常人，肯让我们进去，我们又能怎样？”汤姆说，“跟他们借电话吗？”

来到某地时，他们也讨论要不要“解放”（汤姆的用语）一部车，但最后也否决了。如果州界线有警方或义勇军镇守，开着雪佛兰塔荷休旅车过去未免是自讨苦吃。

所以他们一路徒步，而州界当然什么也没有，只见一个小小的告示板，因为这条路只是两条车道的乡间柏油路，告示板写着：**欢迎光**

临新罕布什尔州！一路上静悄悄的，只有路旁树林里的滴水声，偶尔传来微风轻轻叹息，有时或许也有动物蠢动的声响。他们只有在看告示板时稍微停下来，然后就继续动身离开麻州。

9

有个路标显示新**罕布什尔州三十八号公路**与**曼彻斯特十九英里**，多斯提溪路到这里结束，三人独行的情况也告一段落。走在三十八号公路时，行人仍寥寥无几，但继续走了半小时，最后转进一二八号公路后，难民忽然多了起来，人潮川流不息。一二八号公路的路面宽敞，几乎通往正北，随处可见车祸。这条公路上的行人多半三四人成群行动，克莱觉得这些人居然各走各的路，不太关心其他人的死活。

他们遇上了一个年约四十岁的女人与一个大概比她大二十岁的老人，各推一台购物推车，里面各躺了一名儿童。老人推的是男童，睡在推车上嫌挤了一点，但他却有办法蜷缩起来熟睡。克莱与同行人经过这个不太搭调的家庭时，老人的推车滚轮掉了一个，推车立刻倾向一边，年约七岁的男童跌了出来，幸好汤姆反应得快，攫住了他的肩膀，他才没有跌得太严重，只擦伤了一条腿的膝盖。尽管伤势不重，男童却吓坏了。汤姆抱他起来，男童因为不认识他而想挣脱，哭得比刚才更用力。

“可以了，谢谢，我来抱。”老人说。他把小孩接过去，陪他在路边坐下，然后帮他吹一吹伤口。老人把他的伤口称为“哺哺”。克莱七岁大以后好像就没听过这种说法了。老人说：“格雷戈里帮你亲一亲，不会再痛痛。”他吻了擦伤的地方，男童把头靠在他的肩膀，已经开始睡着。格雷戈里对汤姆与克莱点头微笑。他看起来几乎累翻了。上个礼拜之前，他也许勤上健身房，六十岁还精壮得像一条活龙，如今却老了十五岁，活像拼了老命想赶快逃出波兰的犹太人。

“我们没事了。”他说，“你们可以走了。”

克莱张嘴想说：为何不干脆一起走？为什么不能合作？格雷，你意下如何？他在青少年时期读的科幻小说里，主角一定会说：我们一起合作吧！

“对，还不快走，还在等啥？”女人抢在克莱开口前说。她的推车里的女童大约五岁，仍然继续睡觉。女人站在推车旁，好像刚抢到超低价的商品，担心被克莱或他的朋友过来抢走。“想跟我要什么是吗？”

“娜塔丽，别这样。”格雷戈里耐着性子疲倦地说。

但是娜塔丽不听，克莱这才了解这一幕有多么令人沮丧。他又不是等这女人来伺奉他吃午餐——“午夜”的午餐——如果这女人又累又害怕，因此疑神疑鬼，倒也情有可原。让他丧气到极点的是大家只顾着走自己的路，摇着手电筒，只低声跟自己的小圈子交谈，偶尔换只手提行李箱。有个小流氓骑着像冲天炮的机车过来，在汽车残骸之间蛇行，压过了路面的垃圾，路人见他过来纷纷让开，嘴里却嘟囔着憎恨的话。克莱心想，假如刚才的小男生不仅擦伤，而且跌断了颈骨，情况也不会有任何差别。路边有个胖子气喘咻咻，提着超重的行军袋。克莱心想，假如这胖子突然心脏爆发，倒在路边，一定不会有人去帮他做心肺复苏术，当然也叫不成救护车。

没有人帮她加油说：对，叫他滚蛋！也没有人说：嘿，老兄，为什么不呛回去，叫她少啰嗦？大家只是继续向前走。

“……因为我们只剩这两个小孩。我们都照顾不了自己，还想挑这个责任。他装了‘心利调整器’，如果‘电慈’用光了，我们怎么办，你说啊？现在多了这两个小孩！有人要小孩吗？”她四下张望，神态激动。“喂！有没有人要小孩？”

推车上的小女童动了起来。

“娜塔丽，你吵醒了波西娅。”格雷戈里说。

名叫娜塔丽的女人开始大笑。“算她倒霉！天都塌下来了！”四周的人继续踏着难民的步伐前进，没有人搭理，克莱心想：原来一脚踩空了的感觉就是这样。世界末日一到，人类就成了这副德行。这时没有电视摄影机在拍，也没有大楼失火，更没有超人气特派员安德森·库珀说："现在，我们把镜头交还给CNN位于亚特兰大的主播。"国安部因神志紊乱而武功尽废时，就是这番景象。

"我来背小男孩好了，"克莱说，"背到你们找到适合让他坐的东西为止。那部推车坏了。"他望向汤姆。汤姆耸肩后点头。

"离我们越远越好。"娜塔丽说着，手里忽然多了一把枪，并不大，也许只是点二二的小手枪，但只要子弹射对地方，连点二二也不会辜负枪主的心意。

克莱听见左右两边各传来拔枪的声音，知道汤姆与艾丽斯也举枪对准名叫娜塔丽的女人。看样子，这也是世界末日的一景。

"娜塔丽，把枪放下，"克莱说，"我们现在就走。"

"去你的，百分之两百答对了。"她说完用另一手的掌拨开遮住眼睛的一束头发。她似乎没注意到克莱身边的年轻男子与更年轻的女人正举枪对准她。现在，路过的人总算正眼看过来了，但他们唯一的反应是稍微加快脚步，赶紧通过冲突现场，避免见到流血的场面。

"走吧，克莱。"艾丽斯轻声说。她把空出来的一只手放在他的手腕上，"以免有人挨枪子。"

三人继续上路。艾丽斯用一只手握着克莱的手腕走着，把他当成男朋友。克莱心想：*只是半夜出来散散步*。但是他不知道现在几点，也不想知道。他的心脏狂跳。汤姆跟着他们走，但是刚离开现场时他一路举枪倒退着走，一直到三人来到转弯处才转过来。克莱猜想，汤姆担心如果娜塔丽最后决定动用小手枪，他至少做好了反击的准备。因为反击也是世界末日的做法之一，毕竟现在电话线路暂时中断，请稍后再拨。

10

破晓前的几小时，三人走在曼彻斯特以东的一〇二号公路，这时开始听见音乐声，起先非常微弱。

“天啊，”汤姆停下来说：“这曲子是《小象走路》。”

“是什么？”艾丽斯好奇地问。

“是汽油一加仑两毛五时代的大乐团演奏曲。大概是莱斯·布朗和他的闻名乐团的歌曲吧。我母亲以前有这张唱片。”

两名男子走到三人的身边，停下来寒暄几句。这两人年纪虽大，身体却很硬朗。克莱心想：就像刚退休的邮差逛英国小镇科茨沃尔德。谁知道在哪里。其中一人背着登山背包，不是日常小背包，而是长至腰部、加了铝框的大背包。另一人背的是简便背包，挂在右肩膀，另一肩扛着看似点三〇—点三〇步枪。

大背包的额头皱纹遍布，他伸出前臂拭去汗水说：“你母亲那张大概不是莱斯·布朗的唱片，比较可能是唐·科斯塔或亨利·曼西尼的。这两人的唱片很畅销。至于这一首嘛……”他把头歪向幽魂似的音乐，“……这一首是劳伦斯·韦尔克的，他是我这辈子最喜欢的艺人。”

“劳伦斯·韦尔克。”汤姆吸了一口气，语气近乎敬畏。

“是谁啊？”艾丽斯问。

“听听《小象走路》就对了。”克莱说着笑起来。他累了，感觉无厘头，忽然想到约翰尼会爱死这首曲子。

大背包以轻蔑的神态瞄了他一眼，然后继续看着汤姆。“是劳伦斯·韦尔克没错，”他说，“我的眼睛已经不太灵光了，但耳朵还很管用。以前每个礼拜六晚上，妻子和我必看他的节目。”

“道奇也玩得很尽兴。”小背包说。他只讲这句，克莱听得一头雾水。

“劳伦斯·韦尔克和他的香槟乐团，”汤姆说，“好棒。”

“劳伦斯·韦尔克的乐团应该叫做香槟音乐制造者。”大背包说，“搞清楚再说嘛。”

“别忘了蓝侬四姐妹和可爱的艾丽丝·朗恩。”汤姆说。

远方的音乐换了一首曲子。“这一首是《加尔各答》。”大背包接着叹气说，“好了，我们也该上路了。今天很高兴跟你们闲聊。”

“应该说今晚。”克莱说。

“不对，”大背包说，“现在的晚上算是白天了。你难道没注意到？祝两位顺心。你也一样，这位小女士。”

“谢谢你。”站在克莱与汤姆间的小女士语气微弱地说。

大背包开始前进，小背包以稳健的步伐跟在他旁边。两老的四周是浮浮沉沉的手电筒光束，众人一同深入新罕布什尔州。但大背包骤然停下来，回头又讲了一句话。

“你们顶多只能再走一个钟头，”他说，“然后找间民房或汽车旅馆休息。你们知道鞋子的事吧？”

“什么鞋子？”汤姆问。

大背包耐着性子望着他们，把他们当成不懂状况的人。远方隐约传来的也许是《加尔各答》，这时变成一首波卡舞曲，在雨雾茫茫的夜晚显得极不协调。而这个背着大背包的老头居然想聊聊鞋子。

“每进一间房子，记得把鞋子留在门阶上，”大背包说，“别担心，不会被疯子偷走。这样做可以让别人知道这一间已经有人住了，请继续往前另外找一间，以免……”他的视线落在克莱带着的大型自动武器，“……以免发生意外。”

“发生过这种意外吗？”汤姆问。

“那还用说，”大背包的口气淡然，令人不寒而栗。“人就是人嘛，难免制造意外。不过空房子多得是，你们没有碰上意外的必要。鞋子摆外头准没错。”

“你怎么知道？”艾丽斯问。

他对她微笑，表情看来友善了许多。一般人很难不对艾丽斯微笑，因为她年轻，而且即使在凌晨三点，她仍然显得楚楚可人。“别人讲话时我专心听。我讲话的时候，别人倒不一定总是洗耳恭听。你们听进去了吗？”

“听进去了。”艾丽斯说，“听别人讲话是我的一大优点。”

“听了之后传下去。跟他们争就已经够麻烦了。”他不需要说明是谁，“跟我们自己人相处还出意外，那就太糟糕了。”

克莱想到举起点二二小手枪的娜塔丽。他说：“有道理，谢谢你。”

汤姆说："这一首是《啤酒桶波卡》，对不对？"

"答对了，小朋友，"大背包说，"手风琴是迈伦·佛罗伦拉的。愿他长眠于天堂。建议你们去盖顿过一宿，从这条路再走个两英里就到，是个不错的小村庄。"

"你们也打算去盖顿休息吗？"艾丽斯问。

"不对，我和罗尔夫可能还想继续往前多走一点。"他说。

"为什么？"

"小女士，因为我们行嘛，就这么简单。祝你白天顺利。"

这一次他们不再纠正他。他跟随着小背包——也就是罗尔夫——拿的手电筒光线前进。尽管两老年近七旬，转眼间却已消失在视线范围之外。

"劳伦斯·韦尔克和他的香槟音乐制造者乐团。"汤姆向往地说。

"《小象走路》。"克莱边说边笑。

"为什么道奇也玩得尽兴？"艾丽斯想知道。

"因为它行嘛，我猜。"汤姆看见她一脸困惑，忍不住捧腹大笑。

11

大背包建议他们投宿的小镇是盖顿，而音乐正是从这里传出。克莱青少年时曾去波士顿参加重金属乐团 AC/DC 的演唱会，音响震得他耳鸣了数日，盖顿的音乐分贝虽比不上 AC/DC，却让克莱回想起父母与他去缅因州南贝里克参加的夏日乐队演唱会。他把大脑转回到现实，认为最后一定会在盖顿的公园找出音乐的来源，发现播放音乐的是个老人，虽不是手机疯子，却被乱象搞昏了头，想播放这些轻松歌曲让撤退家园的人欣赏，而他用的是必须装电池的扩音器。

音乐的确来自盖顿的公园，但这里几无人烟，只见零星几个人，靠手电筒与露营灯照明，吃着晚晚餐或早早餐。音乐声来自公园以北。这时曲子已经从劳伦斯·威尔克变成喇叭演奏曲，音符轻柔得令人想睡。

“是温顿 · 马萨利斯[①]，对吧？”克莱问。他准备就此歇脚，也认为艾丽斯看似再也走不动。

“不是他，就是肯尼 · G。”汤姆说，“肯尼 · G下电梯时，你知道他讲什么吗？”

“不知道，”克莱说，“你正要告诉我。”

“‘哇！这地方炫毙了！’”

克莱说：“好好笑，笑到我的幽默感被震塌了。”

“听不懂。”艾丽斯说。

“不值得说明啦，”汤姆说，“各位请听好，我们非休息不可了，我快累垮了。”

“我也一样。”艾丽斯说，“我常踢足球，以为体力比别人好，可是我真的很累。”

“好吧，”克莱附和道，“三票表决通过。”

他们已经通过盖顿的购物区，走的是又名一〇二号公路的缅因街，而根据路标，从这里起，路名称为学院街。克莱对这一点并不讶异，因为他在盖顿的近郊看见一个招牌上宣称历史悠久的盖顿学院在此，而克莱曾耳闻过关于此校的风言风语。新英格兰区的子弟若成绩上不了埃克塞特大学或密尔顿大学，就会送来这里将就。他本以为接下来的市街尽是汉堡王、汽车消音器修理行以及连锁汽车旅馆，但新罕布什尔州的一〇二号公路这一段两旁是外表美观的民房。问题是，几乎家家户户的门口都摆了鞋子，有些房子门口甚至摆了多达四双。

由于接近天亮，行人纷纷寻找休息处，人流因此大幅减少。三人通过西特革加油站的学院分站，接近盖顿学院的正门车道。盖顿学院的正门两旁竖立着粗石柱。他们逐渐赶上正在前方行走的两男一女。这三人的年龄近中晚年，一面在人行道上缓缓步行，一面检查民房门口是否有鞋。女人跛得很严重，其中一男搀扶她的腰前进。

---

① 温顿 · 马萨利斯（Wynton Marsalis），知名爵士乐手。曾与霍茜合作录制了肯伯恩斯导演为 SBS 电台制作的关于二战的七集电视影片的原声带。

盖顿学院在左边，克莱发现音乐从学院里面传来（这时已转为弦乐伴奏的缓板《带我飞上明月》)。他这时注意到两件事，其一是此处的垃圾特别多，多数散落在人行道转入砂石面的出入车道附近，而这些垃圾是被撕破的袋子、吃了一半的蔬菜、被咬剩的骨头。克莱另外注意到的是门口站了一老一少，老人驼背拄着拐杖，少年带了一盏以电池供电的提灯，放在双脚之间。少年的年龄大抵不超过十二岁，正靠着一根粗石柱打瞌睡，穿着看似学校制服的服装：灰长裤、灰毛衣、有校徽的深红褐色外套。

走在克莱前方的两男一女来到学院门口时，身穿粗呢西装外套、手肘有补丁的老人高声对他们说："嗨，三位！嗨，听我说！请你们过来好吗？我们可以让三位暂住，不过条件是先……"他的嗓门尖锐洪亮，是讲堂后排也听得清清楚楚的嗓门。

"没什么条件不条件了，"女人说，"我长了四个水泡，一脚两个，快走不动了。"

"可是，我们有很多间……"老人讲了一半，想必是被扶着女人的男人瞪了一眼，因此噤声。两男一女走过车道与挂一个招牌的石柱。招牌挂在两个复古的S形铁钩下，写着：**盖顿学院，成立于一八四六年。"年轻的心灵是黑暗中的明灯。"**

老人被他这么一瞪，气馁得背又驼了下去，但他随即看见克莱、汤姆与艾丽斯走来，再度挺直腰杆，似乎又想喊话，却认定扯开喉咙喊话的方法不灵光，只好用拐杖戳一戳身边男童的肋骨。男童猛然惊醒，直起身子。老人与男童背后有几栋砖造建筑，矗立在黑暗的缓升坡地上，而《带我飞上明月》也换成同样弛缓的曲子，可能是《你让我活蹦乱跳》。

"乔丹！"他说，"换你上阵了！请他们进来！"

名叫乔丹的男孩吓了一跳，对着老人眨眨眼，然后望向前来的三位陌生人，面带阴沉而不信任的神情，令克莱联想到《爱丽斯梦游仙境》里的三月兔与睡鼠。也许是他看错了——或许没错——但他实在累得糊涂了。"唉，他们也一样，校长，"他说，"他们不会进来的。没有人肯进来。我们明天晚上再试试。我好困。"

克莱顾不得自己累不累，只想问清楚老人的意向……除非汤姆与艾丽斯百般不肯。克莱想问个清楚的原因之一是，这男孩让他想起约翰尼，但最主要的原因是男孩死了心，认定在这个不勇敢又不美丽的新世界不会有人肯帮他与老人的忙。

这一老一少看情况只好自救。只不过，看样子没过不久，他们值得挽救的东西也会不见。

“快问啊。”老人催促，再用拐杖尖端轻戳乔丹，可是没有戳到乔丹喊痛的地步。“跟他们说，我们可以提供住宿，空间大得很，条件是他们必须先去看。这情况非找别人来看不可。如果他们也拒绝，我们今晚只好到此为止。”

“好的，校长。”

老人微笑时露出一嘴大板牙。“谢谢你，乔丹。”

男童百般不情愿地走向三人，沾满灰尘的鞋子已见磨损，上衣的尾巴露出毛衣下缘。他一手提着嗞嗞微响的电灯，整晚熬夜的眼眶黑了两圈，头发脏到非大洗一番不可的程度。

“汤姆？”克莱问。

“我们去看看他想要什么，”汤姆说，“因为我看得出你想问个清楚，不过……”

“两位先生？对不起，两位先生？”

“等一下。”汤姆对男孩说，然后把视线转回克莱，眼神凝重，“再过一个小时就要天亮了，也许一个小时不到。老头说有地方可以让我们住，他最好别骗人。”

“当然没骗人，先生，”乔丹说。他看起来像死了心却忍不住心生希望，“好多房间。宿舍的房间有好几百个，另外还有‘奇塔姆居’。去年大作家托比亚斯·沃夫来过，他就在那里过了几夜。他来本校讲解他的小说《老校》。”

“那本我读过。”艾丽斯语带兴趣地说。

“没带手机的男生全跑光了，带手机的全……”

“不讲我们也知道了。”艾丽斯说。

“我靠奖学金来这里念书，原本宿舍在哈洛维。我也没有手机，想打电话回家时只能跟女舍监借电话，常被其他同学取笑。”

“我倒觉得最后被笑的人是他们，乔丹。”汤姆说。

“是的，先生。”他很有礼貌地说，但借着嗞嗞作响的提灯，克莱看不见笑容，只见悲哀与疲惫，“能请三位过来见教头吗？”

虽然汤姆肯定也很累，却以完全客气的说法响应，仿佛大伙站在阳光普照的园廊上，也许是正在开家长茶会，忘记了现在是凌晨四点十五分，置身于遍地垃圾的学院街边。“荣幸之至，乔丹。”汤姆说。

12

“我以前把手机称作恶魔对讲机。”老人查尔斯·亚尔戴说。他在盖顿学院担任英文系主任长达二十五年，脉冲事件发生时他是全学院的代理校长。现在的他拄着拐杖往上坡走，脚步敏捷得令人咋舌。他走在人行道上，尽量别踩到遍布车道上的垃圾。乔丹走在身旁看护着他，其他三人则跟在后面走。乔丹担心老人会失去重心，克莱则唯恐老人心脏病发作，因为老人边爬坡边讲话，尽管坡度不大，想必也很吃力。

“恶魔对讲机的说法当然只是开玩笑，只是嘲谑语，只是滑稽的夸大之词，但说实在话，我向来不喜欢移动电话，尤其是在学术环境里。就算我提议将手机赶出校园外也无济于事，一定会被否决。提议禁止潮来汐往，说不定比较省事，对吧？”他急喘了几声，“过六十五岁生日时，我弟送了我一支，结果电被我用完了……”喘了再喘，“从此懒得去充电。手机能发出辐射线，你知道吗？没错，辐射量极其微小，不过还是……而且那么靠近人头……接近大脑……”

“教头，等我们到托尼球场再说吧。”乔丹说。教头的拐杖戳到烂水果滑了一下，一时之间向左倾斜，角度大得惊人。

“也好。”克莱说。

“对，”教头说，“只不过……我想讲的重点是，我一向信不过手机。当初开始用计算机时就不是这样。我一碰计算机就像鸭子得水。”

来到坡顶时，校园的要道出现岔路，左边蜿蜒至几乎可肯定是宿舍的建筑，右边通往讲堂、一簇行政办公室以及一条在黑暗中隐现白光的拱门道。蜿蜒如河的垃圾从拱门下流过。亚尔戴校长带着他们向右走，尽量绕过垃圾，由乔丹搀扶他的手肘前进。音乐此时转为贝蒂·米勒的《翼下之风》，从拱门另一边传来，克莱在骨头与洋芋片空袋之间看见十几片被丢弃的 CD，内心逐渐兴起不祥的预感。

“呃，校长？教头？也许我们应该直接……”

“不会有事的，”教头响应，“小时候玩过大风吹吧？谁没玩过。这就和大风吹一样，只要音乐不停，我们就不必担心。我们赶快去看一下，然后再去奇塔姆居。奇塔姆居就是校长的住所，距离托尼足球场不到两百码。我以人格保证。”

克莱望向汤姆。汤姆耸耸肩，艾丽斯点点头。

乔丹碰巧回头看（神态相当焦虑），瞧见了三人互动的默契。“你们应该去看看，”他告诉三人，“教头说得有道理，你们不看不知道。”

“看什么啊，乔丹？”艾丽斯问。

但乔丹只是看着她，黑暗中只见他年少的大眼珠睁着。“等一下就知道。”他说。

13

“他妈的！”克莱说。他自以为这话说得像惊恐时喉咙全力吼出的声音，也许掺杂些许愤怒的成分，但实际出口的却像被鞭打时发出的呜咽。原因之一是音乐声这时非常接近，音量大到将近很久前听 AC/DC 演唱会的分贝，但最主要的原因是他被吓呆了。现在播放着黛比·布恩，正以纯情少女的歌喉诠释《你照亮我的生命》，即使音量已开至最大极限，也难与 AC/DC 的《地狱钟声》相提并论。历经了脉冲事件，也历经撤退波士顿的波折，他自以为心情已经麻痹，却被眼前这一幕震呆了。

印象中，这一类的预科学校不会低俗到组织美式足球队，何况美式足球属于动粗的运动，但显然此校非常重视。托尼足球场的两旁是看台，可供多达一千名观众欣赏球赛，上面插了许多彩旗，被过去几天的阵雨淋得狼狈不堪。足球场另一边有个巨型记分板，上边列出斗大的字母。由于环境暗黑，克莱看不清上面写的字，但即使是在白天，他大概也看不清楚。最重要的是，光线足以让他看清足球场的地面。

在足球场的草皮上，手机疯子像罐头里的沙丁鱼仰躺着，肩并肩、腿靠腿、臀接臀，覆盖了整座足球场，注视着破晓前的漆黑天空。

“我主耶稣啊！”汤姆的声音模糊，因为他一手捂住嘴巴。

“扶住小女孩！”教头大喊，“她快昏倒了！”

“没事……我还好。”艾丽斯说，但克莱一手揽住她时，她瘫靠在克莱身上，呼吸急促，眼睛睁着却呆滞如嗑药后的神态。

“连露天看台下面也有。”乔丹说。他的神态笃定，平静中几乎带有炫耀的成分，克莱听了一时不敢相信。这种口气如同小男生怕朋友耻笑，见到死猫眼眶里蛆潮汹涌却假装不觉得恶心，然后连忙转身弯腰呕吐。“我和教头认为，他们把没机会康复的人抬到下面去放。”

“要说‘教头和我’，乔丹，‘我’要用主格。”

“对不起，教头。”

黛比·布恩宣泄完诗意，音乐暂歇片刻，劳伦斯·威尔克与香槟音乐制造者的《小象走路》再次响起。克莱心想：道奇也玩得很尽兴。

“他们串联了多少台手提音响？”他问亚尔戴校长，“他们怎么办得到？拜托，他们没有大脑啊，就像僵尸一样！”克莱突然产生恐怖的念头，不合逻辑却别具信服力。“是你做的吗？为了让他们安静，或者……我不知道……”

“不是他。”艾丽斯说。她安然从克莱的臂弯里轻声说。

“对，你提的两个假设都错了。”教头告诉他。

“两个？我又没……”

“他们绝对是忠实的爱乐人士，”汤姆沉思着说，“因为他们不喜欢进屋子。不过，CD放在里面对吧？”

“而且是用手提音响播放的。”克莱说。

“现在没时间解释了，因为天空已经开始亮起来，而且……乔丹，你来讲吧。”

乔丹很听话，机械地复诵出课文：“正常的吸血鬼一定在鸡叫之前全回来。”

“没错，在鸡啼之前，现在先看一眼就好。你们不知道有像这样的地方吧？”

“艾丽斯知道。”克莱说。

大家只是看着。由于夜色已经开始褪去，克莱发现足球场上的眼睛全睁着。他很确定疯子并没有注视着特定事物，只是……睁着。

这里大事不妙了，他心想，集体出没只是开端。

这里属于新英格兰区，人种多为白人。挤在一起的人体与无神的脸孔已经够吓人了，睁眼呆视夜空的模样更增添了莫名的恐惧。不太遥远的某处，最早起的鸟儿开始鸣唱，不是乌鸦，但教头听了身体仍陡然抽动，两脚蹒跚起来。这一次扶住他的人是汤姆。

“走吧，”教头对大家说，“走一小段路就可以到奇塔姆居，不过现在该出发了。湿气这么重，我的骨头比平常更不听使唤。乔丹，过来扶手肘。”

艾丽斯从克莱的臂弯挣脱，过去老人的身边，却被老人以摇头微笑阻止了。“有乔丹就行了，我们现在互相照顾，对吧，乔丹？”

“是的，教头。”

“乔丹？”汤姆问。他们逐步接近一栋都铎式的住所，房子盖得大而浮夸，克莱认为这就是奇塔姆居。

“校长？”

“记分板上面有字，我看不清楚。上面写了什么？”

“欢迎校友返校参加周末园游会。”乔丹几乎微笑起来，但他继而一想，今年的校友园游会办不成了，看台上的旗子早已开始破烂，乔丹脸上的光彩也顿时消散。若非他倦意浓重，他应该仍能把持住自己，无奈时辰已晚，破晓时分将至，他们正走向校长公馆，而他是盖顿学院硕果仅存的学生，仍穿着灰色与深红褐色的制服。他忍不住失声痛哭。

14

"太丰盛了，教头。"克莱说。他自然而然习惯了乔丹的称呼语，汤姆与艾丽斯亦然。"谢谢。"

"对，"艾丽斯说，"谢谢，我一辈子从没一餐吃掉过两个汉堡——至少没吃过这么大的。"

时间是隔天下午三点，他们坐在奇塔姆居的后门廊上。乔丹口中的教头查尔斯·亚尔戴用小瓦斯炉烤了汉堡肉让大家果腹。他说汉堡肉安全无虞，因为自助餐厅的冰库发电机一直运转到昨天正午才停摆，而且他取出汉堡肉时，上面果然仍冻了一层冰霜，而且像曲棍球的圆盘一样硬。他说在五点前用炉火烤肉大概都还算安全，但谨慎起见，他希望大家提早用餐。

"他们闻得到烤肉味吗？"克莱问。

"他们闻不闻得到，我们不想实验看看吧？"教头回应，"是不是啊，乔丹？"

"是的，教头。"乔丹对着第二个汉堡咬下一口。乔丹的反应逐渐迟钝下来，但是克莱认为乔丹仍然尽量听从校长的指示。"在他们醒来之前，以及在他们从市区回来之前，我们必须躲进室内。他们白天都去市区，搜刮得一干二净，就像小鸟在田里啄食谷物一样。是教头说的。"

"我们在莫尔登市看过，不过这里回家的时间比较早，"艾丽斯说，"只是我们不知道他们的家在哪里。"她斜眼看着放在浅盘上的几杯布丁。"我可以吃吗？"

“当然可以。”教头把浅盘推向她。“吃得下的话，再来一个汉堡，反正不吃也会坏掉。”

艾丽斯嘟囔一声摇摇头，却拿起一杯布丁，汤姆也跟着取用。

“他们每天离开的时间几乎没变，但回家的行为却开始越来越慢，”教头若有所思地说，“为什么？”

“觅食越来越难？”艾丽斯问。

“也许是……”他吃下最后一口汉堡，然后用纸巾仔细包裹住吃剩的部分。“你知道吗？这一带有很多疯人群，方圆五十英里粗略统计有十几群。从往南走的正常人口中得知，桑顿、佛利蒙和坎迪亚也有这种群体。他们白天到处觅食，几乎漫无目标，也许连带寻找CD，晚上就回原地休息。”

“你敢确定吗？”汤姆说。他吃完了一杯布丁，伸手再拿。

校长摇摇头。“麦考特先生，现在凡事都没有定论了。”他的长发苍白凌乱，在午后轻风中微微波动着，克莱认为一看就知道是英文系的教授。云飘走了，后门廊让他们能看尽校园风光，极目所及之处一个人影也没有。每隔一段时间，乔丹就会绕过屋子去侦察通往学院街的下坡路动态，然后回报状况仍然一切正常。“你们没看过疯子栖息的其他场所？”

“没有。”汤姆说。

“话说回来，我们都摸黑赶路。”克莱提醒校长，“而现在天色一暗，真的暗到什么东西都看不见。”

“也对。”教头说。他悠悠地说，“如同 le moyen age。乔丹，翻译一下这句法文。”

“中古时代。”

“很好。”他拍拍乔丹的肩膀。

“即使聚集的人数众多，天色太暗也不容易看见，”克莱说，“他们连躲都不必躲。”

“对，所以他们不需要躲起来，”校长亚尔戴说着以双手拱出尖顶形，“至少还不必躲。他们聚集在一起……去争食……集体的思考可能在争食的时候才稍微解体……也许微乎其微。也许每隔一天，解体的程度变得更小。”

“曼彻斯特已经烧得精光了，”乔丹突然说，“从这里就看得见大火，对不对，教头？”

“对，”校长附和道，“看得令人伤心又害怕。”

“听说想进南下马萨诸塞州的人会在州界被枪毙，是真的吗？”乔丹问，“大家都这样说。也有人说，想离开新罕布什尔州只能往西走，只有和佛蒙特州交界的地方能安全通过。”

“一派胡言，”克莱说，“我们也听说新罕布什尔州不让人过界，结果还不是进来了。”

乔丹对着他瞪大眼睛片刻，然后噗哧爆笑出声来，笑声在静谧的空气里清亮而美妙。随后远方传来一记枪响，较近的地方也传来或愤怒或恐惧的喊叫声。

乔丹止住了笑声。

“昨晚他们躺在足球场上，模样好怪，”艾丽斯轻声说，“说明一下吧。还有，他们为什么听歌？其他的群体晚上也听音乐吗？”

校长望向乔丹。

“对，”乔丹说，“全是轻音乐，没有摇滚乐，没有乡村歌曲……”

“我猜应该也没有古典乐吧，”校长插嘴，“即使有，至少也不放让人听起来吃力的古典乐。”

“是他们的摇篮曲，”乔丹说，“教头和我是这样推测的，对不对，教头？”

“教头和‘我’记得用主格，乔丹。”

“是的，主格，教头。”

“我们的确有此推测，”校长说，“不过我怀疑其中可能仍有蹊跷。对，大有蹊跷。”

克莱惊恐得不知如何应对。他望向同伴的脸，得知他们也有同感，不仅是困惑，也带有畏惧之余不愿被点醒的神态。

亚尔戴校长倾身向前说：“恕我直言。我必须直言，因为这是一生的习惯。我想请各位帮我做一件坏事。我认为动手的时间很短，而且只做一次也许徒劳无功，但不试试看如何得知呢，对不对？像这些个……群体，他们之间以什么方式沟通，我们也无从得知。无论如何，我不肯束手让这些个……东西抢走我的学校，霸占整个人间。我早就想动手了，可是我实在太老，乔丹的年纪也太小了。他真的太小了。不管他们现在变成了什么东西，不久前都还是人类，所以我绝不会让乔丹插手。”

“教头，能帮忙的地方我一定帮！”乔丹说。克莱心想，他的语意宛如缠上了炸药腰带后抱定了必死的决心。

“乔丹，你的勇气我心领了，”校长告诉他，“但我认为不妥。”他用亲切的神态看着男童，但视线一转向其他人时，态度严肃了许多，“你们有武器，功能强大，我却只有单发的点二二步枪，而且恐怕也不能用了。我检查过枪管，应该是没问题才对，可是即使枪本身没问题，弹匣闲置已久，恐怕也失灵了。不过，本校有个规模不大的工程车队，附设了一个加油站，可以用汽油来终结他们的性命。”

他一定看出众人脸上的惶恐，因为他点了点头。对克莱而言，校长已非《万世师表》里亲和的老师，而是油画里的清教徒长老，判处他人服“足枷”刑时连眼皮也不眨一下，焚烧疑似女巫的人时也毫不留情。

他特别对克莱点点头，克莱能确定这一点。“我没有讲错。我知道这话听来难以相信，不过，严格说来这不算杀人，只能算消灭害虫。我无权逼你们做任何事。帮不帮我放火都不要紧……重要的是你们务必把讯息传下去。”

“传给谁？”艾丽斯用微弱的语气问。

“逢人宣传，马克斯韦尔小姐。”他的向前一倾，上身像悬浮在残羹冷炙的上空，眼睛透着绞刑法官尖锐的目光，让人只看见小而白热的两个光点，“务必把他们的行为告诉大家，他们这些人听了恶魔对讲机的鬼声后成了妖魔。在无法挽回之前，被剥夺天日的人必须听到这消息。”他一只手移向脸的下半部，克莱看见他的手指在微微颤抖。他年事已高，旁人很容易认为手抖不足为奇，但之前克莱从没看过他发过抖。“我们担心很快就无法挽回了，对不对，乔丹？”

“是的，教头。”乔丹绝对知道内情，因为他一脸惊恐。

“怎么了？他们发生了什么事？”克莱问，“跟音乐有关，对不对？那些手提音响串联成一气了？”

校长骤然疲态毕露，肩膀垮了下去。“他们没有串联在一起，”他说，“我说过，你的两个假设都不成立，还记得吗？”

“记得，不过我不晓得你的意……”

“的确是有个播音系统，里面有片 CD，这一点你答对了。乔丹说，只有一片合辑，所以才反复播放同样几首。”

“我们真走运。”汤姆喃喃地说，但克莱几乎没听见，只想理解亚尔戴校长的话：*他们没有串联在一起*。怎么可能？不可能嘛！

“你说的手提音响，作用其实是播音系统，摆在足球场外围，”校长继续说，“而且全开着。晚上一到，可以看见小小的电源指示灯……”

“对，”艾丽斯说，“我昨晚注意到了一些红灯，只是没多想。”

“……不过，里面什么也没有，没有 CD，也没有录音带，而且音响之间没有电线相接。这些音响只是奴隶，只能接受并转播主音响的讯号。”

“如果他们的嘴巴张开，音乐也会从嘴巴里发出来，”乔丹说：“只不过很小声……差不多像在讲悄悄话……不过还是听得见。”

“不对，”克莱说，“小朋友，是你想象出来的，绝对是。”

“我自己倒没听见，”校长说，“但我的耳朵已经不灵便，不像以前爱听吉恩·文森特和蓝帽乐团的那个时候了。乔丹和他的朋友会说：‘黄金年代。’”

“对，教头，你真的是‘老学究’派。”他语气严肃却不失温柔，无疑带有敬爱之情。

“是啊，乔丹，我的确是。”校长同意。他拍拍乔丹的肩膀，然后把注意力转向其他人。“如果乔丹说他听见了……我相信他。”

“不可能吧，”克莱说，“又没有收发器。”

“他们就是收发器，”校长响应，“自从脉冲事件之后，他们就具备这种技能了。”

“等一等。”汤姆说。他像交通警察一样举起一只手，然后放下，开始讲话，却再次举起手来。乔丹坐在校长旁边，靠着不太牢靠的校长，紧盯着他。最后汤姆说：“我们谈的是心电感应吗？”

“用心电感应来形容这个现象还不是最恰当的[①],”校长回答，“但何必讲究术语呢？我愿意用冷藏室里所有的冷冻汉堡肉来做赌注，今天之前，你们三人一定用过心电感应这个词。”

“你赢了两个汉堡。”克莱说。

“是啊，只不过集结行动的现象跟我们见过的不一样。”汤姆说。

“为什么？”校长扬起纠结在一起的眉毛。

“这个嘛，因为……”汤姆无以为继，克莱知道为什么。集结行为并没有什么不同之处。群体行动并不是人类常态，三人从汤姆家的观察中已经得出这个结论。当时他们观察到修车工乔治跟着一身脏裤装的女人走过前院，往塞勒姆街前进，虽然乔治紧跟在女人背后，一口就能咬到她的脖子……但是他没有动口。为什么？因为对手机疯子而言，啃咬的阶段已经结束，紧接而来的是集结阶段。

至少同类相咬的阶段已结束。除非……

“亚尔戴教授，一开始的时候，他们见人就杀……”

“对，”校长说，“我们能逃过一劫是万幸，是不是，乔丹？”

乔丹打了一阵哆嗦，点头说：“同学们到处乱跑，甚至有的老师也不例外。见人就杀……咬人……叽哩呱啦讲些没意义的东西……我跑进温室躲了一阵子。”

“我躲在这一栋的阁楼，”校长说，“从上面的小窗向下观察，看着校园——我心爱的校园——沦为地狱。”

乔丹说：“没死的人就往市区跑走了。现在，很多人回来了，就躺在那里。”他朝足球场的大致方位点点头。

“综合以上的观察，我们得出什么结论？”克莱问。

“我想你知道，瑞岱尔先生。”

“叫我克莱就好了。”

“克莱，我认为现在的情况不只是一时的乱象，而是战争的开端。这场仗打起来为时不长，场面却极为血腥。”

“这话未免讲得言过其实……”

---

① 校长在此用了法语 les mot juste 表述。

"没有。虽然我只凭个人和乔丹的观察来推论，但这一群的人数众多，我们看着他们来来去去……也见到他们休息。他们已经停止自相残杀，但却仍然持续杀害我们归类为正常人的人类。我认为这的确近似战争行为。"

"你亲眼看见他们杀害正常人？"汤姆问。他身边的艾丽斯打开背包，取出贝比耐克握在一只手里。

校长面色凝重地看着汤姆。"我看过。很遗憾的是，乔丹也看到了。"

"想不看也没办法，"乔丹流着泪说，"实在太多了。我看过一男一女，天快黑了，不知道在校园里做什么，不过他们一定不知道托尼足球场的情况。女的受伤了，男的扶着她走，结果碰到大约二十个疯子正从市区回来。男人想背她走。"乔丹的声音开始哽咽，"如果只有他自己，他也许可以逃命成功，不过有了她拖累……他只走到霍顿厅宿舍，跌倒之后就被他们追上，被他们……"

乔丹突然把头埋进校长的外套。校长今天下午换穿了炭灰色的外套，用大手抚摸着乔丹光滑的颈背。

"他们好像知道敌人是谁，"校长沉思着说，"可能就包含在最初的讯息里。各位认为呢？"

"也许吧。"克莱说。这种说法令人不太舒服，但的确有几分道理。

"至于他们晚上为什么静静躺在那边，睁着眼睛听音乐……"校长叹了一口气，从外套口袋取出手帕，用不带感情的姿态为男孩擦泪。克莱看出校长已经得出了结论，但却对结论极为恐惧也极为确定。"我认为他们是正在执行'重新启动'的命令。"他说。

15

"你们注意到了小红灯吧？"校长用洪亮到讲堂最后一排也听得

见的声音说，“我数到了至少六十三……”

“嘘！”汤姆以气音说，只差没一手打在老校长的嘴巴上。

校长镇定地看着他说：“我昨晚用大风吹来描述，你忘记了吗？”

汤姆、克莱与校长这时站在旋转栅栏外，通往托尼足球场的拱门就在背后。双方同意之下，他们让艾丽斯与乔丹留守奇塔姆居。从足球场飘散出来的音乐这时是爵士乐演奏的《从伊帕内玛海滩来的女孩》。克莱认为对手机疯子而言，这个版本也许属于登峰造极之作。

“我没忘记，”汤姆说，“你说，只要音乐没停，我们就不用担心。我只是不想被例外失眠的疯子咬破喉咙而已。”

“不会的。”

“何以这么肯定，校长？”汤姆问。

“因为，套个书名来说，这种现象不能‘称为睡眠’。过来吧。”

校长开始走下一条水泥坡道，是球员通往足球场的走道。他看见汤姆与克莱落后几步，因此耐着性子回头看。

“不冒点风险，得到的知识会少得可怜，”他说，“而在存亡的关头，知识能决定生死，两位觉得呢？快来吧！”

汤姆与克莱随着老校长的拐杖声走下通往球场的坡道，克莱超前汤姆几步。没错，他看见了围在足球场四周的手提音响红色电源灯，大约六七十个，每隔十到十五英尺处有一个不算小的音箱，四周躺着人体。在星光下，这些人体看起来令人头皮发麻。各个人体并无重叠之处，各人有自己的位置，但每个人之间几乎毫无空隙，连手臂也交缠以节省空间，让旁观的人产生一种错觉，以为覆盖在足球场上的是纸娃娃。音乐从黑暗中升起。克莱心想：*就像在超市听见的音乐*。从黑暗中升起的除了音符还有臭气，是泥土混合腐烂的蔬菜的气息，遮盖不了人类屎尿与累积多日的体臭。

足球门已被推向一旁，倾倒在地，球网已经脱线，校长绕过球门走向足球场。这里开始躺了遍地的人体，其中一名男子年约三十，穿着 NASCAR 赛车的 T 恤，手臂尽是参差不齐的咬痕，从袖口到手腕都是，而且有发炎的迹象。他一手拿着红帽，让克莱联想到艾丽斯最爱的小球鞋。这人茫然盯着星空，贝蒂·米勒又开始歌颂撑起她翅膀的风。

“嗨！”校长用沙哑又刺耳的嗓门大喊，同时用拐杖尖端直戳男子的腰，一直戳到男子放屁，“嗨，聋了吗？”

“住手！”汤姆的语气中略带不满。

校长瞪了他一眼，抿抿嘴做出蔑视他的表情，然后用拐杖的末端插进男子握的方帽里。方帽被拐杖挑起，飞到约略十英尺外，掉在一名中年妇女的脸上。克莱看得出神，帽子滑向一边，露出一只呆滞的眼睛。

年轻人原本握小方帽的手举起来，动作缓慢，犹如仍在睡梦中，然后握拳，把手放下。

“他以为又握到方帽了。”克莱低声说。他看得出神。

“也许吧。”校长响应的语气中没带太多兴趣。他用拐杖末端戳着年轻人已发炎的咬痕，照理说他会痛得惨叫，他却无动于衷，只是继续盯着天空，贝蒂·米勒的歌声转为迪恩·马丁的声音。“拐杖直接插进他的喉咙，估计他也不会抗议，他身边的人也不会跳起来保护他。只不过，如果现在是白天，他们绝对会把我五马分尸。”

汤姆在其中一台手提音响旁边蹲下。“这里面装了电池，”他说，“从重量上就能分辨得出来。”

“对。每一台都有。这些音响的确需要电池。”校长考虑一阵后，又加了一句不该加的话，“至少暂时如此。”

“我们可以直接进攻，对不对？”克莱说，“就像十九世纪八〇年代的猎人，直接进去把他们像旅鸽一样赶尽杀绝。”

校长点头说：“趁旅鸽坐在地上，一只只敲碎它们的脑袋，对不对？比喻得真贴切。不过，我用拐杖太慢，恐怕得敲上半天。就算动用你们的机关枪，恐怕也快不到哪里去。”

“即使够快，我的子弹也不够。这里少说也有……”克莱再次将视线转向成群躺下的人体，看得头隐隐发疼，“少说也有六七百人，而且还不把露天看台底下的人算进去。”

“校长？亚尔戴先生？”这时汤姆讲话了，“你什么时候……你最初怎么……”

“我是怎么发现他们沉睡的深度的？是不是想问这个？”

汤姆点头。

“第一晚，我出来观察，当时的人数当然远比现在少。我之所以出来看，原因很单纯，就是按捺不住好奇心。乔丹没跟过来，日夜颠倒让他难以适应。”

“你出来看是冒着生命危险，你知道吗？”克莱说。

“我别无选择。”校长回应，“就像被催眠似的。我很快就理解到，虽然他们眼睛睁着，却毫无半点意识。我只用拐杖做了几项简单的实验就足以证明他们睡得太深了。”

克莱考虑到校长不良于行，想问他当初是否考虑过假设错误，实验时反被疯子追着跑，到时候怎么办？但克莱没有开口问。即使问了，校长无疑会重申刚才讲过的道理：不冒险得不到知识。乔丹说得对，校长的确是个非常老学究派的人。克莱绝不愿回到十四岁，站在他面前等着被处罚。

此时亚尔戴校长对克莱摇摇头：“六七百人的估计低太多了。这是一座标准足球场，面积有六千平方英尺。”

“多少人？”

“照他们紧挨的样子来算，少说也有上千人。”

“而且他们正在神游太虚，对不对？你确定吗？”

“确定。虽然每天都会清醒一点，但却无法恢复原状。相信我，乔丹的观察力很敏锐，他也有同感。再怎么清醒，这些东西仍然称不上是人类。”

“可以回去了吧？”汤姆问。他听起来身体不舒服。

“当然。”校长同意。

“稍等一下。”克莱说。他在身穿赛车T恤的年轻人身旁跪下，虽然不想做却逼自己出手。他以为原本握着小方帽的手会抓住他。一跪下去，地表的臭气更浓。他原以为嗅觉已经失灵，这时却仍然觉得难以忍受。

汤姆说："克莱，你在做……"

"别出声。"克莱弯腰靠向年轻人半开的嘴。

克莱迟疑一下，接着逼自己再靠近，直到看得见男子下唇有唾液反射出微光。起初他以为是想象力作祟，但再靠近两英寸后，他终于可以肯定自己不是在做白日梦（现在他几乎噘嘴就能亲吻到这个似睡非睡的东西。年轻人的T恤正面还印了NASCAR赛车手瑞奇·克莱文的大名）。

乔丹说过：*声音很小……差不多像在讲悄悄话……不过还是听得见。*

克莱听见了。不知何故，男子的声带能超前手提音响合奏的歌曲半拍，唱的是迪恩·马丁的《迟早等到爱》。

克莱站起来，膝盖劈啪发出类似手枪发射的声响，差点吓得他惊叫起来。汤姆举高提灯看着他，瞪大眼睛："怎么了？到底怎么了？你该不会说，乔丹说的话——"

克莱点头。"好了，回去再说。"

走到斜坡一半，他粗鲁地抓住亚尔戴校长的肩膀。校长转身面对他，丝毫不以为然。

"你说对了，校长，我们必须解决掉这些人，越多越好，越快越好。我们可能只剩这个机会了。我说错了吗？"

"没错，"校长回答，"可惜被你讲对了。我说过，这是战争，而一旦打起仗来，不是你死就是我活。不如我们先回去再详谈？我想喝杯热巧克力。我是野蛮人，喜欢掺几滴波本。"

来到斜坡顶端，克莱再回头看最后一眼。托尼足球场虽暗，但在北边强烈的星光下仍依稀可见遍地人体，从东延伸到西，从南覆盖到北。假如碰巧看见，可能一时看不懂足球场上是什么东西，但看懂了之后……看懂了之后……

他的眼前出现诡异的幻觉，一时之间他几乎以为看见他们在呼吸，八百到一千具人体如同单一生物体，同步动作。他被吓坏了，转身以近乎跑步的步伐急忙跟上汤姆与亚尔戴校长。

16

校长在厨房冲好了热巧克力，大家坐在起居室，就着两盏油灯的光线饮用。克莱以为老校长会建议大家稍后去学院街招募更多的志愿军，但是他似乎很满意现有的人马。

校长告诉他们，工程车队使用的加油站来自四百加仑的油塔，因此行动时只要拔掉塞子就行。而且温室里有三十加仑的喷洒器，至少有十几个。也许他们可先用小卡车载喷洒器，然后倒车开下其中一条坡道……

“等一下，”克莱说，“开始讨论策略之前，教头，如果你对这个事件有套理论，我愿听听看。”

“有是有，但不是什么正式的理论。”老校长说，“不过乔丹和我具有观察力和直觉，我俩也有相当多的经验……”

“我是计算机迷。”乔丹边喝热巧克力边说，神态阴郁但不失自信，克莱认为他有一种莫名的魅力，“百分之百的计算机迷，几乎从小就开始用计算机。足球场的那些东西真的是在重启系统，额头上只差没有闪着软件安装中，请稍候。”

“我听不懂。”汤姆说。

“我懂，”艾丽斯说，“乔丹，你认为脉冲事件真的是脉冲，对不对？当初听到的人……硬盘全被格式化洗光了。”

“那还用说嘛。”乔丹是个客气的小孩，不至于说“废话嘛”。

汤姆看着艾丽斯，满面疑惑，但克莱知道汤姆并不傻，也不相信汤姆有那么迟钝。

“你家有计算机，”艾丽斯说，“我在你的小办公室看见过。”

“有是有……”

“你也安装过软件吧？”

“安装过，可是……”汤姆说到一半，定睛凝视艾丽斯，艾丽斯也回望着汤姆，“他们的大脑？你指的是，他们的大脑？”

“不然你以为人脑是什么？”乔丹说，“人脑本来就是一个大硬盘，里面是生物体的线路，没人知道共有多少字节，至少有十亿的N次方吧。字节无限多。”他双手贴在小而细致的耳朵上说：“就存在两耳之间。”

“我不相信。”汤姆说，但音量很小，而且脸上还带着憔悴的神色。克莱认为汤姆口是心非。克莱回忆当时震荡波士顿的狂潮，不得不承认乔丹的理论具有说服力。他也觉得可怕：数百万甚至数十亿的人脑同步报废，就像用强大的磁铁消洗掉旧式计算机的硬盘一样。

他不知不觉想起超短褐，她只是旁听到超短金的薄荷绿手机，然后嚷着：你是谁？发生了什么事？你是谁？我是谁？接着反复用手掌根部拍打额头，全速冲向路灯杆，连撞了两次，把价值不菲的牙齿矫正器撞成了碎片。

你是谁？我是谁？

手机根本不是她的，她只是旁听到，因此没有正面接收到脉冲的冲击。

克莱想象事物时，脑海通常只浮现影像而非文字，此时幻想到一幅栩栩如生的计算机屏幕，上面写满了：你是谁？我是谁？你是谁？我是谁？你是谁？我是谁？你是谁？我是谁？最后在屏幕最底下注明了与超短褐同样悲惨又不争的命运：

系统故障

超短褐相当于被洗掉一半的硬盘？听来虽然可怕，但感觉起来却是斩钉截铁的事实。

“我主修英文，不过小时候涉猎过不少心理学，”校长告诉大家，“当然，我是从弗洛伊德开始读起，对心理学有兴趣的人都会从弗洛伊德下手……然后读荣格……阿德勒……接着读遍了整个心理学领域。潜藏在所有心理学背后的是更大的理论：达尔文的理论。套句弗洛伊德的话说，生存的最高指导原则由‘本我’的概念表达出来。以荣格的话来说，表达的方式是更为广义的‘血意识’（相对于心意识）。我认为，这两人都不否认，假如所有的意识思维、所有的记忆、所有的推理能力转眼之间从人类心智中清除殆尽，最后剩下的就是精纯而可怕的东西。”

他停顿一下，环视四周的其他人，等着他们发表看法，但众人却一语不发。校长看似满意地点点头，继续讲解下去。“虽然弗洛伊德派和荣格派没有明言，但却强烈暗示了人类也许有个核心、单一的基本载波，或者，套用乔丹比较熟悉的语言：一条百洗不掉的程序。”

“也就是最高指导原则。”乔丹说。

“对，”校长说，“追根究底，人类根本不是什么‘智人’。人类的核心是疯狂，最高指导原则是凶杀。达尔文不好意思直说的是，人类统治地球并非因为智慧最高，甚至也不是因为最卑鄙，而是因为人类一直是最疯狂的动物，也是丛林里最凶残的畜生，五天前脉冲事件暴露出来的，正是人性本恶的事实。”

17

“你说人类的本性是疯子和杀人凶手，我拒绝相信。”汤姆说，“天啊！你怎么解释雅典的帕特农神庙？米开朗基罗的‘大卫’雕像又作何解释？又怎么会在月球留下一块‘我们为全人类的和平而来’的牌匾？”

“那块牌匾上面也印了尼克松的大名，”校长一本正经地说，“他虽然是贵格会教徒，但却称不上爱好和平。麦考特先生……汤姆……我没兴趣对人类做出判决。不过，假如由我来判决人类，我会在判决书上指出，人类出了米开朗基罗，也出了萨德侯爵；出了印度圣雄甘地，也出了纳粹头目艾希曼；出了黑人民权运动领袖马丁·路德·金，也出了本·拉登。简而言之，导致人类主宰地球的基本特质有两项：其一是智能；其二是对挡路者杀无赦，绝不手软。”

他靠向前去，用晶亮的眼珠审视大家。

“人类的智慧最后战胜人类的杀手本能，理智后来凌驾于嗜血冲动之上。而这也可以说是求生之道。这两项特质最后可能在一九六二年十月古巴导弹危机时摊了牌，但这一点我们择期再议。事实上，在脉冲事件之前，多数人类把最险恶的一面压抑在心底，脉冲一来，心里的所有东西被一扫而空，最后只剩丑陋的核心。”

“有人放恶魔出笼了，”艾丽斯喃喃地说，“是谁放的？”

“是谁并不重要，”校长回答，“我怀疑他们不知道自己做了什么坏事……或者不知道有多严重。他们匆忙做了几个实验，也许花了几年的时间，甚至可能只花了几个月的时间，自以为能释放出恐怖主义的破坏风暴，结果却释放出无穷暴力的海啸，而且情况不断变异。尽管这几天的情况恐怖，事后回想起来，这几天可能是两场风暴之间的宁静，而这几天也可能是我们采取行动的唯一机会。”

“不断变异，是什么意思？”克莱问。

校长并不回答，只是转头对十二岁的乔丹说：“年轻人，请你来解释吧。”

“是的。嗯……”乔丹停下来思考，“人的意识心智只运用到大脑的极小比例，这一点大家知道吗？”

“知道，”汤姆说得稍嫌狂妄，“我读过。”

乔丹点头。“即使加上大脑控制的所有自主神经功能，再加上潜意识的东西，例如说做梦、不由自主的想法、性欲等等，人脑被运用到的部分少之又少。”

“大神探，我甚为震惊。”汤姆说。

“汤姆，少在那边耍嘴皮子了！”艾丽斯说。乔丹对她微笑，眼中充满崇拜。

“不是耍嘴皮子，”汤姆说，“这小子真的很厉害。”

“的确，”校长说得一本正经，“乔丹的英文虽然偶尔不合标准语法，但是他可不是靠游戏技高一筹才获得奖学金的。”他看见乔丹不好意思，于是亲切地伸出骨瘦如柴的手指，摸摸乔丹的头说：“请继续说。”

“呃……”乔丹努力说着。克莱看得出他正绞尽脑汁。接着，乔丹似乎又找对了话锋。“如果大脑真的是硬盘，里面几乎是空的。”他看出只有艾丽斯听得懂。“这样比喻好了：预览讯息上面大概会写百分之二使用中，百分之九十八可用。那百分之九十八可以做什么用，没人有概念，不过大脑的潜力无穷，以中风的病人来说……他们为了恢复走路和讲话的能力，有时候会用到病发前大脑休眠的部分，就像人脑会绕过坏死的区域，重新联机，运用相似的部分，只不过运用到的是另一边的大脑。”

“你研究过这东西？”克莱问。

“我对计算机和自动控制系统感兴趣，这只是自然而然的延伸读物。”乔丹耸耸肩说，“另外，我也读过不少计算机科幻小说，作者例如：威廉·吉布森、布鲁斯·斯特林、约翰·雪莱……”

“尼尔·斯蒂芬森？”艾丽斯问。

乔丹咧嘴笑得灿烂。“尼尔·斯蒂芬森真的太神奇了！”

“言归正传。”校长出言责骂道，但是语气非常温和。

乔丹耸耸肩说：“如果计算机硬盘被洗掉了，就没办法自行恢复运作……除非是在格雷格·贝尔的小说里面。”他再次咧嘴笑，这一次却笑得短促，而克莱认为他相当紧张，想必原因之一是他被艾丽斯电到了。“人类就不一样了。”

“可是，中风病人能再学走路是一回事，靠心电感应来串联一大堆手提音响又是另外一回事，”汤姆说，“差距太大了。”他说出“心电感应”时四下张望，仿佛怕被别人耻笑。没有人笑他。

“对，但是中风病人即使病情严重，也比被脉冲到的手机用户好上几千万倍。”乔丹说，“我和教头……应该用主格，‘教头和我’认为，脉冲事件除了清光了大脑的东西，除了留下百洗不掉的那一条程序，脉冲同时也触动了某种东西，而这东西大概在所有人脑中潜伏了几百万年，就藏在休眠状态的百分之九十八的硬盘中。”

克莱把在尼克森家厨房地板捡到的左轮插在腰间，这时他的一只手悄悄伸向枪托。“就像有人扣动了扳机。”他说。

乔丹的神情开朗起来，说：“对，完全正确！变异型的扳机，假如没碰到大规模全面清除的现象，绝对不会被触发。外面那些人已经不算人了，而那些人正在转变，正在建筑一个，一个……”

“一个单一的有机个体，”校长插嘴说，“我们如此相信。”

“对，不只是一个群体，”乔丹说，“因为他们能透过CD唱盘做的事情只是开端，就像小朋友开始学穿鞋子。想想看，给他们一个礼拜，或者一个月，或者一年，他们能学会的东西一定很多。”

“可能不是像你说的那样。”汤姆说，但他的嗓子干得像快要断掉的木条。

“也可能被他猜对了。”艾丽斯说。

“我确定他说得对。”校长也附和道。他啜饮着加了酒的热巧克力。“话说回来，我已经老了，再混也混不久。无论各位达成什么决议，我照做就是了。”他稍微停顿一下，两眼从克莱飘向艾丽斯再移向汤姆。“当然，我只顺从恰当的决议。”

乔丹说：“跟你们说，几个分散各地的群体会尽量结合在一起。如果他们现在听不见彼此的声音，不久以后就能听得见。”

“狗屁！”汤姆不安地说，“讲什么鬼故事。”

“也许吧，”克莱说，“不过值得深思。现在晚上归我们使用。假如他们决定少睡几小时，或是不再害怕黑夜，到时我们怎么办？”

有几秒钟的时间，大家说不出话来，外面的风势渐长。克莱喝的巧克力原本只是微温，现在几乎全冷掉了。他再度抬头时，艾丽斯已经把杯子放到一边，改握着耐克护身符。

“我想洗掉他们全部，”她说，“足球场上的那堆人，我想除掉他们。我之所以不用‘杀’字，是因为我认同乔丹的说法。而且我为的不是造福全人类。我只想帮我爸妈报仇。我爸应该已经往生了。我知道，我感觉得到。我想为我朋友薇琪和黛丝报仇。她们跟我很要好，不过她们随身带着手机，而我知道她们现在变成了什么模样，也知道她们睡在哪里，睡在像那座该死的足球场的地方。”她向校长瞄了一眼，脸红起来，“对不起，教头。”

校长挥挥手，示意她不必道歉。

“办得到吗？”艾丽斯问校长，“我们能把他们清除掉吗？”

世界末日降临时，正逐步退休的查尔斯·亚尔戴担任代理校长。现在的他龇牙笑着，露出老残的牙齿，克莱但愿自己手上多了原子笔或画笔，能捕捉下来这个表情。校长的表情中毫无一丝同情。

“马克斯韦尔小姐，我们可以试试看。”他说。

18

第二天凌晨四点，汤姆坐在盖顿学院两座温室之间的野餐桌边。历经脉冲事件后，温室毁损严重。汤姆穿的是在莫尔登时换上的锐步运动鞋，蹲在野餐桌的长椅上，双手撑着头，膝盖支撑着手臂，风把他的头发吹得忽左忽右。艾丽斯坐在他对面，用双手撑着下巴，几支手电筒的光线在她脸上照出斜角与阴影。在强光的照耀下，尽管她一脸疲惫，容貌仍清新可人。在她这个年龄，灯光怎么照都能衬托出美丽的一面。校长坐在她身边，只是满脸倦怠。较靠近野餐桌的一间温室里，两盏露营油灯如紧张的幽魂飘浮着。

露营灯在温室较靠近野餐桌的这端会合。尽管温室门的两侧玻璃板已经被砸出了大洞，克莱与乔丹仍然把门打开才进去。几分钟后，克莱在汤姆身边坐下，乔丹则一如往常坐在校长身旁。乔丹满身汽油与肥料的气味，在沮丧的情绪中显得更浓烈。克莱在桌上的手电筒间丢下几组钥匙。对克莱而言，一直在这里坐到几百万年后再被考古学家挖掘出来也无所谓。

“对不起，”校长轻声说，“知易行难。”

“是啊！”克莱说。当初说说确实很容易：在温室喷洒器里加满汽油，把喷洒器抬上小卡车后面，把车开过托尼足球场，浇湿球场的两端，然后划一根火柴。他本想对校长说，当初小布什进犯伊拉克的计划看起来也同样简单明了——装满喷洒器，划一根火柴就好，可惜事与愿违。这样做，只会残忍得没有道理。

“汤姆？”克莱问，“你还好吧？”他早已明了汤姆这人的耐力不强。

“还好，只是累了。”他抬头对克莱一笑，“不喜欢大夜班。我们接下来怎么办?”

“不如上床睡觉去,”克莱说,“再过大约四十分钟就天亮了。”东方的天空已开始露出鱼肚白。

“太不公平了。”艾丽斯说,她生气地擦擦双颊,“我们那么努力,结果却白忙一场!”

这一天,在此之前,五人的确努力过,只可惜一事无成。每一次小有斩获,都是乱忙一通的结果。这倘若被克莱的母亲知道的话,她一定会骂他胡搞瞎搞。克莱有点想怪罪校长……也怪罪自己,只怪当初对校长的泼油计划照单全收。现在的他多少认为自己太傻,亚尔戴毕竟是个年迈的英文老师,大家怎能听信他火烧足球场的建议?轻信他的建议,不就等于是带刀加入枪战?话虽这么说……当时亚尔戴的建议听起来的确不错。

但后来发现,工程车队的储油罐被锁在一间小屋里,这才知道当初想得太美。他们进了附近的办公室,提着露营灯疯狂翻箱倒柜找了将近半小时,最后才在管理员的办公桌后的木板上找到没有记号的钥匙。乔丹试了其中几把,终于打开了小屋的门。

随后,他们发现只需拔掉塞子的说法也不尽正确。储油罐的出油口有个盖子,而非塞子,而且盖子和小屋的门一样,也锁着。大家只好返回办公室,又提着露营灯翻箱倒柜找,最后找到了看似符合出油口的钥匙。为防止停电无法抽油出来,因此出油口设计在储油罐的底部,而艾丽斯指出,如果不找条水管或虹吸管,盖子一打开,这里绝对会闹油灾。他们只好去找符合盖口的油管,找了一个钟头却连勉强合适的管子也没找到。汤姆倒是找到一个小漏斗,大伙儿一看只差没笑掉大牙。

由于工程车队的钥匙全无记号(防止司机以外的员工辨识),与个别车辆配对又是一段试验的过程,但至少这一次耗时较短,因为车库后只停了八辆工程车。

最后是温室。他们在温室只找到了八个喷洒器,而非十二个,而且每个容量只有十加仑,而非三十加仑。就算他们能直接拿喷洒器去接油,汽油也会洒得全身都是,结果只能接满八十加仑的汽油。汤姆、艾丽斯与校长想以八十加仑的普通无铅汽油来喷洒一千个手机疯子，因此才走出温室来到野餐桌，克莱与乔丹则继续逗留温室，想寻找较大的喷洒器，却一无所获。

“倒是找出了几个小型的农药喷洒机，”克莱说，“以前的人习惯称其为喷雾器。”

“我们也找到了大一点的喷洒器，”乔丹说，“可惜里面全装满了除草剂或肥料之类的东西，想要用喷洒器的话，必须先把里面的东西倒光，所以不戴口罩不行，以免先把自己毒死。”

“现实最让人心痛。”艾丽斯落寞地说。她看了小球鞋片刻，然后把鞋子收进口袋。

乔丹拿起配对成功的一把工程车的钥匙。“我们可以开车进市区，”他说，“市区有一间‘信实五金行’，我敢保证有喷洒器。”

汤姆摇摇头。“到市区的路有一英里以上，而且主要道路上全是被撞坏的车和空车，就算能绕过其中几辆，也不可能一路畅通。此外，也别想开上草坪。这里的民房盖得相互太靠近了。所以大家干脆步行。”他们见过少数几个骑单车的人。即使装了车灯，以任何速度骑单车都是件危险的事。

“轻型卡车有没有可能钻小巷子走？”校长问。

克莱说：“明晚再探讨可能性吧，可以先徒步去勘探路线，然后回来开车。”他考虑了一阵子，“五金行大概也有各式各样的水管。”

“你好像兴趣不高。”艾丽斯说。

克莱叹气说：“只要有一点点障碍，小巷子就行不通了。就算我们明天的运气比今晚好，最后还是只会白忙一场。我不太确定。也许休息一下之后会比较乐观。”

“当然会，”校长附和道，但他的口气不太真诚，“对大家都好。”

“学校对面那间加油站呢？”乔丹的口气不抱太大的希望。

“哪个加油站？”艾丽斯问。

“他讲的是西特革，”校长回答，“乔丹，还是老问题，加油站的储油箱汽油很多，但可惜没电。何况，我猜加油站的容器最多只能装二到五加仑。我真的认为……”但他没有说出感想，只讲到一半，

“怎么了，克莱？”

克莱回想起跛脚走过加油站的两男一女，其中一男搂着女人的腰。“西特革，”他说，“加油站的名字是不是这个？”

“对……”

“卖的不只是汽油吧，我想。”他连想也不用想，他很早之前就知道，因为当时有两辆大卡车停在加油站旁边。他看见了大卡车，当时却没有多想，因为没理由多想。

“我搞不懂你在……”校长说着陡然停住，眼神与克莱相接，展现特殊而无情的微笑时再度显露出老残的牙齿。他说：“喔，对了。喔！天啊！对了，天啊！”

汤姆左看右看，越看越糊涂，艾丽斯也是。乔丹只是等着。

“你们两个在心灵交流什么，不妨说来听听？”汤姆问。

克莱正准备解说，因为他明确理解出一条可行之道，而且这点子棒得不分享太可惜。这时足球场的音乐逐渐消失。平时疯子一早起床时，音乐通常会咔嚓一声停止，但此时仿佛有人把音响踢下电梯井，音乐声越拉越远。

“他们提早起床了。”乔丹压低嗓门说。

汤姆抓住克莱的前臂。“跟以前不一样，”他说，“而且其中一台该死的手提音响还在播放……我听得见，声音非常微弱。”

风势很强，克莱知道风向来自足球场，因为臭味浓重，掺杂了腐食、腐肉，以及数百具不爱盥洗的人体气味，也送来了劳伦斯·威尔克与香槟音乐制造者的歌声，悠悠演奏着《小象走路》。

随后从西北方的某处传来怪声，也许在十英里之外，也许三十英里之外，在这种风势下很难判断距离。这种鬼魅似的声响近似飞蛾撞窗的闷扑声，之后一片寂静……一片寂静……然后足球场上非睡非醒的生物做出回应。他们的呻吟声音量比远方大得多，是一种空荡如钟的嘟囔鬼声，向黑色星空传送而去。

艾丽斯捂住嘴巴，小球鞋从手腕猛冲向前，眼珠暴凸。乔丹搂住校长的腰，把脸埋进老校长的腰际。

“克莱，你看！”汤姆说着站起来，蹒跚走向破温室之间的带状草坪，边走边指着天空。“看见了没？我的天啊，你看见了没？”

就在西北方，在闷哼声传来的远处，从地平线上冒出一团橙红色的火光，越来越旺，风继续传来可怕的声音……足球场也再度以类似的声音呼应，只是比远方更嘹亮。

艾丽斯走向汤姆与克莱，校长也跟过去，一手搂着乔丹的双肩。

“那边是什么地方？”克莱指向火光问。这时亮度已开始转弱。

“可能是幽谷瀑布镇，”校长说，“也可能是利托顿。”

“不管是什么镇，这下子一定被烤焦了，”汤姆说，“被放火烧掉了，而且也被足球场上的这堆人发现了。他们听见了。”

“或者感应到了。”艾丽斯说。她哆嗦一阵，然后直起身体，露出牙齿，“希望如此！”

仿佛为了呼应她这句话，足球场又传来呻吟声，是众多人声汇聚而成的呼喊，表达的是同情，又或许是感同身受的悲愤。仍在播音的最后一台手提音响继续播放，克莱推测这一台就是主机，CD 就装在这台里。十分钟后，其他手提音响又开始大合唱，恢复时也是越来越靠近，就像刚才停止时也是越拉越远。曲子是木匠兄妹合唱团的《靠近你》。此时校长拄着拐杖，脚跛得更加明显，带着大家回到奇塔姆居。不久后，音乐又停了……但这次是咔嚓一声停止，与昨天早晨相同。远方不知几英里外传来微弱的一记枪声，接着万籁俱寂，气氛诡异，只待白日取代黑夜。

19

太阳开始从东边地平线的树梢射出几道红光时，他们观察到疯子再度离开足球场，秩序井然，队伍紧密。方向是盖顿的闹区与闹区周围的地段，队伍越走越向外扩散，下了坡道后走向学院街，仿佛对破晓前的反常现象毫不知悉。但克莱并不相信。他认为想去西特革加油站采取行动的话，非趁今天赶紧下手不可。白天外出可能需要动枪，但因为疯子只在日出日落时集体走动，他愿意在大白天冒险出去。

他们在餐厅观察疯子。艾丽斯说疯子在做“活人生吃”的晨间运动。之后汤姆与校长进了厨房，克莱发现他们坐在餐桌前，在一道日光下喝着半温不热的咖啡。克莱正要说明他稍后想做的事，乔丹却摸摸他的手腕。

“有些疯子还没走。”乔丹说。随后他压低嗓门说，“有些是我同学。”

汤姆说：“不是全去逛凯马特超市、寻找蓝灯特价品了吗？”

“你最好看一下。”艾丽斯从门口说，“这算不算……怎么说呢……又向前进化了一步，我不清楚，不过可能算是。八成是吧。”

“当然是。”乔丹郁闷地说。

根据克莱估计，留下来的手机疯子约有一百人。这些人正从看台下抬出尸体，一开始只是徒手抬到足球场南边的停车场或长形的低矮砖造建筑后面，回来时两手空空。

“那栋房子是室内跑道，”校长说，“体育用品全保存在里面。另一边有个陡坡，我猜他们把尸体抬上斜坡丢出去。”

“一定是。”乔丹说，他听起来不太舒服。“那下面是一片沼泽，尸体会全部腐烂掉。”

“反正已经在烂了，乔丹。”汤姆柔声说。

“我知道。”他的语气比刚才更加不舒服，“被太阳一晒，会腐烂得更快。”他停顿一下说：“教头？”

“什么事，乔丹？”

“我看见诺亚·查兹基了，他是你戏剧阅读社的学生。”

校长拍拍乔丹的肩膀，脸色非常苍白。“别去多想了。”

“很难不去想，”乔丹低声说，“有一次，他帮我拍照，用的是他的……用他的，不讲也罢。”

接着出现新的进展。二十几个抬尸人从最大的人群中脱队而去，连停下来讨论的动作也没有，直接走向被砸碎的温室，以V字形前进，让旁观者联想到大雁之类的候鸟。乔丹认出的诺亚·查兹基也在其中。其他的抬尸人看着他们离去，看了几秒后继续走下斜坡，三人齐头并进，继续从露天看台底下抬出死尸。

二十分钟后，温室小组回来了，这时改排成一列，有人依然空手，但多数人推了搬运大袋石灰或肥料时用的独轮车或手推车。不久后，手机疯子开始运用手推车与独轮车来处置尸体，工作进度也加快。

“果然是向前进化了一步。”汤姆说。

“不只一步，”校长说，“不但打扫环境，还懂得使用工具。”

克莱说：“我有不祥的预感。”

乔丹抬头看他，脸色苍白，面露疲倦，看上去显得远比实际年龄成熟。“我也是。”他说。

20

五人睡到下午一点。起床后，确定收尸小组已完成作业，前去与搜刮市区的疯子会合后，五人才出发，来到盖顿学院门口的粗石柱。克莱原本认为他与汤姆两人就办得到，却被艾丽斯调侃说：“少臭美了，自以为是蝙蝠侠和罗宾。”

“哎哟，我一直想当天才小助手嘛。”汤姆故意讲得有些嗲声嗲气，却被艾丽斯面无表情地瞪了一下，只好认输说：“对不起。”艾丽斯仍然握着已经有点破败的小球鞋。

“你们两个尽管去马路对面的加油站，”她说，“那倒也说得过去，不过其他人可以在马路这边帮你们把风。”

校长当时建议乔丹留守奇塔姆居 ，乔丹正想一口答应下来，却被艾丽斯问道：“乔丹，你的视力怎么样？”

他微笑以对，再次露出微微崇拜的表情。“还好，很不错。”

“你打过电玩吗？开枪的那种？”

“当然，打过好几千次。”

她把自己的手枪递过去，两人的手指接触时，克莱看见乔丹微微颤抖，如同被敲了一下的音叉。“如果我叫你举枪射击——或是亚尔戴校长叫你开枪——你肯扣动扳机吗？”

“当然肯。”

艾丽斯注视着校长，表情复杂，叛逆中带有歉意。“人手短缺，不得已。”

校长只好接受。现在，五人来到了西特革加油站对面，距离镇中心仍有一小段路。从这个角度，很容易看见另一个稍小的招牌：**学院液化天然气加气站**。而在加气站的旁边有一辆小汽车，车门开着，表面已蒙上一层灰尘，看似弃置已久。这座加气站的大玻璃窗已经被砸碎。新英格兰区北部硕果仅存的榆树不多，这里的右边长了一株，而停放在树荫下的是两辆丙烷运输车，形状近似巨型的液化气罐，车身漆了**学院液化天然气，成立于一九八二年，为新罕布什尔州南部服务。**

学院街的这一带毫无疯子的踪迹，虽然克莱看见的民房前门廊多数摆了鞋子，但有几间却没有。难民潮似乎渐渐枯竭了。他警告自己：*别太早断定*。

“教头，克莱，那里写的是什么东西？”乔丹问。他指向马路中间。这里当然仍是一〇二号公路，但是这天下午天气晴朗，一片寂静，最靠近他们的声响只有鸟鸣与风吹树叶的沙沙声，很容易让人忘记这条路曾经车水马龙。乔丹指的柏油路面，让人用鲜粉红色的粉笔写了几个字，但克莱从自己所在的角度看不清楚。他摇摇头。

“准备好了没有？”他问汤姆。

“好了。”汤姆说。他尽量说得漫不经心，但满是胡茬的颈边却有一条血管急速脉动着。“你是蝙蝠侠，我是天才小助手。”

他们拿着手枪过马路。克莱把俄制的机关枪留给艾丽斯，心想她不得不动枪时，八成会被后坐力震得像陀螺一样旋转起来。

粉红色的粉笔在硬砂石路上写着：

KASHWAK=NO—FO

“你看得出意义吗？”汤姆问。

克莱摇摇头。他看不出意义何在，而且现在也懒得解谜。他只想离开马路中央，因为站在这里他感觉像一碗饭中间的蚂蚁。这时他突发奇想，而且不是第一次产生这种想法：他宁可出卖自己的灵魂，也要知道儿子是否平安，而且在儿子置身之地，不会有人塞枪给电玩小高手。感觉很怪。他自以为已经决定了任务的优先级，不再一心二用，但这些想法却照来不误，每一波的感觉既新又痛苦，如同摆不平的哀伤。

离开这里，约翰尼。你不该待在这里。你不该来，还不是时候。

丙烷车上没有人，车门锁住，但也无所谓，今天他们走运了，钥匙正挂在办公室的木板上，上方有个标语：**午夜至上午六点不准拖吊，没有例外。**每个钥匙圈吊着一个迷你液化汽罐。走向门口的途中，汤姆拍了一下克莱的肩膀。

两个手机疯子并肩走在马路中间，步伐并不一致，一男一女。男人拿着一盒 Twinkies 夹心蛋卷吃着，脸上涂满了奶油、碎屑与糖霜。女人拿着一本咖啡桌大小的书，摊开在眼前。克莱看她时，联想到唱诗班的歌手捧着特大本的圣歌集。这本书的封面是柯利犬跳过轮胎秋千的相片。女人倒拿着书，克莱看了不禁宽慰许多。这两人的表情空洞而凋残，而且离群独行，表示中午还不是集结的时刻，克莱看了觉得安心。

但他看见那本书却心觉不妙。

那本书让他觉得大事不妙。

一男一女漫步走过门口的粗石柱，克莱看得见艾丽斯、乔丹与校长睁大眼睛向外窥视。两个疯子踏过路面上的谜语“KASHWAK=NO—FO”，这时女人伸手想抢夹心蛋卷，男人把盒子拿开，女人把书扔掉（落地时封面朝上，克莱看见书名是《全球最爱的百大名犬》），再次伸手去抢。男人赏了她一巴掌，打得她肮脏的头发跟着飞起来，在静肃的环境里显得特别响亮，但两人仍继续向前走。女人发出一声：“噢！”男人回应（克莱认为像是在回应）：“咿嘤！”女人伸手想抢夹心蛋卷盒，此时两人正通过西特革加油站。这次男人高举一只手，划个弧形向下捶她的脖子，然后用另一只手再从盒子里取出夹心蛋卷来吃。女人停下脚步，只是望着他。几秒钟后，男人也停下来，因为他已经超前几步，这时背对着她。

加油站办公室里被日光晒暖了，寂静无声，此时克莱却感觉到异状。他心想：不对，不是办公室，是我自己的感觉。是喘不过气来的感觉，就像爬楼梯爬得太快。

然而，异状或许连办公室里也有，因为……

汤姆踮脚尖，对着他的耳朵讲悄悄话："你感觉到了没有？"

克莱点头指向办公桌。室内无风，也察觉不出从窗框缝里有微风钻进来，桌上的纸张却微微摆动着。烟灰缸里的烟灰也开始懒懒绕圈，宛如浴缸排水孔放水的情形。烟灰缸里有两个烟蒂，不对，有三个，而转动中的烟灰似乎正把烟蒂推向中心。

男人转身望向女人，女人也注视着他，两人就这样互看着。克莱解读不出这一对的表情，却能感觉自己手臂上的汗毛嗖嗖动了起来，也听见微弱的叮叮声。发声的是钥匙，吊在**不准拖吊**下方的木板上。钥匙也动了起来，彼此轻轻敲着，动作微乎其微。

"噢！"女人伸出手说。

"咿嘤！"男人说。他穿着颜色褪得差不多的西装，黑皮鞋也失去了光彩。六天前，他可能是中阶经理人、业务员，或是公寓大楼管理员，现在他关心的财产只有那盒夹心蛋卷。他把盒子举到胸前，黏黏的嘴巴一直在动。

"噢！"女人坚持着，这时同时伸出两只手，用远古流传至今的手势表示"给我"，此时办公室里的钥匙敲得更响了。虽然停电，天花板的日光灯却嗞嗞嗞作响，闪了几下，然后又恢复平静。在办公室外，中间加油台的注油嘴掉在水泥台上，敲出沉甸甸的金属哐啷声。

"噢！"男人说完肩膀瘫了下去，全身的张力也随之消失，空气中的张力也消散了，垂挂在办公室内的钥匙静下来，烟灰也在金属烟灰缸内徐徐转动最后一圈，然后停下。克莱心想，若非外面掉了一个注油嘴，烟灰缸里的烟蒂凑成一堆，他一定不会注意到发生了什么事。

"噢！"女人仍不愿收回双手，男人向前走进她够得着的范围，她一手拿走一个夹心蛋卷，包装纸未剥就一口咬了下去。克莱再次感到安心，却只是稍感宽慰而已。这一对继续拖着脚步慢慢往市区走去，女人只是停下来从嘴角吐出被嚼成一团的带着蛋卷渣的包装纸。她对《全球最爱的百大名犬》不感兴趣。

“刚才是怎么一回事？”汤姆带着颤音悄悄说。这时男女已将近淡出视线。

“我不知道，不过我觉得不妙。”克莱说。他拿到了瓦斯车的钥匙，把其中一组递给汤姆。“你会开手动挡的车吧？”

“学开车的时候，我就开手动挡的车。你呢？”

克莱耐心微笑着。“汤姆，我是异性恋，异性恋的男生不用教，天生就会开手动挡的车。”

“哈哈，真好笑。”汤姆听得心不在焉，只顾着望向怪男女渐行渐远的背影，而他颈侧的血管跳动得比刚才更快。“世界末日，百无禁忌，想猎杀同性恋的人尽管来，对吧？”

“答对了。如果他们练成了刚才那种鬼招，异性恋也只能等死。好了，我们该动工了。”

他正要走出办公室的门，汤姆却拉住他。“听好，马路对面那三个，刚才可能感觉到了，也可能没有。如果他们没有，我们最好暂时别讲出去。你认为如何？”

克莱考虑到不愿让校长离开视线的乔丹，也考虑到艾丽斯总是把小怪鞋放在伸手可及之处。他也想到这两个小孩黑了眼圈，然后想到今晚的计划。以末日终极大战来形容也许太强烈，却也不算太过分。手机疯了尽管现在不成人形，毕竟以前是好端端的人类。活活烧死一千人，心理负担未免太沉重。一想到这里，连他的想象力也觉得很痛苦。

“我同意。”他说，“上坡时记得换低挡，好吗？”

“换到最低挡就是了。”汤姆说。两人此时往液化气罐形状的车子走去。“像这种卡车，你认为会有多少挡？”

“有前进挡就够了。”克莱说。

“照这两部停的位置来看，你启动时只能先找倒车挡。”

“去他的，”克莱说，“连该死的木板围墙都不能直接压过去，世界末日又有什么好处？”

他们果真压了过去。

21

学院坡被校长与他唯一的学生称为绵延长坡，沿着校园向下通往大马路。草地仍青翠，只是开始散见几片落叶。下午近傍晚时分，学院坡仍空旷无人，毫无手机疯子归巢的迹象，这时艾丽斯开始在奇塔姆居的大走廊来回踱步，每绕一回就在客厅的广角窗前稍停下来，向外观望。这扇广角窗的景观不错，向外可见学院坡、两座大讲堂以及托尼足球场。小球鞋又被她缠在了手腕上。

其他四人坐在厨房里喝着罐装可乐。“疯子不回来了。”她走完其中一圈时说，“疯子听到风声，大概能解读我们的思想吧，知道我们在盘算什么，所以干脆不回足球场了。”

她继续踱步绕完楼下的长走廊两圈，走到客厅大窗时不忘向外看，最后又走进厨房看乔丹与校长。“不然就是大迁徙。大家想过吗?说不定冬天到了，他们就像该死的知更鸟飞去南方了。”

她不等回应掉头就走，在走廊上来来回回，来来回回。

“她就像《白鲸记》里的亚哈船长被大白鲸气炸了。”校长有感而发。

“阿姆痞归痞，骂莫比却骂得有道理。”汤姆落寞地说。

“汤姆，我没听懂，再讲一次好吗?”校长说。

汤姆只是挥挥手。

乔丹看了一下手表。“现在比他们昨晚回来的时间还早了将近半小时，她急什么急?”他说，“不如我去劝她吧。”

“再劝也没用，”克莱说，“让她自己去干着急吧。”

“她心里怕得要死，对不对，教头?”

“你不怕吗，乔丹?”

“怕，”乔丹以细小的声音说，“怕死了。”

艾丽斯重回厨房时说："他们不回来说不定最好。不管他们是不是用新方法对大脑系统进行重启，我敢打赌他们正在搞鬼。今天下午那两个人出现的时候，我就感觉到了。男的拿着夹心蛋卷，女的捧着书。你们看到了吗？"她摇摇头，然后说，"搞什么鬼！"

她不等别人回答，径自掉头继续去巡廊，小球鞋吊在手腕上。

校长看着乔丹。"小朋友，你那时有感觉吗？"

乔丹迟疑了一下，然后说："我是觉得有什么东西怪怪的，脖子上的汗毛拼命想竖起来。"

校长把视线转向餐桌对面的两个人，问道："你们呢？你们比我们靠近得多。"

多亏艾丽斯及时出现，他们才用不着回答。她跑进厨房，双颊染着红晕，眼睛圆睁，球鞋底踩在瓷砖上嘎吱作响。"他们来了。"她说。

22

四人从广角窗看见疯子从学院坡下面排队走来，逐渐汇集成人流，长长的影子在绿草上投射成巨大的风车形。来到校长与乔丹称为托尼拱门的地方时，长龙开始汇聚，大风车似乎在金黄的夕阳中转动，但是巨大的身影已经开始靠拢收缩。

艾丽斯再也无法不握住小球鞋了，她把球鞋从手腕扯下来，开始猛捏不止。"他们会看穿我们布下的陷阱，马上转身就走。"她压低嗓门讲得很快，"他们开始读书了，至少脑筋好到能看出陷阱。"

"看着办。"克莱说。他几乎确定疯子一定会走上托尼足球场，即使疯子看见足球场有异样，集体意识因此不安起来，也照样会回原位睡觉，因为天色将近全黑，他们无处可去。母亲以前常唱给他听的儿歌此时有一段飘过他的脑海：小小男孩，你辛苦了一天。

"我希望他们走开，又希望他们留下来。"她的嗓门低到不能再低，"我觉得自己快爆炸了。"她神经病似地小笑一声，又说："该爆炸的是他们，对吧？是他们才对。”汤姆转身看她时，她说：“我没事啦。我还好，所以少啰嗦。”

“我想说的只是，该发生的事就会发生。”他说。

“少给我那一套新世纪的狗屁理论。你的口气像我老爸。”一颗泪珠滚下脸颊，她不耐烦地用手掌根部擦掉。

“艾丽斯，定下心来，乖乖看着就行。”

“我尽力而为，行吗？尽力就是了。”

“还有，别一直乱捏球鞋了，”不常发脾气的乔丹烦躁地说，“吱吱叫呀叫的，我听得快抓狂了。”

她低头看着小球鞋，仿佛感到诧异，然后把球鞋的鞋带绑回手腕。五人看着手机疯子聚集在托尼拱门前，逐一通过，很少看见推挤与迷糊的举动，秩序维持得比周末返校观看美式足球赛的观众还好，这一点克莱非常确定。走到足球场另一边时，疯子再度分散，穿越中央广场后，排队走下斜坡。五人等着看疯子察觉不对劲而停下脚步，但是疯子一步也不停。落后的最后几个人多半受了伤，由旁人搀扶着跟上，但仍以紧密的队形向前走。最后几人进场后过了很久，渐红的夕阳才落至校园西侧的宿舍后方。疯子又回笼了，就像家鸽归巢，也像燕子飞回卡皮斯特拉诺。渐暗地，天空开始出现星星，不到五分钟，狄恩·马丁又开始高歌《迟早等到爱》。

“我刚才是白操心了，对不对？”艾丽斯说，“有时候我好笨。老爸常这样骂我。”

“没那回事，”校长对她说，“所有笨蛋都有手机，所以他们才沦落到外面，你才会跟我们聚在一起。”

汤姆说：“不知道瑞福过得好不好。”

“我也想知道约翰尼的状况，”克莱说，“约翰尼和莎伦。”

23

同一天晚上夜黑风高，月亮已缩回上弦月。十点时，汤姆与克莱站在足球场主场端的乐队区里，正对面有个高度及腰的水泥路障，靠球场的一侧附上厚厚的防撞垫，靠近他们这边则有几个生锈的乐谱架，垃圾几乎淹没脚踝，因为强风把破包装袋与纸屑吹到这里累积成堆。在他们的身后上方，艾丽斯与乔丹站在旋转栅栏的旁边，高大的校长拄着细拐杖站在中间。

黛比·布恩的歌声响彻球场，轻快又庄严的音乐由扬声器一波波传递而来。照常播放下去的话，下一首是乡村歌手李·安·沃马克的《我希望你跳舞》，接着回到劳伦斯·韦尔克与香槟音乐制造者，但也许今晚无缘听到下一首。

风势增强，带来了室内跑道后方沼泽的腐尸味，也送来了足球场的泥土与活人的汗臭味。前提是那些东西还称得上活人，克莱心想，然后对自己闪出一个又小又不甘心的微笑。自圆其说是人类的一大嗜好，也许是最大的嗜好，但他今晚不愿自欺欺人：他们当然自认是活人。无论他们是什么东西，无论他们正蜕变成什么，他们自称是活人，一如他刚才的称呼。

“你还在等什么？”汤姆喃喃地说。

“没事，”克莱也喃喃地回答，“只是……没事。”

从艾丽斯在尼克森的地下室找到的枪套中，克莱抽出贝丝·尼克森的老式寇特点四五左轮枪。这把手枪已重新填装子弹。艾丽斯原本要给他威力强大的那把机关枪。这枪到目前为止仍未试射过，但他回绝了。他认为如果这把左轮达成不了任务，大概其他的枪也没辙。

“机关枪一秒射三四十发子弹，当然比较好用，”她说，“一下子就能把那两辆丙烷车打个稀巴烂。”

他当时不否认这一事实，但也提醒艾丽斯，今晚的目标并非毁灭丙烷车，而是引燃丙烷。接着他解释说明阿尼·尼克森帮太太取得的点四五开花弹杀伤力有多强，而这种子弹以前的绰号是达姆弹。

“好吧，如果左轮枪失灵，你还是能试试看速战爵士，”这是大家为这挺俄制机关枪取的绰号，“除非足球场上的那些人，呃……”她不愿用攻击一词，只是用没拿球鞋的手指稍微比画走路的动作。“那样的话，快闪。”

记分板上有条返校周末的彩旗被风扯掉，在拥挤的昏睡手机人上空飘舞。足球场四周有手提音响的红色电源灯似乎在黑暗中浮沉，其中只有一台里面有 CD。彩旗打中了其中一辆丙烷车的挡泥板，拍动了几秒，然后溜开飞进夜空。两辆丙烷车并排停在足球场正中央，耸立在躺成一堆的人群中，形同金属平台。有几个手机疯子睡在丙烷车底下，旁边也睡得很挤，有些人甚至紧靠着车轮睡觉。克莱再次想起十九世纪的旅鸽，停在地上时被猎人用棒子活活打死，以至于二十世纪初旅鸽已告绝种……旅鸽毕竟只是鸟类，大脑很小，无法重启系统。

“克莱？”汤姆低声问，“你确定要开枪吗？”

“不确定。”克莱说。如今箭在弦上，他有太多疑问尚待解答，其中一个是，假如出了差错该怎么办。另一个是，假如一切顺利该怎么办。因为旅鸽不具备复仇的能力，反观足球场上的那些东西……

“不过我还是要动手。”克莱说。

“那就动手吧，”汤姆说，“因为撇开别的因素不谈，《你照亮我的生命》再播下去，连死老鼠都会气炸。”

克莱举起手枪，用左手紧握右手手腕，把准心对准左边那辆丙烷车的储气槽。他会朝左边那辆开两枪，然后朝右边那辆再开两枪。如果有必要再射击，枪膛里仍剩两发，可以各补上一枪。如果各打了三枪还没效果，他可以试试艾丽斯说的那把机关枪。

“爆炸的话，赶快卧倒。”他告诉汤姆。

“别担心。”汤姆说。他的脸皱了起来，等着枪响，也等着随之而来的爆炸场面。

黛比·布恩的名曲逐渐进入结尾前的高潮，克莱忽然觉得有必要赶在黛比结束前动手。他心想：*这么近还打不中，你就是猴子。*然后扣下扳机。

他没有机会再开一枪，因为没有必要。储气槽的中央冒出一朵鲜红色的花，而在红光中，克莱看见原本平滑的金属表面破了一个深洞，地狱看似就在洞里，而且迅速扩张。然后红花变成了洪流，红色转为橙白色。

“趴下！”他边喊边推汤姆的肩膀，自己倒在较矮小的汤姆身上，此时夜晚亮成了正午太阳光照下的沙漠，一阵轰然巨响之后是惊心动魄的“砰！”响，震撼了克莱的每一根骨头，碎片从头皮上方飞过。他认为汤姆正在惨叫，但他无法确定，因为连续又来了几声轰然巨响，空气瞬间变得热、热、热。

他一手抓住汤姆的后颈，另一手抓住衣领，开始拖着他走上通往旋转栅栏的水泥斜坡。碍于足球场中央的极度强光，克莱的眼睛眯成了细缝，眼睛几乎完全闭上。有个巨大的东西降落在他右边的备用看台上。他想也许是整块引擎。他踩到了金属碎片与扭曲的金属杆，认定脚下的东西原本是盖顿学院的乐谱架。

汤姆惊叫着，眼镜被震歪了，但他站直身体后看起来毫发未伤。他与克莱跑上斜坡，如同从罪恶之城蛾摩拉逃出的居民。克莱看得见老少三人的身影在前方形成修长而像蜘蛛一样的影像，这时他发现有东西正掉在他们周围：手臂、大小腿、一片挡泥板、头发着火的女人头。背后传来第二声巨大的“砰！”响，也许是第三声，这一次轮到克莱惊叫起来。他被自己的脚绊倒了，扑向前去，四周的热度迅速上升，亮度也极为惊人：他感觉自己仿佛站在了上帝的私人舞台上。

我们闯了什么祸？他边想边看着地上的一团口香糖、一包被踩扁的巧克力薄荷糖、一个百事可乐的蓝色瓶盖。我们糊涂地闯了祸，今后势必付出生命代价。

“站起来！”汤姆说。他认为汤姆是扯开喉咙大叫，但汤姆的声音却像来自一英里以外。他感觉汤姆修长细致的手指拉扯着他的手臂，接着艾丽斯也来了，拉扯着另一只手，而她在火焰的照耀下简直令人目眩。他看得见缠在手腕上的小球鞋前后左右摇摆着。她被撒了一身的血滴、碎布以及仍在冒烟的肉块。

克莱挣扎起身，身体却又不支，一条腿跪倒在地，艾丽斯再度用蛮力拉他站起来，背后的丙烷如喷火龙般狂嚎。这时乔丹也来了，拄着拐杖紧跟在后的是校长，他的脸上泛着红晕，每一道皱纹都被汗水填满。

“不行，乔丹，赶快带他离开这里！”汤姆呐喊，乔丹把校长拉开，以免挡路。校长蹒跚地走着，乔丹冷酷地搂住他的腰。一具戴了脐环的躯体掉在艾丽斯脚边，仍在燃烧中，被她一脚踹出斜坡。踢了五年的足球，克莱记得她说过。一片燃烧的衬衫坠落在她的后脑勺上，克莱连忙替她打掉，幸好她的头发没有因此起火。

来到斜坡最上面，瓦斯车的一个轮胎靠在最后一排的贵宾座位边，被轰断的轮轴仍附着在上，车轮持续燃烧着。假使轮子掉在他们行进的路线上，他们可能因此变成烤肉——至于校长，几乎是必死无疑。幸好他们仍能挤身通过，憋着气以免吸入油污的滚滚浓烟。片刻之后，他们钻过旋转栅栏，乔丹与克莱各站校长的一边，几乎是将他架着走。校长的拐杖乱挥，击中了克莱耳朵两次，但通过车轮三十秒之后，他们已来到托尼拱门之下，站定后回头望向露天看台与中央记者席上的擎天火柱，五人的表情一致，全是惊呆而不敢置信的模样。

着火的"回家"彩旗拖着几颗火星，飘落在大售票亭旁边的柏油路上。

"你事先知道会这样吗?"汤姆问。他的眼睛四周是白色，额头与脸颊则变得通红，小胡子被烧掉了半边。克莱听得见他在讲话，但声音感觉遥远。一切声音都如此，仿佛耳朵塞满了棉花球，或像塞了打靶用的耳塞。阿尼·尼克森带老婆去他们最爱的靶场时，一定会叫她戴上耳塞，然后夫妻俩开始磨练枪法，腰部大概一边别了手机，另一边则佩戴了呼叫器。

"你事先知道会这样吗?"汤姆想摇一摇他，却只从他衣服正面由上而下撕掉一块布。

"废话，当然不知道，你疯了不成?"克莱的嗓子已哑得不能再哑，干得不能再干，听起来像被烤过了似的。"我要是知道，怎么还会拿着手枪去那里站着？要不是我们站在水泥路障后面，我们早就被炸成两半或人间蒸发了。"

不可思议的是，汤姆开始奸笑。"我撕坏了你的上衣，蝙蝠侠。"

克莱很想一拳捶破他的头，也想抱抱他、亲亲他，庆幸自己能活下来。

"我想回奇塔姆居去。"乔丹说，从他的语调判断，他十分恐惧。

"我们务必撤退到安全的距离之外。"校长附和道。他的身体抖得厉害，两眼凝视着拱门与露天看台之上的熊熊大火。“谢天谢地，风往学院坡的方向吹去。”

“你走得动吗，教头？”汤姆问。

“谢谢你，我可以。如果乔丹能扶我，我确信能走到奇塔姆居。”

“我们两个一起扶。”艾丽斯说。她用近似满不在乎的态度擦掉脸上的血肉，只留下几抹血痕。克莱从未在真人世界里看过她这种眼神，只在几张照片以及五〇、六〇年代受漫画启发的画作上看到过。他记得小时候有一次参加漫画大展，聆听漫画家华勒斯·伍德讲解如何刻画所谓的“恐慌之眼”，如今克莱总算在这位十五岁郊区女孩的脸上见识到了。

“艾丽斯，快走吧，”他说，“我们得赶快回奇塔姆居打包，不快离开这里不行。”此话一出口，他觉得有必要再讲一遍，让自己听听看是否有道理。讲第二次时，听起来除了有道理之外还多了一份恐惧。

她可能没有听见。她的表情兴高采烈，充满了凯旋的喜悦。她就像万圣节的小孩，回家途中吃糖果吃到想吐。她的瞳孔充满火焰。“命再大也活不过这场大火。”

汤姆紧握着克莱的手臂，痛得他觉得手臂像被烧伤。“你怎么了？”

“我觉得我们做错了一件事。”克莱说。

“你是说，在加油站的时候？”汤姆问他。在歪斜的眼镜之内，他的目光咄咄逼人。“那对男女在争那盒该死的……”

“不对，我只是觉得我们做错了一件事。”克莱说。其实他是重话轻说。他知道他们做错了事。“走吧，今天晚上非走不可。”

“就按你说的做吧，”汤姆说，“走吧，艾丽斯。”

她跟着大家走向通往奇塔姆居的步行道。出门前，他们点了两盏油灯，放在大广角窗里。艾丽斯走了几步路，再度回头看。记者席已经着火，露天看台也一样。足球场上空的星星已经不见，连月亮也成了魅影，在嚣张的丙烷火柱上方的热烟里跳着狂野的舞步。“他们死了，他们不见了，他们被烤得酥酥脆脆了。”她说，“烧吧！烧个够吧……”

就在此时，呼号声再起，这一次不是来自十英里外的幽谷瀑布，也不是来自利托顿，而是来自正后方。这一次的呼号声也不像鬼魂或幽灵，而是痛苦的哀嚎惊叫，像是从沉睡中惊醒发现即将被活活烧死的人。克莱确定呼号声出自单一个体，而且具有知觉。

艾丽斯尖叫着捂住耳朵，眼珠在火光的映照下暴凸而出。

“把它救出来！”乔丹抓着校长的手腕说，“教头，我们一定要去把它救出来！”

“太迟了，乔丹。”校长说。

24

一小时之后，背包比先前饱满了一些，靠在奇塔姆居的正门旁，每一个包里都塞了两件上衣，还塞了几袋坚果与巧克力糖果、几瓶铝箔包果汁、几袋牛肉干条、电池与备用手电筒。克莱刚才一直对汤姆与艾丽斯唠叨着，叫他们尽快收拾行囊，现在克莱自己却屡屡冲进客厅窥视广角窗外的情况。

丙烷火柱终于开始减弱，但露天看台的火势仍然凶涌，记者席也是。托尼拱门也难逃火舌，现在宛如铁匠铺里的马蹄铁，在黑夜里发着光。足球场上的生物绝对无一能幸免，艾丽斯刚才说得对，但在回奇塔姆居的途中，尽管大家尽全力扶校长，校长仍像老酒鬼似的踉踉跄跄，他们也两度听见其他人群的鬼叫声随风传来。克莱告诉自己，呼号声中没有怒意，是他自己想象力太丰富，是因为他太愧疚了，他杀了人，他葬送了一整群人的性命，所以才产生幻觉。但他不完全相信。

的确是铸下错事一桩，但他们又能如何？就在这天下午，他与汤姆感应到了疯子逐渐凝聚的力量，也亲眼见识到了他们的能耐，而当时只有那两个人，只有两个。怎能坐视他们壮大？

“动手该死，袖手旁观也该死，左右不是人。”他讲给自己听，然后转离窗口。不知看了祝融之火肆虐体育馆多久，他抗拒着看表的冲动。索性向恐慌鼠投降吧，反正再抵抗也不是办法。如果他投降了，恐慌鼠会快步转攻其他人，先从艾丽斯下手。艾丽斯产生了某种自制力，设法振作起来，但她的自制力仍然薄弱。薄到下面摆报纸照样看得见小字。爱玩宾果游戏的母亲会这么说。虽然年纪还小，但艾丽斯还是硬装出开朗的假象，多半是想做做榜样给另一个小朋友看，以免小弟弟整个人崩溃掉。

另一个小朋友。乔丹。

克莱匆匆走回前厅，发现门边仍未摆出第四个背包，这时看见汤姆单独下楼。

“小孩呢?”克莱问，他的听力恢复了一些，但仍然觉得自己讲话的声音太遥远，而且像陌生人。他自知这种现象会持续一阵子。“你不是去帮他整理行李……校长说他从宿舍带了一个背包过来……”

“他不肯来。”汤姆揉揉脸的侧面，神态既疲倦又悲伤失神。而且小胡子被烧掉了半边，看起来也很可笑。

“什么?”

“克莱，小声一点。我只是转告给你听，干吗对我这么凶?”

“好，你解释给我听一听道理何在，看在上帝的分上。”

“教头不肯走，他也不走。他说：‘你总不能逼我吧。’如果你真的想今晚出发，我相信他是下决心不走了。”

艾丽斯从厨房冲出来。她已经盥洗过，头发扎在后脑勺处，换上一件几乎长到膝盖的上衣，但皮肤仍红通通的。克莱觉得自己也被烧伤了。他心想，现在没起水泡就算走运了。

“艾丽斯，”他说，“麻烦你发挥女性的温情攻势对乔丹……”

她急冲过去，仿佛根本没听见克莱说些什么。来到门口时，她在背包前跪坐下来，一把扯开背包。克莱看得一头雾水，只见她拉开背包扯出里面的东西。他望向汤姆，看出汤姆脸上写着谅解与同情。

“什么事?”克莱问，“到底在找什么鬼东西?”这种气急败坏的心情他最熟悉不过了。分居前的一年，莎伦常惹得他心情焦躁烦闷，而这种心情偏偏挑这时候冒出来，更让他痛恨自己。话说回来，可恶，现在最不需要的就是节外生枝。他把双手插进自己的头发。“找什么？”

“看看她的手腕。”汤姆说。

克莱看过去。她的手腕仍缠着肮脏的鞋带，小球鞋却不见了。他的心情一沉，感觉好荒谬。只是在他看来荒谬，如果艾丽斯觉得重要，即使只是一只小球鞋也是天大的事情。

她原本在背包里塞了一件T恤与运动衫（正面印有盖顿后援会的字样），这时被她抛向半空中，电池在地上滚动，备用的手电筒也撞在瓷砖地板上，摔裂了镜片。看到这里，克莱已能确定的是她不像莎伦一样在发少奶奶脾气，也不像莎伦发现榛果咖啡或小胖猴冰激凌被吃光时发的那种脾气，而是缘于赤裸裸的恐惧。

他走向艾丽斯，在她身边跪下，握住她的两只手腕。他能感受到分秒飞逝，心知早该上路了，但他也感受到她的脉搏快如闪电。他也看出艾丽斯的眼神中没有恐慌，充满了哀伤，也能了解那只球鞋是她生命的寄托，球鞋代表着她的父母亲、朋友、贝丝·尼克森母女、托尼足球场的大火，以及所有的事物。

“不在背包里面！”她哭叫着，“我以为打包进去了，却没有！我到处都找不到！”

“好了，小甜心，我知道。”克莱仍然握着她的手腕。现在他抬起缠着鞋带的那只手。“看见了没有？”他等到确定她的目光聚焦，然后挑一挑鞋带两端。鞋带原本打了两个结，如今只剩下一个。

“变得太长了，”她说，“以前没有这么长。”

克莱尽量回想最后一次看见小球鞋的情景。他明知今天做过的事情繁杂，这点小事不可能记住，但他发现居然记忆犹新。最后一次见到球鞋是在第二辆丙烷车爆炸之后，当时她正帮汤姆扶他站起来，球鞋仍缠在鞋带上蹦跳。当时的她浑身是血，身上还黏着破布与小块人肉，但球鞋确实仍缠在手腕上。他极力回忆着，她把燃烧中的躯体踢开斜坡时，球鞋是否还在。不见了。也许是后见之明，但他认为那时候球鞋已经不见了。

“鞋带自己松掉了，小甜心，”他说，“鞋带松掉，鞋子就掉了。”

“你是说鞋子是自己掉的？”她露出不敢相信的眼神，泪水开始滑落。“你确定吗？”

“相当确定。”

“那鞋子是我的幸运符。”她低声说，泪水哗哗直落。

“不对，”汤姆伸出一只手抱住她，“我们才是你的幸运符。”

她看着汤姆。“你怎么知道？”

“因为你先找到我们，”汤姆说，“而且我们还在这里。”

她拥抱汤姆与克莱，三人就这样站了半晌，在前厅里互拥着，脚边散落一地的是艾丽斯的行李。

25

火势蔓延到一座讲堂，校长说是“哈克利”厅。随后在凌晨四点前后，风势缓和下来，火也不再蔓延燃烧。旭日东升时，盖顿的校园弥漫着丙烷、焦木与大批焦尸的臭味。晴朗的新英格兰十月清晨被灰黑色的烟柱抹黑了，而奇塔姆居里的人还在。最后，整桩事情就像一连串的多米诺骨牌效应：除非坐车，否则校长走不了，可是车子根本开不了；校长不走，乔丹也不肯走，连校长也劝不动乔丹；遗失幸运符的艾丽斯虽已稍微释怀，却拒绝扔下乔丹；艾丽斯不走，汤姆也不肯走，而克莱不愿意扔下汤姆与艾丽斯。让他心惊的是，这两位新交的朋友竟然暂时比亲生儿子来得重要。虽然他仍然确信继续待在盖顿的话，后果不堪设想，何况待在刑案现场势必付出惨痛的代价，但最后还是走不成。

他以为天一亮，心情会舒坦一些，事实却不然。

五人在客厅窗口观望等待，仍在闷烧的足球场当然不会有人活着走出来，也不再传出呼喊声，只听见火苗持续下探体育系办公室与更衣室，烧出劈啪闷响，而地表的露天看台已经快被烧尽。套句艾丽斯的用语，睡在足球场上约莫一千人的手机疯子已经被烧得酥酥脆脆。焦尸的气味浓烈，吸入后附着在喉咙上祛除不掉，感觉恐怖。克莱已经呕吐过一次，知道其他人也吐了，连校长也不例外。

我们做错了一件事。他再度心想。

“你们三个早该上路了，”乔丹说，“我们不会有事的。我们以前不是过得好好的，对不对，教头？”

亚尔戴校长置若罔闻，只顾着端详克莱。“你昨天和汤姆进了加油站办公室，到底发生了什么事？那件事一定让你心里毛毛的，否则你现在不会有这种表情。”

“是吗？什么表情？”

“就像嗅出了陷阱的动物。是不是被路上那两个人看见了？”

“不尽然如此。”克莱说。他不喜欢被人描述为动物，却无法否认自己的确是在苟延残喘，一边吸收氧气与饮食，另一边排放二氧化碳与粪便，就这么简单。

在这之前，校长已经开始用大手不停揉上腹部偏左的地方。克莱认为，他这动作正如他的许多手势，具有一种莫名的戏剧性，倒也不完全像在装模作样，但却是有意让讲堂最后排的学生也看得见。“不然又是什么？”校长问。

因为别无选择了，克莱不想再保护老少三人，于是一五一十地描述在加油站办公室目睹到的景象。原本那对男女动手争一盒过期的零食，却演变出种种异象，包括纸张拍动、烟灰缸里的灰烬开始像浴缸放水时兜着圈子、挂在木板上的钥匙叮叮作响、注油嘴从加油箱上掉落。

“我也看见注油嘴掉落。”乔丹说，艾丽斯跟着点头。

汤姆提到他觉得呼吸急促，克莱也表示有同感。两人尽量解释空气中逐渐凝聚某种力量的感受。克莱说，就像雷雨来袭前的感觉。汤姆说，不知为什么，空气就是令人觉得忧虑。太沉重了。

“然后，他让她拿走两个盒子里的鬼东西，结果所有的现象马上消失。”汤姆说，“烟灰不再转动，钥匙也静下来，雷雨来袭之前的感觉也消失了。”他望向克莱寻求佐证，克莱点头示意。

艾丽斯说：“为什么不早说？”

“因为说了也无济于事，”克莱说，“我们照样只想烧掉他们的巢穴。”

“对。”汤姆说。

乔丹突然说：“你们认为，手机疯子快练成了灵异超能力，对不对？”

汤姆说：“乔丹，你用词太深奥了。”

“例如：有人只靠念力就能移动东西，或者情绪失控时，无意间也能产生超能力。只不过，像是念力和悬浮力这种灵异超能力……”

“悬浮力？”艾丽斯几乎是狂吼出来。

乔丹不予理会，继续说：“……只是旁枝，灵异超能力的主干是心电感应。你们担心的是不是这个？心电感应的能力。”

汤姆的手指伸向小胡子被烧掉地方，摸摸被烫红的皮肤。“对，我是想过。”他停顿下来，偏着头说，“听起来像自作聪明，大概是吧。”

乔丹又置若罔闻。“先假设一下好了，假设他们真的正在培养心电感应能力，而不只是靠集结本能来行动的僵尸，那又会怎样？盖顿学院的这群已经死光了，死时还不知道自己是被谁烧死的，因为他们躺在那里，像睡着了一样。所以说，如果你担心他们会用心电感应把我们的姓名和特征传真给新英格兰区各州的好友，那么你纯属穷操心。”

“乔丹……”校长开口，却又皱起眉，继续揉着上腹部。

“教头，你没事吧？”

“没事。去楼下浴室帮我拿善胃得，好吗？顺便带一瓶缅因州的波兰泉。乖孩子。”

乔丹匆匆去跑腿。

“该不会是胃溃疡吧？”汤姆问。

“不是，”校长回答，“是压力太大。是一个老……不能说是老朋友……老毛病吧。”

“你的心脏还好吗？”艾丽斯压低嗓音说。

“大概还好吧。”校长说着露牙微笑，快活得令人错愕。“如果善胃得吃了没效，只好重新假设……不过到目前为止一向是药到病除。

现在麻烦多得是，少一件总是好一点。啊，乔丹，谢谢你。”

“不客气。”十二岁的乔丹将胃药连同一杯水一起递给他，面带惯有的笑容。

“我认为你该跟他们一起走。”亚尔戴校长吞下胃药后说。

“教头，恕我直言，他们不可能发现，绝对不可能。”

校长望向汤姆与克莱，仿佛在发问。汤姆举起双手，克莱只是耸耸肩。克莱大可说出心里话，反正大家一定知道他在想什么：我们做错了一件事，再待下去只会错上加错。但他觉得说出来也没用。乔丹表面上心意坚决而固执，内心却是吓到半死，无奈怎么劝也劝不动。此外，现在已经天亮。白天是他们的天下。

他摸摸小乔丹的头发。

“不跟你辩了，乔丹，我想去睡个觉。”

乔丹的神情透出几乎是如释重负，几乎完全放松下来。“太棒了，我也该去睡觉了。”

“我想先喝杯全球知名的奇塔姆居半冷巧克力，然后再上楼，”汤姆说，“我一定会去刮掉这半边的胡子。待会儿如果听见了有人嗷嗷叫，就知道是我。”

“可以让我参观吗？”艾丽斯问，“我从小就想看大男人嗷嗷叫。”

26

三楼只有两间小卧室，克莱与汤姆同睡一间，另一间让艾丽斯独睡。克莱正要脱鞋上床，突然有人轻轻敲了一下房门后自行进来。站在门口的是校长，颧骨上方被大火烤出了两团鲜红，其他部分则如死灰。

“你没事吧？”克莱站起来问，“吃了胃药还没效，是不是心脏的问题？”

“我很高兴你问这问题，”校长回答，“我不是十分确定刚才是否埋下了种子，现在总算能确定。”他瞄向背后的走廊，然后用拐杖末端关上门。“瑞岱尔先生——克莱——请仔细听我说，除非绝对必要，否则别插嘴问话。今天傍晚或入夜之后，我会被人发现死在床上，你到时一定要说，果然是心脏有问题，肯定是昨晚太操劳而导致心脏病发。了解了吗？”

克莱点头。他听懂了，同时硬把反射性的抗议压了回去。旧世界或许尚容得下抗议，此时却行不通。他明了校长提议做这种事的原因。

“如果乔丹起了一点疑心，认为我可能为了放他走而自杀，他可能会因此自我了断，因为他年纪虽小，却把照顾我视为神圣的义务，值得嘉奖。即使他不自杀，至少也会陷入我童年时长辈所谓的‘黑色失记症’。我死了，他会为我深深哀悼，这情有可原。假如被他发现我为了送他离开盖顿而自戕，他就不会只是伤心了事，你明白这个道理吗？”

“明白。”克莱说，接着他又说，“教头，请再等一天吧。你考虑做的事……可能没有必要。说不定我们不会有事。”这句话连克莱自己也不相信，但无论如何，亚尔戴校长的心意已决。克莱只需看看校长沧桑的脸、紧闭的唇以及闪亮的目光，就心领神会了。尽管如此，他还是试着再劝一次：“再多等一天吧，说不定不会有人来。”

“那些惨叫声你也听见了，”校长说，“那是怒吼啊。他们一定会来。”

“也许吧，可是……”

校长举起拐杖来制止。“就算他们能看穿彼此的心意，也能解读我们的想法，你的脑袋还有什么值得解读的东西？”

克莱没有回答，只是盯着老校长的脸。

“假如他们无法解读心意，”校长继续说，“你又能建议怎么做？待下来，过一天算一天，过一个礼拜算一个礼拜？等到雪花飘零，还是等到我终于老死？我父亲活到了九十七岁。更何况，你还有妻儿。”

“我太太和儿子不是没事就是出了事，我已经能坦然以对。”

他睁眼说瞎话，也许被亚尔戴校长看穿了，因为校长面带令人不安的笑容说：“你儿子还不知道爸爸是否安好，你认为他也能坦然以对吗？才过了短短一个礼拜。”

“这一招出得太卑鄙了。”克莱说。他的嗓音不太稳定。

“真的吗？我倒不知道我们正在对打。反正也没裁判在场。只有我们这两个胆小鬼。”校长瞥向关上的门，再把视线转回克莱。“问题非常简单，你不能留下来，我不能走。最好的办法是让乔丹跟你一起离开。”

“可是，这不就像让断了腿的马安乐……”

“没这回事。”校长打断他的话，“马自己不会安乐死，人类却会。”有人打开房门，进来的是汤姆。校长几乎连眼皮也未抬，话锋立即一转：“你呢？有没有考虑画插图，克莱？我指的是帮书本作画？”

“呃，对大多数出版社来说，我的风格太花哨了，”克莱说，“我倒是帮格兰特和尤拉莉亚这类专出奇幻书刊的小出版社画过书封。也帮《人猿泰山》的作者埃德加·赖斯·巴勒斯的《火星》系列画过图。”

“巴松[①]！”校长高呼，用力挥舞着拐杖。接着他又开始揉上腹部，脸皱成一团。“可恶的胃酸！对不起，汤姆，我只是在睡觉前上来闲聊一下。”

“没关系。”汤姆看着他走出去，等走廊上的拐杖声远去，他转身问克莱，“他没事吧？脸色苍白成那样。”

“我想不会有事。”他指向汤姆的脸。“不是说要去刮掉剩下的半边吗？”

“艾丽斯徘徊不走，我决定不刮了，”汤姆说，“我喜欢她这个小孩，不过她有些地方太邪恶了。”

“你太疑神疑鬼了。”

“多谢你的分析，克莱。才只过了一个礼拜，我就开始想念我的心理医生了。”

“外加被迫害情结和夸大妄想症。”克莱把双脚甩上窄床，头枕双

---

① 巴松（Barsoom），巴勒斯的科幻小说《火星》中的地名。

手，注视着天花板。

“你希望我们离开这里，对不对？”汤姆问。

“那还用问。”他用全无抑扬顿挫的平淡语调说。

“不会有事的，克莱，真的。”

“随你怎么说吧，只可惜你有被迫害情结和夸大妄想症。”

“有道理，”汤姆说，“幸好我另外有自卑情结，每隔大约六星期自我意识就会跌入谷底，所以还能抗衡夸大妄想症。而且再怎么说……”

“……时候不早了，睡一觉再说吧。”克莱帮他说出了后面的话。

“也对。”

对话到此的确让汤姆感到心安，接着汤姆又说了一句话，但克莱只听见“乔丹认为……”就沉沉地睡着了。

27

克莱尖叫着惊醒过来。最初他真的以为自己失声惊叫，他慌忙向房间另一边的床铺望去，只看到汤姆仍然安详睡着，睡前还折了某个东西盖在眼睛上，也许是毛巾吧。这时克莱才相信刚才没有惊叫出声，只不过是在做梦。也许他喊出了什么声音，但并不足以吵醒室友。

房间里一点也不暗，因为现在是下午三点左右，但汤姆就寝前放下了百叶窗，至少使得房间内光线暗淡下来。克莱继续躺在床上一会儿，仰面朝天，嘴巴干得像木屑，心脏在胸腔内猛跳，震得耳朵噗噗响，宛如有人踩着绒布奔跑的声音。除此之外，奇塔姆居一片死寂。大家虽然还没完全适应昼伏夜出的生活，但昨晚的行动大家累得筋疲力竭，因此都睡得特别沉。此刻他听不出房子里有丝毫动静。屋外有只鸟啼叫着，在相当遥远的某处——*不是盖顿*，他心想——有个固执的警报器哇哇叫个不停。

他做过比这更恐怖的梦吗？也许有一次。约翰尼诞生后的一个月左右，克莱梦见自己从婴儿床抱起儿子换尿布，胖嘟嘟的小身体却在他手中变得支离破碎，像是随便组装而成的假人。那个噩梦他能够解析——初为人父的恐惧、担心搞砸好事的恐惧。而他至今仍有这种恐惧感，亚尔戴校长也看得出来。但今天的噩梦又作何解释？

无论作何解释，他都不想忘掉，而他凭经验知道必须立刻采取行动。

房间里有张书桌。床脚有克莱脱下后绉成一团的牛仔裤，口袋插了一支原珠笔。他把笔从口袋里抽出，赤脚走到书桌前坐下来，打开大腿上方的抽屉，找到了他要的一小沓空白信纸，每一张最上端都印有**盖顿学院**以及**年轻的心灵是黑暗中的明灯**。他撕下一张，放在桌面上。光线虽暗却还能看得见。他推开笔帽，停下来想了几秒，尽可能回想梦境。

他、汤姆、艾丽斯以及乔丹四人站在运动场中央，排成一排。这运动场不像托尼足球场，应该比较接近美式足球场吧？背景有个钢骨建筑，上面有个忽明忽暗的红灯。他不知道球场上搭建的是什么建筑物，但知道四周满是观众，每个人都面目全非，衣服也破烂不堪，是克莱已经看惯的人种。他与另外三人被……被关在笼子里吗？不对，是被罚站在高高的平台上。虽然没有栅栏，平台仍让人觉得像是笼子。克莱不清楚为何有这种感觉。他已经渐渐淡忘梦境的某些细节。

汤姆站在队伍的尾端，有个男人朝他走过去，这个男人很特别，他把一只手放在汤姆的头顶上方。他们四人站在平台上，照理说这男人摸不到汤姆的头才对，但他却办得到。他用拉丁文说：“此人——精神异常。”数千名群众对着他用英文狂喊：“**别碰！**”声音整齐划一。男人来到克莱的面前重复同样的动作，然后来到艾丽斯面前，把一只手举在她的头上，用拉丁文说：“此女——精神异常。”然后一手伸向乔丹头上也用拉丁文说：“此童——精神异常。”他每讲一次，群众就随之呼喊：“**别碰！**”

这人是主持人？或者是总指挥？在整个过程中，他与群众都没有开口，因此发言与呼应纯粹是用心电感应来进行的。

接着，克莱让右手自由联想，由右手与控制右手的特定脑细胞来发挥。克莱开始在白纸上画出图像。梦境中有污蔑也有被逮到的感觉，全程虽恐怖，令人心寒的程度却不及将手伸过来的那个人。他把手伸向每个人的头顶上方，掌心向下，他就像集市上准备卖掉牲口主持人。克莱觉得，只要能在纸上描绘出那个人的长相，就能捕捉到那份恐惧。

他是黑人，头衔尊贵，长了一张苦行僧的脸，身体瘦长，几乎到了瘦骨嶙峋的地步。他的头发满是深色的小卷，紧贴头皮，一侧被砍出了丑陋的三角形伤口。他的肩膀瘦薄，臀部几乎不存在。在他的鬈发下，克莱快笔素描出宽阔而尊严的额头——饱满的学者型天庭。随后他在额头素描出一道刀伤，皮肉向下翻，遮住了一边的眉毛。他的左颊被扯开来，可能是被咬到。他的左下唇也裂开下垂，看起来像疲惫的冷笑。眼睛成了问题。克莱怎么画都觉得不对劲。在梦中，那个人的双眼充满了意识，但却也是死气沉沉。克莱试了两次后暂时搁置，先画他穿的上衣，以免记忆流失。他穿的是青少年俗称盖头衣的连帽长袖上衣（他用正楷注明红色，再画箭头指向衣服），胸前写着白色的大写字母。这黑人太瘦，衣服正面垮了一部分，遮住了字体的上半部分，但克莱仍能确定正面印的是哈佛。他正要开始用正楷填上，这时从他正下方的地方响起了一阵哭声，轻柔而压抑。

28

是乔丹在哭。克莱一听就知道。他赶紧穿上牛仔裤，同时回头看汤姆，但汤姆一动也不动。克莱心想：这家伙睡昏头了。他打开门出去，然后关上门。

艾丽斯把盖顿学院的T恤当睡衣穿，此时正坐在二楼的楼梯歇脚处，双手抱着小乔丹。他把脸压在她的肩膀上。她听见克莱赤脚走下楼梯的声音，抬头抢先讲了一句话："他做了一个噩梦。"幸亏艾丽斯抢先一步，否则克莱可能会说出日后必后悔莫及的话：是校长吗？

听了艾丽斯的话，克莱说出脑海浮现的第一个念头，因为此时这问题事关重大。“你有没有做梦？”

她皱起眉头。她没穿鞋子，头发扎成一条马尾，脸部的晒伤，仿佛像是在海滩玩了一天，她看起来就像小乔丹一岁的妹妹。“什么？没有。我听见他在走廊里哭，心想反正也该起床了，就……”

“等我一下，”克莱说，“待在这里别走。”

他回到三楼的房间，一把从书桌上拿走素描，这一次汤姆猛然睁开眼皮，四下张望，表情有惊惧也有迷惘，接着他定睛注视着克莱，心情也随之松懈。“重回现实了。”他说。接着他用一只手揉揉脸，用另一只手的手肘支撑起身，说：“感谢上帝。天啊！几点了？”

“汤姆，你是不是做了梦？噩梦？”

汤姆点头。“好像吧。有，我听见有人在哭。是乔丹吗？”

“对。你梦见什么？还记不记得？”

“有人骂我们是疯子。”汤姆此语一出，克莱的心沉到了谷底。“我们大概真的是疯子吧，其他就想不起来了。为什么这么问？你该不会也……”

克莱不想再耽搁下去，拔腿冲出房间下楼，在乔丹身边坐下时，乔丹还东张西望，一副茫然又畏惧的模样。现在的乔丹完全没有计算机神童的架势了。如果说艾丽斯扎了马尾，脸皮被晒得红彤彤的，看起来像十一岁，那么乔丹可以说是退化到了九岁。

“乔丹，”克莱说，“你做的梦……你的噩梦，还记不记得？”

“快忘光了，”乔丹说，“他们把我们赶上看台罚站，他们看着我们，好像我们是……我也不晓得，把我们当成野生动物吧……只不过他们说……”

“说我们发疯了。”

乔丹睁大眼睛。“对！”

克莱听见背后有脚步声，是汤姆下楼了。克莱并没有回头看，只是拿出素描给乔丹看：“主持人是这一个吗？”

乔丹没有回答，也没有必要回答。他一看就缩起脖子转过头，抓住艾丽斯，再度把脸埋进她的胸口。

“什么东西？”艾丽斯一脸困惑地问。她伸手去拿素描，却被汤姆拿走。

“天啊！”他说着交还素描，“梦快被我忘光了，不过我还记得他被咬开的脸颊。”

“他的嘴唇也是。”乔丹躲在艾丽斯的胸口说，“嘴唇还下垂。就是他把我们指给所有人看。给他们看。”他打了一阵哆嗦。艾丽斯揉揉他的背，然后两手交叉在他的肩胛骨，以便把他抱得更紧。

克莱把素描放在艾丽斯面前。“有印象吗？梦见过这个人吗？”

她摇摇头，正要说没印象，奇塔姆居的前门外却传来重物滚动的长音巨响，随后是一连串松散的轻轻敲门声。艾丽斯尖叫。乔丹抓她抓得更紧，仿佛想把自己埋进她体内，同时放声大哭。汤姆抓着克莱的肩膀。“完了，到底是……”

门外继续传来滚动的巨响，声音拖得很长。艾丽斯又尖叫一声。

“枪！”克莱大叫，“去拿枪！”

一时之间，四人全在日光充足的楼梯歇脚处动弹不得，接着又听见长长的重物滚动声，听起来就像骨头滚动的声音。汤姆冲上三楼，克莱也跟着过去，一度因为穿了长袜而打滑，赶紧抓住栏杆才没摔倒。艾丽斯把乔丹推开，往自己的房间奔去，T恤的下缘拍打着腿。歇脚处只剩乔丹瑟缩在角柱边，直盯着楼下，用又湿又大的眼睛注视着前厅。

29

“别轻举妄动，”克莱说，“我们一步步慢慢来，懂吗？”

前门外传来长而松散的滚动声后不到两分钟，三人已经下楼站在楼梯脚，汤姆拿着尚未试射过的速战爵士，艾丽斯每只手里握着一把九厘米长的自动手枪，克莱则拿着贝丝·尼克森的点四五手枪。昨晚场面虽然混乱，但是他却没把枪搞丢，后来才发现是插在腰带上了，但他完全不记得自己有收枪的举动。乔丹仍然瑟缩在歇脚处，从上面看不见楼下的窗户，克莱认为这样或许是件好事，可是下午出大太阳，奇塔姆居里的光线却出奇暗淡，这可绝对不是件好事。

光线之所以暗淡，是因为手机疯子聚集在每一扇窗外，向内窥视着屋里的人。疯子有数十人，甚至多达数百，每张脸是异样的朦胧，多数有打架后的污痕以及大乱一星期后留下的伤口。克莱也看见了缺牙缺眼的人，有的耳朵裂开，也有淤青、烧伤、焦黑的肌肤，以及一团团乌黑的腐肉。他们默不作声，被一种贪婪渴望的气氛笼罩着，而昨天下午空气里弥漫的感觉又出现了，那种几乎难以控制的巨大力量旋转着，令人难以呼吸。克莱一直以为三人手上的枪会飞起来，枪口倒过来对准三人射击。

对准我们，克莱心想。

“港口海鲜店礼拜二有优待，我常去光顾，店主在水族箱里养了几只龙虾，我现在总算能体会它们的感觉了。”汤姆紧张地小声说。

“别轻举妄动，”克莱又说，“让他们先采取行动。”

可是并没有人先采取行动，只是又传来一声滚动声，克莱认为像有人在前门廊扔下东西。接着，挤在窗外的生物后退，仿佛听见了只有他们听得见的某种讯号，因此成排后退。照理说，现在不是他们集结的时间，但显然情况已经变了。

克莱走向客厅的广角窗，左轮握放在身边，汤姆与艾丽斯也跟过去，看着手机疯子撤退。对克莱而言，他们已经不像疯子了，至少在他能理解的范围内如此。手机疯子倒退着走，姿态诡异而灵巧，每个人之间都保持一点点距离，从不碰触他人，最后退到奇塔姆居与托尼足球场之间停下。足球场已成废墟，仍在冒烟。这群人就像仓卒成军的部队，站在满地落叶的练兵场，将不太茫然的眼神逗留在校长公馆上。

“为什么他们的手脚黑乎乎的?”有个怯弱的声音问。三人转头看见乔丹。克莱倒没有注意到外面沉默的数百人手脚上尽是黑炭与灰烬，但他还来不及响应，乔丹就回答了自己的问题。“他们去看过了，对不对？当然看过。他们去看我们怎么对付他们的朋友。他们现在生气了，我感觉得到，你呢？”

克莱不想说“对”，但他当然能感觉到。那种沉重、紧张的感觉弥漫着，那种勉强以电网包住雷电的感觉，的确是怒气。他回想到超短金直咬女强人的脖子，也想到在博伊尔斯顿街地铁站胜出的老妇人迈步走进波士顿公园时，铁灰色的短发还滴着血。克莱也回想起那个年轻裸男，只穿了球鞋，两手各拿一根汽车天线跑步，同时朝天猛戳。那么多怒气，难道开始集结后就消散一空吗？才怪。

“我感觉到了。”汤姆说，“乔丹，如果他们具有灵异能力，为什么不干脆叫我们自我了断，或是自相残杀？”

“或者让我们的头自动爆掉，”艾丽斯的声音颤抖着，“看老电影的时候看过。”

“我不知道。”乔丹说。他抬头看克莱。“褴褛人去哪里了？”

“是你帮他取的绰号？”克莱低头看自己拿在手里的素描，看着他被咬开的肌肤、被扯破的袖口以及松垮的蓝色牛仔裤。他心想，“褴褛人”这绰号还算贴切，不如就用这名字来称呼穿哈佛衣的男人。

“要我取绰号，我就把他叫做大麻烦。”乔丹以微弱的声音说。他再次向外看着新来的人，少说也有三百，也许多达四百，最近才从附近的某个城镇赶来。接着乔丹转头看着克莱。“你有没有看见他？”

“只在做噩梦时看见过。”

汤姆也摇头。

“对我来说，他只是纸上的素描，”艾丽斯说，“我没有梦见他，也没有看见外面有谁穿连帽衫。他们去足球场做什么？是想认尸吗？你们认为呢？”她看起来一脸怀疑，“足球场不是还很烫吗？绝对是。”

“他们在等什么？”汤姆问，“如果他们不准备攻击我们，也不逼我们拿菜刀互砍，又是在等什么？”

克莱忽然知道他们在等什么，也知道乔丹口中的褴褛人在哪里。克莱的中学代数老师迪维恩会说，这是悟出解题之道时大叫“啊哈！”的一刻。他转身往前厅走去。

“你要去哪里？”汤姆问。

“去看他们留下什么东西。”克莱说。

大家连忙跟过去。率先赶上的是汤姆。他趁克莱的手还在门把上，连忙说：“这恐怕不好吧。”

“也许不好，但是他们正期望我们这么做，”克莱说，“而且你知道吗？我认为如果他们想杀死我们，我们早就死了。”

“他说得对。”乔丹用气若游丝的声音说。

克莱打开门。奇塔姆居的前门廊很长，有舒适的柳条家具，也能看见学院坡向下通往学院街，最适合在晴朗的秋天下午坐在门廊上欣赏，无奈现在克莱最没有这种闲情逸致。站在门阶底的是一群手机疯子，排成箭头队形，最前面站了一个人，后面是两个人，然后依次是三、四、五、六人，总数二十一。最前面的人正是克莱梦见的褴褛人，简直像从他的素描里跳出来的一样。褴褛人果然穿着破烂的红色连帽衫，正面确实印有哈佛的字样。被咬开的左脸颊已被缝在鼻子一边，以白线缝的两针手法拙劣，伤口固定前，缝线在黑皮肤扯出泪珠状的小点。第三针与第四针已经脱线，留下了扯裂的伤痕。克莱想，缝伤口时可能是用钓鱼线来充数的。向下垂的嘴唇露出了整齐的牙齿，看似不久前接受过医术高超的牙齿矫正师的治疗，而当时的世界少了暴戾之气。

前门外叠了一堆黑色的物体，淹没了踏脚垫，向左右两边延伸。这些物体的形状扭曲，一眼看去近似出自半疯雕塑家的艺术品。没用一秒，克莱就认出这些物体是足球场那群人的手提音响，只是现在已被融得难以辨识。

接着艾丽斯尖叫一声。克莱开门时，有几个被烤得扭曲的音响跌了下来，而原本极可能叠在最上面的一个东西也跟着跌落，因此被半埋在音响里。克莱来不及阻止她向前走。她放下一只手里的自动手枪，捡起刚才令她尖叫的东西。是她的小球鞋。她把球鞋像婴儿般搂在胸前。

克莱望向站在她另一边的汤姆，汤姆也注视着他。他们三人并没有心电感应的能力，但此刻无异于拥有超能力，因为汤姆用眼神问：*接下来怎么办？*

克莱把注意力转回褴褛人。他心想：不知道人能不能察觉到自己的心思正在被解读，也不知道自己现在是否正在被褴褛人解读。他对褴褛人伸出双手，其中一只手里仍然握着枪，但褴褛人或他率领的人似乎不以为意。克莱打开手心向上：你想要什么？

褴褛人微笑不语，笑容中全无笑意。克莱自认能看出那对深褐色的眼珠带有怒气，但是他认为那只是表面的情绪，褴褛人的心里其实什么感觉也没有，就像看着洋娃娃微笑一样。

褴褛人偏头竖起一指，表示等一下。仿佛事先套过招，坡路下方的学院街正好传来许多尖叫声，是垂死的惨叫，伴随而来的是几声来自喉咙深处的呼号，是掠食性动物的吼声，吼声并不多。

"你们在干什么？"艾丽斯大骂。她站向前去，一只手狂捏着小球鞋，前臂的肌腱暴凸形成阴影，宛若有人用铅笔在她的皮肤上画出长长的直线。"你们对下面的人做了什么？"

克莱心想：何必多问，不用想都知道。

她举起仍握着手枪的另一手，却被汤姆攫住，在她开枪前将她手中的枪抢了下来。她转向汤姆，用空出来的另一只手乱抓着他。

"还给我，听到了没有？没听见，是不是？"

克莱把她拉开。这一切全看在乔丹的眼里。他站在门口，眼睛睁得老大，满面惊惧。在此同时，褴褛人站在箭头队形的尖端，一副以微笑遮掩怒意的表情，而潜藏在怒意底下的是……什么也没有，就克莱所能看出的范围而言，什么也没有。

"反正保险已经关了。"汤姆迅速瞄了一眼手枪，"感谢天主施小恩。"然后他对艾丽斯说："你想害死我们不成？"

"你以为他们会简简单单放我们走？"她哭得稀里哗啦，很难听得懂她在讲什么，鼻孔挂了两条透明的鼻涕。从盖顿学院门口的那条两旁种了树的马路上传来惊叫声与惨叫声，有个女人哭喊着："不行，拜托，不要，求求你。"随后言语被一阵痛苦的哀嚎取代。

"他们打算怎么对付我们，我不知道，"汤姆以尽量平静的语调说，"不过，假如他们有意要我们死，不必杀人给我们听。艾丽斯，看看他——他们在马路上做的坏事是想给我们一个警告。"

从下面传来几声自卫的枪响，为数不多，多数声音只是痛苦的惨叫与惊恐的叫声，全来自紧邻盖顿学院的地区，就是疯人群被烧死的地方。惨叫声绝对维持不到十分钟，但有时候，克莱心想，时间真的是相对的。

感觉像过了好几个小时。

30

叫声终于停息时，艾丽斯默默低头站在克莱与汤姆之间。前门里面有张桌子，原本用来摆公文包与帽子，现在她已经把两把自动手枪都放在桌上。乔丹握着她的手，向外望着站在坡道开头的褴褛人与手下。目前为止，小乔丹还没注意到教头失踪了，克莱认为他很快就会发现。等他发现后，凄惨的一天即将进行到下一幕。

褴褛人向前走了一步，摊开双手微微鞠躬，仿佛在说：任君差遣。接着他抬头看，一手举向学院坡与更远的大马路，仍然紧盯着熔化手提音响后方的门口四人。对克莱而言，他的意思很明显：马路归你们使用，还不快去。

“这样吧，”他说，“我们先厘清一件事。我相信，既然你们人多势众，尽管可以对我们赶尽杀绝，不过除非你回总部镇守，否则明天一定会有别人掌控全局。因为我以人格担保，我第一个收拾的人就是你。”

褴褛人双手摸着脸颊，睁大眼睛，好像在说：不会吧！背后的人仍如机器人般面无表情。克莱继续看了片刻，然后才轻轻关上门。

“对不起，”艾丽斯闷闷地说，“我刚才听惨叫声听得一时受不了。”

“没关系，”汤姆说，“又没少一块肉。不过，他们倒是帮你找到了小球鞋。”

她看着球鞋说：“他们捡到球鞋，所以才发现凶手是我们吗？他们像猎犬一样嗅出味道了吗？”

“不对。”乔丹说。他坐在雨伞架旁的高背椅上，看起来渺小、沧桑又疲乏。“他们只是用这种方式来说他们认得你。至少我是这么认为的。”

“对呀，”克莱说，“我敢打赌，他们来门口之前就知道是谁干的。一定是从我们的梦里发现的，就和我们从梦里认出他的长相一样。”

“我并没有……”艾丽斯只说到一半。

“因为你当时正要醒过来，”汤姆说，“我猜不用过多久，你也会梦见他。”他停顿一下，“前提是，他还有话要说。克莱，我搞不懂，下手的人是我们，他们不应该不知道是谁干的，这一点我敢保证。”

“对。”克莱说。

“他们若想宰掉我们，直接攻进来就好了，困难度不会超过平白杀害一堆无辜的民众。为什么不直接杀了我们报仇？我的意思是，我了解复仇的概念，不过他们不杀我们反而去滥杀无辜，我实在搞不懂为……”

这时乔丹滑下椅子，四下张望，脸上一下子换上忧虑的神态。他问：“教头在哪里？”

31

一直到了二楼的楼梯歇脚处，克莱才跟上乔丹。“等一下，乔丹。”他说。

“不行。”乔丹说。他的脸从来不曾如此苍白震惊，头发成了头上的一丛乱草，克莱心想只是太久没理发了吧，但是看起来那头乱发好像一根根全竖了起来。乔丹说：“楼下闹得那么大声，他应该会下来才对！如果他没事，应该会下来找我们。”他的嘴唇开始颤抖：“他昨天不是一直揉胸口吗？如果不只是胃酸逆流，又会是什么病？”

“乔丹……”

乔丹不想听。克莱敢打赌，现在的他已经把褴褛人与跟班抛到了九霄云外，至少暂时不会放在心上了。他挣脱克莱的手，直奔走廊，边跑边叫嚷："教头！教头！"走廊墙上挂了几幅远溯至十九世纪的人头画像，这时正低头皱眉瞪着他。

克莱回头向楼梯下看了一眼，艾丽斯帮不上忙，因为她正坐在楼梯底端，低头凝视着该死的小球鞋，模仿哈姆雷特正捧着犹理克（Yorick）的颅骨陷入沉思中。幸好汤姆开始踏着不情愿的步伐走上二楼。"情况会变得多糟？"他问克莱。

"这个嘛……乔丹认为，如果教头好端端的，应该会下楼来，而我倾向认为教头……"

乔丹开始尖叫，就像电钻发出的高音，像矛一样刺穿了克莱的头脑，吓得他愣在楼梯与走廊相接处至少三秒，或许长达七秒钟。先动作的人反而是汤姆。克莱的脑海中只有一个想法：平常人看见有人心脏病发作，不会叫成那样。老校长一定是发生了糟糕的事情，也许是服错了药。克莱在走廊上走到一半，听见汤姆惊呼："……噢我的天乔丹别看……"整句话几乎连成了一个单字。

"等我！"艾丽斯从克莱背后呼喊，但克莱没有等她。校长的小套房门开着，书房里有书本以及派不上用场的暖杯炉，书房另一边的门通往卧室，门也没关，光线从卧室照进了书房。汤姆站在书桌前，抱着乔丹的头贴在自己肚子上。校长坐在办公桌另一边，坐在旋转办公椅上，上身把椅背压向后，仿佛用仅存的一眼直盯着天花板，乱七八糟的白发从椅背向下垂。克莱觉得他看起来就像钢琴师在演奏会上弹完高难度曲子的最后一个和弦后，仰头望向天空。

克莱听见艾丽斯哽咽着哭喊出惊恐的声音，却几乎无法集中精神，只觉得自己成了行尸走肉。他走向书桌，看着吸墨纸上的一张纸。虽然纸上有血，但是他仍然能认得出上面写的字。校长的字体优美而且清楚。乔丹若能讲话，一定会称赞他至死仍秉持老学究的风范。

aliene　geisteskrank

insano

elnebajos　vansinnig　fou

atamagaokashii gek dolzinnig

hullu

gila

meschuge nebun

dement

克莱只懂英语，但是中学时选修过法语，所以现在还看得懂一些，他一看就知道纸上写了什么，也了解了这些文字的意义。褴褛人希望他们走，也知道亚尔戴校长年纪太大又罹患风湿，无法同行，所以逼校长坐在办公桌前，用十四种语言写下“精神失常”这个单字。校长写完后，褴褛人逼他用这支粗重的钢笔刺进自己的右眼，戳入眼球后方那颗聪明又年老的头脑里。

“是他们逼他自杀的，对不对?”艾丽斯喊破嗓子。“为什么是他而不是我们？为什么是他而不是我们？他们到底想干什么?”

克莱想到褴褛人朝学院街比划出的手势。学院街也是新罕布什尔州的一〇二号公路。手机疯子严格说来已不算疯子，或这可以说是用全新的方式装疯卖傻，而且他们只想逼这四人上路。上路之后接下来怎么办，克莱想不出来，或许想不出来更好，也许无知也是一种福气。

4　玫瑰开始凋谢了，这座花园完了

1

后走廊的尽头有个柜子，里面存放了六条上等亚麻桌布，其中一条成了亚尔戴校长的寿衣。裹住校长遗体后，艾丽斯自愿把桌布缝合起来，无奈技术不好，精神状态不稳，最后哭成了泪人儿。汤姆接手，把桌布拉紧，使两端重叠，然后开始缝合，只见他的手高低起伏着，几近专业水平，动作敏捷。克莱觉得就像拳击手用右手捶着隐形沙袋练拳。

“别乱说笑，”汤姆头也不抬，“我很感激你在楼上做的事。那种事我死也做不出来。不过现在我没办法接受笑话，连无伤大雅的《威尔与格蕾丝》[①] 那种笑话也不想听。我几乎快撑不下去了。”

“好。”克莱说。他现在最不想做的事就是开玩笑。至于他刚才在楼上做的事……总该有人帮校长把眼睛里的笔拔出来吧！四人绝对不肯让校长连笔一起下葬，克莱只好动手去拔。他握着钢笔扭转，视线转向书房的一角，尽量不去想自己在做什么，也不去思考笔为何卡得这么紧。他大致上有办法不去多想，但卡在眼眶里的笔最后脱骨而出时磨出一种声响，随即有个黏黏的小东西脱落掉在吸墨纸上。原来是已弯曲变形的笔尖。他认为笔尖脱落声将令他永生难忘，但最重要的是，他成功地把该死的笔拔了出来。

屋外将近一千个手机疯子站在足球场与奇塔姆居之间的草坪上。足球场仍然冒着烟。下午的大半时间，他们都在草坪上站着，到了五点左右才默默往盖顿闹区的方向集体移动。克莱与汤姆把裹着寿衣的

---

① 《威尔与格蕾丝》（*Will and Grace*），是美国备受观众艾美奖获奖情景喜剧。

教头抬下后面的楼梯，把遗体放在后门廊上。幸存的四人聚集在厨房，吃着他们所谓的早餐，看着外面建筑物的影子越拖越长。

乔丹的食欲好得惊人，脸色红润，说起话来也手舞足蹈。他回忆在盖顿学院的求学过程。他的老家在威斯康星州的麦迪逊市，自称是内向而交不到朋友的计算机狂。他称赞校长对他的心智开导有方。小乔丹叙述得有条不紊，神情开朗，令克莱越来越坐立难安。他先是瞄见了艾丽斯的眼神，继而看见了汤姆，这才发现他们也有同感。乔丹的精神状态失衡了，但大家苦无对策，总不能带他去看心理医生吧！

天色全暗之后不久，汤姆提议叫乔丹去休息，乔丹说要等教头下葬之后才肯睡觉。他说可以把教头埋在奇塔姆居后面的菜园里，还说教头生前把那一小片菜园称为“胜利菜园”，只不过教头从来没有向乔丹说明典故。

“就选菜园好了。”乔丹微笑说，他的脸颊火红，眼眶虽有淤青，眼珠子却晶亮有神，散发出的光彩可能源于受到感召、心情愉快或是疯狂，也可能三者皆有。“菜园的土地不仅松软，而且一直是他最喜欢的地方……我说的是外面那片。各位觉得如何？他们已经走了，而且晚上还不会出来，这个习性还没变，我们可以提着油灯去挖洞。如何？”

经过一番考虑后，汤姆说：“有没有铁锹？”

“当然有，放在园艺工具室里。还好，不必去温室拿。”乔丹居然笑了出来。

“就这么办吧，”艾丽斯说，“埋葬教头，一了百了。”

“然后你可要去休息哟。”克莱看着乔丹说。

“当然，当然！”乔丹不耐烦地大喊。他从椅子上站起来，开始在厨房里踱步。“快嘛，各位！”仿佛急着想玩捉迷藏游戏。

他们去奇塔姆居后面的菜园挖掘了墓穴，在豆藤与西红柿藤间下葬了教头。汤姆与克莱抬着裹了寿衣的遗体，然后把遗体放进大约三英尺深的墓穴。忙了半天，他们的身子暖乎乎的，一直到动作告一段落才注意到天气变冷，濒临霜冻的气温。头上的星星闪亮，但地表的浓雾正涌上学院坡。学院街已被翻腾而来的白雾淹没，只有最高大的古宅屋顶尖角探出浓雾之上。

“要是有人能吟唱一段好诗就好了。”乔丹说。他的脸颊比刚才更红，但眼珠已退回深陷的眼窟，尽管穿了两件毛衣，他照样冷得发抖，呼气时形成小小的雾团。“教头喜欢诗，他觉得诗最赞了。他这人是……”乔丹的嗓音整晚出奇地轻快，讲到此处终于哽咽了起来，“他是百分之百的老学究型人物。”

艾丽斯把他揽过来，乔丹挣扎几下后就随她抱了。

“这样吧，”汤姆说，“我们先好好盖住他，以免他着凉，然后我来背些诗给他听，好不好？”

“你真的背得出来？”

“真的。”汤姆说。

“你好聪明喔，汤姆，谢谢你。”乔丹用微笑表达感激之意，却笑得疲惫而恐怖。

填土比较容易，只不过他们不得不从菜园其他部分挖土过来填，最后才填平。动作完毕后，克莱又流汗了，也闻得到自己的体臭。好久没洗澡了。

艾丽斯一直抱住乔丹，不想让他帮忙，但他挣脱开来，赤手捧土进墓穴。克莱用铁锹的背面把土压实后，小乔丹累得眼神变得呆滞，站起来时像喝醉了酒。

尽管如此，他望向汤姆：“快呀，你自己答应的。”克莱几乎以为乔丹会接着说：好好给我念，先生，不然我送你一颗子弹吃。操的是浓厚的西班牙腔，就像山姆·佩金法西部片中的嗜血匪徒。

汤姆站在坟墓的一端，克莱心想那边应该是坟墓的顶端吧，但他过于疲惫，记不清楚了。他甚至无法确定教头的名字是查尔斯或罗伯特。雾气如爬藤一样绕上汤姆的脚踝，也在枯死的豆藤间缠绕。汤姆脱下棒球帽，艾丽斯也脱帽致意，克莱伸手却想到自己没戴帽子。

“对嘛！”乔丹高喊。他面带微笑，恍然大悟后露出一脸狂热，“脱帽致敬！向教头脱帽致敬！”他自己没戴帽子，但仍然比画出脱帽的动作，然后假装朝天空抛去。克莱再次为他的精神状态隐隐担忧。“好了，该念诗了！快念啊，汤姆！”

“好，”汤姆说，“不过你不能再大声了，庄重一点。”

乔丹把一只手指按在嘴唇上，表示他了解，克莱看出他眼神含有心碎之情，这才放心，显然乔丹还没有失去理智。失去了忘年之交没错，但他尚未丧失理智。

克莱等着看汤姆接下来怎么办。让克莱好奇的是，汤姆会不会朗诵一首弗洛斯特的诗，也许会来一段莎士比亚的。校长绝对会欣赏莎翁的作品，哪怕只是《麦克白》里的送别名句“你我三人何时重逢”也行。也许汤姆甚至会即兴编一首自制的诗。但他没料到汤姆会以低沉而四平八稳的语调朗诵这一段：

“耶和华啊，求你不要向我止住你的慈悲。愿你的慈爱和诚实，常常保佑我。因有无数的祸患围困我，我的罪孽追上了我，使我不能昂首，这罪孽比我的头发还多，我就心寒胆战。耶和华啊，求你开恩搭救我。耶和华啊，求你速速帮助我。”

艾丽斯握着小球鞋，站在坟尾低头啜泣，声声急促而低沉。

汤姆一只手放在新坟上空，伸出掌心，手指向内握，继续朗诵：“愿那些寻找我、要灭我命的，一同抱愧蒙羞。愿那些喜悦我受害的，退后受辱。愿那些对我说‘阿哈、阿哈’的，因羞愧而败亡。死者安息于此，归为尘土……”

“我好难过，教头！”乔丹用哑掉的尖嗓子呐喊，“我真的好难过，你不应该这样走，你死了我好难过……”他的眼睛翻白，瘫倒在新坟旁。浓雾对他伸出贪婪的手指。

克莱抱乔丹起来，摸摸他脖子上的脉搏，强劲而且规律。“只是晕倒而已。汤姆，你念的是什么？”

汤姆看起来手足无措，非常尴尬。“《圣经·诗篇》第四十篇被我拿来随便篡改一番。我们把他扶进去……”

“不行，”克莱说，“如果不是太长，朗诵完再说吧。”

“对，请继续朗诵，”艾丽斯说，“念完。意境好美，就像在刀割的伤口涂上药膏一样。”

汤姆转身再次面对坟墓，似乎振作起精神，也许只是扮演了适合自己的角色。“死者安眠此地，归为尘土，生者站立此地，穷苦无依；

主啊，为吾人着想；你是吾人的救星。喔！上帝，刻不容缓。阿门。”

“阿门。”克莱与艾丽斯同声说。

“把小朋友抬进去吧，”汤姆说，“这里冷得要命。”

“是在第一新英格兰救赎基督教会学到的吗？从先知之母那里学的？”克莱问。

“那还用说，”汤姆说，“背了许多《圣经·诗篇》，背了就有点心吃。我也学会了怎么站在街角乞讨，还学会去西尔斯百货的停车场，拿着一沓‘置身地狱百万年也不得杯水可喝’的传单，在二十分钟内发完。我们把小乔丹搬上床去吧。我打赌他至少能一觉睡到明天下午四点，醒来时心情会比现在好很多。”

“破脸颊的那个人赶我们走，要是他回来了，发现我们还是没走，那怎么办？”艾丽斯问。

克莱认为这话问得好，但他不认为答案需要经过深思。褴褛人不是对这四人宽限一天，就是不肯宽限。克莱把乔丹扶上楼，放到床上，然后发现自己已经累得管不了那么多了。

2

凌晨四点左右，艾丽斯睡眼蒙眬地向克莱与汤姆道晚安，蹒跚上楼就寝。两位男士坐在厨房里，喝着冰红茶，交谈不多。两人似乎已无话可说。在即将破晓之前，东北方向又传来嘹亮的呻吟声，从远方飘来后变得如鬼魅，破雾而来，嗡嗡呜呜的声响近似泰勒明电子琴在老式恐怖片里的音效。就在音量开始减弱时，盖顿闹区又以较大的音量响应，而褴褛人已经带领着数量更多的一群人往盖顿闹区而去。

汤姆与克莱走出前门，推开门前那堆被烧得变形的手提音响，然后走下门廊台阶。他们什么也看不见，四处尽是白茫茫一片。站了片刻后，他们重返屋内。

远方的鬼叫以及盖顿闹区的呼应都没能吵醒艾丽斯与乔丹，让克莱与汤姆庆幸不已。汤姆翻阅着马路地图集。地图集已被揉得扭曲，四角也翘了起来。汤姆说："声音可能从胡克希特或森库克传过来的。这两个城镇就在盖顿的东北方向，人口不算少——呃，对新罕布什尔州而言，人口算多的了。我在想，有多少个手机疯子被解决掉了？怎么解决的？"

克莱摇摇头。

"越多越好，"汤姆面带薄弱而意兴阑珊的微笑说，"希望至少有一千人，而且是被正常人用文火慢慢煮死的。我一直想起某家连锁餐厅发明出'烘烤鸡'这个词，拿来大打广告。我们明晚动身吗？"

"如果褴褛人让我们活过今天，我猜我们该出发了吧。你觉得呢？"

"我想不出其他办法了，"汤姆说，"不过克莱，告诉你，我感觉自己像待宰的牛，进了锡板隔成的走道，一路被赶进屠宰场里。我几乎闻得到其他牛兄牛弟的血味。"

克莱也有同感，但同样一个问题再度浮现：如果他们集体的意志是大屠杀，为何不干脆在这里杀个够？昨天下午就能动手，何必在门廊摆一堆被烧坏的手提音响和艾丽斯心爱的小球鞋？

汤姆打哈欠说："要去睡了。你还能撑一两个钟头吗？"

"大概行吧。"克莱说。事实上，他的睡意从未如此稀薄过。他的肉体疲惫不堪，但头脑却动个不停。有时候，他的脑筋会稍微静下来，但一回想起拔笔时笔在教头眼眶骨磨出的声音，以及金属刮过骨头的低磨声，他的脑筋又开始运转不停。"为什么要这么问？"他问汤姆。

"因为如果他们决定今天宰了我们，我宁愿用自己的方式了断，"汤姆说，"他们的方式我已经见识过了。你同意吗？"

克莱心想，如果校长真的是让褴褛人领军的集体意志逼得用钢笔戳眼，剩下的四人可能会发现自己根本无法自杀。要是说给汤姆听，汤姆绝对不肯上床睡觉，所以克莱只是点点头。

"我去拿楼上所有的枪。你带了那把点四五的大手枪，对吧？"

“对，贝丝·尼克森的专用手枪。”

“好，晚安了。如果看见他们过来，或是感应到他们过来，记得大喊一声。”汤姆停顿一下，“如果你来得及喊的话，如果他们肯让你喊的话。”

克莱看着汤姆离开厨房，心想汤姆总是走在他前头，心想他多么欣赏汤姆，多想再进一步认识他，却也想到进一步认识的机会并不大。而约翰尼与莎伦呢？他从来没有觉得他们如此遥远过。

3

同一天上午八点，克莱坐在胜利菜园一端的长椅上对自己说，假如没有累成这样，他会咬牙站起来，去帮老家伙立个像样的墓碑。即使立了墓碑，大概也不会太持久，但撇开校长其他的优点不说，至少就照顾最后一个学生的这点而言，他值得嘉奖。问题是，他不知自己能不能站起来，拖着脚步进屋去叫醒汤姆来换班。

不久后，他们即将迎接清冷而唯美的秋日，而这种天气最适合摘苹果制作苹果酒，适合在后院玩简单版的美式足球。现在浓雾未散，强烈的晨光却能穿透，把克莱坐的小世界照得一片白，亮得他睁不开眼睛。空气里悬浮着细微的小水珠，宛若数百个超小型彩虹转盘在疲惫的眼睛前打转。

耀眼的白光出现了红红的东西，乍看之下，褴褛人的连帽红衣似乎离开身体载浮载沉，往克莱所在的菜园方向飘来，靠近之后褴褛人深褐色的脸孔与双手才从衣领与袖口出现。这天早上，他把连衣帽拉上，只显出一张被毁容的笑脸以及似死犹生的双眼。

饱满如学者的额头上，有一道刀伤。

污秽又宽垮的牛仔裤，口袋被扯破了，已连续穿了一星期。

单薄的胸前注明了哈佛。

贝丝·尼克森的点四五插在克莱的腰带枪套里，他连碰也没碰。

褴褛人来到离他面前十步左右的位置停下。他……它……站在教头的坟墓上，克莱认为这并非无心之举。

“你想干什么？”他问褴褛人后立刻回答自己，“想。告诉你。”

他坐着直盯着褴褛人，惊讶得说不出话来。他本以为褴褛人只会心电感应。褴褛人这时咧开嘴笑，由于下唇裂伤严重，所以笑得勉强，他也同时伸出双手，仿佛在说：哎哟，别大惊小怪嘛。

“想说什么尽快说吧。”克莱告诉他，然后尽量做好心理准备，等着自己的口舌再度被劫走。他发现这种事没办法做心理准备。他觉得自己被变成木偶，坐在腹语师的膝盖上傻笑。

“走。今晚。”克莱说完，突然清醒过来，“闭嘴，别再要我了！”

褴褛人摆出十足的耐心等着。

“多下一点工夫，我大概能摆脱你的控制，”克莱说，“不太确定，不过我想应该办得到。”

褴褛人等着，表情透露着：闹够了没有？

“来吧，”克莱说，接着又说，“我可以带。更多人来。我今天。自己来。”

克莱考虑到褴褛人的意志能与一整群疯子结合起来，因此知难而退。

“走。今晚。向北。”克莱等到确定褴褛人暂时不会再借用唇舌，这时才问，“去哪里？为什么？”

这一次他的嘴巴不再动起来，但霎时一幅景象却浮现在眼前，清晰无比，他不知是自己在想象，还是褴褛人把明亮的浓雾当成屏幕，在上面投射出学院街路面上出现的粉红色粉笔字：

KASHWAK=NO—FO

“我不懂。”克莱说。

但褴褛人已经开始离去。克莱看见他的红衣又像离身悬浮起来，遁入明亮的浓雾中，随后连红衣也消失，留下克莱坐在原地。他略感欣慰的是，反正他本来就想往北走，而且争取到了一天的宽限期，表示没有必要站岗了。他决定不叫人换班，直接上床睡，让其他人睡个够。

4

乔丹醒来后神志清楚，但昨天神经质似的伶牙俐齿已不复见。他小口咬着硬如石头的半个百吉圈，迟钝地听着克莱叙述今早与褴褛人见面的经过。克莱讲完后，乔丹把地图集拿过去，先参考最后的目录，然后翻至缅因州西部的那页。“有了，”他指向弗赖堡上方的小镇，“东边是卡什瓦克，西边是小卡什瓦克，几乎就在缅因州和新罕布什尔州交界线上。我就觉得对这名字有印象，因为我记得那个湖。”他点一点地图，“几乎跟缅因州的锡贝戈湖一样大。”

艾丽斯靠近去阅读湖名。“卡什……卡什瓦卡。马克，没念错吧？”

“地图注明属于未定区，代号是 TR-90。”乔丹说。他也点着地图上的这地方。“明白这地方之后，想搞懂“KASHWAK=NO—FO”就容易多了，对不对？”

“那地方是手机的讯号死角，对吧？”汤姆说，“没有移动电话的基地台，也没有微波塔。”

乔丹对他微笑，但显然有气无力。“对，我猜住在那边的人很多会装小耳朵，至于手机嘛……你答对了。”

“我还是不懂，”艾丽斯说，“若那地方是通讯死角的话，表示那里的居民多少应该没事，褴褛人何必把我们保送到那边去？”

“不如先问，昨天何必放我们一条生路。”汤姆说。

“也许他们是想把我们当成导弹，把我们送过去炸烂那地方。”乔丹说，“干掉我们，也干掉当地居民，一石二鸟。”

四人默默考虑着这一点。

“去了才知道嘛，我们去吧，”艾丽斯说，“不过，我可不想炸死任何人。”

乔丹用郁闷的眼神斜看向她。“教头的下场你不是没看到。假如他们够狠，到时候你还有选择的余地吗？”

5

盖顿学院对面大部分的民房门外仍然摆着鞋子，但这些豪宅的门不是打开，就是被人从铰链下扯下来了。他们往北出发时，看见民宅的草坪上散落着几具尸体，其中几具是手机疯子，但多数是倒霉的无辜百姓。这些正常人脚上没穿鞋子，但其实根本不必看脚，因为许多人早已被五马分尸，四肢不全了。

经过学校后，学院街再次转为一〇二号公路，遭残杀的尸体在路旁绵延了半英里。艾丽斯坚决闭着眼走路，把自己当盲人，只让汤姆牵着走。克莱也劝乔丹闭着眼让他牵，但乔丹只是摇摇头，迟钝地走在中央分向线上，瘦小的身体背着背包，顶着一头待剪的乱发。随便瞄了几眼血腥的场面后，他便一直低头看着球鞋走。

“死了好几百人啊。”汤姆说。当时是八点，天色已经全暗，但他仍能看清不愿目睹的太多景象。有个女童蜷缩着死在学院街与斯波福德街交叉口的停车号志下，上身是白色水手装，下面穿着红色长裤，年纪不超过九岁，没穿鞋子。二十码之外有栋民房的门开着，她大概就是从这里被拖出来的，一路尖声讨饶。汤姆又说：“好几百人。”

“也许没那么多，”克莱说，“我们这一类的人有些带了刀枪，射杀了不少那些杂碎，也砍死了几个。我甚至看见有人被箭……”

“是被我们害死的，”汤姆说，“你认为，我们这种人还剩几个？”

这问题在四小时之后获得解答，当时他们在路边的野餐区吃冷掉的午餐，这条路是一五六号公路，指路标显示，此地是风景休息区，向西可欣赏福林特山的史迹。克莱心想，可惜在此享用午餐的时间是午夜，餐桌两端得各摆一盏油灯才能看清楚环境，要是用餐的时间是中午，四周的景观一定赏心悦目。

正餐吃完了，开始吃点心——馊掉的奥利奥巧克力夹心饼——这时有一群人辛苦地走来，共有六七个，全是老人，其中三个推着满是生活物资的购物推车，每个人身上都带了枪械。四人从学院出发至今，这是首度看见活着的正常人。

“嘿！”汤姆对他们挥手呼喊。“这边还有空桌，过来休息一下吧！”

他们望过来。两女当中较年长的一位像祖母，白发蓬松，在星光下闪耀。她挥了一下手，却又放下。

“是他们啊！”男人之一说，口气带有憎恨或恐惧，克莱一听便知，“那群是盖顿帮的人。”

另一名男子说：“下地狱去吧，老弟。”他们继续走，甚至稍微加快脚步，只不过像祖母的那个人跛着脚，必须由旁边的男人扶她走过一辆日产斯巴鲁和一辆通用的土星牌轿车相撞的现场。

艾丽斯跳了起来，差点打翻了一盏油灯。克莱抓住她的手臂。“省省吧，小妹妹。”

她不理会。“至少我们做了一点事！”她对着他们背后大骂，“你们呢？你们连个屁都没放！”

“我倒是可以讲讲我们没做的事。”其中一名男子说。这一小群人已通过风景休息区了，因此他必须回头才能回话。这附近两百码没有空车，所以他回头就能呛声。“我们没有害一大群正常人族被杀。你大概没注意到吧，他们人数比我们多……”

“狗屁，你又怎么知道！”乔丹大骂。克莱这才发现，走出盖顿镇界到现在，这是乔丹头一次开口。

“是真是假都不重要，”男人说，“不过，他们真的能搞奇奇怪怪的东西，威力强得很，信不信由你。他们说如果我们别惹他们，也别去管你们，他们就不会对我们不利……我们答应了。”

“白痴才会相信他们讲的鬼话。”艾丽斯说。

男子把头转向前，高举一只手挥了一挥，比出“去你的”加“再见”的手势，没再多说。

四人看着他们推着购物车淡视线，然后坐着相互大眼瞪小眼。野餐桌上到处刻着游人的姓名缩写。

“现在总算知道了，”汤姆说，“我们被放逐了。”

“如果手机人要我们跟其他人去同一个地方，我们就不算被放逐。”克莱说，“刚才那几个怎么称呼其他人？正常人族？”克莱接着又说：“说不定我们是另一种人。”

“哪一种？”艾丽斯问。

克莱知道，但他不想诉诸言语，因为那些话不适合在三更半夜说出来。“现在我只对肯特塘有兴趣，”他说，“我想要——我需要试试看能不能找到老婆和儿子。”

“他们待在原地的几率不会太高吧？”汤姆以惯用的亲切低音问，“我是说，不管他们的情况是好是坏，是正常人还是手机人，八成都已经离开了吧？”

“如果他们没事，一定会留言给我，”克莱说，“不管怎么说，肯特塘总是我心中的一个目标。”

除非四人抵达肯特塘，达成克莱的心愿，否则克莱不想知道为何褴褛人叫他们去一个令人痛恨又恐惧的地方。

既然手机人知道卡什瓦克是手机死角，那里又能安全到什么程度？克莱也不想知道。

6

四人缓缓往东前进，目标是十九号公路，因为走这条公路可以通过州界进入缅因州，可惜这一晚他们没走到十九号公路。新罕布什尔州这一地带条条道路通罗切斯特，而这个小城市已经被烧成废墟，余火仍旺盛，散发出近乎辐射光的射线。艾丽斯带领大家往西绕了半圈，以避开最炽热的部分。他们几度在人行道上看见有人写了KASHWAK=NO—FO，有一次还被人用油漆喷在美国邮局的邮箱上。

“会被罚几千亿美金，还会被押去古巴的关塔那摩基地的监狱服无期徒刑哟。”汤姆说，面带病恹恹的微笑。

绕道走的结果，他们必须穿越罗切斯特购物中心的大停车场。早在抵达停车场之前，他们就听到某个新世纪爵士三人组的靡靡之音从扩音器传来。克莱把这种歌曲归类为商家为刺激购物欲而播放的音乐。停车场堆满了腐败的垃圾，淹没了仍停在这里的车子的车轮盖。他们嗅得到随微风传送的尸臭味。

“有一群栖息在这附近。”汤姆有感而发。

就在购物中心旁的墓园里。四人原本会绕过墓园的南边与西边，但离开停车场后，四人来到墓园附近，透过树木的枝叶看见手提音响的红眼珠。

“我们应该去收拾他们。”艾丽斯忽然提议。这时一行人已重回北缅因街。“这附近一定停了一辆丙烷车吧。”

“对呀，太帅了！”乔丹说，他握起双拳举到太阳穴位置，像拳击手那样挥舞着，眉飞色舞的神情是四人离开奇塔姆居至今首次见到，“帮教头报仇！”

“我反对。”汤姆说。

“怕惹怒了他们吗？”克莱问。艾丽斯的提议虽疯狂，但他却发现自己居然站在艾丽斯那边。再去烧死另一群手机人确实不明智，但话说回来……

他心想：*就冲着这首《潸然欲泪》来蛮干一场吧。翻唱这首歌的艺人无数，就属这版本最难听。就算扭断我的手臂我也听不下去了。*

“我反对。”汤姆说。他似乎正在思考。“看见那边那条马路没有？”他指向购物中心与墓园之间的道路，上面挤满了被弃置的车辆，几乎每一辆的车头都指向与购物中心相反的方向，意味着脉冲事件爆发后，大家都急着赶回家，这些人想知道发生了什么事，想知道家人是否平安，毫不考虑就拿起车内的电话或手机。

“那条马路怎么了？”他问。

“我们往那么走两步，”汤姆说，“要非常谨慎。”

“你看见了什么，汤姆？”

“不说比较好，也许是我多心了。别走人行道，在树荫下走。而且刚才那条路塞得不像话。会有不少尸体。”

在敦布利街与西区墓园之间躺了数十具尸体，已腐烂到了极点。《潸然欲泪》结束了，取而代之的是《我把心留在旧金山》，这个版本唱得如止咳糖浆般甜腻。此时四人已经来到树林的边缘，隐约可见手提音响电源灯的点点红光。随后克莱看见了别的东西，停下脚步。“天啊。”他低声说。汤姆点头。

“什么东西？”乔丹低声说，“到底是什么东西？”

艾丽斯沉默不语，但克莱可从她面对的方向判断她的反应，而且她的肩膀下垂，看起来好像吃了败仗，表示的确看见了他看见的东西。墓园四周有几个男人手持步枪，正在看守墓园。克莱抱着乔丹的头转至正确的方向，小乔丹的肩膀也开始下垂。

“我们走吧！”乔丹低声说，“这臭味闻了人人想吐。”

7

罗切斯特以北大约四英里处是梅尔罗斯角，仍然可以看见南方地平线上的红光若隐若现，这里还有野餐区，不仅设有餐桌，而且还有用岩石砌成的小炭火堆。克莱、汤姆与乔丹去捡拾干柴，艾丽斯自称参加过女童子军，生了一小盆旺盛的火，然后加热了三罐她所谓的“游民豆”，证明了野外求生的身手果然不凡。四人吃着豆罐头时，有两小群正常人经过。他们抬头看这四人，却没有人挥手或讲话。

肚子里的饿狼不再乱叫后，克莱说：“汤姆，看见刚才那些人了吗？刚才从购物中心停车场看见的那些人？我在想，你应该改名叫鹰眼。”

汤姆摇摇头。“纯粹是凑巧看见。远远看见罗切斯特的余烬也是碰巧。”

克莱点头。四人都看见了。

“在停车场的时候，我正好望向墓园那边，角度不偏不倚，时间点也凑巧，所以才看见两支步枪的枪管反射出油光。我在心里嘀咕，怎么可能，八成是铁做的围篱吧，或者是别的东西，可是……”汤姆叹了一口气，看着吃剩的豆子，然后摆到一边，“你们也看见了。”

“那几个有可能是手机疯子。”乔丹说，但这话连他自己也不愿苟同。克莱听得出来。

“手机疯子才不会上夜班。”艾丽斯说。

“说不定他们需要的睡眠时间缩短了。”乔丹说，“说不定被新程序设定成这样。”

克莱每次听乔丹把手机人形容成有机计算机，仿佛正在日复一日进行上载的动作，克莱总是感到脊背发凉。

“而且，乔丹，手机人也不拿枪，”汤姆说，“他们用不着。”

“看样子他们找到了几个叛徒来站岗，好让他们多睡美容觉。”艾丽斯说。她的语调带有脆弱的轻蔑，浅层的底下是泪水。“希望那些叛徒全下十八层地狱。”

克莱默不作声，但是他不知不觉想起今晚稍早遇见的那批老人。推着购物车的那几个老人把他们四人称为“盖顿帮”时，语气带有恐惧与憎恨。克莱心想：*不如骂我们是第林格*[①]*的同路人*。随后他又想到：*我已经不把他们当作“手机疯子”了，现在改称呼他们是“手机人”*。*怎么会这样？*随之而起的念头更让他难安：*叛徒什么时候才不算叛徒？*他认为，等叛徒成为明显多数时，叛徒就不算叛徒了。到了那时候，不是叛徒的人反而成了……

充满浪漫情怀的人称之为“地下工作者”，不然就称呼他们为“逃犯”。

或者直接说他们是“歹徒”。

他们赶路到了名为海耶斯站的村庄，找了一间倾颓的汽车旅馆“低语松”，从这里一个路标，上头写着**十九号公路，离桑福德区伯威克市肯特塘七英里**。在各自进房睡觉前，他们没有把鞋子放在门外。

看情况，摆鞋子是多此一举了。

---

① 约翰·第林格是美国历史上臭名昭著的抢劫团伙头目。

8

克莱又来到那座可恶的室外球场中间，再度站在平台上，不知道为何动弹不得，成为众人瞩目的焦点。远处地平线上有个类似骨架的东西，顶端有个闪烁的红灯。这座球场比马萨诸塞州的福克斯博罗体育场还大。另外三人排队与他站在一起，但这次除了四人之外还有其他人。类似的平台纵向排开。汤姆的左边站了一位孕妇，穿着无袖的哈雷-戴维森T恤。克莱的右边是一位年长的绅士，还不到教头的年龄，但也不年轻了。这个老人把灰白的头发往后扎成马尾，长长的马脸看起来很聪明，但却因为害怕而皱起了眉头。站在老人另一边的是一个较年轻的男人，戴着破旧的迈阿密海豚队小帽。

现场观众有数千人，克莱从中看出了几个他认识的人，但并不讶异。平常做梦时，不也常出现这种现象吗？本来跟一年级的老师共挤电话亭，向世界纪录挑战，刹那间又来到帝国大厦的观景楼台上与“命运之子”三人组的所有成员亲热。

命运之子并未现身克莱梦中，但他看见了手持汽车天线往天空直刺的年轻裸男，只不过裸男穿上了黄斜纹长裤与干净的白T恤。克莱也看见尊称艾丽斯为小女士、背着大背包的老人，还见到了像祖母的跛脚女人。克莱与同伙人站在差不多是五十码线处的地方，老妇人指着克莱，然后对她身边的女人说话……而她身边这女人是怀了斯科托尼先生孙子的儿媳妇。克莱发现这一点后并不惊讶。跛脚祖母说，那几个就是盖顿帮的人。斯科托尼先生的儿媳妇翘起整片上唇冷笑。

救救我啊！站在汤姆旁边的女人说，而她呼救的对象是斯科托尼先生的儿媳妇。我跟你一样想生孩子！救救我！

你早该觉悟了，现在才后悔太迟了。斯科托尼先生的儿媳妇响应。克莱这才发现，一如先前的梦境，没有人真正开口讲话。

褴褛人开始向罚站的队伍走来，每走到一人面前便向其头上伸一下手，与汤姆向教头的坟墓伸出一只手致敬的动作一样：摊开掌心，手指再向内握。克莱看得见褴褛人的手腕上戴着类似识别手环的东西，闪闪发着光，也许是类似急症警示器的东西。看到这里，克莱发现这座球场有电，球场的强光灯组正大放光明。他也发现了另一件事。他们被罚站在平台上，褴褛人却能伸手到他们头上，原因是褴褛人的双脚并没有碰地，而是悬浮在离地四英尺高的位置。

“此男——精神异常，”他用拉丁文说，“此女——精神异常。”褴褛人每讲一次，群众便齐声用英文呐喊：“**别碰！**”而所谓的群众包括手机人与正常人，因为两者已无差异。在克莱的梦里，这两种人是相同的。

9

接近傍晚时，克莱醒来，蜷曲成团，抱着被睡塌的汽车旅馆枕头。他走到屋外，看见艾丽斯与乔丹坐在停车场与客房之间的走道边。艾丽斯用一只手搂着乔丹，乔丹把头靠在她肩膀上，一只手搂着她的腰。乔丹后脑勺的头发竖了起来。克莱走过去，坐在他们身边。在他们附近，通往十九号公路与缅因州的公路一片荒凉，只见一辆被撞毁的机车以及一辆联邦快递的邮车停在白线上，后门开着。

克莱坐在他们身边说：“你们……”

“此童，精神异常。”① 乔丹头也不抬地说，“此童就是在下。”

“在下是此女。”艾丽斯说，“克莱，卡什瓦克是不是有座超大的美式足球场？如果有的话，我才不想过去呢。”

背后有道门打开了，有人走了过来。“我也不想去，”汤姆说着坐下，“我先声明，我在精神方面的毛病很多，不过却从来没有求死的愿望。”

---

① 原文为拉丁文。

“我不是十分确定，不过那边顶多有个小学吧，”克莱说，“想念中学的小孩可能都搭公交车去塔什莫尔就读。”

“那是一座虚拟体育场。”乔丹说。

“什么？”汤姆说，“你的意思是，像电玩里的体育场？”

“我是说，那座球场就在计算机里面。”乔丹抬头，视线仍然固定在前方的荒凉公路上。这条公路可通往桑福德、伯威克以及肯特塘。“别管是不是虚拟的体育场了，我觉得不重要。如果手机人跟正常人都不肯碰我们，又有谁肯？”克莱从未在儿童的眼睛里看到过如此像成人的痛苦，“有谁肯碰我们呢？”

没有人回答。

“褴褛人肯碰我们吗？”乔丹问，他的语调稍微提高，“褴褛人肯碰我们吗？也许吧。因为他正在看，我感觉他正在监视我们。”

“乔丹，你越扯越远啰。”克莱说，但他认为乔丹的推理虽怪，却不无逻辑脉络可循。如果有人对这四人传输梦境，让他们梦到被罚站在平台上，也许褴褛人的确在监视。毕竟，不知道地址的人不会随便寄信。

“我不想去卡什瓦克，”艾丽斯说，“不管那里是不是手机死角，我都不去了，我宁愿去……去西部的爱达荷州。”

“去卡什瓦克或爱达荷或是其他地方之前，我想先回肯特塘，”克莱说，“连赶两晚的路就能走到。我希望你们三位能一起来，不过，如果你们不想去，或不能去，我也能谅解。”

“克莱不见黄河不死心，我们就成全他吧，”汤姆说，“到了肯特塘之后，我们再思考下一步怎么走。除非有谁能提出更好的意见？”

没有人提得出来。

10

十九号公路有些路段的路面开阔，有时长达四分之一英里的南北双向路线都没有行车，因此成了“暴冲族”练身手的好地方。暴冲族一词是乔丹发明的，用来描述此地呼啸而过、不顾死活的飙车族。这些人通常在马路中间飙车，而且一定开着远光灯。

克莱一行人一看见车灯接近，就会连忙离开路面，如果前方有车祸现场或有车抛锚，他们不是站到路肩边缘就是索性跳进杂草里。乔丹把这些障碍物称为“路礁”。暴冲族飙车时会咻的一声飞过，车上的人经常会呼呼乱叫（几乎一定是喝多了酒）。如果路上只有一辆抛锚车，也就是只有一个小路礁，驾驶十之八九会选择绕过。如果马路被塞得无法通行，驾驶可能会设法绕道，不过较有可能的做法是弃车徒步往东走，走到相中了可飙的车再上车继续飙。他们只喜欢一时看得顺眼的跑车。克莱心想，这些人飙车的路线必定混乱曲折……而这些人大部分也都是些混账东西，只是混乱世界中的乱象之一。如此形容甘纳似乎也贴切。

甘纳是克莱踏上十九号公路第一晚见到的第四个暴冲族。他驾车呼啸而过时，用车头灯扫过站在路边的这四人，看上了艾丽斯。他探出车窗，黑发被风吹得挡住了脸，叫嚷着：“让我爽一把，你这个小婊子！”他驾驶的是黑色凯迪拉克凯雷德休旅车。车上的人欢呼挥手，其中一人大喊“好呀！”听在克莱的耳朵里，这话像是用南波士顿口音表达的高潮极乐。

“风度翩翩嘛。”艾丽斯只以这句回应。

“有些人啊，完全没有——”汤姆还来不及说飙车族没有什么东西，就听见阴暗的前方不远处传来紧急刹车声，紧接着是空荡的巨响以及玻璃哗啦破碎的声音。

“死定了。”克莱说着拔腿向前跑。他才跑了不到二十码，就被艾丽斯超前。“慢慢来，他们可能对你不利！”他呐喊道。

艾丽斯举起自动手枪给克莱看，然后继续奔跑，很快将他远远抛在后面。

汤姆追上克莱时已上气不接下气。乔丹跟在汤姆身旁跑过来，喘得前仰后合。

“如果……他们受重伤，我们……该……怎么办？”汤姆问，

“叫……救护车吗?”

“我不知道。”克莱说，但他想起艾丽斯举枪的情景。他知道该怎么办了。

11

到了公路下一个弯道时，三人总算赶上了艾丽斯。她站在凯雷德的后面。凯雷德已经侧翻倒地，安全气囊也适时启动。出事的经过不难判断。刚转弯过来的地方弃置了一辆与油罐车一样大的牛奶车，凯雷德转弯时的时速高达六十英里，刹车不及便一头撞了上去。暴冲族无论是不是混账，都已经尽了全力，凯雷德才不至于全毁。他昏昏沉沉地绕着被撞坏的凯雷德走，同时拨开脸上的头发，额头有道割伤，鼻子也流着血。克莱走向凯雷德，球鞋踩在破成碎粒的安全玻璃上。他向内看，除了司机之外，车上的乘客只剩一人。他拿着手电筒四处照，看见方向盘上有血迹。车祸之后，其他乘客四肢健全还能逃离肇事现场，也许是靠反射作用吧！留在车上的这人一头长长的脏红发，身形弱小似虾，年纪约在十八九岁，脸上有严重的痘疤，鲍牙，讲起话来叽叽喳喳，让克莱联想到华纳卡通里那条崇拜史派克的小黄狗。

“你还好吧，刚纳?”这位乘客问。克莱心想，用南波士顿腔来念，“甘纳”就成了“刚纳”。“哇，你的血流成这样。妈的，我还以为我们翘辫子了。”接着他对克莱骂道:“看什么看?”

“少啰嗦。”克莱说。在这种状况中，他的态度不算不客气。

红发少年指着克莱，然后转头对鲜血直流的朋友说:“他就是那帮人其中一个，刚纳!他们就是那一帮人!”

“闭嘴，哈洛德。”甘纳说得一点也不客气。接着他望向克莱、汤姆、艾丽斯与乔丹。

“让我帮你看看额头的伤口。”艾丽斯说。她已经把手枪放回枪套，拿下了背包，正在翻找背包里的东西。“我这里有 OK 绷和消毒纱布垫，也有双氧水。擦了双氧水会有刺痛感，不过总比被细菌感染好吧？”

“他刚才把你骂得那么难听，你还对他这么好。跟我最虔诚的时候比起来，你更有基督徒的风范。”汤姆说。他已将挂在肩上的速战爵士放下来，拿着肩带，看着甘纳与哈洛德。

甘纳年约二十五岁，留了一头摇滚乐团主唱的黑色长发，这时头发上沾满了鲜血。他望向牛奶车，然后看着休旅车，最后再看着艾丽斯。艾丽斯一手拿着纱布垫，另一手拿着一瓶双氧水。

“小汤、阿福和那个爱挖鼻孔的落跑了。”红发虾说完，挺起那张小小的胸膛继续说，“只有我够讲义气，刚纳！靠，老哥，你血流得太惨了。”

艾丽斯把双氧水倒在纱布垫上，然后朝甘纳走近一步，甘纳立刻向后退一步。“别靠近我，你有毒。”

“就是他们！”红发少年高呼，“梦里就是这几个！错不了啦！”

“别靠近我，”甘纳说，“你这婊子。你们全别靠近。”

克莱突生一股想枪毙他的冲动，但克莱并不讶异。甘纳的外表与行为就像一条被逼进角落的恶犬，露出尖牙准备咬人。毫无余地时，不就是以这种方式解决恶犬吗？不正是一枪毙命吗？不同的是，现在并非没有余地。何况，如果艾丽斯被骂成幼齿淫娃还能扮演善心人士以对，他或许应该压制想处决甘纳的冲动。但在放走两个痞子前，他想问清楚一件事。

“你说的梦，”他说，“里面有个……我也不知道……有个类似心灵向导的人吗？是不是穿了红色连帽衫？”

甘纳耸耸肩，从上衣撕下一块布拭去脸上的血。他稍微恢复了神智，似乎较能掌握状况了。“是的，上面写着‘哈佛’。对吧，哈洛德？”

瘦小的红发男点头。“对，哈佛，有个黑人。只不过那才不是梦。如果你们不晓得，跟你们讲也没屁用。那些梦是广播啊！趁我们睡觉的时候对我们广播。你们没收到，是因为你们有毒。对不对，刚纳？”

“你们四个倒大霉了。”甘纳用低沉有力的语调说，然后抹抹额头说，“别碰我。”

“我们要往北走，”哈洛德说，“对不对，刚纳？北上去缅因找地方住。没被脉冲到的人全想去那边，不会有人对我们乱来。我们可以打打猎、钓钓鱼，自力更生。这是‘哈佛’说的。”

“他讲你就信？”艾丽斯说，她的语气听起来很惊奇。

甘纳竖起一指微微摇动，说：“闭上你的狗嘴。”

“你最好少啰嗦，”乔丹说，“我们有枪。”

“想枪毙我们，门都没有！”哈洛德尖声说，“把我们枪毙了，你觉得哈佛会对你们怎样，你这个臭矮冬瓜？”

“不会怎么样。”克莱说。

“你别……”甘纳才讲了两个字，克莱就向前跨出一步，用贝丝·尼克森的手枪挥向他的下颌。枪管末端的准心在甘纳的下颌划出了一道新伤口，但克莱希望这个教训比他方才拒绝的双氧水更具疗效。克莱预料错了。

甘纳向后退向牛奶车的侧面，用震惊的眼神注视克莱。哈洛德冲动之下向前走，但汤姆拿着速战爵士瞄准，也向他摇了一下头，要他别轻举妄动。哈洛德退缩回原地，开始咬着肮脏的指甲，湿润的眼睛睁得又圆又大。

“我们马上就走，”克莱说，“不过劝你们至少再待个一小时，因为被我们看到的话就惨了。放你们一条生路，算是送你们的礼物。再被我们看见的话，别怪我们把礼物讨回来。”

他退向汤姆与另外两名同伴，两只眼睛仍然直盯着满脸是血的甘纳。甘纳面带盛怒中带有不敢置信的神色，看起来好像古时候的驯狮人弗兰克·巴克，想单凭意志力来驯兽。“还有一件事。手机人叫所有的‘正常人’去卡什瓦克，真正原因我不清楚，不过我倒知道牛仔赶牛集中时通常会做什么事。下一次你半夜下载播客节目时不妨思考一下。”

“去你的。”甘纳说完不再与克莱互瞪，把视线转向自己的鞋子。

“走吧，克莱，”汤姆说，“我们该走了。”

“别再让我们看见，甘纳。”克莱说。但事与愿违。

12

甘纳与哈洛德一定是设法超前了，也许是趁白天四人休息时，多走了五到十英里。他们这天睡在“州界汽车旅馆”，距离缅因州只剩约两百码。两个飙车痞子一定是先去鲑鱼瀑布的休息区，把偷开来的另一部车停在六七辆空车中间。详情并不重要，重要的是，这两人超前后伺机而动，只等克莱一行路过。

克莱几乎没注意到逐渐靠近的引擎声，也没听见乔丹说的“又来了一个暴冲族”。这里算是他的家乡，所经之处可见熟悉的标志，例如：州界汽车旅馆以东两英里的富利诺龙虾餐厅，对面是老薛冰品店。在特恩布尔镇的迷你广场竖立的是约书亚·张伯伦将军塑像。他越走越觉得置身栩栩如生的梦境。一直到看见老薛店面上耸立的塑料大甜筒，他才发现自己原以为归乡的希望渺茫。甜筒里的冰激凌尖端朝星空卷曲，整个招牌看起来平凡，却像极了疯子做噩梦时梦见的怪东西。

“这路上杂物太多，不适合飙车。”艾丽斯说。

他们靠边走，这时后面的山坡亮起了车头灯。公路白线上躺了一部倒栽葱的小卡车。克莱心想，后方的来车八成会撞上这辆，但山坡上的暴冲族驶下坡顶不久，车头灯立刻左转，轻易绕过小卡车，在路肩行驶了几秒，然后再兜回路面。克莱事后臆测，甘纳与哈洛德一定事先探勘过这段路，精心记下了各个路礁的方位。

四人站在路边看，最靠近来车的人是克莱，艾丽斯站在他的左边。艾丽斯的左边是汤姆与乔丹。汤姆的一只手随意搭在乔丹的肩膀上。

“哇，他真的想硬闯。”乔丹的语调不含一丝警觉，只是随口说说。克莱也没有提防警觉，对即将发生的事毫无预感，已经完全忘记了甘纳与哈洛德。

在四人站立的地方以西约五十英尺处有辆跑车，也许是英国的MG车，车身的一半停在路面。哈洛德驾驶着暴冲车，转弯避免撞上这部跑车，只是小转几度，也许因此会让甘纳失去准头。也许不然。也许克莱本来就不是甘纳下手的目标，也许他一心想对付的人正是艾丽斯。

今晚哈洛德开的是外观平凡的雪佛兰轿车，甘纳跪在后座上，上半身探出车窗，双手握着一块凹凸不平的煤渣砖，含糊地喊了一声："呀哈哈哈！"以前克莱以自由投稿人的身份画过漫画书，书里就画过类似的叫声。甘纳喊声刚落，就抛出了手中的砖块，煤渣砖以致命的姿态穿越黑夜飞了一小段路，正中艾丽斯的头颅侧面。克莱永远也忘不了那种声音。她原本握的手电筒应声跌出松开的手，在硬砂石路面照出圆锥形的光线，照亮了碎石与一片尾灯的碎玻璃，碎玻璃反射出红宝石般的光。也许她拿着手电筒，所以才成为绝佳的攻击标靶，只不过当时四人手里都各握了一支。

克莱在她身边跪下，呼喊着她的名字，这时机关枪骤然狂射，他听不见自己的呼喊声。一直无缘试射的速战爵士总算登场了，枪嘴的闪光在暗夜里阵阵发亮，照出了艾丽斯血流如注的左脸。噢，天啊，那还算是脸吗？

随后枪火停息，汤姆叫嚷着："枪管一直往上翘，压也压不下来，可能会对天射完整个弹匣。"乔丹则尖叫道："她有没有受伤？打中她了吗？"克莱不禁回想昨晚她好心拿双氧水想帮甘纳消毒、包扎额头的伤口。当时她说：擦了双氧水会有刺痛感，不过总比被细菌感染好吧？要赶快替她止血才行，要分秒必争。他剥开身上的夹克，然后脱掉里面的毛衣，想用毛衣裹住她的头，包成近似中东人的头巾风格。

汤姆拿着手电筒乱照，碰巧照见了肇事的煤渣砖后停下。煤渣砖表面尽是血肉与头发，乔丹看见后开始尖叫起来。尽管暗夜冷冽，克莱仍然汗流浃背，喘着气开始用毛衣包裹艾丽斯的头。毛衣瞬间湿透。他的双手感觉像伸进了又暖又湿的手套。这时汤姆的手电筒照到了艾丽斯，她的鼻子以上被毛衣裹住，近似网络上流传的极端分子的人质照片，脸颊（仅剩的脸颊）与脖子被鲜血淹没。看到这幅景象，汤姆也开始尖叫起来。

过来帮我，克莱想说，你们两个别再叫了，快过来帮我救她。但他喊不出声音来，只能压住湿透的毛衣，压在软如海绵的那一侧。克莱回想到当初遇见她时，她也在流血。既然那次后来没事，这一次应该也只是虚惊一场。

她的双手漫无边际地抽动，手指在路边不停搅起一小股泥沙。快拿小球鞋给她啊！克莱心想，可惜球鞋放在她的背包里，而她躺在背包上，就这样躺在路边，头骨的一边被心存报复的瘪三砸碎了。他看见她的双脚也在抽搐，他也仍然能感觉到她的血不停涌出，渗透毛衣后流到他的双手上。

我们来到了世界末日。他心想。他仰头望天，看见了星空。

13

艾丽斯一直没有真正晕厥，但也没有完全恢复意识。汤姆终于控制住情绪，靠路边走着帮忙把她抬上坡。这里有片树林。克莱记得这里有个苹果园，想到莎伦与他来这里摘过苹果，那时约翰尼还小，夫妻俩的相处还算融洽，不会为了钱、志愿和未来吵架。

“头受了重伤，不能随便乱移动。”乔丹恐慌地说。他紧跟在后，手里提着艾丽斯的背包。

“没空管那么多了，”克莱说，“她活不下去了，乔丹。她的情况不太好。就算送到医院，大概也没救了。”他看见乔丹的脸开始垮下去，光线足以照出表情，“我很难过。”

他们把她放在草地上。汤姆拿着带吸嘴的波兰矿泉水给她喝，她居然喝了一些。乔丹取出贝比耐克来给她，她也接下来，不停捏着，小球鞋也被血染红。然后三人就等着看她死去，等了一整晚。

14

她说：“爹地自己说过，剩下来的全给我，所以不能怪我啰。”这时大约半夜十一点。她的头下垫着汤姆的背包。汤姆在背包里塞了从甜蜜谷旅馆带走的毛毯。那间旅社在梅休因的近郊，如今恍若隔世。当时的情况虽差，却比现在更好。汤姆的背包也已被鲜血浸透。她用仅剩的一只眼凝视星空，左手张开，瘫在身边的草地上，已经有一个小时毫无动作，右手则不停捏着小球鞋，紧握……松手，紧握……松手。

“艾丽斯，”克莱说，“你渴不渴？想不想再喝一点水？”

她没有回答。

15

克莱的手表指着十二点四十五分时，她想去游泳，正在征求某人的同意。十分钟后她又说：“我不喜欢那些卫生棉，好脏哟。”说完呵呵笑起来，笑声自然，让人听了心惊，也吵醒了打瞌睡的乔丹。他见了她的状况又开始哭，最后索性一个人移到一旁去哭个够。汤姆想坐到他身边安抚他，却被他骂走。

两点一刻，一大群正常人走过下方的那段路，手电筒光线在黑暗中起伏。克莱走向斜坡边缘对下面呼叫：“你们当中有没有医生？他虽然发问，但内心不抱太大的希望。

手电筒光线停住。斜坡下的人影喃喃讨论起来，然后有个女人朝上方大声说："别来烦我们。你们别靠近。"她的嗓音相当甜美。

汤姆也来到斜坡的边缘。"'利未人[①]亦自路边经过。'"汤姆向下喊话，"出自英王钦定版的《圣经》，意思是'去你的'。"

他们背后的艾丽斯突然以有力的语调说："车上那两人已被收拾。这不是对你们施恩，而是对他人发出警告。盼你们了解。"

汤姆用冰冷的手握住克莱的手腕。"天啊，她听起来像意识清醒。"

克莱用双手反握住汤姆的手说："讲话的人不是她，而是穿红色连帽衫的黑人，只是把她当作……传声筒。"

汤姆在黑暗中睁大眼睛。"你怎么知道？"

"我就是知道。"克莱说。

下面的手电筒光线逐渐移开，不久后就会消失，克莱反而觉得庆幸。这是他们自家的事，闲人勿近。

16

三点半，艾丽斯在沉沉的黑夜中说："喔，妈咪，好可惜哟！玫瑰开始凋谢了，这座花园完了。"随后她的语调开朗起来。"会不会下雪？下雪的话，我们来堆个城堡，我们堆成树叶，堆成小鸟，堆出一只手，堆成蓝色的，我们……"她越讲越小声，仰头看星空。星星在夜空中如时钟运转。夜深风寒。他们帮她多裹了几层。她每呼一口气便形成白烟。血终于止住了。乔丹坐在她身边，抚摸着她早已死去的左手，这手只等她身体其余部位跟上。

"放那首扭腰摆臀的歌，我喜欢，"她说，"就是霍尔与奥特兹[②]二重唱的那首。"

---

① 利夫人，《圣经》中上帝选出来帮助以色列人的一群人。

② Hall & Oates，是上世纪七〇年代出道的超级二重唱组合，以抒情摇滚、蓝调风格为主，拥有众多排行畅销曲，饮誉乐坛三十多年。

17

五点二十，艾丽斯说：“这件衣服是世界上最漂亮的。”三人全聚集在她身旁，因为克莱说她大概快走了。

“什么颜色，艾丽斯？”克莱问她，原以为她不会回答，但她竟然回了话。

“绿色。”

“你打算穿去哪里？”

“女士来桌就座。”她回答说。她一手仍捏着小球鞋，但动作已缓慢下来。她半边脸的血已凝结出珐琅质的光彩。“女士来桌就座，女士来桌就座。里卡迪先生镇守岗位，女士来桌就座。”

“没错，小甜心，”汤姆轻声说，“里卡迪先生真的镇守岗位。”

“女士来桌就座。”她用仅剩的一只眼睛看向克莱，然后再度用刚才的嗓音说话，而克莱几天前也听过这嗓音从自己嘴巴传出，这次她只讲了一句话：“你的儿子在我们这里。”

“你骗人！”克莱低声说，双拳紧握。若不是他极力自制住自己，恐怕会对垂死的艾丽斯出拳。“你混账！你说谎！”

“女士来桌就座，一同品茶。”艾丽斯说。

18

东方出现了第一道曙光，汤姆坐在克莱身边，一只手放在克莱的手臂上踌躇着。“如果他们看得穿心思，”汤姆说，“那么他们就可以轻易得知你有个儿子，也知道你为了儿子担心得要命，就和上网用Google查数据一样简单。那家伙可能是利用艾丽斯来整你。”

“我了解。”克莱说。他另外也了解一件事实：她用哈佛黑人嗓音说的话很可能是真的。“我一直在想什么，你知道吗？”

汤姆摇摇头。

“我儿子还小的时候，大概三四岁吧，那时我和老婆莎伦还处得来。我们叫他约翰尼G。每次电话一响，他会跑过来大声问：‘找……找……我……我？’我们每次都快笑翻了。如果是外婆或外公打来的，我们会说：‘找……找……你……你。’然后把话筒交给他。我还记得那时话筒比他的小手大好几倍……贴在他耳朵上时更……”

“克莱，别再讲了。”

“而现在……现在……”他讲不下去，而且也没有必要讲下去。

“快过来，你们两个！”乔丹高喊，语调愁苦，“赶快！”

他们回到艾丽斯躺的地方。她已经坐起上身，脊椎僵硬成弧形，不停颤抖抽搐，仅剩的一只眼睛在眼眶里暴凸，嘴唇两侧向下垂，然后忽然间放松了全身肌肉，讲了一个不知道是谁的名字“亨利”，捏了球鞋最后一下，之后连手指也放松开来，小球鞋从她手中掉落。她叹了一口气，张开双唇呼出最后一缕极其稀薄的白烟。

乔丹看着克莱，然后望向汤姆，然后视线再转回克莱。“她已经……”

“对。”克莱说。

乔丹纵声大哭。克莱再让艾丽斯仰望越来越淡的星辰几秒，然后用掌心为她合上眼睑。

19

距离果园不远处有间农庄，他们在工具室里找到几把铁锹，把她葬在苹果树下，小球鞋仍让她握在手里。三人都认为这是她的心愿。应乔丹要求，汤姆再次朗诵《诗篇》第四十篇，但这次他难以念完整段。三人各讲一件艾丽斯生前的事迹。克难式的葬礼进行到这阶段，一群为数不多的手机人从北边路过，注意到了三人却不过来打扰。克莱丝毫不讶异。他们三人是疯子，碰不得……他相信甘纳与哈洛德必定正后悔当初招惹了他们。

他们在农庄里睡掉了大半个白天，然后动身前往肯特塘镇。克莱心知找到儿子的几率不大，但仍不放弃一线希望，希望能打听到约翰尼或莎伦的消息。只要知道她还活着，他沉重的心情或许能稍稍舒坦，因为他的心情沉重无比，就像披着缝满铅块的斗篷。

/

5　肯特塘镇

1

他以前的房子——脉冲事件前约翰尼与莎伦居住的那栋房子——位于利弗里巷。从肯特塘中心的交通信号灯往北走，过两条街就到了。这栋房子是房地产广告中所谓的“高潜力待修屋”，有些广告则称之为“新家庭之屋”。克莱与莎伦同住这里时曾开玩笑说：“‘新家庭之屋’大概会一直住成‘养老之屋’。”她怀孕时，小两口曾讨论如何为新生儿命名。莎伦说，如果生下来是“性别偏女”的话，就取名为“奥莉维娅”。她说这样一来，这家人就出了利弗里巷唯一的小莉。夫妻俩笑得好不开怀。

克莱、汤姆与乔丹来到缅因街与利弗里巷的交叉口。乔丹脸色苍白，沉思不语。想问他问题时，必须连问两三次才能得到回答。这时刚过午夜，风势不小，时序已进入十月的第二个星期。克莱站在路口猛盯着街角的警告标志“**停车……核电**”。在过去的四个月，他时常来自己的老房子看望儿子。在停车标志上，被人以模板喷漆的核电仍在，如同他前往波士顿那天一样。**停止……核电**。**停止……核电**。他一时无法理解。问题不在喷漆的本身，他完全懂喷漆的含意，他了解那只不过是有人藉喷漆来表达政治立场。如果仔细看的话，也许可以在全镇各地的停车标志找到相同的喷漆，说不定到斯普林韦尔与阿克顿也找得到。他搞不懂的是，为何整个世界变了，喷漆却存活了下来。不知何故，克莱总觉得只要一直盯着“停止……核电”看，孤注一掷地盯下去，绝对会从标志里打开一个虫洞，像是科幻电影里的时光隧道，他可以一头钻过去，把这一切扭转回原状，让这片黑暗消失无踪。

“克莱？”汤姆问，“你没事吧？”

“我的房子就在这条街上。”克莱说，仿佛可用这话来解释一切。接着，他虽然还不知道该做什么，但却拔腿就跑。

利弗里巷是条死巷子，全镇这一边的巷道全通往肯特山山脚，在那里结束，肯特山其实是座被侵蚀得差不多的小山。利弗里巷的两旁栽了橡木，地上掉满了枯叶，被克莱的脚踩得劈啪响。巷里也有许多抛锚的车辆，其中两部对撞，车头的散热罩纠缠在一起，活像两部机器在热吻。

“他要去哪里？”乔丹在他背后呼喊。克莱讨厌乔丹口气中的恐惧，但他无法停下脚步。

“没关系，”汤姆说，“随他去吧。”

克莱在空车之间穿梭，手电筒的灯光在他面前跳跃、抽戳，戳到了邻居克列茨基先生的脸。约翰尼小时候去理发时，克列茨基先生总是不忘送他一根 Tootsie Pop 棒棒糖，那时的约翰尼一听电话铃响会喊找……找……我……我。如今克列茨基先生躺在自家门前的人行道上，身体被橡叶埋葬了一半，鼻子已经不见了。

*我绝对不能发现他们已死。*这念头在他脑海里隆隆作响，反复不停。*艾丽斯死了，我不能再看见他们也死掉。*随后，他又想到：*假如非死一个……希望是莎伦。*这念头令他痛恨自己，但在身心压力难耐时，大脑几乎只说实话。

房子位于巷尾的左边（以前每次与莎伦回家，他总是开玩笑似地提醒莎伦房子就在巷尾的左边，然后古怪地笑一笑。这玩笑已冷了多时，但他还是照说不误）。门前的车辆入口一直通往侧面一间整修过的小屋，仅能容纳一辆车通行，克莱已经跑得气喘如牛，但并不想放慢脚步。他奔向车道，踢开挡在前面的树叶，感觉右腰的刺痛越来越厉害，嘴巴深处也尝到了铜腥味，呼吸在喉咙形成咻咻声。他举起手电筒照进车库。

空荡荡的。问题是，这算好消息还是坏消息？

他转身，看见汤姆与乔丹的手电筒随他蹦跳上斜坡。他把自己的手电筒照向后门，看见后门时，他的心脏几乎跳到了喉咙处。他冲上三层门阶来到门廊，跌了一下，伸手去撕玻璃上的纸条时差点一手刺穿防风门。纸条的一角仅用胶带黏住。如果他来迟一个小时，甚至晚到半个钟头，呼呼吹个不停的夜风一定会把纸条吹上山去，飘向远方。莎伦这个女人就是这样粗心，也不多费一点心贴好纸条，至少也该……

留纸条的人并非沙伦。

2

乔丹走上车道，站在门阶的下面，手电筒照向克莱。汤姆辛苦地赶上，呼吸急促，踩着枯叶过来时踏出极大的声响。他在乔丹身边站住，把灯光照在克莱手上已摊开的纸条上，然后慢慢把光柱向上移，聚焦在克莱被震呆的脸上。

“可恶，我忘记了岳母有糖尿病。”克莱说着把贴在门上的纸条递给汤姆与乔丹一起看。

爹地：

发生了可怕的事晴，你可能知道了，希望你收到这封信时一切平安。我跟米其·斯坦因曼和乔治·甘卓恩在一起，到处都有人发疯，我们认为是手机在搞鬼。爸爸，告诉你一个坏消息，我跟同学来这里是因为我好害怕。我本来想把手机弄坏，可是手机不见了。最近妈妈常把我的手机带在身上，因为你知道外婆病了，妈妈想随时打电话掌握情况。我该走了，天啊我好害怕，有人害死了克列茨基伯伯。到处都有人死掉，发疯了，就像恐怖片一样，不过我们听说大家（正常人）都去镇议会集合，我们也正要过去。也许妈妈会在那里，可是天啊，我的手机被她拿去了。爹地，如果你平安回家，请过来接我。

儿子

约翰尼·加文·瑞岱尔

汤姆看完这张错字连篇的纸条后，对克莱说："去镇议会聚集的人，现在大概早已各分东西了，你也知道吧？事情已经过了十天，全世界发生了天大的变动。"语气亲切又不失慎重，但却比最危急的警语更能让克莱吓得魂飞魄散。

"我知道。"克莱说。他的双眼感到刺痛，自己也听得出嗓音开始波动。"我也晓得他母亲大概……"他耸耸肩，用不太稳定的手挥向落叶满地的车道以外的地方，而车道以外只见斜坡与黑夜，"不过，汤姆，我非去镇议会看一下不可，否则不甘心。他们可能在那里留言。他可能留了话给我。"

"也对，"汤姆说，"没错，你非去不可。等我们到了镇议会再决定下一步怎么走。"他用同样亲切得令人受不了的语调说。克莱几乎更愿被他调侃，希望听见汤姆说：*拜托哟，没用的东西，你该不会真以为还见得到儿子啊？妈的，醒醒吧。*

乔丹又读了一遍留言，也许读了三四次。即使克莱目前的心境混合了惊恐与哀伤，他仍想向乔丹解释儿子的文笔欠佳不是没有原因的。约翰尼的拼字与作文技巧之所以不好，是因为当时一定身受极大的压力，而且是趴在门廊上匆匆写字，两个朋友则站在一旁看着外面乱成一团。

乔丹这时放下纸条说："你儿子长什么样子？"

克莱差点问为什么，想了一下后决定不问比较好，还不是时候。"约翰尼几乎比你矮一头，壮壮的，头发是深褐色的。"

"不是瘦瘦的，也不是金发。"

"对，金发的瘦子比较像他朋友乔治。"

乔丹与汤姆互看一眼，神情凝重，但克莱认为其中不无松了一口气的意味。

"怎么了？"他问，"*怎么了？*快告诉我。"

"在这里的对面，"汤姆说，"你刚没看见，因为你一直跑。离你家三户的对面死了一个男生，瘦瘦的，金发，背的是红色背包……"

"是乔治·甘卓恩。"克莱说。约翰尼常背蓝色背包，上面有几道会反光的贴纸，而乔治常背的是红色背包，克莱知道。"四年级那年的历史课，他和约翰尼合作做了一个清教徒村主题的历史作业，得了A+ 的成绩。乔治不可能死掉。”但他几乎敢肯定死的就是乔治。克莱在门廊上坐下，木板被他压出熟悉的吱嘎声。他用双手捂住脸。

3

镇议会位于米尔街与池塘街的交会口，面临镇公园与名为肯特塘的湖。镇议会是维多利亚风格的白色大建筑，停车场里，除了工作人员专用的位置外空无一车，因为车子全塞在前往镇议会的两条马路上。镇民尽量开到动弹不得了才下车走过来。对克莱、汤姆与乔丹这些迟来的人而言，这趟路走得辛苦。镇议会周遭的两个街区挤满了车辆，连草坪上也不例外。有六七栋民宅被焚毁，有些火场仍在焖烧。

临走前，克莱在利弗里巷把男孩的尸体盖住。男孩的确是约翰尼的朋友乔治。在前往肯特塘镇议会的途中，他们另外看见了数十具肿胀恶臭的腐尸。尸体虽多达数百，克莱在黑暗中却连一个人都认不出来。即使在大白天，他可能也认不太出来。乌鸦已忙活了一个星期半时间。

克莱的心思不断转回趴在血泊中的乔治·甘卓恩。约翰尼在纸条上写着，他跟乔治与米其走在一起。这两个同学是约翰尼今年上七年级时结交的好友。照这么说来，发生在乔治身上的事绝对发生在约翰尼贴了纸条之后，绝对在三个同学离开瑞岱尔家以后。既然趴在路上的只有乔治一个人，克莱推测约翰尼与米其至少活着逃离了莉佛里巷。

当然了，自以为是的下场是什么都不是，他心想，这是艾丽斯·马克斯韦尔传的福音，愿她安息。

话说回来，杀害乔治的人也可能追杀另两个同学，追到了别处后再下毒手。也许是追到了缅因街，或是达格威街，或是邻近的月桂巷，然后再拿瑞士屠刀或两支汽车天线戳死……

他们来到了镇议会停车场的外缘。整齐但却大致空旷的柏油停车场广达一英亩，他们的左边有辆小卡车本想开上停车场，却陷入水沟的泥淖中，离停车场不到五码距离。在他们的右边，有具女尸的喉咙被扯破了，五官也被野鸟啄成了黑洞，还有血淋淋的肠子也流了出来，头上仍戴着波特兰海狗队的棒球帽，皮包仍挂在手臂上。凶手再也不对金钱感兴趣了。

汤姆一手放在他肩膀上，吓了他一跳。“别再去想可能发生过的事了。”

“你怎么知道……”

“不懂心电感应也猜得出来。如果找到了你儿子——八成是找不到了，不过如果真的找到——他一定会原原本本讲给你听。找不到的话……事发经过还重要吗？”

“对，当然不再重要。可是，汤姆……我认识乔治·甘卓恩啊。同学有时候会叫他康涅迪克，因为他家以前住康州。他来我家后院吃过热狗和汉堡，他爸常来我们家陪我看新英格兰爱国者队的比赛。”

“我能了解。”汤姆说，“我能了解。”然后他对乔丹凶了一句：“别再看她了，乔丹，再看她也不会站起来走路了。”

乔丹不理他，继续盯戴着海狗队小帽、被乌鸦啄过的尸体。“手机人恢复了基本层次的程序后，开始帮忙照顾自己人，”他说，“一开始只是合作把尸体从露天看台下面抬出来，然后丢进沼泽里去，虽然不算什么，却也尽了一点力。反过来说，他们却从不抬走我们的尸体，只是把尸体留在原地等着腐烂。”他转身面对克莱与汤姆。“不管他们说什么或答应做什么，我们都不能相信，”他严厉地说，“一定不能，好吗？”

“我完全赞成。”汤姆说。

克莱点头。“我也一样。”

汤姆把头歪向镇议会的方向。镇议会仍亮着几盏紧急照明灯，里面想必装了长效电池。紧急照明灯在工作人员的车子上洒出病态的黄光，车子周围则堆满了树叶。“我们进去看看还留下什么吧。”

“对，去看看。”克莱说。毫无疑问，约翰尼已经不在里面了，但他内心仍存有一线希望，怀抱着孩子气、宁死不认输的个性，仍盼望听见有人大喊："爹地！"然后冲进他的怀抱，而他搂住的是活生生的儿子，是这场梦魇里最真实的负担。

4

一见到镇议会的双扉门，他们确定了里面空无一人。紧急照明灯还有电，但光线却逐渐暗淡，他们借着灯光看见门上草草涂了几个大字，涂料是红色油漆，乍看之下犹如干掉的血迹：

KASHWAK=NO—FO

"这个叫做卡什瓦克的地方，离这里多远？"汤姆问。

克莱思考后回答："我猜是八十英里，几乎在这里的正北方，可以走一六〇号公路，不过到了 TR 之后怎么走，我就不清楚了。"

乔丹问："到底什么是 TR？"

"TR—90 是还没划定行政区的乡下地方，有两个小村庄，几座采石场，北边也有一个荒凉的米克马克印第安保留区，不过大半是树林，只住了熊和鹿。"克莱试着推开镇议会的门，门应声打开，"我想看看这地方。你们不想来也无所谓，在外面等就行了。"

"哪里的话，我们也想进去，"汤姆说，"对不对呀，乔丹？"

"当然。"乔丹叹气说。他就像被交代了艰难的家事似的，接着他微笑了，"嘿，有电灯咧。以后见不见得到电灯还是问题呢！"

5

约翰尼·瑞岱尔没有从黑压压的房间冲出来投入父亲的怀抱，但镇议会里烹饪的余香犹在。脉冲事件爆发之后，镇民带了瓦斯烤炉与手提炭炉到镇议会集合。在最大的一个厅外有个长方形的公告栏，原本用来公布本镇大事与即将举办的活动，现在则贴了大约两百张字条。克莱紧张得几乎喘起粗气来，开始细看公告栏，认真的神态好比学者，自认寻获了失传已久的抹大拉的玛利亚福音。克莱担心可能发现的事实，也害怕找不到。汤姆与乔丹识相地退到大会议室去，这里散落着难民睡过几晚的杂物，想必难民曾在这里空等救星。

克莱阅读了公告栏上的留言，发现集结此地的幸存者认定不该苦等救援。这些人相信拯救全世界的契机就在卡什瓦克等着他们。卡什瓦克是个穷乡僻壤之地，北区与西区是百分之百的手机死角，可能整个 TR—90 都收不到手机讯号，为何大家一心想去卡什瓦克，公告栏上的纸条并未说明。多数人似乎假设，看见留言的人不需解释也明白原因，仿佛是“人人都知道，大家一起去”。即使是最详尽的留言也难掩既惊骇又欣喜的心情。多数留言仅止于：*尽快踏上黄砖道，前进至卡什瓦克者得救。*

克莱由上而下阅读完公告栏四分之三，看见一张艾瑞丝·诺兰留的字条。她在小小的镇图书馆担任志愿者，克莱和她很熟。她的字条底下有另一张字条，被遮住了一半，上头写的是克莱眼熟的笔迹，是浑圆的草书，正是儿子留的纸条。他心想：*喔，亲爱的上帝，感谢你，万分感激。*他把纸条从公告栏撕下，动作谨慎，以免撕破。

这张留言注明了日期：十月三日。克莱尽量回想十月三日的晚上他人在何地，却印象模糊。是在北瑞丁，还是在梅休因附近的甜蜜谷旅馆？他认为那天待在谷仓里休息，但是无法确定，因为感觉过去的事件全混沌成一团。如果他回想得太用力，会开始认为头两边各戴一支手电筒的男人就是拿汽车天线朝天空乱戳的年轻人，也会认为里卡迪先生自尽的手法是吞食碎玻璃而非上吊，更会认为在汤姆菜园里偷吃小黄瓜与西红柿的人是艾丽斯。

“别再想了。”他低声告诉自己，然后专注于儿子的字条。这一次儿子的拼字改善了，内容也较有条理，但克莱仍一眼看得出字里行间的悲苦。

十月三日

亲爱的爸爸：

希望你还能活着看见这张留言。我和米其得救了，可是乔治不幸被同学休吉·达顿抓到，好像被他害死了。幸好我和米其跑得快才没被抓走。我觉得都怪我不好，不过米其说谁也不会知道休伊变成了手机人，不应该怪罪自己。

爸爸，更坏的消息还在后头。妈妈也变成了手机人，我今天看见她跟“群体”走在一起。现在我们把他们叫成“群体”。她的外表不像有些人那么惨，可我知道如果我跑出去找她，她连自己的儿子也认不出来，一看见我马上会要我的命。**如果你看见她，别被她骗了，不过事实就是事实，我很难过。**

我们明天或后天就要去北边的卡什瓦克，米其的妈妈在这里，我嫉妒得想掐死他。爸爸我知道你没手机，大家都知道卡什瓦克很安全。如果你看见这张纸条，**一定要过来接我**。

全心爱你的儿子

约翰尼·加文·瑞岱尔

即使得知莎伦罹难的消息，克莱也能强忍悲伤的情绪，但他看到儿子特地把这句“全心爱你的儿子”里的“心”字写成了大写时，不禁悲从中来。他亲吻儿子的签名，然后望向公告栏，视觉变得不可靠，因为眼前的事物出现了双重、三重影像，接着震成了毫无交集的个体。他用沙哑的嗓音纵声哭喊，释放心痛。汤姆与乔丹赶过来。

“怎么了，克莱？”汤姆问，“什么事？”他看见了克莱手上的带线黄纸，是从一叠草稿纸上撕下的一张。他从克莱手上轻轻拿走，与乔丹快速扫瞄一遍。

“我要去卡什瓦克。”克莱沙哑地说。

“克莱，去那里恐怕不太好吧。”乔丹谨慎地说，“呃，因为我们，你也知道，在盖顿学院做了那件事。”

“我不管。我非去卡什瓦克不可，我要去找我儿子。”

6

肯特塘镇议会的难民在拔营前去TR—90和卡什瓦克时，留下了不少物资。克莱、汤姆与乔丹吃着过期的面包与罐头鸡肉，饭后点心是混合水果罐头。

吃到最后时，汤姆靠向乔丹喃喃地说了一句话，乔丹点头，两人站起来。“克莱，对不起，我和乔丹想商量一件事，可不可以离开一下？”

克莱点头。他们走开后，克莱又打开一罐混合水果罐头，同时再看约翰尼的留言第九、第十次，几乎背得出来了。艾丽斯的死也在他脑海里留下深刻的印象，但如今艾丽斯惨死一事却恍若隔世，就像发生在另一个版本的克莱身上，而这个版本的克莱是许久以前刚刚打好草稿的版本。

他吃完后，把字条收起来，这时汤姆与乔丹正好从走廊回来。律师已经不存在了，但他们这种私下讨论的行为，就像法官与律师在法庭密商一样。汤姆再次一手搂着乔丹的小肩膀，两人面有难色却强作镇定。

“克莱，”汤姆说，“我们商量过了，决定……”

“你们不必跟我走，我完全能谅解。”

乔丹说：“我知道他是你儿子，不过……”

“你也知道我只剩下他了，因为他母亲……”克莱笑了一声，笑得毫无感情。“他母亲莎伦。说来其实很讽刺，我一直把约翰尼的手机当成红色的小响尾蛇，担心约翰尼被咬，心想如果能二选一，我倒希望被咬的人是莎伦。”好了，总算一吐为快，这话如同鲠在喉咙的一块肉，差点噎得他窒息。“这样想，我是什么感受，你们知道吗？就像我跟撒旦谈了条件，而撒旦竟然帮我实现了愿望。”

汤姆听不进去。轮到汤姆讲话时，他讲得十分谨慎，仿佛把克莱视为未爆地雷，生怕不小心踩到。汤姆说："他们痛恨我们。他们一开始痛恨所有人，现在进化到只恨我们三个。不管卡什瓦克那边为何值得一去，只要是他们想出的点子，肯定不是什么好事。"

"如果他们重启系统到了更高的层次，可能升级到了和平共存的境界。"克莱说。讲再多也无益，汤姆与乔丹绝对看得出来。克莱非去不可。

"我不太相信。"乔丹说，"记得那个比喻吧？把牛群赶进通往屠宰场的走道？"

"克莱，我们是正常人，算是一个好球，"汤姆说，"我们烧死了他们的一群人，这算两个好球和三个好球，三振出局了。和平共存的法则不适用在我们身上。"

"怎么可能适用？"乔丹附和，"褴褛人说我们是疯子。"

"而且碰不得，"克莱说，"所以我应该不会出事，对吧？"

此话一出，其他两人似乎再也无话可说了。

7

汤姆与乔丹决定往正西方前进，越过新罕布什尔州的边界进入佛蒙特州，把 KASHWAK=NO—FO 抛在脑后，尽快离开卡什瓦克，越远越好。克莱说，十一号公路行经肯特塘会出现近九十度的转弯道，三人可同时走这条路出发。他说："我可以往北走上一六〇号公路，你们两个可以一路往西走到新罕布什尔州中间的拉科尼亚。这条路线稍有曲折，但是有什么关系？反正你们两个也不急着赶飞机吧？"

乔丹用掌心揉揉眼睛，然后把头发从额头拨向后。乔丹这个手势克莱见多了，知道乔丹累得无法集中精神。他会思念这个手势，他会思念乔丹，更会思念汤姆。

"但愿艾丽斯还在，"乔丹说，"她一定能劝你别去。"

“她劝不动我的。”克莱说。话虽这么说，但是他仍全心希望艾丽斯能有机会走完这一遭。他全心希望艾丽斯有机会做好多事情，十五岁就过世实在太令人惋惜了。

“你目前的计划让我联想到《裘利斯·恺撒》的第四幕，”汤姆说，“到了第五幕，所有人都被自己的剑刺死了。”这时三人正绕过塞在塘街上的空车前进，有时甚至需要爬过空车。背后的镇议会紧急照明灯正缓缓暗淡，前方是代表镇中心的交通信号灯，停了电的信号灯在轻风中摇曳。

“去你的，别触我霉头。”克莱说。他对自己发过誓，别对他们发脾气，只希望尽可能在分手前快快乐乐的，现在却被这两人啰嗦得心情躁动。

“对不起，我累得没办法帮你加油了。”汤姆说。他在一块标示离十一号公路交流道两英里的路标旁停下。“另外，容我直言，我心痛得没办法跟你道别。”

“汤姆，对不起。”

“假如我认为你成功的几率有两成……好吧，就算只有百分之二的胜算……唉，讲再多也没用了。”汤姆把手电筒照向乔丹，说：“你呢？最后还想讲什么，劝一劝这个傻瓜？”

乔丹考虑一阵后慢慢摇头。“教头有一次跟我讲过，”他说，“想知道他说什么吗？”

汤姆以手电筒微微比出敬礼的手势以示讽刺，光束跳到了意欧卡电影院的广告牌上，照出了汤姆·汉克斯的新片名称，也照到了隔壁的药房。“讲来听听吧。”

“他说‘人脑精于算计，但灵魂却充满渴慕，其心亦知心之所向’。”

“阿门。”克莱把语调放得非常轻柔。

三人在市集街往东走，而这条路与19A公路重叠了两英里。走完了一英里时，人行道终止，进入了乡村地带。再走完一英里之后，又见到一个停电的信号灯，也看见一面路标指出十一号公路的交流道。有三个人露头裹着睡袋坐在十字路口，克莱用手电筒照到他们时，一眼认出其中一名男子。这名年长绅士的长脸充满智慧，花白的头发扎成马尾。另外一名男子戴的迈阿密海豚队小帽也很眼熟。接着汤姆把光束照向老人身旁的妇女说:“是你。”

由于女人裹在睡袋里，只露出一个头，克莱不知她是否身穿无袖的哈雷机车T恤，但克莱知道如果那件T恤不在她身上，一定放在十一号公路路标附近那两个小背包里。而他也知道这女人身怀六甲。在低语松汽车旅馆休息时，在艾丽斯遇害前两晚，他梦见了这三人，梦见他们站在长方形的体育场里，站在平台上，被高高的灯光照着。

灰发长者站起来，让睡袋自然滑下。他们带了步枪，但长者举起双手表示两手空空，女人也做了同样的举动。睡袋一落到她脚边，她怀有身孕便成了不争的事实。头戴海豚队帽子的男子身材高大，年约四十，也跟着举起双手。三人就这样在手电筒灯光里站了几秒钟，然后灰发男子从胸前口袋取出黑框眼镜戴上。男子的上衣睡绉了。他在冷冽的黑夜寒风中吐出白烟，呼出的气上升至十一号公路的路标，而路标的两个箭头分别指向西与北。

“果然，果然，”他说，“哈佛校长说你们可能会往这里走，果然没错。那家伙的脑筋不赖，担任哈佛校长嫌年轻了点。而且依我浅见，他去见有意慷慨解囊的捐款人之前，最好先挨一挨整容手术。”

“你是谁?”克莱问。

“年轻人，你照到我的眼睛了，先拿开手电筒，我很乐意作自我介绍。”

汤姆与乔丹放下手电筒，克莱也放下，但一只手仍摆在贝丝·尼克森的手枪枪托上。

“我叫丹尼尔·哈特威克，马萨诸塞州黑弗里尔人。”灰发男子说，“这位小姐是丹妮丝·林克，我的同乡。她右边的男士是雷·休伊曾加，来自格罗夫兰。”雷微微鞠了个躬，模样逗趣、迷人又别扭。克莱放下手枪。

“不过我们的姓名已经不重要了，”丹尼尔·哈特威克说，“重要的是我们是什么样的人，至少对手机人而言。”他脸色凝重地看着对方，说:“我们是疯子，跟你们一样。”

8

这三人带了一个瓦斯炉，丹妮丝与雷开始煮着一顿简单的食物，六人就在炉边聊起天来。雷以马萨诸塞州的口音说：“这些罐头香肠煮硬一点，滋味还不错。”讲话的人主要是丹尼尔。他先声明现在是凌晨两点二十分，三点一到，他准备带“敢死小组”继续上路。他说他想在天亮前趁手机人动作之前多赶几英里路。

“因为他们晚上不会出来，”他说，“我们至少可利用这一点。以后他们的程序齐全了，也许有办法晚上行动，不过……”

“你们也这么想？”乔丹问。艾丽斯过世后，这是乔丹首次打起精神，他抓住丹尼尔的手臂。“你们也认为他们在重启程序，就和计算机硬盘被格式化……”

“……被格式化了，对，对。”老丹把这道理讲得像是全世界最基础的东西。

“你们…… 以前是……科学家吗？”汤姆问。

老丹对他微微一笑。“我以前代表黑弗里尔艺术与科技学院的整个社会系，”他说，“如果哈佛校长会做噩梦，他最怕梦见的就是在下。”

丹尼尔、丹妮丝与雷摧毁的不止一群，而是两群手机疯子。这一行人的人数最初多达六人，当时是脉冲事件后的两天，他们只想逃出黑弗里尔，却无意间在汽车报废场后面的空地撞见了一群。那时的手机人还是手机疯子，仍然搞不清楚状况，见正常人就宰，也不放过自己人。那一群只有大约七十五人，数目不算大，他们用汽油对付他们。

“第二次是在纳舒厄，我们改用从建筑工地小屋里找到的炸药，”丹妮丝说，“那时查理、拉尔夫与阿瑟已经走了。拉尔夫对阿瑟是想走他们自己的路，查理呢，可怜的查理，他死于心脏病发作。言归正传。雷懂得炸药装置的方法，因为他以前在道路工程队待过。”

雷低头蹲在锅子旁，一只手搅拌着香肠旁边的豆子，举起另一只手挥了挥。

“之后呢，”老丹说，“我们开始看见 KASHWAK=NO—FO 的字样。我们一看就觉得正合我意，是不是啊，丹妮丝？”

“对，”丹妮丝说，“暂停抓鬼，大家别再躲了。我们跟你们一样，原本就往北走，开始看见 KASHWAK=NO—FO 之后，加快步伐继续北上。那时候，不太想去卡什瓦克的人只有我，因为我丈夫被脉冲事件夺走了，我小孩一出生就没了爸爸，要怪都得怪那些王八蛋。”她看见克莱皱了皱眉头，赶紧说：“对不起，我们知道你儿子去了卡什瓦克。”

克莱诧然无语。

“没错，”老丹说。雷开始在餐盘舀上食物，传给大家，老丹接下一盘后说：“哈佛校长无所不知，无所不见，也掌握了所有人的档案资料……即使不是如此，他也希望大家有这种错觉。”他对乔丹眨一眨眼，乔丹居然窃笑了起来。

“老丹跟我解释过了，”丹妮丝说，“有个恐怖组织，或许只是两三个突发奇想的疯子躲在车库里，发明了脉冲并将其传送出去，却不知最后会演变成这样。手机人只是照指示行动，发疯时不需负责，现在脑筋稍微正常了，也不需负责，因为……”

“因为他们受制于某种集体规章，”汤姆说，“就像候鸟迁徙一样。”

“是集体规章，却不算是候鸟迁徙。”雷端着自己的餐盘坐下说，“老丹说，他们纯粹是想求生存，我认同他的见解。不管他们求的是什么，我们一定要先找个地方躲雨，这道理懂吗？”

“我们烧死了第一群之后就开始做梦，”老丹说，“威力很强的梦。此人，精神异常——非常具有哈佛的味道。后来我们炸死了纳舒厄那群人，哈佛校长亲自现身，还带了差不多五百个最亲近的朋友。”他小口小口地吃着东西，吃得很快。

“还在你们的门阶留下很多被熔化的手提音响。”克莱说。

“有些被熔化了，”丹妮丝说，“不过多半变成了碎片。”她微笑起来，笑得微弱。“那倒没关系，反正他们的音乐品味太俗气了。”

“你叫他哈佛校长，我们叫他褴褛人。”汤姆说完放下餐盘，打开背包，翻找一阵后取出克莱的素描。克莱画出梦境的那天也是教头被迫自杀之日。丹妮丝一看素描，双目圆睁。她把素描传给雷看，雷看得吹了一声口哨。

最后传到老丹手上。他看了之后抬头望向汤姆，神态多了一分敬意。“是你画的？”

汤姆指向克莱。

“你很有绘画的天赋。”老丹说。

“我以前上过绘画课，”克莱说，“作品难登大雅之堂。”他转向汤姆。地图也放在了汤姆的背包里。“从盖顿到纳舒厄有多远？”

“顶多三十英里。”

克莱点头后转向老丹，说：“他对你们讲过话吗，穿红色连帽衫的那个人？”

老丹望向丹妮丝，她却转移视线。雷把头转回小瓦斯炉，做出熄火收拾起来的动作。克莱明白了。他说：“他透过你们哪一个发言？”

“我，”老丹说，“感觉很恐怖。你们也体验过？”

“对。想阻止他发言的话，倒不是没有办法，不过我们想知道他在动什么脑筋。你认为他是想借机显示自己有多行吗？”

“可能吧，”老丹说，“不过我认为没那么简单，我认为他们没有言语的能力。他们确实能发声，我也不怀疑他们具有思考能力，只是我不认为他们真的能开口讲话。不过，若认为他们具有人类的思考能力就大错特错了。”

“应该说，他们‘还没有’具备言语能力。”乔丹说。

“对。”老丹说。他看了一下手表，连带影响了克莱也看看表。已经两点四十五分了。

“他叫我们往北走，”雷说，“他也说：KASHWAK=NO—FO，还说我们休想再放火烧群体了，因为他们开始派人站岗……”

“对，我们在罗切斯特也看见有人站岗。”汤姆说。

“你们也看见不少 KASHWAK=NO—FO 的标语啰。”

三人点头。

“单从社会学的角度来看，我一开始就对这些标语产生质疑。”老丹说，“我质疑的不是标语的起源，因为脉冲事件爆发后不久，想必会有幸存者推论手机讯号死角是世上最安全的地方，所以开始写下 KASHWAK=NO—FO 的标语。我质疑的是为何这个标语能散播得那么快。社会发生剧变后分崩离析，瓦解了所有正常的通讯形式，只剩口耳相传的方法。然而，只要我们承认某一个群体采用了新的通讯形式，这个疑团就不难解开。”

“心电感应。”乔丹几乎低声说出这词。“他们。手机人。是他们叫我们北上卡什瓦克的。”他把惊惧的目光投射到克莱，“果然是该死的屠宰场走道。克莱，你不能说去就去啊！别中了褴褛人的计！”

克莱还没来得及回应，老丹又开始讲话。他的心态是教师的天性：授业解惑是他的职责，而插嘴是他的特权。

“抱歉，我真的必须加快速度讲解。有东西想让你看看，其实是哈佛校长命令我们带你们去看……”

“是在梦中命令，还是亲自现身？”汤姆问。

“是我们梦到的，”丹妮丝轻声说，“我们只亲眼见过他一次，是在烧死纳舒厄那群之后，而且只是远远地看见他。”

“他是想过来刺探我们的情况，”雷说，“我认为是。”

大家你一言我一语的，老丹只有干瞪眼的分，等得气急败坏。等到大家讲完了，他才继续说：“既然顺路，我们也愿意照办……”

“这么说来，你们也要北上？”这一次插嘴的人是克莱。

老丹这时是气上加气，匆匆看了一下手表。“如果你仔细看路标，就知道路标不只指一个方向。我们要往西走，不是北上。”

“那才对嘛，”雷喃喃地说，“我这人笨归笨，脑筋却没有坏掉。”

“指给你们看，是我们的本意，而不是遵从他们的指示。”老丹说，“对了，既然提到哈佛校长或你们说的褴褛人，我认为他亲自现身可能是走错了一步棋，也许错得离谱。他其实不过是群体意识派出的一个代理，任务是跟正常人和我们这种发疯的正常人打交道。我的理论是，现在全世界都出现了这种超大群体，而每一群都各推派出一个代理，也许不止一个。不过，别误以为褴褛人是真人，你们跟他对话的时候，对象其实是他代表的整个群体。”

“别卖关子了，快带我们去看他想让我们看的东西吧。”克莱说。他努力让语调平静。他的脑海波涛汹涌，唯一明确的思绪是，只要他能赶在约翰尼到卡什瓦克之前抵达，无论卡什瓦克的状况如何，他仍有救回儿子的机会。理性告诉他，约翰尼肯定已经抵达卡什瓦克，但另一种声音告诉他，约翰尼在途中可能遇到事情被耽搁了，或是与他同行的整群人受到了延误，又或是打消了前往卡什瓦克的主意，而这种推断并不完全不合逻辑，而是确有可能。更有可能的是，TR—90一带最坏的状况只不过是手机人设立了保留区，把正常人隔绝起来而已。到头来，最后就如同乔丹引述亚尔戴校长所言：人脑精于算计，但灵魂却充满渴慕。

“往这边走，”老丹说，“不太远。”他取出手电筒，开始走上十一号公路北向车道的路肩，灯光指向脚前。

“抱歉，我不想去，”丹妮丝说，“见过一次就够了。”

“我认为这个现象的用意是讨好你们，”老丹说，“当然，另一个用意是强调目前的当权者是手机人，我们这一小群人和你们只有乖乖听话的命。”他停下脚步说：“就是这里；昨天做梦时，哈佛校长特别要我们看见这条狗的图案，以免我们找错房子。”手电筒的光束停留在路边的一个民房信箱，信箱的侧面被人漆了一条柯利牧羊犬，“很遗憾，乔丹最好也看一下，这样才知道对手是什么样的狠角色。”他说着把手电筒举得更高。雷让自己的手电筒光束与老丹的手电筒会合，照亮了一栋小康的木造平房，平房坐落在小小的草坪上。

甘纳被撑成大字形，钉在客厅窗户与前门之间，只穿着染血的平角内裤，大如铁道钉的钉子固定住了他的手、脚、前臂与膝盖。也许真的是铁道钉，克莱心想。哈洛德岔开双腿坐在甘纳的脚边，胸前也被血染红了一片，就像克莱初遇艾丽斯时的模样，不同的是哈洛德流的不是鼻血。他把飙车友人钉成大字后，自己拿了一片碎玻璃划破了喉咙，玻璃仍在他手里闪耀。

甘纳的脖子挂了一条绳子做的项链，绳子系了一片厚纸板，上面用深色的大写字母写了三个拉丁字：JUSTITIA EST COMMODATUM。

9

“如果你们看不懂拉丁文……”老丹正要说。

“我中学念过，虽然不熟，但还是懂这句的意思，”汤姆说，“‘正义已伸张’。意思是已经帮艾丽斯偿命了。教训胆敢对‘碰不得’的人动手的人。”

“答对了。”老丹说完关掉手电筒，雷也熄灯，“用意也在警告其他人。他们通常不杀正常人，但非下毒手时绝对不会手软。”

“我们了解，”克莱说，“我们在盖顿烧了他们一群之后，他们采取过报复的手段。”

“他们也在纳舒厄做了同样的事，”雷严肃地说，“我到死都记得那种惨叫声，妈的，真恐怖。这东西也一样。”他指向黑暗中的平房，“他们逼瘦小的那个把高大的四肢展开呈十字架状，然后钉起来，还逼高大的那个不准动，钉完了以后，他们再逼瘦小的那个割自己的喉咙。”

“跟教头的遭遇一样。”乔丹说着握住克莱的手。

“是他们的念力，”雷说，“老丹认为一部分的念力叫大家往北去卡什瓦克，也许有一部分的念力也叫我们继续往北走，而我们也告诉自己，往北走的目的只是带你们来看这个，也看能不能劝你们一起走。”

克莱说：“褴褛人有没有跟你们说我儿子的事？”

“没有，不过如果有的话，一定是想通知说你儿子跟其他正常人在一起，你可以去卡什瓦克跟儿子欢喜团圆。”老丹说，“不如先忘掉在平台上罚站，忘掉哈佛校长对着欢呼的观众骂我们是疯子，因为你跟儿子团圆是不可能的事，那个结局不会发生在你身上。我相信，你已经假想过了各种可能的快乐结局。最主要的一个假想情境一定是，卡什瓦克和许许多多的手机死角类似野生动物保护区，里面住满了正常人，没被脉冲事件影响到的人去了那里就不会有事。这位小朋友刚才说，褴褛人是想赶牛走进通往屠宰场的走道，我倒认为这个比喻的可能性远比你的假想高。但是，即使假设他们不会对卡什瓦克的正常人不利，你认为手机人会原谅我们这种人吗？我们是群体杀手啊。”

克莱无法回答。

在黑暗中，老丹又看了一下时间。“已经三点了，”他说，“我们回去和丹妮丝会合。她应该已经帮我们收拾好了行李。分手或决定一起走的时候到了。”

可是要是我跟你们一起走，那就等于是要我跟儿子分手，克莱心想。他绝不愿意就此罢休，除非他发现小约翰尼死了。

或是变了。

10

“你们又怎么指望能抵达西部？”五人往路标方向走回去时，克莱问，“晚上暂时是我们的天下，不过白天属于他们，而你也看得出他们的身手。”

“我几乎能确定，只要我们醒着，就有办法让他们进不了我们的大脑。”老丹说，“需要费一点工夫，不过并非办不到。我们可以轮班睡觉，至少暂时如此。只要别靠近群体，我们可以做的事情很多。”

“意思是尽快去新罕布什尔州西部然后进入佛蒙特州，”雷说，“远离他们整军待发的地区。”他把手电筒照向斜倚睡袋上的丹妮丝：“准备好了吗，小丹妮？”

“准备好了。”她说，“我只希望你们让我分担一些行李。”

“你怀了小孩，”雷充满爱心地说，“已经够累了，而且睡袋也必须带走。”

老丹说：“有些地方还开得了车。雷认为有些乡间小路或许能一路跑个十几英里，畅通无阻。我们也有几份不错的地图。”他跪下一膝，挑起背包，同时抬头用挖苦的神态看着克莱，“我知道几率不高。如果你怀疑我智商有问题，告诉你，我不是傻瓜。不过我们消灭了他们两群，害死了他们几百人，可不想被叫上平台去罚站。”

“我们另外有项优势。”汤姆说。克莱怀疑汤姆是否了解这句话表示他已经加入了老丹的阵营。也许汤姆了解吧！汤姆一点也不笨。“他们要活捉我们。”

“对，”老丹说，“我们说不定真能活下去。克莱，这个阶段对他们来说还早，他们还在织网。我敢打赌，他们的网破洞一定很多。”

“就是嘛，他们连衣服都不知道换。”丹妮丝说。克莱很欣赏她，她看来已有六个月的身孕，也许预产期更近也说不定。她的身材虽娇小，韧性却很强。但愿艾丽斯能认识她就好了，他心想。

“我们很有可能找到破洞，”老丹说，“从佛蒙特州或纽约州越界到加拿大。五个总比三个强，六个人更胜五个人。有六个人的话，三个人睡觉时可派另外三人站岗，逼走可恶的心电感应，组织我们自己的小群体。意下如何？”

克莱缓缓摇头说：“我想去找儿子。”

“克莱，再考虑一下。”汤姆说，“拜托。”

“别再劝他了，”乔丹说，“他已经打定主意。”他张开双臂拥抱克莱。“希望你找得到儿子，”他说，“就算你找得到，我们大概也永远碰不到面了。”

“怎么碰不到面？”克莱说。他亲吻乔丹的脸颊，然后向后退一步。“我会去抓一个会心电感应的人，把他手脚缠在背后，肚子朝下吊起来当作指南针。说不定就绑架褴褛人来用。”他转向汤姆，伸出一只手。

汤姆对他的手视而不见，只是张开手臂搂住克莱，亲了一边脸后再亲另一边。“你救过我一命。”他低声对克莱的耳朵说，吐气既热又痒，脸颊拂过克莱的脸，“让我们救你一命吧。跟我们走。”

“不行，汤姆，我非去找儿子不可。”

汤姆向后站开，注视着他。

“我了解，”他说，“我了解你的心愿。”他擦擦眼睛。“可恶，我这人最不会讲再见，连跟自己的猫道别都讲不出话来。”

11

克莱站在路口的路标旁，看着五人的灯光渐行渐远。他把目光集中在乔丹的手电筒上，而乔丹的灯光是最后消失的。他们登上西边的第一座小山时，似乎有一两秒的时间只剩乔丹的灯光，在黑夜里形成小小的光点，仿佛乔丹停下脚步回头望。乔丹的灯光晃了晃，然后也跟着消失了，四周恢复黑暗。克莱叹了一口气，叹气声很不稳，带有泪意，然后他背起自己的行囊，开始走上十一号公路的泥土路肩，往北前进。三点四十五分左右，他进入了北贝里克，离开了肯特塘。

/

6　手机宾果游戏

1

克莱知道手机人不敢对他乱来，所以恢复了较为正常的生活，开始白天赶路。他成了碰不得的人物，而且手机人希望他北上至卡什瓦克。问题是，他已经习惯昼伏夜出的日子。他心想：*就差没裹着斗篷躺进棺材而已。*

和汤姆、乔丹分手后，他来到斯普林韦尔的近郊，这时天色已露红曦，气温低迷。斯普林韦尔林业博物馆旁边有栋小房子，或许是管理员的宿舍，看起来很舒适，克莱破坏了侧门的门锁，闯了进去。他在厨房找到了烧柴薪的火炉与手动式抽水机。小屋里也有一间摆设整洁的小储藏室，里面物资充足，尚未遭人洗劫。他用一大碗燕麦粥庆祝这项大发现，在燕麦上撒了奶粉，再加满满几匙的砂糖，最后撒上葡萄干。

他也在储藏室找到铝箔包装的浓缩培根蛋花汤，整整齐齐排放在架子上，宛如一本本平装书。他煮了其中一包，剩下的全装进背包里。这一餐丰盛得出乎意料，吃完饭后，他一进后面的卧房便沉沉入睡了。

2

公路两旁搭起了长长的帐篷。

这里不是十一号公路，没有农庄、小镇与开阔的原野，每隔十五英里也不见附设加油站的便利商店。这里是经过穷乡僻壤的公路，两旁林木密集，蔓延到了路旁的沟渠。公路中央的白线两旁各排了一条长龙。

靠左右走，扩音器发出的人声喊着，*左边、右边各排一行*。

这声音听起来像艾克朗市的州园游会宾果主持人，但克莱沿马路中央线靠近时发现，这种扩音器发出的人声全出自想象，全是褴褛人的声音。不过，褴褛人只是……老丹怎么称呼他来着？……只是一个代表，克莱听见的是整个群体的声音。

左边、右边各排一行，没错，就这样走。

我人在哪里？为什么没人骂我说："喂，老兄，照顺序排，别插队！"

在前方两行人像下交流道一样向路边岔开，一行走进靠左的路边帐篷，另一行走进靠右的路边帐篷。一般人们在炎热的午后办户外自助餐时，习惯搭设的就是这种长形的帐篷。克莱看见人龙最前方与帐篷交接处分成了较短的队伍，共有十到十几行，看似像欣赏演唱会的歌迷拿着入场券等着工作人员检票。

站在人龙向左右岔开之处的是褴褛人，仍然穿着破烂的红色连帽衫。

靠左右走，各位先生女士。嘴巴不动。全靠群体的力量增强心电感应。*向前走，人人有机会在进入无话区前打电话给心爱的人*。

这话让克莱大吃一惊，但吓到他的是熟悉的事物——如同十或二十年前听过的笑话的笑点。"这里是哪里？"他问褴褛人，"你在干什么？这里到底是怎么一回事？"

但褴褛人并没有看他，而克莱知道原因。这里是一六〇号公路进入卡什瓦克之处，而他正在做梦。至于这里是怎么一回事……

是手机宾果游戏，他心想，是手机宾果游戏，帐篷里面的人就是在玩手机宾果游戏。

请继续往前走，各位女士、先生，褴褛人传送着声音。*距离日落只剩两小时，我们希望在入夜下班前尽量处理更多人*。

处理。

这真的是梦境?

克莱跟着队伍向左转入凉亭式帐篷，还没看见却知道他即将会看到的景象。每个较短的队伍前头站了一个手机人，这些手机人就是劳伦斯·韦尔克、迪恩·马丁与黛比·布恩的忠实听众。民众排队到了最前面，接待人员递给民众一部手机。这些接待人员穿着肮脏的衣物，因过去十一天来的求生斗争，他们被毁容的程度远比褴褛人严重。

克莱旁观着。最靠近克莱的男人接下了手机，按了三次，然后满怀期待地把手机贴向耳朵说:“喂?喂?妈?妈?是你……”接着他安静下来，目光变得呆滞，面部松弛垮下来，手机也从耳边慢慢滑落。接待人员——克莱只能想出这词来形容那些手机人——接回手机，推了那男人一把，催他向前走，然后打手势叫下一个人走过来。

靠左右走，褴褛人说着，继续向前走。

本想打电话给妈妈的男人无精打采地从凉亭下走出来。克莱看见背后站了数百人正在蠕动着，偶尔有人挡到了别人的路，便会引起一小阵有气无力的拍打，狠劲却远不及从前，因为……

因为讯号被修改了。

靠左右走，各位女士、先生，继续向前走，在天黑前还有很多人等着打电话。

克莱看见了儿子。约翰尼穿着牛仔裤，头戴小联盟的帽子，身穿他最爱的红袜队T恤，背面印有蝴蝶球投手蒂姆·韦克菲尔德的姓名与球衣号码，刚来到队伍最前面，与克莱站的地方隔了两个较短的队伍。

克莱跑向他，无奈前方却有人挡路。“别挡我的路!”他大喊，但挡路的人正紧张地交替跺着两只脚，仿佛急着上厕所，听不见克莱的喊叫声。这毕竟是一场噩梦，而且克莱是正常人，不具备心电感应的能力。

内急的男人背后站了一个女人，克莱从两人之间冲过，也推开了旁边的队伍，一心一意只想奔向约翰尼，不顾他推开的是真人还是假人。来到约翰尼身边时，有个女人正递给约翰尼一部摩托罗拉手机。

这女人是斯科托尼先生的儿媳妇，身孕仍在却缺了一颗眼睛，让克莱看了害怕。

打九一一就是了，她嘴唇一动未动地说，所有电话都会经过九一一。

“*不要，约翰尼，不要啊！*”克莱呐喊着，伸手去抢约翰尼手里的手机，而约翰尼正开始按号码。很久以前，他就教过小约翰尼，碰到麻烦时一定要打九一一。“*别打啊！*”

约翰尼转向自己的左边，仿佛想回避孕妇那颗无神的独眼，因此克莱没抢到手机。就算约翰尼没转身，克莱大概也抢不到，这毕竟是一场噩梦。

约翰尼按完了（三个键不需按太久），再按下“送出”键，然后把手机贴向耳朵。“喂？爸？爸，你听到了吗？你听不听得见我的声音？如果听得见，请过来接我——”虽然约翰尼转身过去，但克莱仍然可以看见儿子的一只眼睛，但一只眼睛就够了。克莱看见约翰尼的眼光暗淡下来，肩膀也无力下垂，手机从他耳边滑落，斯科托尼先生的儿媳妇用脏手抢走手机，然后用毫不关爱的态度推了他颈后一把，催促他走向卡什瓦克，随前来这里求平安的其他人一同走去。她示意队伍最前面的人过来打电话。

左边、右边各排成一行，褴褛人的声音在克莱脑中如雷鸣般轰响。克莱醒来时尖叫着儿子的名字。他仍躺在管理员的小屋里，傍晚的日光透过窗户照进来。

3

午夜时分，克莱走到了名为北沙普利的小镇，这时开始下了一场雨雪交杂的冷雨，弄得到处又冷又脏。莎伦把这种雨称为“思乐冰雨”。他听见迎面而来的引擎声，赶紧离开路面（是真实的十一号公路，不是做梦），走到一家 7-11 前的柏油地。车灯出现时，毛毛雨变成了丝丝银线，克莱看见来车有两辆，这两辆车居然摸黑并肩飙车，真是疯了。克莱站在加油槽后面，不尽然为了躲藏，只是不想刻意被人看见。他看着暴冲族飞驰而过，联想到往日的世界也同样一闪而逝。车子溅起阵阵水花，其中一辆看似雪佛兰考维特古董车，但克莱无法确定，因为这家商店的角落只亮了一盏紧急照明灯，而且亮度欠佳。飙车族从整个北沙普利的交通控制系统（一盏停电的闪光灯）下面穿过，在黑暗中形成几点霓虹樱桃，片刻后不见踪影。

克莱再次想到：疯了。他再度踏上路肩时又想到：我自己不也是疯子吗？

对。因为手机宾果游戏的梦并不是梦，不完全是梦，这一点他敢确定。手机人能加强心电感应的讯号，藉此来掌握更多的群体杀手。只有这种解释合理。手机人也许无法掌握老丹那样的团体，无法控制出手反抗的正常人，但是克莱怀疑，手机人也许能轻轻松松地控制他。问题是，心电感应的功能近似电话，似乎能双向进行。如此一来，他算……什么？难道是机器里的幽灵？大概是吧。手机人监视他时，他也能监视手机人。至少他睡觉时可以。他做梦的时候可以监视他们。

卡什瓦克边界是否真有帐篷，是否真有正常人排队等着被脉冲洗脑？克莱认为确实存在，不仅在卡什瓦克有，在全美与全球类似卡什瓦克的地方也有。脉冲的业绩现在虽然开始萎缩，但感化站——也就是将正常人转变为手机人的地点——仍有可能存在。

手机人利用集体发言的心电感应劝诱正常人前来，用梦想引诱正常人上钩。想出这种办法的手机人算聪明吗？算工于心计吗？不算。除非你认为蜘蛛能织网就算聪明，除非你认为鳄鱼能冒充浮木静静埋伏。克莱踏上十一号公路往北走，之后就能接上通往卡什瓦克的一六〇号公路。他边走边想，手机人传出的心电感应讯号就像降低音量的警报声（或脉冲），其中必定含有至少三种不同的讯息。

来者将平安无事——从此不必奋力求生。

来者将与同类人同在，拥有个人空间。

来者将能与亲人对话。

来吧。对。重点就是“来”字。等到正常人靠得够近了，所有选项将消失殆尽，大脑会被心电感应与平安的梦想清洗一空，正常人会乖乖排队，听着褴褛人命令大家继续向前走，人人均有机会打电话给亲属，不过在日落前我们必须处理很多人，因此播放贝特·米德勒的《翼下之风》给大家欣赏。

所有电灯熄灭了，都市已被焚毁，人类文明也落入血坑里，手机人如何能继续为非作歹？脉冲事件之初，他们折损了数百万手机人，随后又有几个群体遭正常人暗算，递补的兵源何在？手机人之所以能持续为非作歹，是因为脉冲事件尚未结束。在某地，在某个法外实验室或狂徒的车库里，某个仪器仍靠电池运作中，某个调制解调器仍释放出引人发狂的尖声讯号，上传至绕行地球的人造卫星，或传输至基地台。这时若只能打一通电话，你又想确定电话一定通，哪怕对方只是靠电池运作的录音机，那么，你会打给谁？

当然是九一一。

小约翰尼打的正是九一一，这一点克莱几乎能确定。

克莱明了这一点，可是已经太迟了。

既然明知太迟了，为何仍在毛毛细雨中摸黑往北走？前方不远处就是纽菲尔德镇，他会从十一号公路转向一六〇号公路，而他也知道走上一六〇号公路不久，他就不必再读路标（或是其他东西）了。既然如此，他何必往前走？

但他知道原因。他也明了的是，前方传来遥远的冲撞声与简短而微弱的喇叭声，意味着某位暴冲族已经落难了。他之所以执意向前走，是因为他在防风门上救下了一张纸条，而当时那张纸条只用四分之一寸的胶布贴着，其余部分随风摇摆。他之所以前进，是因为他在镇议会的公告栏乂找到一张留言，这张被图书馆义工留给姐姐的纸条遮住了一半。儿子在两张留言里以大写说了同一句话：**一定来接我**。

就算现在去接约翰尼已经太迟，他仍然希望来得及见儿子一面，告诉儿子他尽了力。就算手机人逼克莱用手机，他也许仍然能保持清醒够久，告诉儿子他尽了力。

至于体育场上的平台，至于成千上万的观众……

“卡什瓦克才没有美式足球场呢。”他说。

乔丹在他脑海里说：*是座虚拟的体育场。*

克莱把乔丹的声音推到一旁，推得远远的。他已经拿定了主意。他的决定当然疯狂，而现在天下大乱了，他的神志状态反而与这样的世界相契合。

4

同一天凌晨两点四十五分，克莱走得脚都酸了，虽然披着斯普林韦尔管理员宿舍里解放来的连帽大衣，但全身也已经淋得湿答答。他来到十一号与一六〇号公路的交会口，这里发生过重大连环车祸，在北沙普利呼啸而过的考维特车也过来凑热闹，驾驶者半身趴在严重压缩的左车窗外，头与手臂下垂。克莱过去想抬起他的脸，看看是否仍有呼吸，不料克莱稍微一拉，驾驶者的上半身拖着一团胃肠掉落路面。克莱后退到电线杆，把突然发烧的额头靠在木质的电线杆上开始呕吐起来，一直吐到肠胃净空才算完。

在十字路口的另一边，在一六〇号公路往北深入乡野的方向，有一家名为“纽菲尔德商行”的商店，窗户有一面招牌上写着：**糖果、印第安糖浆、原住民手工易品**，真是错字连篇。这家商店看似曾遭到打劫，也被人捣毁，但克莱想躲雨，也想远离刚才不经意碰上的恐怖画面。他走进商店坐下来，把头压低，等到不再晕眩后再抬起来，察觉店里有几具尸体，他嗅得出来，但是有人拿遮雨布盖住了尸体，只有两具露在外头，幸好这两具是全尸。这家店里的啤酒冷冻库被砸毁，里面也没有啤酒，可乐贩卖机则只是被砸毁，里面还有饮料。克莱取出一罐姜汁汽水，一口气慢慢灌进嘴里，中间只稍稍停下来一会儿，打了个嗝。过了一会儿，他开始感觉舒服了一些。

他好想念汤姆与乔丹。整个晚上，克莱只看见罹难的暴冲族与他的赛车对手两人，完全没见到结伴赶路的难民，整夜只有思绪与他作伴。或许天气不佳，难民不想外出。或许难民改在白天赶路，因为如果手机人不再屠杀正常人，改以感化的方式募集新手，正常人没有理由再摸黑上路。

他也发现，今晚没有听见艾丽斯所谓的“群体音乐”。也许所有群体都在此地以南，唯一的例外是在卡什瓦克执行感化的那一大群（假设那群是很大的一群）。没听见音乐，克莱也无所谓，虽然孤单，但他很庆幸不必再听《我希望与你跳舞》与电影《夏日畸恋》的主题曲。

他决定最多再走一小时，然后找间旅馆爬进去，冰冷的雨淋得他受不了。他离开纽菲尔德商行，决心不看撞毁的考维特车或躺在一旁被淋湿的遗骸。

5

他一直走到将近天亮，原因之一是雨势停歇，不过最主要是因为一六〇号公路沿途可供休息的地方不多，只有连绵不断的树林。到了四点半左右，他经过一个弹孔点点的路标，上面写着**欢迎光临未定区葛利村**。大约十分钟后，他经过葛利村采石场，才知道石矿是本村的命脉。这里有个大石坑，有几座工具室、几辆砂石车，在被切割成壁的花岗岩脚下有个车库。克莱短暂考虑找一间工具室借宿，但随即认为应该能找到更好的地方，所以继续往前走。到现在他都还没看到任何难民，也未听到远处或近处有任何群体音乐，感觉自己好像是地球上硕果仅存的一个人。

这世上不只他一人。离开采石场大约十分钟后，他来到一座小山的山顶，看见下面有个小村落。他走向村落，碰到的第一间建筑名为“葛利村消防义工站”，正面摆出了一个告示板，上面写着：别忘了参加万圣节献血活动。看样子，斯普林韦尔以北的居民全都是错别字大王。消防义工站的停车场上有两个手机人，面对面站在一辆沧桑的老消防车前。在朝鲜战结束前后，这辆消防车或许还是新车。

克莱用手电筒照过去时，两个手机人朝他慢慢转头，但又把头转回去，再度面对面。这两个人都是男性，其中一个年约二十五岁，另一个的年纪比他大出一倍。他们毫无疑问是手机人，因为衣物不但肮脏，而且几乎快碎成破布，脸上有割伤与擦伤。年轻人的一整条手臂好像受过严重烧伤，中年人的左眼眶肿得很厉害，大概伤口受到感染，眼珠从眼眶深处露出光芒。然而，他们的外表并不重要，重要的是克莱的内心察觉到异样。他与汤姆曾在盖顿的西特革加油站体验过这种奇特的感受，当时他们进办公室想拿瓦斯车的钥匙。他觉得呼吸急促，觉得有种强大的力量正在凝聚中。

而现在是深夜。乌云密布，破晓仍然遥遥无期。这两人晚上出来做什么？

克莱按熄手电筒，拔出尼克森的手枪，静观其变。观察了几秒钟后，他认为看不出什么现象，顶多只是觉得呼吸急促，感觉有某种东西蓄势待发。接着他听见高亢的哀叫声，几乎像有人拿着锯子用力抖动。克莱抬头看见消防义工站前面的电线快速摆动着，几乎快到看不清楚。

“走……开！”年轻人说得吃力，似乎拼尽了全力才把话挤出来。克莱吓了一跳。假如他刚才把手指放在左轮的扳机上，手枪一定会走火。年轻人讲的不是“噢”，也不是“咿嘤”，而是真正的语言。他认为自己的脑海也响起同样的声音，极为微弱，只像快消失的回音。

“你！……走！”中年人回应。他穿的是宽松的百慕大短裤，臀部的地方有一大片褐色的污渍，不是泥巴就是粪便。他讲话的模样同样吃力，这次克莱的脑海虽然听不见回音，却更确信最初听见的的确是人话。

这两人完全忘记了他的存在，这一点克莱确定。

“我的！”年轻人再次努力挤出话来。他真的是“挤”出来的，身体也跟着摇摆。在他背后，消防站宽阔的车库门上有几扇小窗骤然向外爆裂。

两人静止了半晌。克莱看得出神。自从离开肯特塘以来，他首度完全忘记了约翰尼。中年人似乎在拼命思考，拼了老命思考，克莱认为他想做的事情，就是像被脉冲剥夺言语能力之前那样表达自己。

所谓的义消站说穿了不过是座车库，上方有个警报器，这时响起短短一声“呜”，仿佛被突如其来的电流启动一阵。此外，古董消防车的灯也闪了一阵，包括车灯与红色警示灯在内，照亮了两个手机人，短暂投射出他们的影子。

“可恶！你！”中年人使劲说出，仿佛刚才被肉哽住，这时一口接一口吐出来。

“我侧！”年轻人的声音几近尖叫，而在克莱的脑海里，年轻人讲的是“我的车”。其实很简单，他们争的不是夹心蛋卷而是古董消防车。不同的是，现在是夜晚，虽然已近破晓时分，但四周仍伸手不见五指，而这两人几乎等于是恢复了言语的能力。事实上，这两个人根本就是在交谈。

但看情况他们的交谈已经结束。年轻人低头冲向中年人，一头撞上他的胸口，撞得中年人满地爬。年轻人被他的腿绊倒了，跪在地上大骂：“可恶！”

“操！”中年人骂。毫无疑问，绝对是个“操”字。

他们站起来，彼此相隔约十五英尺，克莱感受到他们之间的仇恨。他们的恨意在他脑中回荡，从眼珠的深处往外钻，拼命想冲出来。

年轻人说：“那是……我的汽！”在克莱的大脑里，年轻人遥遥低声说：那是我的车。

中年人吸了一口气，用别扭的姿势抬起结了痂的手臂，对年轻人比出中指。“操……你的！”他的口齿清晰无比。

两人压低头，朝对方冲刺，两颗头撞出碎裂声，令克莱听了不禁皱眉缩颈。这一次，车库的所有窗户全向外爆裂，屋顶的警报器发出一声长音，然后逐渐减弱，车库内的几盏日光灯亮起来，凭疯子传出的动力持续了大约三秒钟，另外也响起了一小阵音乐，是布兰妮的《爱的再告白》。两条电线发出流水般的咻声，然后断落，掉在克莱面前，吓得他赶紧向后退。也许电线已经没电，应该是没电才对，只不过……

中年人跪下时，头的两侧血流如注，以清晰无误的口齿高喊：“我的车！”然后脸朝下倒地。

年轻人转向克莱，仿佛想征求他见证这场胜仗。鲜血也从他肮脏、打结的头发与两眼间冒出来，沿着鼻梁两旁流到嘴巴上。克莱看见他的眼神一点也不呆滞，只有疯狂。克莱恍然彻彻底底顿悟了，若手机人的进化循环果真如此，儿子恐怕已经无可救药了。

“我的汽！”年轻人尖叫。“我的汽，我的汽！”

消防车的警笛短短呜哇了一声，仿佛认同他的看法。

“我的——”

克莱枪杀了他，然后把手枪放回枪套。他心想：活见鬼了，反正已经被罚站了。尽管如此，他仍然颤抖得很厉害。最后，他总算在葛利村的另一端找到唯一的汽车旅馆，闯进去找床，却躺了许久才入睡。这次来梦中拜访他的不是褴褛人，而是脏兮兮、目光呆滞的约翰尼。克莱呼唤他的名字时，他却以“下地狱吧，我的汽”来回应。

6

早在天黑前，他就已然从梦里醒来，无奈再也睡不着，所以决定继续赶路。葛利村原本就不大，他离开这里后决定开车。不开白不开，因为一六〇号公路几乎整条路畅通无阻，也许从十一号公路交叉口的连环车祸到此地原本就一路通畅，只是昨晚天黑又下着雨，他没有看清而已。

他心想：马路是被褴褛人和他的同路人清干净的，不然还有谁？还不是想把这里清成通往屠宰场的走道。对我来说，这条路八成通往屠宰场，因为我是他们的旧恨。他们想在我身体盖上已付清的印章，尽快把我归档结案。汤姆和乔丹没跟来实在太可惜，不知道他们能不能找对乡间小路，进入新罕布什尔州中……

他登上一个小坡道，刚才的思绪顿时飘散一空。有辆黄色小校车停在前方的马路中央，车身漆着**缅因州第三十八号学区纽菲尔德**，有一个男人与一个男孩靠在校车旁，男人一只手搂着男孩的肩膀，是朋友之间随意的举动，克莱一眼就能看出这两人是谁。他愣在原地，不敢相信自己的眼睛，这时另一个男人从短鼻似的校车头绕过来。这人留了长长的灰发，扎成了马尾，后面跟着身穿T恤的孕妇。这件T恤不是黑色的哈雷-戴维森，而是粉蓝色的，但克莱仍然能确定她就是丹妮丝。

乔丹看见他，呼喊他的名字，从汤姆的手臂中挣脱而出，朝克莱冲过来，克莱也跑步过去迎接，两人在校车前大约三十码碰头了。

“克莱！”乔丹大喊，乐不可支。“真的是你！”

“是我没错。”克莱说。他抱起乔丹甩向天空，然后亲了他一下。乔丹虽然不是约翰尼，但却能暂时填补空虚。他拥抱乔丹，然后放下他，端详着他憔悴的脸孔，没有忽略他两眼多了疲惫的黑眼圈。“你们怎么可能出现在这里？”

乔丹的脸色阴沉起来。“我们没办法……应该说，我们只是梦见……”

汤姆从容走了上来，再次对克莱伸出的手置之不理，而是张开双臂拥抱他。“梵高，你还好吗？”他问。

“还好。看见你们实在太高兴了，不过我想不通的是……”

汤姆对他微笑，笑得既累又温柔，是举白旗投降的笑容。“计算机小子想告诉你的是，最后我们别无选择。过来小校车上坐一坐。雷说如果这条路一路畅通——我相信会——我们在太阳下山前能到卡什瓦克，时速甚至能开到时速三十英里。有没有读过《山宅鬼惊魂》这本书？”

克莱摇摇头，面露不解：“电影倒是看过。”

“里面有句话能呼应目前的状况——‘有情人聚首处即旅途尽头’。看样子，我还是有机会认识你儿子呢。”

三人走向小校车。丹尼尔·哈特威克拿着一盒欧托滋超凉薄荷糖请克莱吃。他的手不太稳，也和乔丹与汤姆一样疲惫不堪。克莱感觉自己置身梦境，伸手拿了一颗。不管世界末日是不是到了，薄荷糖仍然莫名其妙地凉透了心。

“嘿，老弟。”雷说。他坐在小校车的驾驶座上，海豚队棒球帽檐推得高高的，手里夹着正冒烟的香烟。他的脸色苍白憔悴，凝视着挡风玻璃外，不看克莱。

“嘿，老雷，不打声招呼吗？”克莱问。

雷匆匆微笑一下：“这话我倒是听过几次。”

“是啊，大概不下一百遍了。我想跟你说的是，很高兴又见到你，不过在这种情况下，你八成不想听吧？”

雷仍凝视着挡风玻璃外，回答说：“前面有个人，你见了绝对高兴不起来。”

克莱望向前方。大家全望过去。距离校车北边大约四分之一英里处，一六〇号公路翻越另一座小山，而站在山头看着校车的正是褴褛人。他身上仍然穿着哈佛的连帽衫，比以前更肮脏，可是在阴沉的午后天空的衬托下，仍然显得十分抢眼。他身旁聚集了大约五十个手机人。他看见迷你校车上的人正在看他，于是举起一只手，对着校车挥动两次，从一边挥向另一边，就像在擦拭挡风玻璃。随后他转身走开，随行人员（克莱心想，是他的小群体吧）在他背后排成V字形，不久后便消失在了视线之外。

/

7 蠕　虫

1

六人开着校车又走了一小段路，然后停在野餐区。没有人喊饿，但是克莱总算有机会发问了。雷一口也不肯吃，只是坐在岩石堆成的烤肉坑外围下风处抽闷烟，听着大家的对话，自己一声也不吭。看在克莱的眼里，他觉得雷整个人垂头丧气到了极点。

“我们以为是在这里停了车。”老丹指着小野餐区。这里的周围是冷杉与染上秋意的落叶树，有一条潺潺小溪流过，健行步行道的入口处有个标语写着：**出发前务必取用地图！**“我们大概是真的在这里停车下来，因为……”他望向乔丹，“你说呢，乔丹？我们是不是真的在这里停了车？你似乎是知觉最灵敏的一个。”

“对，”乔丹立刻说，“这是真的。”

“对呀，”雷头也不抬，“我们是真的来到这里，没错。”他一手拍拍烤肉坑缘的石头，结婚戒指轻敲出了“叮、叮、叮”的声响。“千真万确。我们又凑在一起了，正合了他们的心意。”

“我越听越糊涂了。”克莱说。

“我们也清楚不到哪里去。”老丹说。

“他们的威力比我想象的强了几百倍。”汤姆说，“我只知道这么多。”他摘下眼镜，用上衣擦擦镜片，姿态疲惫而且心不在焉，模样比克莱在办公室遇见的那个人看上去老了十岁。“我们的脑筋被他们恶搞了，而且是整得不像样。我们从一开始就没有逃命的机会。”

“你看起来好累，你们全都一样。”克莱说。

丹妮丝笑着说：“是吗？我们确实是累坏了。我们告别时走十一号公路，一直向西走到东方开始泛白。找车来开的话也没辙，因为马路被堵得乱七八糟，最空旷的地方也不超过四分之一英里，然后又……”

“我知道，到处是路礁。”克莱说。

“雷说，过了斯伯丁公路以西，路况会变好，不过我们决定在‘黎明汽车旅馆’休息。”

“我听说过，”克莱说，“就在沃翰森林州立公园的边缘。那间旅馆在我们那一带可是臭名昭著。”

“是吗？好吧！”她耸耸肩继续说，“我们进了旅馆，乔丹小朋友说为大家准备有生以来最丰盛的早餐。我们说，别做梦了。好笑的是，我们当时差不多就是在做梦。不过这间旅馆居然有电，乔丹果然做了一大顿早餐。我们全下去帮忙，做成了一顿超级早餐。我没说错吧？”

丹、汤姆与乔丹都点点头。坐在烤肉坑旁的雷只是又点了一支烟。

根据丹妮丝的说法，他们在餐厅吃早餐。克莱听了觉得奇怪，因为他确定黎明旅馆没有餐厅。黎明汽车旅馆坐落于缅因与新罕布什尔州交界处，是间适合情侣私会的宾馆，设备简陋，据说连洗澡水也是冷的，房间小到不能再小，电视强力放送着A片。

丹妮丝的叙述越来越诡异。宾馆里竟然有点唱机，而且不播劳伦斯·韦尔克，也不播黛比·布恩，里面装的全炙手可热的通俗歌曲（包括唐娜·萨默的劲歌《炙手可热》)。这五个人不直接上床睡觉，反而跳起舞来，热歌劲舞了两三个钟头。在上床之前，他们又吃了一顿大餐，这一次由丹妮丝掌厨。饭后大家终于支撑不住倒头便睡了。

“然后梦到自己在走路。”老丹说，语调带有不甘被击倒的意味，令人听了心情难安。眼前的老丹与克莱两个晚上前遇见的老丹截然不同。记得老丹当时说：我几乎能确定的是，只要我们醒着，就有办法让他们进不了我们的大脑。他也说过：*我们说不定真能活下去。这个阶段对他们来说还早。*如今他轻笑一声，完全不含笑意。“老弟呀，我们早该梦到了，因为我们当时的确在做梦，梦见我们走了一整天。”

“不尽然，”汤姆说，“我梦到我们在开车……”

“对，是你在开车。”乔丹轻声说，“只开了一个钟头左右。同一个时间，我们也梦到全部人睡在宾馆里，叫做黎明的那间。我也梦见在开车，感觉就像梦中有梦，不过这个梦是真的。”

“看吧？”汤姆对克莱微笑说，他摸摸乔丹的乱发。“就某种层次而言，乔丹老早就料到了。”

“虚拟实境，”乔丹说，“就这么一回事，差不多就像进入了电玩世界，而且不太好玩。”他望向北方，朝褴褛人现身过的地方看。北方更远处就是卡什瓦克。“如果他们变得更厉害，电玩也会变得更好玩。”

“那些狗娘养的天黑后搞不出花样，”雷说，“晚上要去睡觉。”

“搞到最后，我们也搞不出花样了。”老丹说，“他们的目的只想让我们筋疲力尽，等晚上一到，他们的势力减弱，我们也累得搞不清楚状况了。白天的时候，哈佛校长带着那一群手下一直待在我们附近，对我们发出念力，创造乔丹所说的虚拟实境。”

“一定是这样，”丹妮丝说，“对。”

克莱推算，这一切发生在他借宿管理员小屋的那天。

“他们不只是想累坏我们，”汤姆说，“也不只是让我们转弯往北走，他们还想让我们六个人聚在一起。”

遇到克莱前，他们五人醒来时置身一间破败的汽车旅馆，位于四十七号公路旁，而且是“缅因州”的四十七号公路旁，就在大沃科斯河以南不远处。汤姆说，那时他们有种跑错地方的感觉，而且感觉非常强烈。不远处传来群体音乐声，更加强了这种感受。他们五人一定全感受到了，但只有乔丹说出来，只有乔丹指出显而易见的一点：逃亡之举失败了。没错，五人也许可以溜出这间汽车旅馆，开始往西继续赶路，但这次能走多远？他们累坏了。更糟糕的是，他们个个垂头丧气。乔丹也指出，手机人也许派了几个正常人当奸细，随时监视这五个人的夜间动态。

“我们吃了饭，”丹妮丝说，“因为我们既累又饿，然后真的上床睡觉，一觉睡到天亮。”

“我是第一个起床的人，”汤姆说，“褴褛人就站在院子里，对我微微鞠了一个躬，然后一手挥向马路。”克莱明确记得这手势：这条马路是你的了，赶快上路吧。“现在想起来，我当时拿着速战爵士，照理说应该能开枪打他，不过，打中了又有什么好处？”

克莱摇摇头。一点好处也没有。

五人再度上路，先是走四十七号公路，后来根据汤姆叙述，大家觉得心思受到推挤，被迫走上一条无名的林间道路，似乎往东南方蜿蜒而去。

“今天早上呢？有没有看见什么？”克莱问，“有没有做梦？”

“没有，”汤姆说，“他们知道我们已经懂了，毕竟他们能看穿我们的心思。”

“听见我们大喊吃不消。”老丹以同样不甘挫败的口吻说，“雷，还有剩余的香烟吗？我已戒掉了，不过现在又想抽。”

雷把整包烟丢给他，一语不发。

“就像被人用手推了一下，只不过事情发生在大脑里，”汤姆说，“手法太下流了，那种被人入侵大脑的感觉用言语难以形容，而且在我们行进的过程中，一直感觉褴褛人和手下跟着我们前进。有时候，我们看见他们几个在树林里，可是大部分都不见踪影。”

“所以说，他们现在不只是日出而作、日落而息了？”克莱说。

“对，已经不一样了，”老丹说，“乔丹提出了一个理论，很有意思，而且他提得出左证。何况，团圆算是特殊场合。”他点烟抽了一口，咳嗽起来。“该死，我就知道这东西戒掉最好。”随后只停了半拍又说：“你知道吗？他们能飘浮。悬在半空中。马路堵成这样，能悬在半空中的话多方便，就像乘坐魔毯一样。”

当时，五人走在仿佛漫无边际的林间路上，发现了一栋小屋，前面停着一辆小卡车，钥匙就插在车上。雷负责开车，汤姆与乔丹坐在卡车后面。林间道路最后又偏向北方，大家一点也不讶异。就在这条路越走越窄时，五人脑袋里的导向灯亮起，带领大家驶上另一条路，随后又转向第三条路上。这条路与其说是马路，不如说是中间杂草丛生的小径。这条路最后通往一片沼泽地，小卡车深陷其中，大家只好下车跋涉了一小时，最后上了十一号公路，与一六〇号公路的交叉口就在他们北边不远处。

“那里死了两个手机人，”汤姆说，“刚死不久。电线断掉，电线杆也折断了。乌鸦正在大饱口福。”

克莱考虑说出他在葛利村义消站看见的一切，但是最后还是打算先别说，因为他看不出那个局面与目前的状况有什么关联，何况不打架的手机人多得是，就是那些不打架的手机人逼得汤姆与其他人继续前进。

只是那些手机人并没有带领他们找到黄色的小校车。发现校车的人是雷。当时其他人忙着在纽菲尔商行找汽水解渴，雷从后窗看见迷你校车。克莱也在冷藏库里找到姜汁汽水。

之后，这五个人只停下来一次，为的是在葛利村采石场的花岗岩地上生火煮热食。吃饱后，他们换上从纽菲尔商行找来的新鞋子，因为从沼泽地跋涉过来，所以小腿以下沾满了泥泞，必须换新鞋才行。随后他们就地休息一小时。他们大概就是在克莱刚醒时通过葛利村汽车旅馆，因为过了旅馆不久，脑中的推手就逼他们停车。

“结果就团圆了，”汤姆说，“几乎可以结案了。”他对着天空、土地与树林挥出一只手，开玩笑说：“总有一天，儿子，这些都归你所有。”

“我脑袋里的推手已经消失了，至少暂时没有感觉，”丹妮丝说，“我很感激。第一天的情况最糟，你知道吗？我是说，乔丹当时最清楚出了什么错，不过我想我们其他人只知道……呃……不太对劲。”

“对，”雷说。他揉揉颈背。“就像跑进童话世界，小鸟和蛇都会讲话，对着你说：‘你没事，你很好，别管脚酸了，你福大命大。’福大命大，我老家在林恩，小时候都这样讲。”

“‘林恩，林恩，罪恶之城，上了天堂，想进却进不成。’”汤姆背出打油诗。

“你果然是生在基督徒之家。”雷说，“总归一句话，乔丹清楚，我也清楚，我认为我们大家都知道。如果你还剩半个头脑，还自以为能逃得掉……”

“我相信，只要我想相信，就能一直相信下去，”老丹说，“但事实上呢？我们从一开始就逃不过魔掌。其他正常人也许逃得了，但是我们却逃不了，因为我们专杀群体。无论他们发生什么事，他们都照样想捉拿我们。”

“你觉得，他们打算对我们做什么事？”克莱问。

“呃，赐死，”汤姆几乎说得索然无味，“至少死了以后，我能睡得安稳一点。”

克莱的思想总算跟上了节拍，锁定了他一直想讲的两件事。刚才对话之初，老丹提过他们的行为正在改变，也说乔丹提出了一项理论，而就在几秒前，老丹又说：无论他们发生什么事。

“我看见两个手机人在打架，离这里不远。”克莱终于说出来。

“是吗？”老丹说得兴趣缺缺。

“是在晚上。”他接着又说，这才吸引了所有的目光，“他们在争一辆消防车，就像两个小孩在抢玩具。我接收到其中一个人的心电感应，不过他们两个都会讲话。”

“讲话？”丹妮丝怀疑地问，“讲人话吗？”

“人话。口齿有时清晰，有时模糊，不过绝对是人话。你们见过几具新尸？就这两具吗？”

老丹说：“今天真正醒来到现在，大概看过十几具了。”他望向其他人。汤姆、丹妮丝与乔丹也点头。雷耸耸肩，又点了一根香烟。“不过很难分辨死因。他们有可能正在起变化，这一点符合乔丹的理论，只不过却又和讲人话这一点矛盾。那几具尸体大概只是手机人还没空处理掉的吧。他们的当务之急不是清理尸体。”

“我们才是他们的当务之急，再过不久，他们又会逼我们上路了。”汤姆说，“我们大概明天才会接受……呃，大体育场的排场，不过我相当确定，他们希望我们在今晚入夜前抵达卡什瓦克。”

“乔丹，把你的理论说来听听。”克莱说。

乔丹说：“我认为原始程序里出现了一只蠕虫。”

2

“我听不懂，”克莱说，“我本来就是计算机白痴，虽然会用Word、Adobe绘画程序和MacMail邮件软件，但其他的就一窍不通了。我的麦金塔计算机里面有接龙的游戏程序，儿子不一步步教我，我还不会玩咧。”一讲到这里他不禁心痛。回想到自己握着鼠标，手背被约翰尼的手握住，那种感觉令他更加难过。

“可是，你总该知道什么是计算机蠕虫吧？”

“是跑进计算机、搞乱所有程序的东西，对吧？”

乔丹翻翻白眼，然后说：“差不多对。蠕虫能钻进计算机里面，一路破坏档案和硬盘，如果进入共享软件和你发出的东西里，甚至通过电邮的附件，就能变成病毒，散布到其他人的计算机去。有时候，蠕虫还会生小孩。蠕虫本身就是突变，有时候生的小孩突变得更厉害。懂了吗？”

“懂了。”

“‘脉冲’是一种计算机程序，靠调制解调器传输出去，只能靠调制解调器传输，而且到现在仍然在用调制解调器传输。不同的是，这个程序里包含了一只蠕虫，而且正在破坏程序，每过一天，程序就会破坏得更严重。这种现象叫做GIGO[①]。听过GIGO吗？”

克莱说：“我连去圣荷塞的路在哪儿都不知道[②]。”

“GIGO是‘垃圾进，垃圾出’的缩写，意思是你喂的是坏程序，产生的结果也好不到哪里去。我们认为，手机人设立了几个感化点，把正常人变成……”

克莱回想起梦中情景。“这一点我早就知道了。”

---

① GIGO，“garbage in，garbage out”的简称。

② 加利福尼亚州的圣何塞为“硅谷”所在地，克莱的意思是说自己对于计算机完全是门外汉。

“不过现在他们接到的是已经遭到破坏的程序。懂了吗？从这个角度去看倒也合理，因为最先倒下的好像是最新的手机人。不是打架、被吓得惊慌失措，就是死翘翘。”

“你观察到的证据还不够，不能妄下定论。”克莱立刻反驳。他心里想的是约翰尼。

乔丹讲得两眼炯炯有神，听见克莱这话稍微暗淡了些。“你说得对。”然后他抬起下巴，“不过我的理论合乎逻辑。如果程序里面确实有蠕虫，确实能主动一步步深入原始程序里，那么一切就和他们使用的拉丁文一样合乎逻辑。新的手机人正在重启程序，只可惜他们启动的是乱七八糟的程序。虽然得到了心电感应，但却还能讲人话。他们……”

“乔丹，你不能拿我看见的那两个人就直接下结论……”

乔丹不理会他，现在他其实是在自言自语。“他们不像其他人一样集体行动，感化得不够彻底，因为集体行动的指令安装得有瑕疵，结果他们……他们晚上很晚睡觉，早上提早起床。他们也变得会同类相残。而且，如果情况再恶化下去……你们难道看不出来？最晚被感染的手机人会是最先毁灭的。”

“就像《世界大战》一样嘛。”汤姆悠悠地说。

“像什么？”丹妮丝说，“我没看过那部电影，感觉太吓人了。”

“人体能轻易抵抗某些病菌，可是侵略地球的外星人没抗体，一染上病菌就死了。”汤姆说，“如果手机人全部死在计算机病毒手上，天理不就获得伸张了吗？”

“我倒宁愿他们互相残杀，”老丹说，“让他们陷入一场大逃杀，看最后哪一个人能胜出。”

克莱仍在想念约翰尼。他也想到莎伦，但脑子多半绕着约翰尼转，想着约翰尼用大写的字母写出**一定要来接我**，然后以三个字的全名来签名，仿佛能加重恳求的分量。

雷说：“你讲的东西，除非在今天晚上就发生，否则一点用处也没有。”他站起来伸伸懒腰，“他们很快又会开始推我们了。人有三急，趁现在还有时间，我要去解放一下。可别丢下我跑掉哟。”

“放心吧，不会开走校车的，”汤姆说，这时雷开始踏上健行步行道，“钥匙放在你的口袋里。”

“希望你解放顺利呀，雷。”丹妮丝温柔地说。

“爱耍嘴皮子，小心没人要哟，小妮。”雷说完消失在树林里。

“他们打算怎么对付我们？”克莱问，“你们有概念吗？”

乔丹耸耸肩。“也许就像闭路电视一样，只不过全国各地都来掺一脚，说不定甚至全世界都来联机。那座体育场好大，我不禁想到……”

“对了，还有拉丁文，”老丹说，“拉丁文是国际通用语言。”

“他们需要吗？”克莱问，“他们用的是心电感应。”

“不过，他们大部分还以文字来思考，”汤姆说，“至少目前为止如此。无论如何，他们一定想处决我们，克莱。乔丹认为如此，老丹和我也有同感。”

“我也是。”丹妮丝用落寞的语气小声说，同时抚摸着圆鼓鼓的肚子。

汤姆说：“拉丁文不只是国际通用语言，也是正义审判使用的语言，而且我们不久前也见过他们用过拉丁文。”

甘纳与哈洛德。对。克莱点点头。

“乔丹另外有个想法，”汤姆说，“我认为你有必要听一听，克莱，以防万一。乔丹？”

乔丹摇摇头说：“我讲不出来。”

汤姆与老丹互看。

“推派一个人说啊，”克莱说，“拖什么拖嘛！”

最后还是由乔丹来报告：“因为他们懂得心电感应，所以知道我们最心爱的人是谁。”

克莱想从字里行间挑出邪恶的含意却找不出来。“那又怎么样？”

“我有个哥哥住在普罗维顿斯，”汤姆说，“如果他也成了手机人，那么到时候对我行刑的人就是他。如果乔丹的理论正确的话。”

“我的，应该是我妹妹。”老丹说。

“我的则是我的分楼舍监。”乔丹说。他的脸色非常苍白。“他有诺基亚牌百万像素的手机，能播放从网络上下载的影片。”

“我丈夫，”丹妮丝说了一半泪流满面，“除非他死了。我向上帝祈祷他已经死了。”

克莱的脑筋一时转不过来，接着他总算了解了。约翰尼？我的小约翰尼？他看见褴褛人对他头上伸出一只手，听见褴褛人宣判：“此人——精神异常。”也看见儿子朝他走来，反戴着小联盟的棒球帽，身穿他最爱的红袜队T恤，背面印有威克菲尔德的签名与球衣号码。数百万人透过神奇的心电感应看到这一幕，而在数百万双眼睛的注视下，约翰尼显得非常渺小。

小约翰尼面带微笑，两手空空。

全身上下的武器只有一嘴白牙。

3

打破沉默的人是雷，只不过雷并不在场。

“啊，天啊！”健行步行道稍远处传来雷的声音，“可恶！”接着他又说：“喂，克莱！”

“什么事？”克莱高声回应。

“你从小就生长在这一带，对吧？”雷的口气带有怒意。克莱看看其他人，其他人只以不解的眼神响应。乔丹耸耸肩，向外摊开掌心，瞬间又变回即将进入青春期的儿童，而非手机战争中的难民，模样令人心碎。

“呃……生长在缅因州南部，差不多。”克莱站起来，“出了什么问题？”

“所以说，你知道三叶毒藤和毒葛长什么样子，对吧？”

丹妮丝差点噗哧笑出来，赶紧用双手捂住嘴巴。

“知道。”克莱说。他自己也忍不住微笑。他的确知道毒葛长什么样子，因为他多次叮嘱过约翰尼和后院的玩伴别去乱碰。

“好，还不赶快过来帮我看一下，”雷说，“你自己来就好。”接着他几乎一刻也不停地就往下说：“丹妮丝，我不需要心电感应也知道你在笑，建议用袜子来堵住你的嘴巴。”

克莱离开野餐区，走过写着**出发前务必取用地图！**的标语，然后沿着漂亮的小溪走。在这个时节里，森林里处处美不胜收，浓淡不等的橘红色混合了稳健的常绿冷杉。他这时心想（以前也想过），如果凡人需要向上帝偿命，在这个季节还债总比别的季节理想。

他本以为看见雷时，雷的裤带会是打开的，甚至整条裤子落在脚边，但雷好端端站在松针铺成的地毯上，裤带仍勒在腰上。他站的地方四处没有草丛，不见三叶毒藤或其他植物。他的脸色苍白，像与艾丽斯冲进尼克森家客厅呕吐时一样，白如死灰，只有眼珠仍有生机，在他脸上燃烧着。

“过来这里。”他压低嗓门说。小溪潺潺流着，声响几乎盖过了他的话。“快，时间不多了。”

“雷，到底搞……”

“乖乖听好。老丹和你的朋友汤姆太聪明了，小乔也是。有时候脑筋动太多也会碍事。丹妮丝比较合适，可惜她怀了孕，信不过孕妇，所以我就挑你了，画家先生。我本来不想挑你，因为你还挂念着儿子，不过你儿子已经完了。你心里知道。你儿子死定了。”

“两位，一切还好吧？”丹妮丝呼喊。克莱虽然浑身麻木，却仍听得出她话中带笑。

“雷，我不知道你在……”

“人死不能复生。你乖乖听好。穿红色连帽衫的混蛋想搞什么鬼，只要你不肯让他搞，他就搞不成。你只需要知道这一点就好。”

雷穿的是斜纹褐色工作裤。他伸进长裤的口袋，取出一部手机和一小张纸。手机被泥巴沾成灰色，看似在粗工的环境度过了大半生。

“放进你的口袋里去。时机一到，打纸条上的号码。你会知道什么时候。我只能希望到时候你知道。”

克莱接下手机，不接的话手机只有落地的分。小纸条从他指间滑落。

“捡起来！”雷凶巴巴地低声说。

克莱弯腰拾起纸条，上面草写了十个数字，前三个是缅因州的区码。“雷，他们看得穿心思啊！如果我拿了这……”

雷强嘛出奸笑的嘴型。“对！”他低声说，“他们偷看你的脑袋，会看见你在想他妈的手机！从十月一号开始，大家脑袋里想的是什么？我指的是，像我们这样还能动脑的人，还能想什么？”

克莱看着肮脏斑驳的手机。手机的外壳贴了两条DYMO标签带，上面一条写着：**佛迦狄先生**，下面一条注明：**葛利村采石场财产，请勿带离**。

“妈的，快放进口袋呀！”

克莱听从的不是雷急促的语气，而是那对绝望双眼所透露出的渴望。克莱开始把手机与纸条放进口袋。克莱穿的是牛仔裤，口袋比雷的工作裤来得紧，所以必须低头把口袋撑开，雷趁这个机会伸手从克莱的枪套里拔出枪来。克莱抬头一看，雷已经用枪口顶住了自己的下巴。

“克莱，算是帮你儿子做件好事，你要相信这一点。用这种方法活下去不值得。”

“雷，住手！”

雷扣下扳机，美国捍卫者射出的霰弹轰掉了雷的头顶，整群乌鸦从树林里起飞。克莱原本没发现树林里有乌鸦，现在乌鸦却对着秋天的空气嘎嘎咒骂着。

克莱的呐喊声遮盖了乌鸦叫声片刻。

4

五人在冷杉下松软的黑土开始为雷挖坟，破土不久，手机人的感应能力就探进了他们的大脑。克莱首度感受到那种联合的力量。正如汤姆所描述的，这种感受仿佛像被一只强而有力的手从背后轻推，只不过手跟背都只存在于脑袋里。没有文字，只有推手。

“让我们挖好再说！”他大喊，然后立刻以稍高的音域回答自己，克莱一听就认出是谁的声音，“不行。现在就走。”

“五分钟就好！”他说。

这一次群体改利用丹妮丝的声音来发声：“现在就走。”

他们已经事先用校车上的椅套裹住雷仅剩的半颗头。此时汤姆把雷的遗体推进土坑，踢进一些泥巴，然后抓住自己的头两侧，皱眉说：“好啦，好啦，”随后立刻被迫回答自己，“现在就走。”

五人踏上步行道，往野餐区回去，由乔丹带头。他的脸色非常苍白，但克莱认为不比雷生前最后一刻来得难看，根本没得比。用这种方式活下去不值得。这是雷最后的遗言。

手机人稍息站在道路对面，排成一列，向两侧绵延了大约半英里之长，少说也有四百人，但克莱并没有看见褴褛人。他心想褴褛人先回家准备迎宾了，因为他拥有许多豪宅。

克莱心想：每栋豪宅里各有一部电话分机。

五人鱼贯走上迷你型的校车时，他看见三个手机人脱队了，其中两个人开始互打互咬，扯破了对方的衣服，咆哮着可能是人话的声音，克莱自认听见了“下贱”一词，但他认为可能只是凑巧蹦出来的字。脱队的第三人只是转身走开，踏着马路上的白线朝纽菲尔走去。

“对呀，阿兵哥，脱队呀！”丹妮丝歇斯底里地喊着，“最好全部脱队！”

但其他人继续站着。如果这个手机人真的是在逃亡，也只逃到了一六〇号公路转往南方的弯道。在弯道上，有个年迈却肌肉发达的手机人突然伸出双臂，攫住逃兵的头扭向一边。逃兵倒在路上。

“钥匙在雷身上。”老丹用疲惫的嗓音说，他的马尾巴已经散得差不多了，头发摊在肩膀上，“应该派人回去……”

“在我这里，”克莱说，“由我来开车。”他打开迷你校车的侧门，感觉脑里的推手在敲敲敲、推推推。他的双手沾满血和泥。他感觉到口袋里手机的重量，一个好笑的想法油然而生：说不定亚当和夏娃被赶出伊甸园前多摘了几颗苹果，以免在前往地狱的途中饿肚子。他们五人也即将踏上尘土飞扬的长路，通往七百个电视频道，通向安置了背包炸弹的伦敦地铁站。“大家上车吧。”

汤姆瞪了他一眼。“没必要讲得那么开心吧，梵高。”

“又不会少块肉。”克莱微笑说。他怀疑这抹笑容是不是和雷临终的惨笑相同。“至少不必再听你们的鬼扯淡了。快上车。下一站是卡什瓦克无手机信号区。”

但在上车之前，他们被迫扔掉了随身携带的枪。

弃枪的动作并非他们命令自己弃枪，也不是肢体功能受到外力控制。克莱被迫伸手拔出枪套里的点四五手枪时连看也不必看，他并不认为手机人办得到，至少目前还办不到，如果正常人不允许，手机人甚至无法借嘴发话。这时的克莱只觉得头壳里面发痒，痒得厉害，就快要受不了了。

“哇，圣母啊！”丹妮丝低声喊叫，然后把插在腰带上的点二二小手枪用力扔得远远的，手枪掉在路面上。老丹也跟进，扔出了手枪后再丢猎刀以示决心。猎刀飞出时刀锋向前，几乎飞到了一六〇号公路的另一边，但站在路旁的手机人完全没有畏缩的表情。

乔丹把他带的手枪放在校车旁的地上。接着，他一边呜咽抽泣，一边抓起背包猛翻，然后抛弃了艾丽斯生前的手枪。汤姆也丢掉速战爵士。

克莱在校车旁贡献了自己的点四五手枪。自从脉冲事件以来，这把枪断送了两条人命，克莱送走它并不太难过。

“好了。”他对着马路对面监视他们的眼睛与脏脸说，里头有许多人都已是缺手断脚。克莱又对手机人说：“就这么多了，满意了吗？”但克莱脑海浮现的是褴褛人。克莱立刻回答自己的问句：“他。为什么？自杀？”

克莱吞咽口水。想知道原因的人不只有手机人，连老丹与另外三人也等着他回答。克莱看见乔丹拉着汤姆的腰带，仿佛害怕克莱的答案。那种害怕的表情宛如幼童提心吊胆地穿过繁忙的马路，而这条马路尽是超速行驶的卡车。

“他说你们那种生活方式不值得一活。”克莱说，“他抢走我的枪，我来不及阻止，他就轰爆了自己的头。”

除了乌鸦啊啊叫之外，四下无声。随后乔丹以呆板而堂皇的语调说：“我们的。方式。是唯一的。活路。”

接下来轮到老丹，语调同样呆板：“快上。校车。”克莱心想：他们的情绪只有愤怒一种。

五人依次上了迷你校车。克莱坐上驾驶座，启动引擎，开上一六〇号公路的北上车道。才启程不到一分钟，他就注意到左边有动静。是一群手机人。他们沿着路肩往北移动——悬浮在路肩上方，直线前进，看起来好像踩着隐形输送带，而输送带高出地面八英寸。然后，前方的路面凸起，他们也跟着升高大约离地面十五英尺，在多云而阴沉的天空下形成人体拱门。看着手机人消失在高地的另一边，就像看人乘坐隐形云霄飞车越过一道缓升坡。

随后，优雅流畅的队形发生了变化。一个腾空前进的手机人突然掉了下来，摔在距离路边至少七英尺远的地方，就像被猎人射中的鸟儿。这个人身穿破烂的慢跑装，倒地后一腿猛踢，另一腿则拖在泥地上拼命打转。校车以十五英里的沉稳时速经过时，克莱看见他板着一副愤怒的臭脸，嘴巴不停地说着话。克莱差不多能肯定他正在陈述遗言。

“现在我们总算知道了。”汤姆不带感情地说。他和乔丹坐在校车后面的长椅上，前面就是放背包的行李区。“灵长类动物进化成人类，人类进化成手机人，手机人进化成罹患图雷特氏综合症的飞行心电感应人。进化过程完毕。”

乔丹说：“什么是图雷特氏综合症？”

汤姆说：“妈的，我知道才怪，小朋友。”令人不可思议的是，全车人居然笑了出来，不久后开始捧腹狂笑，连不知道有啥好笑的乔丹也跟着一起笑。黄色迷你校车徐徐往北前进，手机人也经过校车北上，然后上升、上升，行进队伍似乎永无止境。

8　卡什瓦克

1

离开野餐区，远离雷用克莱的手枪自杀之地一小时后，校车经过一块路牌，上面写着：

北郡联合博览会
十月五日至十五日
大家一起来！！！

参观卡什瓦卡玛克展览厅
别忘了莅临独一无二的“北端”
有老虎机（包括德州扑克游戏）
也有“印第安宾果游戏”

让您乐得喊“赞！！！”

“我的天啊！”克莱说，“博览会。在卡什瓦卡玛克展览厅。天啊！这种地方最适合他们群聚了。”

“什么样的博览会？”丹妮丝问。

“基本上就是普通的集市，”克莱说，“只不过比多数集市要大，而且玩得更疯，因为这里是 TR 未定区。而且还有所谓的‘北端’。缅因州人大家都知道北方各郡联合博览会的北端卖什么膏药。北端的恶名和黎明宾馆一样响亮，只是乐趣各有不同罢了。”

汤姆问北端有何玄机，克莱正想回答，丹妮丝却插嘴说：“圣母和耶稣啊，那边又有两个，我明知他们是手机人，可是还是觉得恶心。”

路边有一男一女躺在尘土里，不是因为拥抱窒息而死，就是因为激战而死，但拥抱不像是手机人的作风。校车北上时经过了六七具尸体，他们几乎能肯定这些人惨遭其他手机人的毒手。他们也看见十几人漫无目标地往南走，有的人独行，有的成双成对。其中一对想必是搞不清楚该往哪里走，居然在校车经过时想搭便车。

“如果他们不是脱队就是倒地而死，明天他们就拿我们没办法了，岂不是更好？”汤姆说。

“别想得太美了，”老丹说，“我们每看到一个死者或逃兵，就会看到二三十个手机人照常运作。而且，在叫卡什么鬼东西的那地方还有多少人在等我们，只有老天知道。”

“也别想不开，”乔丹坐在汤姆身边说，口气稍嫌尖锐，“程序里出现了虫子——蠕虫——可小看不得，因为蠕虫一开始可能只是小麻烦，后来却能瞬间让系统瘫痪。我常玩Star-Mag这种电玩，听过吗？呃——应该说我以前常玩才对。有个加州人也喜欢玩，可是每玩必输，输到最后翻脸了，往系统上载了一只蠕虫，害所有服务器在一个礼拜内全部瘫痪。几乎有五十万个电玩迷被那个报复客害惨了，只好改玩计算机自带的小游戏解闷。”

“乔丹，我们没有一个礼拜的时间。”丹妮丝说。

“我知道。”他说，“我也知道手机客不太可能一夜之间全死掉……不过还是有可能，而且我不会死心。我不想最后像雷那样。他……呃，死了心。”一颗泪珠滚下乔丹的脸颊。

汤姆抱了他一下。“你不会像雷那样的，放心，”他说，“你长大以后会变成比尔·盖茨那样的人物。”

“我才不想当比尔·盖茨咧。”乔丹落寞地说，“我敢打赌比尔·盖茨有手机，而且我敢说，他至少也有十几只。”他坐直上身，说：“我最想知道的是，有多少手机基地台在停电后还能运作。”

“联邦紧急事务管理局。”老丹面无表情地说。

汤姆与乔丹转身看向他。汤姆的唇上挂着犹疑的微笑，就连克莱也抬头瞥向照后镜。

“别以为我爱说笑，”老丹说，“是开玩笑就好了。我以前去就医时读了一本新闻杂志，上面有一篇报道。我那天在等着医生戴上手套，进行令人作呕的检查——”

“拜托，”丹妮丝说，“日子已经够难熬了，那一部分可以省略。报道里面写了什么？”

“报道说，九一一事件之后，联邦紧急事务管理局向国会申请了一大笔钱，详细数字我记不清楚了，不过至少有几千万美金，用意是在全国的手机基地台安装长效型的紧急发电机，以防恐怖分子串连攻击时不会影响到正常通讯。”老丹停了几秒，“看来是发挥作用了。”

“联邦紧急事务管理局帮了倒忙，”汤姆说，“我哭笑不得。”

“换成别的时候，我会建议大家写信给国会议员，不过国会议员现在大概都疯了。”丹妮丝说。

“早在脉冲事件之前就疯了吧。”汤姆说，但他说得心不在焉。他望着窗外，揉着脖子后面。“联邦紧急事务管理局。”他说，“你们知道吗？其实倒也说得过去。可恶的联邦紧急事务管理局！”

老丹说：“我更想知道的是，他们为什么要大费周章地把我们押回去？”

“而且还逼我们别效法雷的下策，”丹妮丝说，“这一点别忘记。”她停顿了一下之后说：“我才不会，自杀是罪过，要杀要剐尽管来，我非带我的小贝比上天堂不可。我相信自杀的人只能下地狱。”

“最让我起鸡皮疙瘩的是他们用的拉丁文。”老丹说，“乔丹，手机人有没有可能拿旧的东西，例如说脉冲事件以前的东西，拿来加进新程序里面？如果这样做合乎……嗯，怎么说呢……合乎他们的长期目标？”

“大概可以吧，”乔丹说，“我不太知道，因为我们不晓得他们在脉冲程序里写了什么样的指令。他们写的东西怎么看也不像普通的计算机程序。他们写的是自生型、有机的东西，好像本身就会学习一样。我猜这种程序的确会学习。教头听见的话会说：‘此言适合其定义。’只不过他们可以齐心学习，因为……”

“因为他们能心电感应。”汤姆说。

“对。”乔丹同意。他面露迷惘。

“为什么拉丁文让你起鸡皮疙瘩?”克莱看着照后镜里的老丹。

“汤姆说，拉丁文是正义审判使用的语言，我不是反对，不过我总觉得复仇的含意比较大。”他倾身靠向前去，眼镜后面的眼珠疲惫而迷惑。“因为抛开拉丁文不谈，他们其实没有思考能力。这一点我敢保证。至少还没有发展出思考能力。他们不靠理性思考来行事，比较接近蜜蜂暴怒之下进行群体攻击的行为。”

“法官大人，我抗议，辩方的臆测纯属弗洛伊德式的臆想!”汤姆说得相当开心。

“也许是弗洛伊德，也许是洛伦兹的说法，”老丹说，“请暂时先别封杀我。他们这样的个体，充满愤怒的个体，如果搞不清楚什么是正义，什么是复仇，你们还会惊讶吗?”

“有差别吗?”汤姆问。

“对我们来说可能有差别。”老丹说，“我教过一个长期课程，探讨的是美国的民间保安意识，所以我有资格告诉各位，复仇心的杀伤力通常更强。”

2

这段对话结束未久，他们来到了一个克莱眼熟的地方。克莱看了忐忑不安，因为他从没到过缅因州的这个部分，只有在梦见集体感化站时造访过。

路面上有人以鲜绿色油漆横写着大字：KASHWAK=NO—FO。校车以时速三十英里稳定地压过大字，手机人仍持续飘过校车左边，以庄严而妖惑的方式前进。

克莱心想：*我那天做的不是梦*。他看着卡在马路两旁草丛里的垃圾，满眼是啤酒罐与汽水罐。校车轮胎压过一袋袋没吃完的薯片、饼干，压得嘎嘎响。*正常人排成两行站在这里吃零食、喝饮料，脑袋里有痒痒的奇怪感觉，也感受到无形的推手在推着他们的背。*他们轮流打电话给脉冲事件受难的亲属，站在这里听着褴褛人说："左边、右边排两行，没错，请继续往前走，我们希望在入夜下班前尽量处理更多人。"

前方路旁的树木逐渐稀少，像是农场主人辛苦砍伐用来放牧牛羊的绿地，如今却被行人踩成烂泥，仿佛像这里举办过摇滚演唱会似的。其中一个帐篷被吹掉了，另一个卡在树上随风拍打着，在向晚的阴沉天色里犹如一条褐色的长舌。

"我梦到过这地方。"乔丹说。他的嗓音紧绷。

"是吗？"克莱说，"我也梦到过。"

"正常人跟着 KASHWAK=NO—FO 的路标，最后来到这里，"乔丹说，"就像售票亭，对不对，克莱？"

"有点像，"克莱说，"有点像是售票亭，对。"

"他们准备了几口很大的纸箱，装满了手机。"乔丹说。克莱不记得梦到过这个细节，但他相信乔丹说得没错。"一堆又一堆的手机，而且每个正常人都有机会打一通电话。一群不知死活的鸭子。"

"你什么时候梦到的，小乔？"丹妮丝问。

"昨天晚上。"乔丹的视线与后视镜里的克莱对上，"正常人明明知道没办法听到心爱的人讲电话，却还是照样拿起手机来打，然后贴向耳朵听。多数人甚至毫不抵抗。为什么，克莱？"

"因为他们厌倦了抵抗吧，我猜，"克莱说，"厌倦了与众不同的感觉。他们想用新的耳朵听听《小象走路》。"

小校车驶过了这段路，两旁是被踩坏的草地，而不久前这里搭出了帐篷。前方有条铺了柏油的岔路从公路分支出去，比这条公路更宽更平。手机人流向这条岔道，消失在树林间的空隙处。距离校车前方大约半英里处，有个类似起重台架的钢铁结构高高耸立在树梢之上。凭着梦境，克莱一眼就认定那是游乐场的某种游戏机，也许是"回旋降落伞"。公路与岔道的交接口有块广告牌，上面画了一个和乐融融的家庭，有爸爸、妈妈、儿子和小妹妹，正走进有游乐机、游戏与农产展的乐土。

北郡联合博览会

十月五日开幕烟火会

参观卡什瓦卡玛克展览厅
十月五日至十五日“北端”全天候开放

让您乐得喊“赞！！！”

站在广告牌下的人是褴褛人。他举起一只手，比划出“停车”的手势。

克莱心想“完了”，然后在他身边停下小校车。克莱在盖顿素描褴褛人的眼睛时，怎么画也画不好，这时看见褴褛人的目光既无神又不怀好意。克莱告诉自己，眼光不可能同时无神又不怀好意，但事实就是事实。有时候，褴褛人眼神是恍惚茫然，转瞬间又显得热切渴望，让人看了很不舒服。

他不可能想上车吧。

但褴褛人果然想上车。他对着车门双掌合十，然后打开双手，姿态优美，好像是在放生鸟儿一样，然而他的手脏得黑乎乎的，左手的小指也严重骨折，看似断了两个地方。

这些是新人，克莱心想，是不爱洗澡的心电感应人。

“别让他上车。”丹妮丝颤抖着说。

克莱看见校车左边如输送带稳定前进的手机人停下来。他摇摇头说：“由不得我。”

*他们偷看你的脑袋，会看见你在想他妈的手机！从十月一号开始，大家的脑袋里除了手机还能想什么？*那时雷几乎是边哼气边说。

克莱心想：*但愿被你说中了，因为离天黑还有一个半小时，至少一个半小时。*

他推动开门杆，褴褛人上了车。褴褛人的下唇咧开往下垂，脸上永远带着一抹冷笑。他瘦到了极点，肮脏的红色运动衫近似布袋。校车上的五人无一干净，因为自从十月一日以来，个人卫生并非要务，但褴褛人散发出强烈的恶臭，熏得克莱差点流出眼泪。褴褛人的体臭就像遗忘在高温房间里的刺鼻奶酪味。

襤褛人坐在门边面对驾驶座的位置，注视着克莱。顷刻之间，他感受到了襤褛人昏沉眼光的重量，以及怀有好奇心的诡异奸笑。

接着汤姆说话了。他的声音尖细而且怒气冲冲，克莱至今只听过一次，对象是骚扰艾丽斯的富态传教婆。当时汤姆对她说：好了，大家别玩了。而此时，汤姆说的则是：“你要我们做什么？你已经征服全世界了，到底还要我们做什么？”

襤褛人用破嘴挤出一个单字，发声的却是乔丹，说得呆板而不带感情。“正义。”

“谈什么正义？”老丹说，“你们连一点概念也没有。”

襤褛人用手势回应。他对着岔道比出一手，手心向上，食指向前：出发。

校车开始前进时，多数手机人也开始飘向前去。又有几人扭打起来。克莱从校车外的镜子看见有几个人往公路的方向走回去。

“你的士兵跑掉了几个。”克莱说。

代表群体的襤褛人不做任何响应，双眼忽而无神，忽而好奇，忽而两者兼具，仍然直盯着克莱，克莱几乎能感觉对方的视线在他的皮肤上轻轻游走。襤褛人的手指扭曲，被泥土染成灰色，此时放在大腿上。他穿的是污秽的蓝色牛仔裤。接着他奸笑起来。也许这就算回应了克莱的话。被老丹说对了。虽然偶尔有人脱队——以乔丹的说法是“翘头”，但效忠襤褛人的手机人仍占绝大多数。但克莱有所不知的是，有更多人在等他们。一个半小时之后，树林向两旁逐渐退下，校车通过一道木造拱门，上面写着：**欢迎光临北郡联合博览会**。

3

“我的老天爷啊！”老丹说。

丹妮丝较能表达克莱的感觉：她低声尖叫了一声。

襤褛人坐在驾驶对面的座位，只顾凝视着克莱。他的眼神带有朦胧的恶意，如同正想扯掉苍蝇翅膀的笨小孩。喜欢吗？褴褛人的奸笑仿佛在说，相当有意思，对不对？大家全来这里了！当然，像这样的奸笑可能别有含意，甚至可能意味着：我知道你口袋里面有什么东西。

过了拱门之后，他们看见了游乐场与一群游乐设施，想必在脉冲事件爆发之前，工作人员正忙着组装施工。克莱不知道最初搭了多少个园游会的帐篷，但有些已被风吹掉了，就如同六或八英里外感化站那里的凉亭。这里只剩下六七个帐篷，两侧一收一缩，宛如在夜风中呼吸。旋转咖啡杯架设了一半，对面的鬼屋也是。鬼屋的正面立了一块板子，上面写着**有胆就来**，骷髅在标语上空跳舞。在看似游乐场的尽头，只有摩天轮与回旋降落伞已经完工。因为没有灯光，所以无法显现出欢乐的气氛，让克莱看得毛骨悚然，感觉这些东西不像游乐设施，反而比较像巨大的酷刑器材。他只看见了一个闪烁的灯光：一盏小小的红色信号灯，无疑是由电池供电，放在回旋降落伞的最顶端。

回旋降落伞更远处有栋镶红边的白屋，少说也有数十座谷仓串连出的长度，房子两旁堆积松散的干草。这是乡下人用来隔绝冷风的省钱妙招。每隔十英尺左右，干草上插着美国国旗，在夜风中飘扬。房子垂挂着一条条爱国彩旗，也用鲜艳的蓝色油漆涂写了：

北郡联合博览会

卡什瓦卡玛克展览厅

然而，上述特点都无法吸引大家的注意。在回旋降落伞与卡什瓦卡玛克展览厅之间有数英亩的空地。根据克莱猜测，空地的功用是牲口展览、农机示范、闭幕日演唱会，当然也少不了开闭幕式的烟火秀。空地四周立了几根柱子，上面是照明灯与扩音器。如今这片宽广的草地挤满了手机人，肩并肩，大腿贴大腿，一起转头面向初抵会场的黄色小校车。

克莱原本抱着看见约翰尼——或莎伦——的一线希望，这时已消散一空。他凭直觉认为这里至少有五千人挤在没电的照明灯底下。接着他又看见手机人蔓延至紧临主展示区的停车场，因此向上修正预估人数，至少八千人。

褴褛人坐在校车上，坐在原本是纽菲尔德小学三年级生坐的地方，对着克莱奸笑，牙齿从破唇中露出来。*喜欢吗？*他似乎在问。但克莱不得不提醒自己，那种笑容如何解读都解读得通。

“哇，今晚谁演唱？乡村巨星文斯·吉尔吗？或者你们破产请来更大牌的艾伦·杰克逊？”汤姆说。他的用意是搞笑，克莱认为他值得嘉奖，只可惜他的口气中只有恐惧。

褴褛人仍注视着克莱，眉宇中央出现了一小道垂直的皱纹，仿佛因为某件事而迷惑。

克莱把小校车慢慢开进游乐场的中央，往回旋降落伞与沉默的手机大众前进。这里也随处可见尸体，克莱看了不禁联想到寒流爆发时，窗台上有时会出现一堆堆被冻死的昆虫。他紧张得指关节发白，不希望被褴褛人看见。

慢慢开，别急，他只是在看着你。至于手机，从十月一日开始，大家除了手机之外还能想什么？

褴褛人举起一只手，用严重扭曲的一指对准克莱。“没有手机信号，你，”褴褛人借用克莱的嘴巴说，“精神异常。”

“对，我没有接收手机信号，你没有接收手机信号，大家都没有接收手机信号，全车的人都是白痴。”克莱说，“不过，你治得好，对不对？”

褴褛人奸笑着，仿佛在说：被你说中了……但眉宇之间的垂直皱纹仍在，仿佛仍有一件事困惑着他。也许有件事在克莱的脑海翻滚着。

校车接近游乐场尽头时，克莱抬头望向后视镜。“汤姆，你不是问我北端有什么好玩的吗？”克莱问。

“原谅我，克莱，我已经没兴趣知道了，”汤姆说，“可能是被欢迎委员会的声势吓到了。”

“别这样，北端的由来很有意思。”克莱说得有点激动。

“想讲就讲吧。”乔丹说。愿上帝保佑乔丹，他居然临死前还保有好奇心。

“在二十世纪，北郡联合博览会一直热闹不起来，”克莱说，“只是普通的一个小展览会，就在卡什瓦卡玛克展览厅摆摊卖画、手工艺品、蔬果和家畜……看样子，他们准备把我们押到卡什瓦卡玛克展览厅去展览。”

他瞄向褴褛人，但褴褛人不证实也不愿否认，只是继续奸笑，额头的垂直皱纹已经消失。

“克莱，小心。”丹妮丝用神经紧绷而压抑的口吻说。

他回头望向挡风玻璃，赶紧踩刹车。一名老妇人从沉默的群众里蹒跚着走出来，双腿有多处被细菌感染的裂伤。她绕过回旋降落伞的边缘，踏过了几片鬼屋来不及组装的建材，然后跛着脚朝校车直线狂奔过来，开始慢慢敲着挡风玻璃，污秽的双手被风湿病摧残得弯曲起来。克莱从老妇人的脸上看出异状。手机人的表情通常是热切而呆滞，老妇人却一脸惊恐而不知所措。他觉得眼熟。你是谁？超短褐曾这么问过。只被脉冲间接袭击到的超短褐。我是谁？

九个手机人排成整齐的方阵，走过来想制止老妇人。她满面恐慌，距离克莱的脸不到五英尺。她的嘴唇在动，克莱的耳朵与大脑同时听见了五个字：“带我一起走。”

女士，我们要去的地方你最好别去。克莱心想。

手机人随后揪住她，把她押回聚集草地上的人群。她挣扎着想逃走，但九人组硬是不肯松手。克莱瞥见她眼中一闪即逝的光芒，心知这女人若置身炼狱的话还算是幸运，可惜她置身地狱的机会更大。

褴褛人再次伸出一只手，掌心朝上，食指向前：走。

老妇人在挡风玻璃留下了掌印，隐约可见。克莱从手印间望出去，继续向前行驶。

4

“言归正传，”他说，“直到一九九九年，这里的博览会都没什么看头。如果你住在这附近，想去过一过园游会的瘾，想坐坐游乐机、玩玩游戏的话，只能大老远跑去弗莱堡集市。”他听见自己的声音仿佛从录音带里播放出来，只是为了讲话而讲话。他不禁联想到波士顿大鸭游览车的驾驶，边开车边指出各地名胜。“后来刚进入二十一世纪的时候，缅因州的印第安事务局丈量了土地。大家都知道，博览会的场地隔壁就是索卡贝森保留区。土地测量的结果显示，卡什瓦卡玛克展览厅的北端正好在保留区的范围里，所以严格说来是米克马克印第安人的领土。博览会的主办单位并不是白痴，米克马克部落议会的人也不傻，双方同意撤掉北端的小店面，改摆几台老虎机。转眼之间，北郡联合博览会成了缅因州首屈一指的秋季盛会。”

校车来到了回旋降落伞边，克莱开始向左转，让小校车通过回旋降落伞与半完成的鬼屋之间，但褴褛人掌心向下，在空气中拍了拍。克莱停车。褴褛人站起来，转向车门。克莱拉下车门杆让他下车。他下车之后对克莱做出挥手鞠躬的动作。

“他又想干什么？”丹妮丝问。从她坐的位置看不见褴褛人，车上所有的人都看不见。

“他叫我们下车。”克莱说。他站起来。他能感觉雷给他的手机紧贴着大腿上面，低头就能看见牛仔裤袋鼓出的轮廓，只好把T恤往下拉扯遮盖住。手机又会怎样？大家不是尽想着手机？

“我们要去哪里？”乔丹问，语气惧怕。

“由不得我们吧，”克莱说，“快下车吧，各位，我们去参观集市。”

5

褴褛人带着五人走向沉默的群众。这一行人过来后，群众让开一条窄窄的走道，比喉咙的宽度宽不了多少，走道从回旋降落伞通往卡什瓦卡玛克展览厅的双扉门。克莱与其他人通过停满了卡车的停车场。卡车侧面漆了**新英格兰游乐设施企业**，也印有云霄飞车的商标。走过之后，群众再度合拢。

这一段路让克莱感觉永无止境。臭气熏得几乎令人腿软，清新的微风虽然吹走了最上层，底下的臊味与腐臭仍然令人不敢恭维。他察觉到自己的双腿在移动，也察觉褴褛人的红色连帽衫在他前面，但垂挂着红白蓝的三色彩旗的双扉门却没有越来越接近的迹象。他闻到泥巴与血的味道和屎尿味。他闻到了伤口感染而腐烂的臭气，也闻到了焦肉与近似蛋白腐化的脓臭味。这些人穿的衣服太大，挂在身体上散发出腐臭。此外，克莱也嗅到了新的气息。将这种气息称为疯狂未免太简单了。

我认为是心电感应的气息。如果是的话，味道太浓烈了，我们还没做好心理准备。这种气息以某种方式灼烧人脑，如同电压过高烧坏了汽车的电力系统，也如同……

“帮我扶她啊！”乔丹从他背后呼喊，“快帮我扶，她昏倒了！”

他转身看见丹妮丝趴在地上，乔丹也四肢着地趴在她身边，把她的手臂架在自己的脖子上，可惜她太重了，乔丹扛不动。落后的汤姆与老丹被挤得无法动弹。手机人让开的走道太窄了。丹妮丝抬头，视线与克莱接触了片刻，她的表情恍惚而疑惑，眼光近似被一棒打昏的小牛。她在草地上吐出一团稀薄的黏液，头又低下去，头发如窗帘般围住她的脸。

“帮帮我啊！”乔丹又喊叫，他开始大哭。

克莱往回走，开始用手肘推开手机人，以便走去丹妮丝身边。“给我滚开！”他大骂，“滚开！她是孕妇。笨蛋！难道看不出她怀……”

他先认出的是那件白色的高领丝质上衣。他以前总喜欢说那件是莎伦的医师服。就某些方面而言，他认为这上衣是莎伦整个衣柜最性感的一件，原因之一是高领显得端庄。他喜欢太太裸身的媚态，却更喜欢她穿这件白丝高领衣时碰触、揉捏她乳房的感觉。他喜欢捧起她的乳房，欣赏乳头在衣服下激凸的模样。

如今莎伦的医师服有些地方被污泥染成黑色，其他地方也有干血形成的红褐色污渍，衣服的腋下破了。约翰尼在纸条上写着：*她的外*

表不像有些人那么惨，但她的外表其实好不到哪里去。她绝对不是出事当天穿着医师服搭配深色红裙去学校教书的莎伦·里德尔。同一天，与她分居的丈夫去了波士顿，希望能签下契约，解决财务窘境。他多希望让莎伦了解，她不停唠叨他的“嗜好赚不到钱”，其实只是反映出她内心的恐惧与对丈夫缺乏信心（至少如此反映在他半带怨恨的梦里）。她的深色金发脏成了直长条状，无力地下垂着，脸上也被割了几道，其中一只耳朵像是被人扯掉了一半，而耳孔只像一个被塞住的洞，深深戳入头壳。她吃了某种深色的东西后没擦嘴，残渣凝结在嘴角，而将近十五年来，他几乎天天亲吻同一张嘴。她凝视着他，对他视而不见，用手机人那种半笑不笑的傻笑面对他。

“克莱，帮我啊！”乔丹几乎啜泣起来。

克莱回过神来。莎伦不在这里，他必须提醒自己这一点。莎伦已经失踪将近两个礼拜了，自从脉冲事件日开始，她拿走约翰尼的红色小手机打了电话后，至今杳无音讯。

“贱人，给我站到一边去！”他说着推开从前的枕边人。她还没来得及回应，他就已经占据她的位置。“这女人是孕妇，还不赶快让出空间来。”说完他弯腰，把丹妮丝的另一只手臂挂到自己的脖子上，把她撑起来。

“你先走吧，”汤姆对乔丹说，“我来扛就好。”

乔丹举起丹妮丝的手臂，让汤姆搭在自己的肩膀上。他与克莱协力架着丹妮丝走完最后九十码，来到卡什瓦卡玛克展览厅的大门前，褴褛人正在门口等候。这时丹妮丝已能喃喃说：“不用了，我自己能走，没事。”但汤姆不肯放开，克莱也一样。如果让她自己走，克莱可能会回头去找莎伦，他可不愿回头。

褴褛人对着克莱奸笑，这一次笑得似乎比较有重点，好像他与克莱有了解同一个笑话的默契。*是莎伦吗？*克莱心想，*他在嘲笑沙伦吗？*

似乎不是，因为褴褛人比划出一个克莱从前极为熟悉的手势，但这手势在此地显得异常突兀：右手拇指贴近耳朵，小指靠近嘴边，其余三指收拢。是打电话的手势。

“无……信号……你……你们。”丹妮丝才说完就立刻用自己的嗓音说，“别乱来，我最讨厌别人借用我的声音！”

褴褛人不理她，继续用右手比划出打电话的手势，拇指靠近耳朵，小指靠近嘴巴，同时凝视着克莱。这时克莱相信自己也低头瞄了口袋里的手机一眼。随后丹妮丝又开口了，拙劣地模仿他与儿子小时候的对话：“无……信号……你……你们。”褴褛人做出大笑的模样，破嘴笑起来更加不堪入目。克莱觉得群众的眼睛直盯他背后，感觉像秤砣一样沉重。

接着，卡什瓦卡玛克展览厅的双扉门自动敞开，里面的气味混杂，萦绕着事发之前的旧气息，有香料、果酱、干草与家禽家畜味，尽管微弱，但与群众的臭味相比之下，还算稍能慰藉嗅觉。里面也不是全暗，电池维系的紧急照明灯虽暗淡，但并未完全失效。克莱心想，这太神奇了吧，莫非是特地为我们五人省下来的电？但他怀疑这项假设。褴褛人不说明原因，只是面带微笑，用双手招呼他们入内。

“荣幸之至，妖怪。”汤姆说，“丹妮丝，你确定能自己走进去吗？”

“确定。只不过，我还剩一件小事要做。”她深吸一口气，然后对准褴褛人的脸吐了一口口水，“好了，臭脸人，带我的口水回哈佛去吧。”

褴褛人不吭声，只顾对着克莱奸笑，像在暗示只有你懂我懂的笑话。

6

没有人端食物来给他们，但这里多得是零食贩卖机。老丹去了这栋大房子的南端，在维修工具柜里找出一根撬棍，其他人则围着他，看他撬开巧克力棒的贩卖机。克莱心想：*我们当然是疯子，晚餐吃贝比·鲁斯巧克力棒，明天的早餐是佩蒂巧克力棒。*这时音乐响起，不是《你照亮我的生命》，也不是《小象走路》。室外草地上的大扩音器播放着轻缓庄严的音符，克莱觉得耳熟，但已经有好几年没听过了。听见这首曲子，他的内心充满了感伤，手臂内侧的柔软的皮肤上也起了鸡皮疙瘩。

“我的老天爷啊！”老丹轻声说，“好像是阿尔比诺尼的曲子。”

“不对，”汤姆说，“是帕赫贝尔的《卡农》。”

“当然是。”老丹觉得尴尬。

“好像是……”丹妮丝才说了一半就停了下来，低头看着鞋子。

“好像什么？”克莱问，“讲啊，没关系，这里的人都是你的朋友。”

“就像是回忆的声音，”她说，“好像他们只剩这么多东西。”

“对，”老丹说，“我想应该是——”

“喂！”乔丹喊了一声。他正从一扇小窗向外望去。窗户相当高，但他踮起了脚尖，正好看得到窗外。“快过来看！”

五人排队轮流向外看。外面是大草地，天色已近全黑，扩音器与照明灯只见轮廓，宛如死寂夜空下的黑衣哨兵。更远处矗立着像起重机一样的回旋降落伞跳台，上头闪着一盏孤灯。而就在窗外正前方，数千名手机人跪下去，就像正要祈祷的教徒，《卡农》的音符仍浮沉在空中，而这音乐可能是回忆的替代品。众人趴下去时动作整齐划一，唰然一声掀动了空气，吹得空塑料袋与被踩扁的汽水杯在空中兜圈子。

“脑残军的就寝时间到了，”克莱说，“如果我们想做什么，非今晚动手不可。”

“做什么？我们又能做什么？”汤姆问，“我试过了两道门，全被锁紧了，其他门不试也知道。”

老丹举起撬棍。

“行不通吧，”克莱说，“那东西对付贩卖机或许有效，不过别忘了，这地方以前是赌场。”他指向大厅的北端。大厅北端铺了豪华地毯，摆了一列列的独臂抢匪，铬合金的外壳默默在逐渐暗淡的紧急照明灯下反着光。“这里的门一定撬不开。”

“窗户呢？”老丹问。他凑近去检查，然后回答自己的问题，“乔丹，也许可以。”

“我们先找东西吃吧，”克莱说，“然后坐下来安静一小会儿。我们最近静下来的机会不多。”

“坐下来干吗？”丹妮丝问。

“你们想做什么尽管去做，”克莱说，“我有将近两个礼拜没作画了，手好痒，所以想画一画。”

“你又没纸。”乔丹呛声。

克莱微笑说：“没纸的时候，我就在脑海里作画。”

乔丹用不太确定的神态看他，想看清克莱是否在讲冷笑话。认定不是之后，他说：“总比不过在纸上作画吧？”

“就某些方面而言，比纸上作画还好，因为画坏了不必擦掉，只要重新想一遍就好。”

铿锵一声巨响，巧克力棒的贩卖机门旋开来。“万岁！”老丹把撬棍高举头上欢呼。“谁说大学教授出了象牙塔就无用武之地了？”

“看，”丹妮丝不理老丹，贪婪地说，“一整架的小薄荷牌巧克力耶！”她俯身去抢。

“克莱？”汤姆问。

“什么？”

“你该不会看见了儿子吧？还是看见了老婆？叫珊卓是吧？”

“是叫莎伦。”克莱说，“两个我都没看见。”他的视线绕过丹妮丝丰臀的另一边。“那些是吮指奶油巧克力棒吗？”

7

半小时之后，他们已经吃够了巧克力棒，也洗劫了汽水贩卖机。他们试过了其他门，发现全部上了锁。老丹也拿撬棍去试，却发现从底部撬也找不到支点。汤姆认为，虽然这些门的质地看起来像木头，里面很可能包了钢铁。

“大概也装了警报器，”克莱说，“再乱撬的话，保留区的警察会进来抓人。”

这时除了克莱之外，其他四人在老虎机之间围成小圆圈，坐在柔软的地毯上。克莱坐在水泥地上，背靠着双扉门。刚才褴褛人就站在这里请他们进来，用近似嘲弄的表情说：*你们先请。明天早上见。*

克莱的思绪想要回到另一个嘲弄的手势——打电话的手势，但他不肯让自己的思绪萦绕在手势上，至少不能直接去想。他在这方面经验老到，知道思忖这类事情的上策是旁敲侧击。所以他头靠在钢心的木门上，闭上眼睛，幻想着漫画书的跨页全彩图。他想的不是《暗世游侠》——《暗世游侠》已经毁掉了，这一点没人比他更清楚。他幻想的是新的漫画。一时想不出更响亮的书名，暂时称呼为《手机》吧！画成惊悚漫画，描述世界末日降临，手机人聚众杠上了硕果仅存的正常人……

只是他越想越不对劲。一眼看上去好像没错，就像木门，一眼看上去是木头，里面却暗藏铁心。手机人的数量绝对折损得严重——他百分之百肯定。脉冲事件爆发之初，他们自相残杀的结果死了多少人？一半吧？他回想当时的血雨腥风，不禁又想：*大概不只一半。也许死了六成，甚至七成。*没死的人受了重伤，被细菌感染，风餐露宿，进一步的斗争，再加上智商过低，一定又折损了不少兵源。此外，当然不能忘记专杀手机人的正常人。正常人被消灭了多少群？像这么大的群体，实际还剩几个？

剩下的群体是否皆与“处决疯子秀”联机，克莱认为明天答案就能揭晓。现在再想也无济于事。

别管了。先精简再说。如果想把故事的背景画在广告跨页图上，背景就必须精简到能用一格来叙述的程度。这是漫画界的不成文的行规。手机人的状况可用四个字来形容：损失惨重。他们看起来声势浩大、数量惊人，但反过来说，在濒临绝种前，也许旅鸽的数目看起来还是很多，因为旅鸽一直到最后仍集体行动，飞行时往往仍能遮天蔽日，只是当时并没有人注意到，声势浩大的旅鸽群越来越少见，等到最后大家总算发觉时，旅鸽已经绝种，完结，拜拜。

他心想：何况，手机人目前碰到了另外一个问题——程序出了错，里面有蠕虫。糗大了吧？整体而言，这些手机人尽管发展出心电感应，又身怀悬浮的绝技，称霸地球的时间可能比恐龙来得短。

好了，故事背景够多了。图呢？能贯穿全书图画的一幅图，该怎么画才好？那还用说，画克莱和雷·休伊曾加不就得了。两人站在树林里。雷拿着贝丝·尼克森的手枪，枪口向上抵住下巴，克莱手里拿着……

手机。是雷从葛利村采石场捡来的那部。

克莱（惊恐）：雷，住手！这样做没意义！你难道忘记了，卡什瓦克是讯号死角……

苦劝无用！轰！在跨页的前景画上黄色的大写字母，文字的边缘画得参差不齐。“跨页”一词的英文是splash，而splash另有“飞溅”的意思，画在跨页正好，因为阿尼·尼克森体贴老婆的心意周到，特别上了美国偏执狂（American Paranoia）网站购买威力超强的霰弹。雷的头顶成了红色喷泉。跨页图的背景则画了一只乌鸦被吓得从松树的枝头起飞。克莱最精于刻画细节，假使没有发生脉冲事件，现在的他可能已经以这项绝活闻名全球。

克莱想着，这样的跨页太精彩了。是血腥了一点，没错，假如在实施漫画检查制度的时代，这种血腥图绝对过不了关，但这幅跨页图一眼就能引人入胜。虽然克莱没提到此地手机不通，但当时如果来得及，他一定会强调这一点，只可惜他未能及时指出。雷为了不让褴褛人与手下读出心思，轰掉了自己的脑袋，但手机却不能用，实在讽刺得足以令人扼腕了。雷用生命保护手机，而褴褛人可能早就知道手机的存在，知道手机放在克莱的口袋……但是却满不在乎。

褴褛人当时站在卡什瓦卡玛克展览厅的双扉门边，对着破碎而有胡茬的脸颊比出打电话的手势，然后再度利用丹妮丝来发话，以强调这个动作：无……信号……你……你们。

没错。因为“KASHWAK=NO—FO”。

雷白死了……既然他白死了，克莱为何不难过？

克莱发现自己正在打瞌睡。他在脑子里作画时，画着画着，经常打起瞌睡来。图画与故事分开了。没关系。因为在故事与图画融合为一之前，他总会产生这种感觉——欢欢喜喜，近似返乡之前的心情。在“有情人聚首处即旅途尽头”之前。他毫无产生这种感觉的理由，却还是觉得欢欢喜喜。

雷·休伊曾加为了一部没用的手机而自杀。

谁说只有一只？此时克莱的脑海浮现了另一格。这格画的是回忆，读者一看格子的波浪边就知道。

近距离画雷的手，他握的是那只脏手机与一张纸，纸上写了一组电话号码。雷的拇指遮住了号码，只露出缅因州的区域码。

雷（旁白）：时机一到，打纸条上的号码。你会知道什么时候。我只能希望到时候你知道。

雷呀，这里是卡什瓦卡玛克，手机不通，因为“KASHWAK=NO—FO”，问问哈佛校长就知道了。

为了强调这一点，克莱再画一格有波浪边的回忆图，地点是一六〇号公路，前景是黄色小校车，车身漆着**缅因州三十八号学区纽菲尔德**，中景的路面上由左至右漆着 KASHWAK=NO—FO。细节又画得没话说：水沟里有汽水空罐、被草丛勾住的废弃T恤；远方有个帐篷被风吹到树上，随风拍动，活像褐色的长舌；小校车上面冒出四个旁白框，这四个人实际上的对话并非如此（即使在打瞌睡，克莱仍然很清楚这一点），但这并不是重点，此时此刻以叙事为重。

重点究竟是什么，到时就知道了。

丹妮丝（旁白）：这里不就是他们……？

汤姆（旁白）：答对了，就是他们执行感化的地方。排队时还是正常人，打了一通电话，开始往博览会的群体走去，你就成了他们中的一员。多划算。

老丹（旁白）：为什么在这里感化？为何不干脆在博览会的场地？

克莱（旁白）：忘记了吗？“KASHWAK=NO—FO”。手机人叫正常人在这里排队，因为这里是讯号涵盖区的边缘。再往前走，讯号就成了鸭蛋、零蛋、空格。一格也没有。

再画另一幅。近距离画褴褛人，让读者看尽了他丑陋凶险的一面。他歪着破嘴奸笑，用一个手势总结了下面几句克莱的心里话：雷想出了精彩的点子，而他的点子成功与否全看手机能不能通，却没想到这里是讯号死角，我大概非北上到魁北克省才能进入通讯范围。太可笑了。不过更可笑的还在后头，我居然接下了手机！蠢驴呀！

不管雷为何而死，到头来却平白赔上一条命，是吗？也许是，但克莱脑海又浮现一幅画。在大厅外面，帕海贝尔的音乐结束，紧接着是福雷，然后变成威瓦尔第，从扩音器传来，而不是从手提音响泄出。黑色的喇叭矗立在死寂的夜空下，背景是搭建了一半的游乐机，前景是卡什瓦卡玛克厅，垂挂着彩旗，四周用干草挡冷风。而在图画的最后一笔，克莱以其逐渐为人称道的巨细靡遗笔法……

他睁开眼睛，坐直上身，其他人仍在北端围坐地毯上。克莱不知道自己靠着门坐了多久，只知道臀部已经坐得发麻。

喂。他想说却发不出声音来。他的嘴巴好干，他的心脏狂跳。他清清喉咙，再试一次。“喂！”这次大家转头看他。乔丹不知听出了什么异状，赶紧站起来，而汤姆也连忙起立。

克莱走向他们，双腿却半睡半醒不太听使唤。他边走边取出手机。为了这只手机，雷牺牲自己的性命，却因一时冲动而忘记卡什瓦卡玛克最特殊的一点：在北郡联合博览会，手机成了废铁。

8

“没有讯号，要手机有啥用？”老丹问。原本他看见克莱情绪亢奋，自己也高兴了一下，接着又看见克莱掏出的是该死的手机，而不是大富翁里的“出狱许可证”，立刻被泼了一头冷水。而且是支脏兮兮的旧手机，外壳还有裂痕。其他三人只是看着手机，表情是恐惧加好奇。

“麻烦请你沉住气，”克莱说，“可以吗？”

“反正我们整晚在这里待定了，”老丹说着摘下眼镜开始擦拭，“总该找个方法来消磨消磨时间吧。”

“我遇见你们之前，你们在那间纽菲尔德商行停下来找吃的、喝的东西，对不对？”克莱问，“然后发现了那辆黄色的小校车。”

“感觉好像几亿万年前的事了。”丹妮丝说。她噘起下唇，吹开掉落在额头上的发丝。

“校车是雷发现的，”克莱说，“十二人座……”

“其实是十六人座，”老丹说，“仪表板上写着。天啊！这里的小学一定迷你得不像样。”

“十六人座，最后一个座位的后面可放书包或远足用的轻便行李。你们坐上车后继续上路。后来你们到了葛利村采石场，决定停车休息。我敢打赌，提议停车的人是雷。”

“对喔，”汤姆说，“他认为我们该吃顿热乎乎的饭菜，然后休息一下。克莱，你怎么知道？”

“因为我在脑海里画过。”克莱说。这话接近事实，因为就在他讲话的同时，这幅画浮现在他脑海里。“老丹，你、丹妮丝和雷消灭了两个群体。第一次是用汽油，第二次却用了炸药。雷以前在公路修缮队上过班，懂得引爆的技巧。”

“操，”汤姆惊呼，“他从采石场弄到了炸药，对不对？趁我们在睡觉的时候。我们睡得像猪一样，他不愁没机会动手。”

“后来叫我们起床的人就是雷。”丹妮丝说。

克莱说：“我不知道是炸药还是别的什么爆裂物，不过我几乎笃定的是，他趁你们睡觉的时候，把那辆校车变成了有轮子的炸弹。”

“放在后面，”乔丹说，“藏在行李箱里面。”

克莱点点头。

乔丹双手握拳。“有多少？你觉得呢？”

“不引爆不知道。”克莱说。

“我这样理解对不对？”汤姆说。外面的威瓦尔第换成了莫扎特的《小夜曲》。手机人绝对进化到了不屑黛比·布恩的程度了。汤姆继续说：“他在校车后面藏了一颗炸弹……然后想办法把手机改装成引爆器？”

克莱点头。“我相信是这样没错。我认为，他在采石场的办公室找出两部手机。就我所知，工作人员专用的手机可能就有六七部，反正现在手机那么便宜。他把其中一部连接在炸药上，当成引爆雷管。伊拉克的叛军就是用这种方式来引爆路边炸弹的。”

“他趁我们呼呼大睡的时候装了炸弹，”丹妮丝说，“却没有跟我们讲？”

克莱说：“他不想让你们知道，以免在你们脑子里留下印象。”

“然后自杀，以免留在自己脑子里。”老丹说，接着他挖苦地爆笑一声说，“好，算他是英雄！只可惜他忘了一件事，过了他们设立的感化站，手机就没办法通话了！我猜就算在感化站，讯号也弱到不行！”

“对，”克莱微笑着说，“所以褴褛人才让我留着这部手机。他不知道我要手机做什么。我不确定他们具有思考的能力……”

“他们不像我们，”乔丹说，“永远也不会思考。”

“……不过褴褛人不在乎，因为他知道手机在这里打不通。就算我想被脉冲一下也没辙，因为‘KASHWAK=NO—FO’。无……信号……你……我们。”

“既然这样，你笑什么笑？”丹妮丝问。

“因为我知道一件他不知道的事，”克莱说，“他们都不知道。”他转向乔丹：“你会不会开车？”

乔丹面露吃惊状，“嘿，我才十二岁，少闹了。”

“连小型赛车都没开过？沙滩车呢？雪橇车呢？”

“呃，小赛车倒是开过。在纳舒厄郊外有个打小白球的地方，那里设了一个小型赛车场，我去开过一两次……”

“那就行了，反正不需要开太远。前提是，希望他们把校车留在回旋降落伞附近。我打赌校车一定留在原地，因为他们不会思考，一定也不会开车。”

汤姆说：“克莱，你脑子坏掉了吗？”

“没有，”他说，“就算他们明天要在虚拟体育场集体处决群体杀手，我们也不会出场。我们准备逃命。”

9

大厅的小窗户玻璃很厚，但老丹手上的撬棍就能应付。老丹、汤姆与克莱轮流敲，终于把碎片全敲掉了，然后丹妮丝用她穿的毛衣覆盖住窗框的底部。

“乔丹，你没问题吧？”汤姆问。

乔丹点点头。他很害怕，他怕得嘴唇毫无血色，但仍然努力保持镇定。在外面，手机人的摇篮曲又绕回了帕赫贝尔的《卡农》。丹妮丝把这首曲子称为“回忆之音”。

“没问题，”乔丹说，“待会儿就没问题了吧！我是说，开始动手之后。”

克莱说：“汤姆可能钻得出去——”

汤姆站在乔丹背后，望着只有十八英寸宽的小窗。他摇摇头。

“我没问题的。”乔丹说。

“好吧，复诵一遍给我听。”

“绕过去找校车，然后看看校车后面，确定藏了炸药，但找到了也不准伸手去碰。然后找另外一部手机。”

“对，确定那部手机开着，如果没开……”

“我知道，如果手机没开就打开它。”乔丹瞪了克莱一眼，意思是我又不是智障，“然后发动引擎……”

“不对，太急了……”

“我个子小，要先把驾驶座拉向前，这样才踩得到刹车和油门，然后发动引擎。”

“对。”

“从回旋降落伞和鬼屋中间开过去，开得超慢。经过鬼屋旁边的时候，我会压到几片建材，可能会压出破裂的声音，但我还是照开不误。”

“答对了。”

“然后把车开过去，尽量靠近他们。”

“对，没错。接着下车再绕到后面来，到这个窗户下面，这时你和爆炸现场中间是这座大厅。”

“希望到时候能爆炸。”老丹说。

克莱不想听风凉话，就假装没听见。他弯腰亲乔丹的脸颊，然后说：“我爱你，懂吧？”

乔丹匆匆抱了他一下，抱得用力，接着拥抱汤姆，然后是丹妮丝。

老丹先是伸出一只手，接着说：“唉，不抱白不抱。”然后紧紧抱着乔丹。克莱对老丹一直看不太顺眼，但却因为这个举动而改善了对他的感情。

10

克莱把双手当成跳板，送乔丹爬上窗户。克莱对乔丹说：“要记得，就跟跳水一样，不同的只是下面是干草而不是水。双手尽量伸出去。”

乔丹高举双手，探出了破窗进入黑夜。他一头乱发底下的脸色苍白无比，青春期的红色痘斑初现，在白脸上宛如小小的晒斑。他很害怕，克莱不怪他。这一跳深达十英尺，即使底下垫了干草，降落时也一定摔得很重。克莱希望乔丹别忘记伸手护住头，假如摔断了脖子，躺在卡什瓦卡玛克展览厅旁边可帮不了大家什么忙。

“要不要数到三，乔丹？”他问。

“去你的，不要！赶快推，不然我要尿裤子了！”

“那就把手伸出去，跳！”克莱大喊，然后把交叠的双手向上撑，乔丹射出窗外，不见人影。克莱没有听见他落地的声音，因为外面的音乐太响亮了。

其他人挤向窗口，凑在高高的窗口底部。“乔丹？”汤姆呼叫。“乔丹，你怎样了？”

过了一会儿仍无回音，克莱确定乔丹果真跌断了颈骨。旋即，乔丹用颤音回答说：“我没事。天啊，好痛！我扭到手肘了，整条手臂都怪怪的。等一等……”

四人在窗口下等着。丹妮丝握住克莱的手，紧紧捏着。

“还能动，”乔丹说，“大概没事了，不过，待会可能要去保健室看病。”

四人捧腹大笑。

汤姆事先从自己上衣抽出两条线，绑住校车的钥匙，然后把线缠在皮带的扣环上。这时克莱再度交叠两手，让汤姆站上去。“我这就把钥匙吊给你，乔丹，准备好了没有？”

“好了。”

汤姆攀住窗框向下看，然后放下皮带。“好了，就这样。”他说，“听好，我们只希望你尽力而为，如果办不到也别勉强，回来不会挨骂。懂了吗？”

“懂了。”

“去吧，快闪。”汤姆观看几秒后说，“他上路了，愿上帝保佑他，他是个勇敢的孩子。放我下去吧。”

11

乔丹从后窗逃出，大厅的另一面就是手机人群体栖息的场地。克莱、汤姆、丹妮丝与老丹走过大厅，到靠近游乐场的那一边去。三个男人合力把毁损的零食贩卖机推倒，然后推向墙边。站上贩卖机后，克莱与老丹可以轻松看见窗外情景，汤姆则需踮着脚尖。克莱帮丹妮丝搬来一个木箱，好让她站着看。他希望丹妮丝不要从木箱摔下去。提前阵痛就不妙了。

他们看见乔丹绕过沉睡中的手机人群边缘，然后站定了一会儿，仿佛拿不定主意，接着往左边移动。乔丹离开了他们的视线范围；一直到他消失了很久之后，克莱还有个错觉，以为自己看得见乔丹的身影在移动。

“你觉得他多久才回得来？”汤姆问。

克莱摇头，他不知道。变数非常多，群体的人口只是变数之一而已。

“要是他们已经检查过校车后面呢？”丹妮丝问。

“要是小乔检查校车后面，却发现没炸药呢？”老丹问。克莱拼命按捺住怒火，才不至于叫他别乱胡扯。

时间一分钟一分钟过去，回旋降落伞顶端的小红灯忽明忽灭。帕赫贝尔播完了改播福雷，福雷播完了轮到威瓦尔第。克莱不知不觉回想起不久前的往事，想到从购物车跌出来而惊醒的男童，想到负责推车的男人——也许不是他的生父——陪他坐在路边，哄着他说：*利高里帮你亲一亲，不会再痛*。克莱也回忆到初听《小象走路》时，背着小背包的老人说：*道奇也玩得很尽兴*。他忆起儿时躲在宾果摊的桌子下面，听见主持人又拿着麦克风宣布：*阳光维他命！*从漏斗掉出来的乒乓球却写着B—12。阳光维他命其实是维他命D。

现在，时间变得非常难捱，克莱开始绝望，如果听得见校车引擎声，现在早该听见了。

“一定出了什么差错。”汤姆压低嗓门说。

“说不定没事。”克莱尽量别让沉重的心情反映在语调上。

“汤姆说得对，”丹妮丝的泪水快掉出来了，“我疼他疼得要死，他真的很勇敢，不过如果他没事，现在车子应该已经开过来了。”

老丹却一改说风凉话的本性：“他可能碰上了什么状况，我们猜也猜不到，干脆深吸一口气，尽量别乱发挥想象力。”

克莱尽了力却没成功。现在，时间一秒一秒慢慢流逝。舒伯特的《圣母颂》从演唱会的大喇叭里传出。克莱心想：*我好想听地*

道的摇滚乐，查克·贝里的《喔，卡萝尔》、U2乐队的》《爱情现身时》……要我出卖灵魂我也愿 意。

外面仍是一片漆黑，只见星星以及电池供电的小红光。

“把我抬上去，”汤姆说着跳下贩卖机，“我尽量从那边的窗户钻出去，看看能不能找到他。”

克莱说：“汤姆，要是我猜错了，校车后面没……”

“去他妈的校车后面，去他妈的炸药！”汤姆情绪失控，“我只想去找乔丹……”

“嘿！”老丹大喊一声，接着说，“嘿，没事了！加油啊！”他一拳捶在窗户旁边的墙壁上。

克莱转头看见车头灯从黑暗中慢慢增强。昏睡在草地上的人体开始升起了一片薄雾，校车的车头灯似乎从薄雾中穿透而来，一下子亮，一下子暗，然后又亮起来。克莱清楚地看见了乔丹，他坐在迷你校车的驾驶座上，正忙着摸清操作方式。

这时车头灯开始前进。远光灯。

“好耶！小乔，”丹妮丝松了一口气，“冲吧，我的乖小孩。”她站在木箱上，一手牵起老丹，另一手牵起另一边的克莱。“太帅了，继续往前开就对了。”

车头灯偏移开来，照亮了睡满手机人的空地左边的树林。

“他想干什么？”汤姆的语调几近呻吟。

“开到鬼屋旁边会压到东西，”克莱说，“没事。”他迟疑了一下说：“我想应该没事。”希望他的脚没踩滑。希望他没搞错油门和刹车，从旁边一头撞上该死的鬼屋然后卡在那边。

他们等着，车头灯又扫过来，灯光打在卡什瓦卡玛克展览厅的墙壁上。在远光灯的照射下，克莱总算看清了乔丹延误的原因。手机人并非全部昏睡不醒，有数十个手机人正在四处走动，克莱猜想这些人的程序出了差错。他们漫无边际地向四面八方走，黑色的轮廓往外移动，如同逐渐扩大的涟漪，尽量别让沉睡的手机人绊倒。有的脚步蹒跚，有的跌倒后站起来继续走。舒伯特的《圣母颂》洋溢在夜空中。其中有个年轻人额头正中央开了一道长长的血红伤口，如同过度忧心而形成的皱纹。他来到大厅旁，开始像盲人般摸索着墙壁。

“够远了，乔丹。”克莱喃喃地说。这时车头灯接近空地另一边的照明灯兼扩音器柱。“停车，赶快给我滚回来。”

乔丹似乎听见了。车头灯停下来，顿时只有睡不着的手机人在动，睡着的手机人身体继续冒出暖雾。接着传来校车引擎的运转声，连音乐声也盖不住，大厅里的四人听见了，也看见车头灯又蹦向前去。

“不行，乔丹，搞什么？”汤姆大叫。

丹妮丝缩了一下，若非克莱及时搂住她的腰，她已经摔下了木箱。

校车跳进沉睡的手机人之中，辗过他们。车头灯开始像单脚弹簧高跷一样弹跳着，一下子照到沉睡的手机人，一下子又往上照，一下子又恢复到水平位置。校车往左偏，然后直走，接着又往右移。有一次，一个梦游人被四个远光灯照亮了，清晰得像黑色劳作纸裁出的人形，克莱看见他高举双手，仿佛刚射门成功，但旋即又被冲过来的校车散热罩撞上。

乔丹把校车开到人群中间然后停下，车头灯没关，散热罩滴着水。克莱一手遮住车灯最强的部分，依稀看得见一个小小的身影从校车侧门走出来，开始朝卡什瓦卡玛克展览厅前进。这人与其他人不同的是身手敏捷，行动有目标。随后，乔丹跌倒，克莱以为他已经落难。片刻之后，老丹乐得大叫：“他在那边，那边！”克莱又看见了他的身影，比刚才更靠近十码，而且离刚才消失的地方偏左甚多。乔丹一定是爬过了几个沉睡的手机人，然后才再站起来。

车灯照出圆锥形的朦胧光束，乔丹重回光线时拖出长达四十英尺的影子，大家首度看清楚他的模样。由于光源在他背后，大家看不清楚表情，但他踩着手机人奔跑时姿态疯狂而优雅，大家一目了然。躺在空地上的手机人仍不省人事，清醒着却没靠近乔丹的手机人则不理他。然而，有几个靠近他的手机人伸手想抓他，乔丹躲过了两个，拖把状的乱发却被一个女人揪住。

“放开他！”克莱怒吼。他看不见女人的长相，却不合理智地认定她就是从前的妻子，“放他走！”

她不肯松手，但乔丹抓住她的腰扭转，单膝跪地，然后手忙脚乱地逃开。女人又伸手去抓，差点抓到乔丹的上衣后面，然后继续踉踉跄跄往前走。

克莱看见许多手机人聚集在校车周遭，似乎受到车头灯的吸引。

克莱跳下贩卖机（这一次扶住丹妮丝的人是老丹），抓起撬棍，再跳回贩卖机上，敲碎了他刚才往外观察的窗户。

“乔丹！”他咆哮，“绕到后面去！快绕过去！”

乔丹听见克莱的叫声抬头一看，都被某种东西绊倒了，大概是一条腿、一条手臂或是某人的脖子。他正要爬起来，黑暗中却伸出来一只手，掐住了他的喉咙。

“上帝求求你，不要。”汤姆低声说。

乔丹向前冲，活像美式足球的后卫尝试第一次进攻，双脚猛踹地，挣脱了掐在喉咙上的手，然后跌撞着向前。克莱看得见他眼睛圆睁，胸口起伏。乔丹接近大厅时，克莱听见他呜咽喘气的声音。

不可能成功了，克莱心想，没希望了。就差一点，差这么一点点。

然而乔丹成功了。大厅墙外有两个手机人正在晃荡，对他一点也不感兴趣，只见乔丹闯过他们身边，绕到大厅的另一侧。他们四人立刻跳下贩卖机，像接力队似的狂奔到对面窗口，丹妮丝带球跑在前头。

“乔丹！”她高喊着，不断踮脚尖蹦跳，“乔丹，小乔，你没事吧？拜托，小朋友，快说你没事啊！”

“我……”他猛抽一口气，“……没事。”又呼呼喘了一口。克莱隐隐察觉到汤姆边笑边猛捶他的背。“谁知道……”呼呼呼！“……开车辗人那么……困难。”

“你到底在干吗？”克莱大喊。他多想把小乔丹抓过来先抱一抱，摇一摇，然后在他愚勇的脸上亲个够。然而现在却连一眼也看不见，克莱急得直跳脚。“叫你接近他们，又没叫你直接压死！”

“那样做……”呼呼呼！“……是为教头报仇。”上气不接下气之中多了一分叛逆。“他们害死了教头。他们和褴褛人连手。他们和那个可恶的哈佛校长。我想让他们付出代价，我要那个家伙付出代价。”

“怎么拖那么久？”丹妮丝问，“害我们等了又等！”

“他们有好几十个起来走动，”乔丹说，“说不定有几百个。不知道是出了什么错……或是哪根筋忽然对了……或只是出现了变化……现在传染得很快，往四面八方走动，好像迷了路。我只好一直改变路线，最后只好从游乐场中间走向校车。然后——”他笑得喘不过气，“车子竟然发动不了！不骗你们。钥匙插进去了，转了又转，转了又转，每次只听喀嚓一声，发动不了就是发动不了。我差点抓狂了，不过还是镇定下来，因为我知道，如果我抓狂了，教头一定会失望。”

“啊，小乔……”汤姆低语。

“知道发动不了的原因吗？因为我没系好安全带。乘客不需要系安全带，不过驾驶员没系好，车子就发动不了。很抱歉拖了这么久，不过我还是办到了。”

“行李箱里真的有东西吗？”老丹问。

“假不了，里面堆满了像红砖一样的东西，一摞又一摞。”乔丹的呼吸开始恢复正常。“盖在毛毯下面。红砖上面有只手机。雷用一条像高空弹跳的绳子把手机绑在两个红砖上。手机开着，这一种附有接头，像可以连接到传真机的那种，也可以和计算机联机下载数据。电线就从这里接向砖头。我没看见，不过我敢打赌，雷管就在中间。”他又深吸了一口气。“手机出现了讯号格。有三格。”

克莱点头，不出他所料。上了通往博览会的岔道后，卡什瓦卡玛克这一带应该就是讯号死角。有些正常人知道这件事，手机人从他们的脑袋攫取信息后散布出去，于是 KASHWAK=NO—FO 的字样才像天花一样一发不可收拾。但是，手机人来到博览会场之后，是否曾实地测试过手机？当然没有。他们何必测试手机？有了心电感应能力，手机就过气了。成了群体的一员之后，手机就是“双重过气”——如果有这种说法的话。

然而，手机在这一小个圈子里却能通讯，为什么？因为集市的工作人员架设了基地台。他们效劳的公司名为“**新英格兰游乐设施企业**”。集市就像热门演唱会、舞台剧以及拍片现场，进入二十一世纪之后，工作人员仰赖手机通讯，尤其是在传统电话线路不普及的荒郊野外，手机更加重要。穷乡僻壤没有讯号基地台怎么办？没关系，盗载必要的软件，自行来安装不就得了？这样做不是犯法吗？当然，不过从乔丹报告的三格来看，显然工作人员的基地台架设成功，而且因为电源来自电池，所以现在仍能传递电讯。基地台就安装在博览会的最高点。

安装在回旋降落伞的顶端。

12

老丹又走回对面，站上贩卖机向外瞭望。“他们在校车旁边围了三层，”他报告，“车灯前面围了四层人，好像认为车上躲了什么大歌星似的，被他们踩在脚下的人一定被踩死了。”他转向克莱，对着克莱手中的摩托罗拉旧手机点头，“想试的话，劝你现在就试，不然等他们决定上车开走就来不及了。”

“早知道就熄火再走，不过我刚才以为熄火的话，车灯也会熄灭，”乔丹说，“灯一熄灭，我只能摸黑走。”

“没关系，乔丹，”克莱说，“不要紧。我这就……”

原本放手机的口袋却空空如也，写着电话号码的那张纸已经不见了。

13

克莱与汤姆找遍了地板，疯狂地寻找，老丹则站在贩卖机上忧郁地报告，已经有一个手机人进了校车。这时丹妮丝忍不住咆哮："闭嘴！别再啰嗦了！"

大家停止动作，转头看着她。克莱的心脏快跳出喉咙了，他不敢相信自己如此粗心。雷为了这件事而死的啊，你这个蠢货！他多想对自己破口大骂，他为了这件事而死，电话号码却被你搞丢了！

丹妮丝闭上双眼，低下头，双手叠放在头上，接着她匆匆地说："东尼、东尼快报到，有人丢了东西找不着。"

"念什么经啊？"老丹语带惊奇地问。

"这是圣安东尼的祈祷文，"她平静地说，"念教区学校时背的，每念必灵。"

"饶了我吧。"汤姆几乎嘟囔起来。

她不理会汤姆的奚落，全心注意在克莱身上。"在地上找不到，对不对？"

"大概吧。"

"又有两个人上了校车，"老丹报告，"方向灯亮了。所以说，一定有人坐上了驾……"

"拜托你闭嘴行不行，老丹。"丹妮丝说。她仍注视着克莱，态度依旧镇定。"如果掉在校车里，或是掉在外面，就永远找不回来了，对不对？"

"对。"他沉重地说。

"由此可见，纸条没在车上，也没掉在外面。"

"何以见得？"

"因为上帝不允许。"

"呃……我的头快爆掉了。"汤姆以异常镇定的口吻说。

她再次把汤姆的话当作耳边风。"好，你还有哪个口袋没检查过？"

"我检查了每一个……"克莱说到一半停了下来。他的视线仍与丹妮丝相接，一只手却向下伸进牛仔裤右口袋上方的小暗袋，里面果然有一小张纸。他不记得把纸条放进这里。他取出来，雷临死前费力抄下的电话号码是：207—919—9811。

“帮我谢谢圣安东尼。”克莱说。

“如果打得通，”她说，“我会请圣安东尼代我感谢上帝。”

“丹妮丝？”汤姆说。

她转向汤姆。

“也帮我谢谢他。”他说。

14

四人坐在双扉门边，指望木门里包的钢铁能保护他们。乔丹则在大厅后墙的外面蹲着，上面是不久前逃脱时敲碎的玻璃窗。

“如果爆炸时墙壁没被炸出一个洞，我们怎么办？”汤姆问。

“到时候再想办法。”克莱说。

“如果雷的炸弹没爆炸呢？”老丹问。

“后退二十码，然后下赌注。”丹妮丝说，“快打吧，克莱，别等主题曲了。”

克莱掀开手机，看着暗暗的显示屏，这才想到在派乔丹出去前应该先检查是否有讯号。他没想过，其他人也没想过。笨啊。几乎就跟他把电话号码塞进小暗袋却忘记一样蠢。他这时按下电源键，手机哔了一声，几秒钟没有反应，但紧接着出现了三格，又亮又清晰。他按下号码，然后把拇指轻放在拨号键上。

“乔丹，你在外面准备好了没？”

“好了！”

“你们呢？”克莱问。

“别再拖了，我的心脏病快发作了。”汤姆说。

克莱的脑海浮现一个影像，清晰而骇人：小约翰尼几乎躺在校车的正下方休息，眼睛睁着，双手握在红袜队T恤的胸口，聆听着音乐，头脑则以某种奇怪的新方式重建中。

他甩开这幅影像。

“东尼、东尼快报到。”他毫无缘由地说，然后按下拨号键，呼叫校车后面的那只手机。

他只来得及默数“一二三四、二二三四”，卡什瓦卡玛克展览厅外的整个世界就顿时炸得天翻地覆，贪婪的爆炸声席卷而来，吞噬了阿比诺尼的《慢板》。靠草地那边的整排小窗户应声向内炸得粉碎，窗口照进鲜艳的血红光，随后整座大厅的南端被一阵木板、玻璃与旋转的干草扯开来，四人紧靠的双扉门似乎向后弯，丹妮丝搂住肚皮安胎。外面开始传来恐怖的惨叫，刹那间如电锯戳穿了克莱的脑壳。惨叫来得快，去得更快，却在克莱的头壳里萦绕不去，尽是人下地狱后被活活烤死的声音。

有东西重重掉在屋顶上，震得整栋建筑摇晃起来。克莱把丹妮丝拉起来。她用慌乱的眼神看着克莱，仿佛不确定他是谁。

“快跑啊！”他嘴里大喊却几乎听不见自己的声音，仿佛耳朵被塞了棉花。“快往外面逃啊！”

汤姆站了起来，老丹站到一半往后跌，再试一次，总算站定了。他抓住汤姆的手，汤姆抓住丹妮丝的手，三人形成人链，慢慢穿过南端被炸出的大洞。走出去之后，他们发现乔丹站在一堆着火的干草旁，直盯着一通手机导致的后果。

15

屋顶上传来仿佛巨人踏地的声响，原来是一大块校车的残骸落在屋顶上。屋瓦起火燃烧。五人正前方是一小堆着火的干草，更远处有一对颠倒的座椅也正在燃烧，钢骨已被煮成了意大利面。衣物在天空中飘浮，如雪花般落下，包括几件上衣、帽子、长裤、短裤、一条运动丁字裤、一件着火的胸罩。墙脚堆了一圈挡风用的干草，克莱知道不久后必定会燃烧成火河，到时候想逃命也来不及了。

原本用来举办演唱会、户外舞会与各种竞赛的草地，如今点缀着一堆堆火焰，但校车爆炸后的残骸飞得很远，克莱看见至少三百码外的大树上也有火苗。在五人站立的正南方，鬼屋已经开始燃烧，克莱还看见一个东西挂在回旋降落伞骨架的半腰燃烧，他觉得应该是人的躯体。

群体已被炸成生肉团，手机人不死也已奄奄一息，心电感应能力已遭瓦解，只不过偶尔有微小的电流轻触克莱，电得他的毛发直竖，全身起满鸡皮疙瘩。侥幸生还的手机人仍能惨叫，呼声不绝于耳，情况之惨烈远超出克莱当初的想象，尽管最初的几秒钟，他曾经努力保持清醒，告诉自己不可能会成功。

火光连不忍卒睹的惨状也照出来了。支离破碎、身首异处固然可怕，积血成摊、残缺的手脚也令人心惊，但最让人不寒而栗的却是散落一地的空衣服与空鞋，仿佛爆炸的威力瞬间蒸发了群体的一部分。有个男人朝他们走来，双手压着喉咙，看似竭力想止血，鲜血却从他的指间流出，在火烧屋顶的照耀下呈现橘红色。他的肠子垂挂在与胯下等高处，来回摆动。他走过时，更多圈湿湿的肠子又滑出来，他睁大了双眼，但却视而不见。

乔丹正在说话，但碍于惨叫声、呼号声充斥，背后的火势也越来越嚣张，克莱没听清楚，所以他靠过去。

“我们是逼不得已的。”乔丹说。他注视着一个无头的女人、一个无腿的男人，看着被炸开成人肉独木舟的东西，里面盛满了鲜血。更远的前方又有两个校车座椅，压在两个燃烧的女人身上。女人死在彼此的怀里。“我们是逼不得已的，我们是逼不得已的啊！”

“没错，小乔，脸贴着我走吧。”克莱说完，乔丹立刻把脸埋进克莱的腰。这样走路很不舒服，但并非寸步难行。

五人绕过群体露宿区的边缘，往半完工的游乐场后方移动，而卡什瓦卡玛克展览厅的火势则烧得更加旺盛，照得草地更亮。黑黑的身影跌跌撞撞走着，许多人的衣服被烧掉了，不是全裸，就是几近衣不蔽体，克莱数不清有多少人。少数走过这五人身边的手机人对他们一点也没兴趣，不是继续往游乐场前进，就是朝博览会以西的森林进发。克莱相信，除非他们设法重建某种群体意识，否则走进森林只有被冻死的结局。他认为余生者没有重建的能耐，原因之一是计算机病毒作祟，但最大的功臣仍属乔丹，因为他为求最大的杀伤力，把校车驶进了正中央，如同他们当初停放那两辆瓦斯车一样。

克莱心想：随便虐杀一个老头就导致如今的下场，他们一定没想到吧……但他继而一想：他们哪来的头脑去想？

五人走到了没铺柏油的停车场，集市的工作人员把自己的卡车与露营车停在这里，地上爬满了曲折的电线，而露营车之间的空地也摆了家庭用品：烤肉架、瓦斯炉、乘凉椅、吊床，一看便知是逐工作而居的家庭，其中也有一个圆圈状的小晒衣架，上面夹的衣物大概已经晾了将近两个星期。

“我们去找有钥匙的车，然后赶快离开这个鬼地方。”老丹说，“他们清理了那条岔路。我们小心一点的话，一定可以走一六〇号公路北上，想走多远都行。”他指向北方，说：“那一带大概全是手机真空区。”

克莱瞧见一辆厢型小火车，后面漆了**连姆油漆与水电公司**的字样。他试试车门，门一拉就开了，里面堆了不少木箱，多数装的是各种水电器材，但其中一箱装了他想要的东西：罐装喷漆。他先检查是否全满或将近全满，然后拿走四罐。

“拿喷漆做什么？”汤姆问。

“先卖个关子。”克莱说。

“求求你们，赶快离开这里吧，”丹妮丝说，“我受不了了，裤子都被血染得湿透了。”她哭了起来。

有个儿童游戏机完成了一半，名为“噗噗查理小火车”。五人来到这里，站在旋转咖啡杯与小火车之间的游乐场上，这时汤姆指着说：“看。”

“噢……我的……老天爷……”老丹轻声说。

有个人横躺在火车售票亭的尖顶上，红运动衫被烧得焦黑残缺，仍然冒着烟，这种运动衫俗称连帽衫，正面缺了一个口，大概是被迎面飞来的校车零件打穿的，周围泛滥了一大圈的血迹。在鲜血蔓延至整件衣服前，克莱仍能辨识出一个字，仿佛是褴褛人的临终一笑：哈。

16

“那只是空壳子一个，里面什么人也没有，而且破了那么大一个洞，肯定是没有麻醉就被动了心脏摘除手术。”丹妮丝说，“好了，你们看够了的话……”

“游乐场的南端另外有个小停车场，”汤姆说，“那里停了几辆漂亮的车子，大老板开的那一型，不如去碰碰运气。”

他们的手气果然好，只可惜找到的车子一点也不漂亮，而是一辆小厢型车，车身漆着**泰科水质净化专家**，停在几辆好车的后面，挡住了停车场的出入口。而这位泰科公司的仁兄也够体贴，车上仍插着钥匙，也许是怕挡到其他车辆进出。克莱载着其他四人远离火场、腥风血雨以及遍野的哀鸿，缓缓驶上岔道，小心翼翼回到与一六〇号公路交会的路口。这里的广告广告牌仍在，只可惜图中的那种欢乐家庭已不复存在（前提是原本就有）。来到路口后，克莱停下来，把车挡推至停车挡。

“你们其中之一来换下手吧。”他说。

“为什么，克莱？”乔丹问，但克莱从他的声音就知他明知故问。

“因为我要在这里下车。”他说。

“不要！”

“没办法，我要去找儿子。”汤姆说，“那地方炸成那样，他存活的几率几乎等于零。我不是嘴贱，只是务实。”

“我知道，汤姆。我知道他还有生存的机会，你们也知道。乔丹说他们朝四面八方走开，好像迷了路似的。”

丹妮丝说：“克莱……小柯……就算他还活着，说不定头已经被炸掉了一半，正在森林里乱走。我不愿意这样讲，不过你应该知道这是事实。”

克莱点头说：“我也知道他可能提早离开，在我们被关进去之前就走了。说不定他走向葛利村。有两个人就走了那么远，我看见过。我也看见沿路有人走过去，你们不是没看到。”

“辩不过有艺术头脑的人。”汤姆难过地说。

“对，”克莱说，“不过我想请你和乔丹跟我下车商量一件事。”

汤姆叹气。“有何不可？”他说。

17

汤姆、克莱、乔丹站在小厢型车旁边，这时几个状似迷路又迷惘的手机人走过。三人对他们置之不理，他们也以同样的礼节回报。西北方天边的橙红色越来越亮丽，看来卡什瓦卡玛克展览厅正与后方的森林分享巨焰。

“这一次别哭得唏里哗啦。”克莱假装没看见乔丹的泪眼，“我认为以后不是没有见面的机会。汤姆，这东西你拿去。”他递出引爆校车的手机，汤姆接下，“从这里往北开，一直检查讯号的强弱，如果碰到路礁就弃车下来走，走到路面没有障碍物再找一辆大车或小车来开。到了朗格莱那一带可能还有讯号，那里是夏天划船、秋天狩猎、冬天滑雪的好地方。但过了朗格莱应该就安全了，白天应该不会有事。”

“我打赌现在一定不会有事。”乔丹一边说，一边擦着眼睛。

克莱点点头说：“可能对。无论如何，记得运用判断力。过了朗格莱再往北走个一百英里，找间小木屋或别墅之类的房子，找来一堆日常用品，躲在里面好好过冬。那些东西碰上冬天会怎样，你们知道吧？”

“如果群体意识被瓦解了，而他们也不懂得往南迁徙，那就几乎全部都会被冻死。”汤姆说，“至少在梅森—狄克森线以北的活不成。”

“我也有同感。我在中间的置物箱留了几罐喷漆，你们每隔二十英里左右记得在路面上喷字，喷得大一点，听见了吗？”

“就喷 T — J — D，”乔丹说，“代表汤姆、乔丹、老丹和丹妮丝。”

“对，字体一定要喷得超大，外加一个箭头，每次都喷在马路的右边，我找的时候才不会漏看。知道了吗？”

“每次都喷在右边，”汤姆说，“克莱，跟我们一起走，求求你。”

“不行。分手已够难过了，你越留人我越伤心。每次你们弃车的时候，记得停在马路中间，然后喷字。好吗？”

“好，”乔丹说，“你最好来找我们。”

“我会的。这世界还会再危险一阵子，不过最危险的日子已经过去了。乔丹，我想请教你一件事。”

“请说。”

“如果我找到了约翰尼，而他碰到最可怕的事只是到感化站走了一遭，我应该怎么办？”

乔丹瞠目结舌。“我怎么知道？天啊，克莱！拜托……天啊！”

“是你推断出他们正在重启程序。”克莱说。

“我只是猜测！”

克莱知道不可能如此单纯，也知道乔丹现在是既累又怕。他在乔丹面前单膝跪下，握起乔丹的手。“别害怕。再演变下去，也不可能比他现在的状况更糟，连上帝也知道。”

“克莱，我……”乔丹望向汤姆，“人类又不像计算机，汤姆！跟他讲道理啊！”

“可是，计算机却像人类，对不对？”汤姆说，“因为人类凭自己所知的方式去打造计算机。你知道重启的原理，也懂得蠕虫的特性，不如把你推测的东西全讲给克莱听，反正克莱可能找不到儿子了，如果真的找到了……”汤姆耸耸肩，“就跟克莱刚才讲的一样，再糟又能糟到什么地步？”

乔丹咬唇思索着。他面露极度疲态，上衣也沾了血。

“你们到底走不走？”老丹呼唤。

“再给我们一分钟。”汤姆说，接着他改以较轻柔的口吻说，“乔丹？”

乔丹继续沉默了片刻，最后才看着克莱说：“你需要再找一部手机，需要带你儿子去一个有讯号的地方……”

/

9　储存至系统

1

克莱站在一六〇号公路的中间，看着车尾灯消失在视线范围之外。如果是晴天，他站立的位置应该在广告广告牌的影子里。他无法摆脱的念头是，他再也无法与汤姆和乔丹相会了（脑袋里低语着：玫瑰凋谢了），但是他拒绝让这种念头茁壮为预感。毕竟，这两人与他不期而遇了两次，俗话不是说“无三不成礼”吗？

一个路过的手机人撞到了克莱。这人脸的一侧凝结着血，是克莱从离开博览会到现在见到的第一个伤员。如果不赶在他们前面，他势必会见到更多，因此他赶紧走一六〇号公路南下。他没有真正的理由相信儿子往南走，但求约翰尼的心智——原本的心智——尚未完全消失，他还能为约翰尼指引老家的方向。至少，这是克莱知道的方向。

岔道以南大约半英里，他又碰见了另一个手机人。这次是个女人，在路面上左右来回急走，如同船长在前甲板上走动的模样。她向克莱望过来，目光凶狠，克莱赶紧举起双手，准备在她攻击时制住她。

但是她并没有攻击。“谁答一巴？”她问。克莱的脑海清晰听见了：谁跌倒了？爸，谁跌倒了？

“我不知道，”他说着慢慢走过，“我没看见。”

“艾哪里？”她问，脚步踱得更加迅速。克莱的脑海听见的是：我人在哪里？他不想回答，但脑海想到的是超短褐的问题：你是谁？我是谁？

克莱加快脚步，速度却不够快。踱步的女人对着他背后呼喊：“凹宛是谁？”令他听了心寒。

他的脑海响起的问句清晰得更令他心寒：超短禍是谁？

2

他擅闯的第一栋民房里没有枪，但他找到了长柄手电筒。每遇到一个脱队的手机人，他就会照向对方的脸孔，每次都问相同的问题，同时尽力将自己的心意像幻灯片般投射在屏幕上：见过一个男孩吗？他没有得到答复，脑中只听见微弱而支离破碎的念头。

第二间民宅的车道停了一辆不错的道奇公羊小货车，但克莱不敢开走。如果约翰尼在这条路上，绝对是步行，克莱如果开车，即使开得很慢，仍有可能看漏了儿子。他在食品储藏室找到一罐黛西牌的火腿罐头，用小货车上的钥匙撬开来边走边吃。吃够了之后，他正想把剩下的火腿罐头丢进杂草里，突然看见一个年老的手机人站在邮箱旁，用伤心而且饥饿的眼神看着他。克莱对他举起火腿罐头，老人过来收下，然后克莱想象约翰尼的长相，同时慢慢字正腔圆地问："你见过一个男孩吗？"

老人嚼着火腿肉，吞咽了一下，似乎正在思考，然后口齿不清地说："信想似成。"

"信想似成，"克莱说，"对，谢谢。"然后继续上路。

向南走了大约一英里，他来到第三栋民宅，在地下室找到一支点三〇—三〇的步枪，也找出三盒子弹。他也在厨房的灶台上发现一只插在充电器上的手机，充电器当然已经停电，但他按下手机的电源开关时，手机哔了一声，立刻启动。讯号弱得只出现一格，但是他并不讶异，毕竟手机人的感化站设在讯号范围的边缘。

他一手拿着已上膛的步枪，一手拿着手电筒，手机扣在腰带上，开始往门口走，这时一阵肉体的疲乏感袭上心头，宛如被裹了几层布的铁锤击中头部，走起路来歪歪斜斜。他想继续走，但累得仅能部分运作的头脑命令他非就地睡觉不可。也许睡觉是合理之道。如果约翰尼仍活着，他八成现在也在睡觉。

“改上白天班吧，克莱，”他喃喃自语，“半夜拿手电筒只找得到狗屁。”

这栋房子很小，他看了看挂在客厅里的照片，只找到一间卧房，另外还观察到在唯一的浴厕里，马桶旁有扶手，因此推测这里从前住的是老夫老妻。寝具整理得整齐有致，他连罩被也不掀就躺下去，只脱掉鞋子。躺下后，疲惫感似乎瞬间笼罩而来，他再也无法起床做任何事情了。卧房里有一种香味，像是老妇人常用的香包吧，一种老祖母的味道，闻起来几乎与他的感觉同样苍老。他躺在幽静的环境里，博览会场的鬼哭神号感觉遥远而虚幻，如同创作漫画的点子，而他绝对不会创作这种漫画，太血腥了。以前的莎伦，温柔的莎伦可能会说：还是继续画《暗世游侠》吧，继续画你爱画的末日牛仔。

他的思绪似乎离身飘浮，慵懒而从容地飘回三人分手时的情景。那时三人站在厢型车旁，而汤姆与乔丹即将走回车上。当时，乔丹把他在盖顿学院说过的话重复给克莱听，解释人脑其实就像容量超大的硬盘，脉冲事件爆发后，这个大硬盘也被洗掉了。乔丹说，脉冲事件对人脑的影响就像电磁脉冲的效应。

乔丹说：被洗到最后只剩核心，而人性本恶。幸好人脑是“有机”硬盘，可以自行重建，重启程序。只可惜讯号里有个小毛病。我提不出证据来，不过我敢保证集体行动、心电感应、悬浮移动……这些全是这个小毛病产生的副作用。小毛病从一开始就有，所以重启程序时成了程序的一部分。你还听得懂吗？

克莱点头，汤姆也点头。小乔丹看着他们，自己的脸上有血迹，神态疲惫却热切。

可是，脉冲还继续在进行中，对不对？因为某个地方有个计算机靠电池继续运作，继续执行同一个程序。因为程序出了错，所以小毛病一直变异，最后讯号可能停止，或者程序错到自动终结。不过在结束之前……你还是有可能利用它。我说的是“有可能”，听见了没？先决条件是，人脑能不能像保护周到的计算机一样，中了电磁脉冲之后产生某种反应。

汤姆问："什么反应?"乔丹对他虚弱地微笑。

储存至系统。所有的数据都是。如果同样的事情发生在人脑，如果能清除手机人的程序，旧程序最后也许能自行重启回到大脑中。

"他指的是人性程序。"克莱在幽暗的卧室里喃喃地说，闻着香包散发出的淡淡甘香，"人性程序，被储存在大脑深处，储存了所有数据。"他快睡着了。如果会做梦的话，他希望不会梦见博览会的惨状。

在睡神带走他之前，他最后的想法是，也许就长期而言，手机人会越变越好。没错，他们诞生在暴力与恐惧之中，但万物诞生时通常过程艰辛，往往狂暴，场面有时也吓人。然而，他们开始集结、开始凝聚意识之后，暴力倾向就随之减轻。就克莱所知，他们并没有真正向正常人宣战——除非硬把强迫感化视为战争行为。至于群体被灭绝之后他们为了报仇而大开杀戒，行为虽凶残却不难理解。假如任凭他们纵横世上，最后他们可能比所谓的正常人更适合统治世界。地球换他们当家的话，他们绝对不会疯狂采购耗油最凶的休旅车，因为他们具有悬浮的能力（或者因为他们的消费倾向相当原始），就连他们的音乐品味最后也高尚起来了。

克莱心想：可是，我们别无选择。生存就像爱一样，都是盲目的。

睡神终于带走了他。他并没有梦见博览会的杀戮场景，只梦见自己置身宾果帐篷下，主持人宣布B—12时说：阳光维他命！这时他觉得有人在拉他的裤脚。他低头查看桌子底下，约翰尼躲在下面，正仰头对他微笑。某个地方有电话铃响。

3

手机人的怒火还没有完全熄灭，他们的超能力也尚未丧失殆尽。

翌日中午前后，天气苦寒，克莱嗅得出十一月份的前兆。他见路肩有两个男人正在奋力缠斗，于是停下来观看。这两人又捶又抓，最后揪住对方，以头互撞，互咬对方的脸颊与脖子，同时也开始自地面徐徐升空。克莱看得嘴巴合不拢，只见他们上升到离地约十英尺的高度，继续打斗，两脚张开半蹲着，仿佛站在隐形的地板上。其中一人身穿沾血的破烂T恤，正面印着**重燃料**的字样，被对手咬中了鼻子，然后被推得向后退，踉跄几步后像石头落井一样跌到地上。他向后摔倒时，鼻血也向上洒出。咬鼻子的人这时好像才想到自己离路面有两层楼高，立刻跟着跌下去。克莱心想：*就像小飞象失去了魔术羽毛一样*。咬鼻人躺在尘土里扭拧着一膝，掀开双唇，露出血牙，在克莱路过时对他张牙舞爪。

但这两个人是例外。克莱遇见的多数手机人（接下来的一个星期他一个正常人也没看见）失去了群体意识的胁持，似乎变得恍惚不知所措。克莱反复回想到乔丹上车前说过的话：*如果蠕虫继续变异，最新一批被感化的人就不能称为手机人，也不能称为正常人*。

克莱认为这样的人就像超短褐，只是比她更恍神一些。*你是谁？我是谁？*他能从这些人的眼睛看出上述的问句，他也怀疑——不对，他确定——他们叽里呱啦讲话时，想问的就是这两句话。

他继续逢人就问：*看见过一个男孩吗？*同时尽量把约翰尼的影像送出去，但他现在已经不指望得到合理的答复了。多数时候，对方连一声也不吭。到了晚上，他来到葛利村以北约五英里的货柜屋里睡觉。隔天早上九点刚过，他进入本村的中心，来到仅有一个街区的商业区，瞧见有个身材矮小的人坐在葛利村餐饮店的人行道旁。

不会吧。他心想。但他越走越快，近到几乎能确定路旁坐的是小孩而非矮小的成人，他开始跑步，新背包在他背后蹦上蹦下。葛利村的人行道不长，他踏上开端后在水泥地上踩出砰砰声响。

果然是个男孩。

一个骨瘦如柴的男孩，长发几乎触及红袜队的T恤。

“约翰尼！”克莱呼喊，“约翰尼，约翰尼G！”

男孩怔住了，转向呼喊声的来源，嘴巴打开成痴呆状，眼神只有朦朦胧胧的警觉，好像正在考虑要不要逃跑，但他还没来得及站起来，就被克莱一把抱起来，脏兮兮而且毫无反应的脸与合不拢的嘴被克莱吻了个遍。

“约翰尼，”克莱说，“约翰尼，我来接你了，我真的来了！我来接你，我来接你了！”

克莱抱住男孩后开始原地打转，男孩连忙用双手搂住克莱的脖子，也许是怕摔下去。男孩也讲了话。克莱拒绝相信男孩只是发出呃呃的喉音，不愿把这声音等同于风吹过汽水瓶口时的无意义声响。男孩说的是人话。他说的可能是“泰伊伊”，好像想讲“累了”。

也有可能是“滴伊伊”，就像约翰尼在十六个月大时首次对爸爸喊出的称谓。

克莱选择第二种解释。他相信，苍白、污秽、营养不良、搂着他脖子的这个男孩刚才叫他“爹地”。

4

事隔一星期后他回想起这个情景，觉得希望虽渺茫，但还是值得他欣慰良久。男孩只发了一个声音，听起来可能是人话，而这话又有可能是爹地，他紧抱这个希望不放。

现在，男孩睡在卧室衣柜里的小床上，因为他只肯睡在那里，也因为克莱不想再从大床下拉他出来。衣柜的环境近似子宫，似乎能稳定约翰尼的情绪，也许这是感化后的习性之一。谈什么感化，卡什瓦克的手机人把他儿子变成空有躯壳的弱智儿，甚至也不给他群体的慰藉。

屋外灰沉的夜空下，片片雪花开始飘落。一阵冷风把雪片扫上斯普林韦尔镇上无灯的缅因街，吹成了仿佛在波动的蛇状。雪下得未免太早了。其实不算早，特别是偏北的此地。感恩节之前下雪了，大家会发发牢骚，若是提前在万圣节之前下雪，大家的怨言会加倍，然后有人会提醒大家这里是缅因州，不是意大利南方的温暖小岛卡布利。

他很想知道汤姆、乔丹、老丹与丹妮丝到了哪里，也想知道丹妮丝临盆时会如何反应。他猜丹妮丝大概应付得来，这女人够坚韧，韧度堪比被煮干了的猫头鹰肉。他想知道汤姆与乔丹是否也像他一样经常想起他们，是否和他一样时时挂念。他想念乔丹那对严肃的眼睛、汤姆反讽的微笑。他还没看够汤姆的笑容，毕竟他们历经的波折并不十分有趣。

过去这个星期来，他一直陪伴着失魂的儿子，心想这是他有生以来最寂寞的一个礼拜。

克莱低头看着手中的移动电话。他最常思考的就是这只手机：该不该再打一通电话。打开电源时，手机的小显示屏出现三格，收讯良好，但电池的续航力再强也有用完的一天，负责把讯号上传至人造卫星的电池迟早也会干涸（如果假设无误的话，如果仍能上传的话），或者脉冲可能变异成单纯的载波，成了痴呆的嗡嗡声，或成了误打传真专线时听见的高频叽叽声。

雪。十月二十一日下雪。真的是二十一日吗？他已经算不清楚了。他能确定的是，每晚被冻死的手机人会越来越多。倘使克莱没有及时寻获约翰尼，他终究也会面临冻毙的噩运。

问题是，他寻获的是什么？

他挽救了什么？

滴伊伊？

爹地？

也许吧。

他能确定的是，从那天起，男孩再也没说出勉强能算是人话的字眼。他倒是愿意跟着克莱走……但要是克莱稍不注意，他就会自己到处乱走，克莱只好把他拉住，就像拉住在超市停车场自由行动的幼儿。每次克莱制止儿子漫游时，他不禁联想到儿时玩的一种发条机器人，这种玩具最后一定会走进墙角，然后原地踏步走个不停，直到主人让它面向房间中央为止。

克莱找到一辆有钥匙的车，想叫约翰尼坐上车时，他却恐慌起来，反抗了一小阵子。最后他终于让约翰尼坐上车，帮他扣好安全带，锁上车门，开始上路，约翰尼又安静下来，进入近似被催眠状态。约翰尼甚至找到了车窗的开关钮，摇下了窗户，闭眼微微仰头让风吹脸。克莱看着儿子又长又脏的头发被风吹起来，心想：*老天救救我啊，简直像开车载狗兜风*。

碰到无法绕行的路礁时，克莱把约翰尼扶下车，发现儿子尿湿了裤裆，心情一沉：*天啊，失去了语言能力，居然连大小便的习惯都要从头训练*。事后证明约翰尼果然退化为婴儿，但后果并未如克莱想象得那么复杂或危急。约翰尼虽然忘记了大小便的习惯，但要是停下来把他牵进空地，内急的话他还是懂得就地小便，非得蹲下来排便的话他也会蹲下去，一面排便一面悠然仰望天空。也许是在观察鸟类飞行的路线吧，也许不是。

不愿意坐马桶，可是像宠物一样知道该去哪儿大小便。克莱再次无助地联想到从前养过的狗。

不同的是，家里的狗不会每晚醒过来尖叫十五分钟。

5

父子重逢的首夜，他们在纽菲尔德商行附近的一家民房过夜，克莱第一次见识到儿子呐喊的威力，当下以为约翰尼死定了。那天晚上，儿子先是在他怀里睡着，他猛然醒来时却发现儿子不见了。约翰尼没睡在床上，原来是钻到床底下去睡了。克莱钻进床下，头与弹簧床垫仅有一吋之隔，地面满是一团团的灰尘，呛得他喘不过气。他抱住了一具瘦如铁栏杆的身体。约翰尼的肺脏虽小，叫声却惊人，克莱也发现叫声传进脑子里具有放大的作用，叫得克莱全身毛发直竖，包括阴毛在内。

约翰尼在床下尖叫了将近十五分钟，叫声来得急，结束得也突然，叫完后全身瘫软。床下空间狭隘得不像话，儿子竟有办法把一只手挤进脖子上面，克莱担心儿子窒息，只好把自己的头压向儿子的腰，以确定他仍有呼吸。

约翰尼全身软绵绵的，被克莱拖出床下后躺上床，浑身是灰尘。克莱就这样陪他躺了将近一小时，最后自己才不支昏睡过去。早晨醒来，床上又只剩他一人。约翰尼又爬进床底下了。他就像一条被打怕了的狗，只想找个最小的空间避难。这种习性与手机人先前的举止似乎恰好相反……但话说回来，约翰尼当然不像那些人，约翰尼属于新品种。愿上帝救救他。

6

如今父子来到斯普林韦尔林业博物馆旁的管理员宿舍，里面的环境舒适，饮食无缺，有烧柴薪的火炉，也有手压式的抽水机，甚至也有个化学剂马桶，只是约翰尼不愿坐马桶，宁可到后院解决。要是把这栋小屋登在房地产广告上，大概可以这样写：兴建于一九〇八年左右，现代设备应有尽有。

除了约翰尼每晚狂叫之外，日子过得安安静静，让克莱有时间思索。现在，他站在客厅窗前，欣赏着雪花咻咻横扫街头，儿子躲在衣柜里睡觉，他警觉到思索的阶段应该到此为止。除非他主动出击，否则情况势必一成不变。

你需要再找一部手机，乔丹在分手前说，需要带他去一个有讯号的地方。

这里接收得到讯号，仍在收讯范围之内，打开手机时有格为证。

*再糟又能糟到什么地步？*汤姆曾经这么问过，然后耸耸肩。汤姆当然可以耸肩，约翰尼又不是他的儿子。汤姆现在也有自己的儿子了。

*先决条件是，人脑能不能像保护周到的计算机一样，中了电磁脉冲之后产生某种反应。*乔丹说过。*储存至系统。*

储存至系统。好一句重万钧的话。

若想执行乔丹高度假设性的二度重灌，必须先清除手机人的程序。乔丹也建议让约翰尼再接受一次脉冲，以毒攻毒。这个建议让克莱听了胆颤心惊，只觉得既疯狂又危险，因为克莱无从得知脉冲程序已变异到了什么程度……而这些步骤的前提是脉冲至今仍持续运作中……但这只是他自以为是的假设，而自以为是会让你什么都不是……

“储存至系统。”克莱低语。小屋外的天色几近全黑，咻咻吹的雪也更像幽灵。

他敢确定的是，现在的脉冲和以前不同了。他记得有天晚上在葛利村消防义工站碰见两个手机人，在那之前他从没看过手机人晚上出来走动。那两人争的是一辆老爷消防车，但他们也会讲话，不只是发出无意义的喉音，而是真正的人话。字汇虽然不丰富，称不上是晚宴席间的珠玑妙语，却是地道的人话：走——开。你走。可恶！你！以及最常讲的：我侧。那两个人与先前的手机人不同，不像褴褛人那一代的手机疯子，而约翰尼也与那两个人不同。为什么？因为蠕虫仍在程序里乱咬，而脉冲程序仍在变异中？也许吧。

乔丹亲吻克莱后道别北上，但他说的最后一句话是：约翰尼在感化站接受的程序属于旧版，如果你能对他灌输新版程序，两个程序也许会吃掉对方，因为蠕虫的本性就是吃、吃、吃。

之后呢，假如从前的程序还在……还储存在系统里……

克莱烦恼之余，心思不知不觉转向艾丽斯。身受丧母之恸的艾丽斯为了勇敢面对现实，设法把恐惧移转至一只幼童的球鞋。当时，三人走上一五六号公路，离开盖顿大约四小时后，曾在路边的野餐区歇脚，有一群正常人路过，汤姆问他们要不要过来一起坐。那个时候，其中一人说：那是他们啊！那群是盖顿帮的人。另外一人则叫汤姆下地狱去。艾丽斯跳起来了。她跳起来说……

“她说至少我们做了一点事，”克莱望向越来越暗的街头说：“然后她问那群人，你们呢？你们连个屁都没放！”

多亏死去的艾丽斯相助，他找到答案了。约翰尼G并没有日渐改善的迹象，克莱的选择只剩两项：死守他现有的一切，或是趁还来得及的时候勇于改变现状，如果还来得及的话。

克莱拎着装了电池的提灯进卧房，衣柜的门开着，他看得见约翰尼的脸。沉睡中的约翰尼把一只手垫在脸颊下，乱发散落在额头上，模样几乎无异于吻别儿子的那天。当时的情景宛若事隔千年，克莱带着装有《暗世游侠》的作品夹前往波士顿。现在的约翰尼只是瘦了一点，外表与当天大同小异，唯有在他清醒时才看得出差别。清醒时的约翰尼嘴唇瘫软，两眼无神，肩膀无力下垂，两手悬荡。

克莱把衣柜的门开至极限，在小床前跪下，约翰尼被提灯照到脸时动了一下，旋即恢复平静。克莱没有祈祷的习惯，何况过去几个星期的遭遇并没有大幅提高他对上帝的信心，但他确实是找到了儿子，所以不能说未蒙上帝关照。因此，无论天堂有谁在聆听，他上传了一句祷告词，简洁有力：*东尼、东尼快报到，有人丢了东西找不着。*

他掀开手机，按下电源开关，手机轻轻哔了一声，窗口里的琥珀光亮起，讯号有三格。他迟疑了片刻。该打电话的时候到了，他只有一个号码可打，而这个号码褴褛人与手下曾经试过。

他输入三个数字之后，伸手摇摇约翰尼的肩膀。约翰尼不想醒过来，只是嘟囔着想抽身而去，然后想翻身，可是克莱还是执意叫他起床。

“约翰尼！约翰尼G！起床了！”他加重摇肩的力道，终于摇到约翰尼撑开眼皮，用无神而警觉的目光注视他，但却毫无好奇之意。这种神态如同受尽虐待的狗，每次克莱一见就心碎。

他心想：*最后一次机会了。你真想这么做吗？胜算小于一成。*

然而，当初寻获约翰尼的胜算又有多少？约翰尼在校车炸毁卡什瓦克之前离开的几率又有多高？千分之一？万分之一？克莱愿意容忍这种警觉又缺乏好奇的表情，一直容忍到约翰尼十三岁、十五岁、然后二十一岁？坐视儿子继续睡衣柜、继续在后院拉屎？

至少我们做了一点事。艾丽斯·马克斯韦尔说得好。

他凝视键盘上方的窗口，“９１１”三个黑字清晰如既定的命运。

约翰尼的眼皮逐渐往下掉，克莱连忙再摇他一下，以免他又睡着。他用左手摇着儿子，用右手拇指按下拨号键。小窗口显示拨号中，他一数完“一二三四、二二三四”，拨号中的字样就转变为接通，此时克莱不愿让自己有思考的余地。

“嘿，约翰尼G，”他说：“找……找……你……你。”然后把手机压向儿子的耳朵。

二〇〇四年十二月三十日至二〇〇五年十月十七日

创作于缅因州森特洛韦尔市

作者谢词

感谢查克·威瑞尔（Chuck Verrill）把本书编辑得巨细靡遗。

感谢罗宾·弗斯（Robin Furth）研究手机科技并提供潜藏于人类性灵核心的多项理论。有用的信息由她提供，理解错误之处请怪本人。谢谢你，罗宾。

初稿经内人塔比莎详读指教，谢谢你，塔比莎。

波士顿与新英格兰北部的读者会发现我虚构了几个地理事实。我无从辩解，捏造事实原本就是小说创作者的领域。

就我所知，联邦紧急事务管理局并未挪用任何款项来为手机讯号塔装设备用发电机，但在此必须强调的一点是，许多讯号塔确实具备了辅助发电机，以防停电时断讯。

S.K.

先读为快

耗费三十余年，史蒂芬·金唯一奇幻巨作《黑暗塔》系列七部曲

一九六七年，我还不晓得“属于我的故事”会是个什么样的故事，

但那并不重要，因为我觉得总有一天灵感会从天而降。

我年方十九，心高气傲，傲到觉得我可以再等等，

等我的缪思女神和经典大作（我确定那绝对会是经典大作）问世……

《黑暗塔》前言：那一年我十九岁……

1

我十九岁（在各位要开始看的这本书里，十九可是个重要的数字）的时候，哈比人正当红。

在伍兹托克音乐节（Great Woodstock Music Festival）上，大概有半打的梅里和皮聘跋涉过雅斯各（Max Yasgur）牧场的烂泥，此外还有成打的佛罗多，多得数不清的嬉皮甘道夫。在那段日子里，托尔金的《魔戒》极为风行，虽然我没去伍兹托克（真遗憾），但我想我至少算是个嬉皮半身人（halfling），自然一看到《魔戒》就爱上了它。就像大部分我那个年代的长篇奇幻故事一样（例如史蒂芬·唐那森〔Stephen Donaldson〕的《汤玛士·寇文能传奇》〔*Chronicles of Thomas Covenant*〕、泰瑞·布鲁克斯〔Terry Brooks〕的《沙那拉之剑》〔*Sword of Shannara*〕），《黑暗塔》系列也是托尔金启发下的产物。

不过，虽然我在一九六六年跟一九六七年看了《魔戒》，但我并没有执笔写作。我非常景仰托尔金惊人的想象力，还有他完成史诗巨作的雄心壮志，但是我想要写一个属于我的故事。要是我当时就开始写作，我一定会写出“托尔金式”的故事。要真是如此，那就会像故总统滑头迪克常说的：大错特错。多亏了托尔金先生，二十世纪已经不缺精灵和巫师了。

一九六七年，我还不晓得“属于我的故事”会是个什么样的故事，但那并不重要，因为我觉得总有一天灵感会从天而降。我年方十九，心高气傲，傲到觉得我可以再等等，等我的缪思女神和经典大作（我确定那绝对会是经典大作）问世。我想，人在十九岁的时候是有权利骄傲，因为时间还没有开始鬼鬼祟祟的偷走你的东西。一首流行的乡村歌曲唱道："时间会夺去你的头发，让你没力气投篮。"但事实上，时间夺去的远不只这些。一九六六年跟一九六七年，我还不知道这件事，就算我知道，我也不会在乎。我勉强可以想象自己活到四十岁会是什么德行，但是五十岁？不可能。六十岁？门都没有。我怎么可能会变成六十岁的老头子！十九岁就是这样。十九岁的时候你会说：喂，大家注意，我抽的是火药，喝的是炸药，脑袋清楚就别挡路——史蒂芬来也！

十九岁是个自私的年龄，而且也没有什么烦恼。我有很多朋友，那是我关心的；我有远大的抱负，那也是我关心的。我有台打字机跟着我从一间烂公寓搬到另一间烂公寓，口袋里永远放着一包烟，脸上永远挂着微笑。中年危机很遥远，老年的屈辱更远在天边。就像鲍伯·塞格（Bob Seger）那首歌的主角（现在成了卡车的广告歌），我觉得自己充满潜力，前途光明。我的口袋空空，但是脑袋里充满了想说的话，心里充满了想讲的故事。这些话现在听起来有些陈腔滥调，但那时可觉得棒透了，简直是酷毙了。我最大的梦想，就是用我的故事直通读者的心房，从此改变他们的一生。我觉得我办得到，我觉得我天生就是这块料。

这些话听起来有多自负？非常自负，还是只有一点点？不管怎样，我不会后悔。当时我十九岁，一根白胡子也没有。我有三件牛仔裤，一双靴子，我觉得全世界都是我的囊中物，而接下来二十年也没有发生什么事情证明我错了。然后大概在三十九岁的时候，我的麻烦来了：酗酒、嗑药、一次车祸让我行动不便（还有一大堆）。我已经在别的地方详述过，这里就不再赘述。此外，你不也是一样的吗？世界最后都会派个纠察队员叫你减速慢行，告诉你谁才是老大。你一定已经遇到你的纠察队员（要是你还没遇见，迟早都会遇见）；我已经遇到我的纠察队员了，而且我确定他一定会再回来。他知道我住哪儿。他是个坏心的男孩，坏心的军官，誓死要与悠闲、性交、骄傲、抱负、震破耳膜的音乐，还有所有属于十九岁的事情为敌。

但我还是觉得那是个不错的年龄，也许是最好的年龄。你可以听一整夜的摇滚乐，但是等到音乐消逝，啤酒见底，你还能思考，还能做远大的梦想。坏心的纠察队员最后一定会让你漏气，所以如果你不一开始就把牛皮吹大点，等他大功告成，你大概就漏气漏到只剩两只裤脚了。“又抓到一个！”他吼着，然后手里抓着纠察簿往前大步走去。所以，一点点自负（甚至是非常自负）不是件太坏的事，不过你妈一定不是这么说。我妈就不是这么说。她说：史蒂芬，骄者必亡……后来我发现（在我的年龄刚好是十九乘以二的时候），不管怎样最后你一定会死，或是被撞进水沟里。十九岁的时候，要是你进酒吧，会有人开你罚单，叫你滚出去，但是如果你坐下来画画、写诗，或是说故事，绝对不会有人来烦你。如果你非常年轻，千万别理长辈或是自以为高你一等的人说什么。当然，你从来没去过巴黎，也没有在西班牙的潘普隆那（Pamplona）跟牛赛跑，你只是个无名小卒，腋毛三年前才长出来——但是那又怎样？如果一开始裤子不做得大一些，长大了怎么穿得下？告诉你，不要管别人怎么说，坐下来抽你的烟吧！

2

我觉得小说家有两种（包括一九七〇年以前的我，那个乳臭未干的小说家）。第一种小说家是比较“文学”的，或者说是比较“严肃”的，这种小说家在选择主题时会问：写这种故事对我有什么意义？另一种小说家的天命（你也可以把它叫做“业”〔Ka〕）则是通俗小说，这种小说家比较会问另一个问题：写这种故事对别人会有什么意义？“严肃”的小说家在寻找自我的解答，而“通俗”小说家则在寻找观众。两种作家都一样自私。我认识不少作家，保证绝无半句虚言。

总之，我相信我在十九岁的时候，就把佛罗多还有他想尽办法甩掉至尊戒的故事归为第二种小说。这些冒险故事的主角是一支略带大者的共同想象中建立了黑暗塔，也许只要有人还愿意看它，我就有责任保护它。或许只有五年，然而就我所知，也许会有五百年。奇幻故事不管写得好还是写得坏（就连现在也许都有人在看《吸血鬼瓦涅爵士》〔*Varney the Vampire*〕或是《僧人》〔*the Monk*〕），似乎都能长命百岁。罗兰保护黑暗塔的方法，是让支撑黑暗塔的光束不受威胁，而在车祸之后，我发现我保护黑暗塔的方法，是把枪客的故事写完。

《黑暗塔》一到四部花了很长的时间，在这段时间里，我收到了上百封想让我良心不安的信件。一九九八年（也就是我还以为自己只有十九岁的时候），我收到一封八十二岁老奶奶的临终遗愿。老奶奶告诉我，她大概只剩一年好活（癌细胞扩散至全身，最多只能活十四个月），她不指望我为了她一个人把故事赶出来，但是她想知道能不能拜托（拜托！）我告诉她结局是什么。真正让我心痛（但还没痛到能让我开始写作）的那句话，是她保证“不会告诉任何人”。一年以后（大概在那个送我进医院的车祸之后），我的一个助理，马莎·迪菲莉波（Marsha DiFilippo）收到一封来自德州还是佛州死刑犯的信，他的心愿跟老奶奶的差不多，也就是：结局到底是什么？（他保证带着这个秘密进坟墓，真让我寒毛直竖。）

如果可以，我一定会让这两位朋友得偿所愿，跟他们简述一下罗兰接下来的冒险故事，但是，哎，我办不到。我完全不知道枪客跟他的朋友最后到底怎么了。如果我知道，就必须写作。我曾经拟了一份故事大纲，但不知丢到哪儿去了。（不过大概也没什么用。）我只有几张便条纸（现在我桌上就有一张，上头写着：“裘西、奇西与哲西，××××装满篮”）。终于，在二〇〇一年七月，我又开始动笔了。那时我知道我已经不是十九岁，也知道我对人生的病痛老死并没有免疫力。我知道我会变成六十岁，甚至七十岁，而且我希望能在纠察队员最后一次上门前把故事写完。我可不希望我的书成了另一本《坎特伯里故事》（*Canterbury Tales*）或是《艾德温·杜鲁德之谜》（*The Mystery of Edwin Drood*）。

忠实的读者（不论你是正打算开始看第一部，还是已经准备进入

第五部），现在成果（不管是好是坏）就在各位眼前。不管你喜不喜欢，罗兰的故事都已经完成了，我希望它能为你带来一些乐趣。

至于我，我非常尽兴。

史蒂芬·金

二〇〇三年一月二十五日

斯蒂芬·金作品系列（书目）

《肖申克的救赎》
《斯蒂芬·金的故事贩卖机》
《必需品专卖店》
《尸骨袋》

※以上4种由人民文学出版社出版

《日落之后》
《魔符》
《暗夜无星》
《头号书迷》
《克丽斯汀》
《穹顶之下》（上下册）
《绿里》
《它》
《宠物公墓》
《丽赛的故事》
《写作这回事》
《11/22/63》
《黑暗的另一半》
《亚特兰蒂斯之心》
《捕梦网》
《布莱泽》
《杜马岛》

“黑暗塔”系列
《枪侠》
《三张牌》
《荒原》
《巫师与玻璃球》
《卡拉之狼》
《苏珊娜之歌》
《黑暗塔》
《穿过锁孔的风》

※以上25种由上海文艺出版社出版